LE SALON DE CONVERSATION

Catherine Hermary-Vieille
Le Grand Vizir de la Nuit, Gallimard (Prix Femina)
L'Épiphanie des dieux, Gallimard (Prix Ulysse)
La Marquise des Ombres, Olivier Orban
L'Infidèle, Gallimard (Prix RTL)
Romy, Olivier Orban
Le Jardin des Henderson, Gallimard
Le Rivage des adieux, Pygmalion
Un amour fou, Olivier Orban (Prix des Maisons de la Presse)
La Piste des Turquoises, Flammarion
La Pointe aux Tortues, Flammarion
Lola, Plon
L'Initié, Plon

Michèle Sarde
Le Désir fou, Stock, 1976
Colette, libre et entravée, Stock, 1978 Points Seuil, 1984 (couronné par l'Académe française)
Regard sur les Françaises, Stock, 1984. Points Seuil, 1995 (couronné par l'Académe française et l'Académie des Sciences morales et politiques)
Histoire d'Eurydice pendant la remontée, Le Seuil, 1991
Vous, Marguerite Yourcenar, Laffont, 1995

Catherine Hermary-Vieille
Michèle Sarde

LE SALON
DE CONVERSATION

JC Lattès

Aux Franco-Américain(e)s

Remerciements

Arnaud Blin a été une source précieuse d'information et d'inspiration.

Pour leur soutien actif et leur contribution, nous remercions vivement Aubry Briam, Susan Dayle, Elyane Dezon-Jones, Marie-Hélène Forget, Madeleine Cottenet-Hage, Nancy Risque Rohrbach.

Le Salon de conversation est une fiction composée d'anecdotes et de situations authentiques. Les auteurs ont transcrit
dans une langue correcte le français approximatif des étudiants
étrangers.

Comme le professeur le jour de la rentrée, le lecteur se trouvera — d'entrée de jeu — face à un groupe où il ne distinguera
pas immédiatement les étudiants les uns des autres. La présenta-
tion qui suit est destinée à faciliter son insertion dans le Salon de
conversation.

Les étudiants

Alba Luz
Alba Luz Márquez Solano. Immigrée sud-américaine,
trente-deux ans. Colombienne de Cali, catholique. Fait de petits
jobs.
Brandon
Brandon Napoleon. Chanteur d'opéra, originaire de
Lafayette en Louisiane, vingt-huit ans. Famille de petits Blancs
cajun, catholique, gay, militant des droits homosexuels.
Cleonice
Cleonice Schuller. Journaliste africaine-américaine, trente-
huit ans. Père allemand blanc, mère noire de Caroline du Sud.
Baptiste, démocrate. A vécu en Afrique.

Daphne

Daphne O'Leary. Femme au foyer. Trois enfants (Libby et les jumeaux Christopher et Jessica), trente-neuf ans, épiscopalienne, républicaine. Texane, originaire d'Austin, y est retournée depuis dix ans avec son mari Richard.

David

David Bernstein. Ingénieur, quarante-huit ans, juif new-yorkais, démocrate. Divorcé de Deborah, deux enfants (Josh et Simon).

Edward (Ed)

Edward Ridge. Retraité, soixante-treize ans, méthodiste texan. Divorcé de Nancy. Une fille (Sabrina) et deux petits-fils (Larry et Thimothy). Conservateur, il vote pour Ross Perot.

Jacqueline

Jacqueline Anjubault-Smith. Franco-Américaine, soixante et onze ans, originaire de Bourg-en-Artois, catholique, veuve d'un ancien GI (Stanley), mère et grand-mère. A tenu un commerce avec son mari à Grand Rapids dans le Michigan, puis au Texas.

Karen

Karen Snyden. Directrice des ventes dans une entreprise internationale, quarante-deux ans, démocrate et unitarienne. A été mariée un an avec l'Italien Roberto di Pietro.

Pamela (Pam)

Pamela Morris. Étudiante en sciences politiques à l'université d'Austin, vingt et un ans, californienne, presbytérienne, démocrate, féministe. A passé un an chez les Collinet à Lyon, dans le cadre d'un programme d'échanges.

Les animatrices

Corinne

Corinne Lesage. Professeur à l'Alliance française et à l'université d'Austin, quarante-cinq ans. Française, originaire de Soissons. Aux États-Unis depuis cinq ans. Divorcée de Jean-François. Un fils (Julien).

Fabienne

Fabienne Vouillé. Étudiante et assistante de Corinne au Salon de conversation, vingt ans. Française, originaire de Nantes.

I

Back to School

La Rentrée

Le 3 septembre 1996... Corinne Lesage jeta un dernier coup d'œil dans le miroir de son poudrier. C'était toujours ainsi les jours de rentrée. Depuis qu'elle enseignait le français aux Américains de UA, l'université d'Austin et dans cette provinciale Alliance française, elle avait toujours le trac, le lendemain de *Labor Day*, lundi férié qui signale la fin des courtes vacances estivales.

La porte du Salon de conversation, comme on appelait un peu pompeusement la salle de classe de l'Alliance, était ouverte. Elle tendit l'oreille et perçut un brouhaha. La petite rumeur la soulagea. C'est que Dr Cosby, son *boss*, ne plaisantait pas sur le nombre d'étudiants inscrits. Au dessous de neuf, il annulerait le cours et Corinne serait obligée de se rabattre sur les débutants, un cours qu'elle détestait faire.

À la porte de la salle l'attendait une jeune fille à la chevelure flamboyante, aux yeux verts, au teint éclatant et couvert de taches de rousseur, qui lui tendit la main.

« Madame Lesage ? Je suis Fabienne Vouillé. Votre stagiaire. »

En effet Corinne avait presque oublié que, cette année, elle avait accepté de prendre une stagiaire bénévole.

« Bienvenue à Austin. Quand êtes-vous arrivée ?

— Hier soir. Mon avion a eu du retard à New York et je n'ai pas osé vous téléphoner si tard.

— Vous auriez dû. Pas trop crevée par le décalage? Je crois que c'est la première fois que vous venez aux États-Unis.

— Non, je vous remercie, je ne suis pas trop fatiguée. Mais je me suis réveillée à quatre heures du matin. Je me sens un peu déphasée. C'est mon premier séjour en Amérique.

— C'est toujours comme ça au début. Mais vous verrez; vous vous habituerez vite. Les gens du Texas sont très accueillants... On en reparlera après le cours. Entrons! »

Lorsque Corinne et Fabienne firent leur entrée dans la salle de classe, les conversations s'arrêtèrent net et tous les regards se fixèrent avec attention sur les deux Françaises. Corinne, d'un coup d'œil expérimenté, fit le compte du nombre d'étudiants. Huit... Ce n'était pas suffisant. L'horloge de la salle marquait cinq heures une minute. Patience, il y avait presque toujours des retardataires.

« *Good morning class*, bonjour les étudiants. Je me présente. Je suis Corinne Lesage, votre professeur pour l'année scolaire. Je suis née en France, à Soissons, en Picardie, pas très loin de Paris et j'habite dans votre pays depuis cinq ans maintenant. Je vous présente aussi Fabienne Vouillé, qui vient d'arriver de Nantes et qui sera mon assistante. Avez-vous des questions à nous poser?

— Professeur... Lesage? »

Le vieux monsieur à gauche au premier rang, qui levait le doigt comme un potache, avait bien l'air d'avoir soixante-dix ans.

« Comment vous appelez-vous, monsieur?

— Mon nom est Edward Ridge... mais on m'appelle Ed. Est-ce que vous êtes américaine, professeur... Lesage? »

Corinne, comme chaque fois qu'on lui posait cette question, se sentit un peu coupable. Il était difficile d'expliquer à un citoyen de la terre promise qu'on n'avait nulle envie de changer de nationalité quand on était, somme toute, assez fier de la sienne. Les Américains étaient accoutumés à l'image d'immigrants persécutés sur leur terre et impatients de s'unir à la grande communauté soudée autour de l'oncle Sam. Depuis qu'elle vivait dans ce pays avec la fameuse *green card*, elle aurait eu le temps d'obtenir la citoyenneté américaine, décrochable au bout de cinq ans de résidence, sans perdre la nationalité française. Mais il lui fallait bien reconnaître qu'elle n'en avait jamais eu envie. Elle aimait ce pays mais s'y sentait toujours un peu étrangère. C'étaient des choses difficiles à avouer ici!

« Non, répondit-elle, brièvement. Je ne suis qu'une *resident alien*. Mais j'admire beaucoup votre pays. »

Corinne jeta un nouveau regard circulaire sur son petit groupe de prétendants à la langue française et sourit. Elle avait appris à sourire ici et compris que les Français étaient souvent considérés comme brusques et mal embouchés parce qu'ils souriaient beaucoup moins que les Américains. Surtout au début. « Si vous voulez garder vos étudiants, tonnait régulièrement Mortimer Cosby, commencez par sourire, mais souriez donc... Est-ce qu'on ne vous apprend jamais à sourire dans vos écoles, ou à la maison? »

La jeune Fabienne ne dérogeait pas à la règle. Depuis qu'elle avait franchi le seuil de la porte, elle n'avait pas souri une seule fois. « Il faudra absolument que je lui dise de sourire, songeait Corinne. Malheureusement elle a l'air d'être timide; elle aura du mal à se dérider. »

« En principe, annonça Corinne en articulant autant qu'elle le pouvait et en détachant chacun de ses mots, votre niveau de français devrait vous permettre de me comprendre, si vous avez été correctement orientés. Ce Salon de conversation s'adresse à des personnes qui parlent déjà très bien la langue française et souhaitent l'entretenir tout en développant leur connaissance de notre culture. Est-ce que vous me comprenez bien..? Madame... par exemple...

— Jacqueline », répondit une femme d'un certain âge

vêtue d'un ensemble mauve assez élégant. « Jacqueline Smith, comme l'actrice de *Charlie's Angels* ["Drôles de dames"]. Née Anjubault à Béthune, dans le Pas-de-Calais. Heureusement que je vous comprends tout de même ! Je suis française. Enfin, française d'origine. Mais ça fait cinquante ans que je ne pense même plus en français. Avec mon mari et mes enfants, je ne parlais qu'anglais. Alors, vous comprenez, on perd l'habitude. »

Malgré ses origines, Jacqueline avait attrapé une espèce d'accent ou plutôt d'intonation étrangère dans sa langue maternelle. Mais, derrière ces inflexions, il restait des traces de parler populaire d'autrefois qui rappelaient la gouaille d'Arletty dans *Les Enfants du Paradis*.

« J'ai justement passé mes vacances, l'année dernière au Touquet... », s'écria une blonde d'une quarantaine d'années, vêtue de bermudas jaunes et de baskets. « Oh pardon... Je m'appelle Karen, Karen Snyden. Je suis... comment dit-on en français ?... directrice de ventes dans une firme internationale. Et je vous comprends parfaitement...

— Bien entendu, dit le professeur, vous pouvez nous appeler par nos prénoms. En France, cela ne se ferait pas tout de suite ainsi. Mais nous sommes en Amérique.

— Au cours de français, nous sommes en France. »

L'étudiante qui venait de s'exprimer parlait avec hésitation, d'une voix chantante. Brune, le nez un peu fort, les cheveux dissimulés sous une espèce de béret vert. Elle ressemblait à une collègue italienne de Corinne à l'université.

« Mon nom est Cleonice Schuller. Je suis africaine-américaine de Caroline du Sud. »

Corinne sursauta. Était-il possible que cette jeune femme aux yeux bleus fût considérée, se considérât comme noire. Mais ici, il suffisait d'une goutte de sang noir pour être classée comme de race noire. La notion de métis — ni même le mot — n'existait pas. Et visiblement Cleonice entendait annoncer la couleur, sa couleur.

Fabienne ouvrait de grands yeux. Savait-elle même ce que signifiait *African-American*. « Il faudra que je la prévienne de ne jamais dire *Noir* mais *Africain-Américain* », pensa Corinne. L'omniprésence de la « correction politique », chasse aux discriminations et censure du vocabulaire, n'était peut-être pas parvenue jusqu'à Nantes. Et puis en France, on était très fier de dire un *Black*. Pour le fils de Corinne qui y vivait avec son père, ça faisait branché, américain justement. Ici c'était devenu presque aussi péjoratif que de dire *nigger* [nègre]. Dans cette société si violente, on ne plaisantait pas avec les crimes linguistiques. Un conférencier venu de Paris avait été même été fortement pris à partie parce qu'il avait utilisé en français le mot *nègre*, dans le sens de *ghost writer*, écrivain fantôme.

Cleonice Schuller. Il ne fallait surtout pas que Corinne oublie les prénoms de ses étudiants ou qu'elle les fasse répéter plus d'une fois. Un Américain était capable de mémoriser le nom de son interlocuteur dans la première minute d'entretien. Cela faisait partie de la politesse la plus élémentaire.

« Je suis journaliste à l'*Austin Post*, où en ce moment j'assure, par intérim, la rubrique des Bonnes Manières. Mon job, c'est de répondre aux lecteurs qui ne savent pas comment se conduire dans une situation donnée.

— Un peu comme le Courrier du cœur ?

— Sauf qu'il ne s'agit pas toujours du cœur.

— Fantastique, Cleonice. Vous nous raconterez donc en français ce que demandent vos lecteurs. Et peut-être qu'on pourra vous aider à leur répondre. »

Le sourire de Cleonice découvrait des dents très blanches. Même Fabienne semblait se détendre et elle rendit son sourire à la jeune Noire tandis qu'une blonde décolorée s'exclamait : « Quelle chance vous avez d'être journaliste. C'est mon rêve ! »

Cette dernière étudiante avait un accent différent des autres étudiants, qui s'expliqua aussitôt.

« Alba Luz Márquez Solano. Mes parents sont colombiens mais je veux devenir une vraie Américaine. Et ma grand-mère était française. »

Dans le Salon de conversation, trois étudiants ne s'étaient pas encore présentés. Soudain la porte s'ouvrit. Un homme de haute taille, précocement chauve, en complet et cravate, pénétra en s'excusant dans la salle de classe.

« Désolé, Professeur... Je croyais que le cours commençait à cinq heures et demie. Je m'appelle David Bernstein.

— Bonjour, David. Asseyez-vous, je vous prie. Où avez-vous appris votre français ?

— Oh ! Je l'ai appris... au lit... avec ma fiancée.

— Et qu'est devenue votre fiancée, David ?

— Elle m'a quitté, Professeur. Elle a préféré un amant latin.

— Un amant latin ?

— Ou si vous préférez, un *latin lover*. Il paraît qu'ils sont bien meilleurs que nous. Et je ne parle pas de l'Économie, bien entendu. »

L'accent était caricatural mais le français impeccable. Corinne, soulagée à l'idée d'avoir un étudiant de plus, s'abandonna à l'hilarité générale. Si ce pince-sans-rire restait au Salon de conversation, peut-être Cosby maintiendrait-il le cours avec neuf étudiants. Et cela promettait de belles fins d'après-midi. Pour l'instant, impavide, le dit David s'installait à côté de la plus jeune des étudiantes, celle qui n'avait pas encore dit son nom mais lui avait lancé un regard furibond quand il avait parlé de *latin lover*.

Fabienne s'enhardit : « Est-ce que vous êtes texan ? » demanda-t-elle à David. Elle était surprise que la plupart des étudiants ne soient pas des « locaux ».

« Non, mademoiselle. Je suis de New York, la seule vraie ville du monde. À l'exception de Paris peut-être. Vous avez l'air d'une Parisienne, mademoiselle...

— Moi, je suis texan, de Houston, interrompit Ed, le vieux monsieur. Et mon père et mon grand-père l'étaient avant moi. »

La jeune voisine de David avait l'air de plus en plus mécontente et intervint à son tour.

« Je m'appelle Pamela, étudiante en sciences politiques à l'université d'Austin. Vous oubliez L.A., David. Moi je trouve que Los Angeles est la plus belle ville du monde parce que c'est ma *hometown*, ma ville natale. Et qu'est-ce que vous faites pour vivre, David, vous travaillez dans le show biz?

— J'en ai rêvé, chère Pamela, quand j'avais votre âge mais j'en suis loin. Je ne suis qu'un modeste ingénieur. »

Décidément David Bernstein exaspérait Pamela.

« Pourquoi venez-vous au Salon de conversation, si vous êtes étudiante régulière de UA? » poursuivit David, qui semblait jouir de la mauvaise humeur de sa voisine.

Pam se tourna vers les professeurs, de toute évidence décidée à ignorer l'importun.

« Pour entretenir mon français que j'ai appris l'année dernière à Lyon. À UA, je suis étudiante en sciences politiques. Je n'ai plus à suivre de cours de langues. Corinne... est-ce que je peux vous appeler Cory?

— Ça non, Pam, marqua Corinne avec fermeté. Je préfère qu'on me laisse mon prénom entier. »

De fait, Corinne s'habituait toujours mal à ce que le premier venu l'interpellât par son prénom, que ce fût la standardiste, l'employée de la banque, ou la caissière du supermarché, qui le lisait et l'apprenait par cœur en cinq secondes sur la carte de crédit. Avec les étudiants, elle avait fini par s'y faire, mais elle ne pouvait s'empêcher de penser à sa grand-mère, qui donnait du Madame à des amies d'une vie entière.

C'était au tour de Daphne de se présenter. On la sentait réticente, un peu embarrassée. Corinne en comprit vite la raison. La Texane Daphne O'Leary était une *housewife*, une femme au foyer, qui s'occupait de ses trois enfants. En ce moment en Amérique, se reconnaître *housewife* dans certains milieux était plutôt péjoratif et paraissait aussi incongru et même légèrement scandaleux que d'être une *career woman*, dans les années cinquante. Une *career woman*, encore un mot difficile à traduire en français, désignant une femme qui travaillait, avec un plan de carrière. Heureusement, grâce à la « correction politique », qui éradiquait toute connotation désobligeante, Daphne préférait dire *homemaker*, expression intraduisible, quelque chose comme « créateur de foyer » (terme qui avait l'avantage de pouvoir s'appliquer aux deux sexes encore qu'il fût employé à quatre-vingt-dix-huit pour cent pour les femmes). Mais elle ne s'en excusait pas moins d'avoir déserté la *career*. Elle aimait s'occuper de sa famille elle-même. L'éducation des enfants était un domaine passionnant. Elle n'ajoutait pas, songeait Corinne, qu'avec son éventuel salaire, dans un pays sans crèches ni maternelles publiques, elle n'aurait peut-être pas eu les moyens de faire garder ses enfants. Daphne était d'Austin et y était revenue avec son mari depuis une dizaine d'années.

Le dernier étudiant était un chanteur d'opéra répondant au nom prometteur de Brandon Napoleon. Son nom et son goût du français lui venaient d'ancêtres cajuns installés en Louisiane où il avait grandi dans la ville de Lafayette. Mais surtout l'usage de la langue de Bizet lui était nécessaire pour chanter les opéras français du répertoire.

« Maintenant que nous commençons à nous connaître, dit Corinne, je vous donne la règle du jeu. Le Salon de conversation se réunit trois heures chaque mois. On y discutera de sujets concernant la France et l'Amérique afin de mieux comprendre l'autre pays et d'éviter les malentendus interculturels. Et pour aujourd'hui : une seule question. Si on vous dit le mot France, qu'est-ce que vous pensez...?

— Belles femmes et mauvais alliés, dit Ed en regardant involontairement Jacqueline.

— Jolies femmes, oui, qui montrent leurs seins sur les plages et qui trompent leurs maris, corrigea David avec un clin d'œil à Ed. Mais aussi grande cuisine, restaurants chers avec château-margaux et films trop sophistiqués pour les cowboys d'Américains.

— Haute couture, parfums et hommes efféminés, poursuivit Karen, *la career woman*.

— Pour moi, fit Alba Luz, c'est la tour Eiffel, Notre-Dame, Paris... Là où je rêve d'aller en vacances.

— Le pays qui a fait la révolution mais aussi un empire colonial », dit Cleonice, hantée par son sang mêlé.

Chaque étudiant avait son propre cliché. Pour Daphne, la France, qu'elle ne connaissait qu'à travers les *remakes* américains des films français, était un endroit où les familles passaient beaucoup de temps à table et ne paraissaient jamais d'accord.

Pamela avait tiré de son année lyonnaise l'impression que les Français étaient arrogants, croyaient toujours tout savoir et étaient vraiment *rude*, discourtois. Quand elle était arrivée dans sa famille française, Mme Collinet l'avait toisée de haut en bas pour déclarer brutalement : « Vous êtes beaucoup trop grosse. À partir de demain : régime. » La pauvre Pamela avait dû se contenter de salades et de yaourts pendant le reste de son séjour tandis que la famille Collinet s'empiffrait de saucisson en brioche. Sa propre mère ne l'aurait jamais traitée ainsi. Peut-être était-ce une des raisons pour lesquelles elle était devenue végétarienne. Et en ce sens, elle était reconnaissante à Mme Collinet qui l'avait à jamais dégoûtée des tripoux et autres cochonnailles.

Brandon Napoleon jugeait que la France était le pays de la tolérance et des artistes. N'avait-elle pas accueilli Oscar Wilde, homosexuel chassé d'Angleterre par un puritanisme étroit? Cleonice, la journaliste, était d'accord avec lui. Au temps où les Noirs américains s'entassaient à l'arrière des autobus et où les panneaux *Whites only* foisonnaient à la porte des bars et des endroits publics, Joséphine Baker était traitée à Paris comme une reine.

« Parce qu'elle était belle et célèbre, dit Karen. Les Français ont le goût de ce qui brille et le sens de la contra-diction. Regardez leur politique étrangère. Ils font systéma-tiquement le contraire de nous. Pour moi le symbole de la France, c'est le général de Gaulle. La tradition, l'obstina-tion et l'antiaméricanisme...

— Dans le journal ce matin, intervint Ed, on disait de Claudette Colbert, qui vient de mourir, qu'elle était la plus belle chose que nous ait offerte la France depuis la statue de la Liberté. Vous vous rappelez, Jacqueline, Claudette Colbert dans *Cléopâtre* en... 1934, je crois ; et Maurice Che-valier. Quels grands artistes !... Mais pour vous, Jacqueline, qu'est-ce que c'est que l'Amérique ?

— Le pays où tout s'achète, répondit Jacqueline. Et où tout est possible.

— Pour l'instant, avoua Fabienne, l'Amérique pour moi, c'est le dollar, McDo, la musique rap, la conquête de l'Ouest, la violence. Ce qu'on voit dans les films et à la télé française. Mais...

— La séance est terminée », interrompit Corinne. Ici, on ne plaisantait pas avec l'heure. Corinne indiqua avec précision le *homework*, le travail pour le mois suivant. Il s'agissait pour chacun de raconter plus en détail son his-toire et comment il ou elle avait abouti au Salon de conver-sation. Et puis on aurait peut-être le temps de parler des Jeux d'Atlanta qui venaient de s'achever.

Mais David Bernstein n'était pas encore satisfait : « Et vous, Professeur, vous ne nous avez pas dit ce qu'était pour vous l'Amérique. »

Corinne s'entendit répondre : « Le pays où la démo-cratie fonctionne et où chacun se prend en charge. » Mais elle n'osa pas ajouter ce qu'elle pensait aussi d'un certain vide des relations interpersonnelles et de l'absence d'art de vivre, au sens européen du terme. Les Américains avaient le chauvinisme susceptible et supportaient mal la moindre critique. Et puis ce Salon de conversation commençait si bien qu'il démentait par avance tout ce qu'elle aurait pu dire dans ce sens. D'ailleurs elle pouvait se tromper ; il lui restait encore beaucoup à apprendre de cet immense et complexe pays.

Restée seule avec Fabienne, Corinne fit le point.

« Bon, ça nous fait neuf étudiants, s'ils restent tous...

— Parce qu'ils ont le droit de s'en aller ? questionna Fabienne avec surprise.

— Tiens donc. L'étudiant est un client d'abord et ici l'acheteur a tous les droits. Les cours, ils les paient. Ils peuvent très bien ne pas revenir parce que notre tête ne leur revient pas. Et même s'ils reviennent, ils peuvent manifester leur mécontentement à tous les moments, en allant voir Cosby, par exemple, le directeur. Ils peuvent aussi nous descendre dans les évaluations.

— Les évaluations ?

— Eh bien oui. Nous serons "évaluées", notées si vous préférez, vous et moi, dans des formulaires anonymes à la fin de l'année. Et si les évaluations sont mauvaises, nous... enfin, moi, je serai vidée. Vous, de toute façon, vous êtes là pour apprendre. Mais si vous vouliez rester à l'université au-delà de cette année, le vieux Cosby ne vous recommanderait pas. Et ici les lettres de recommandation sont indispensables et décisives, pour étudier comme pour travailler. »

Fabienne resta songeuse. Elle n'avait pas tellement l'intention de rester à Austin au-delà de l'année universitaire, mais des élèves qui notaient les profs, elle n'avait jamais vu ça.

« Et pourtant, cela se passe ici partout, insista Corinne, de la maternelle aux programmes de doctorat des plus grandes universités. Même bon, un prof n'est pas censé s'endormir sur ses lauriers.

— Mais si un prof met de mauvaises notes à ses élèves, alors il aura de mauvaises évaluations.

— S'il est injuste, oui. Mais en général, on demande à l'étudiant d'estimer la qualité de l'enseignement et la portée de ce qu'il a appris. Si le prof est simplement exigeant et note tout le monde avec équité, ses étudiants le lui reconnaîtront. Il y a bien des mauvais coucheurs dont les appréciations n'affectent pas la moyenne chiffrée. Mais en général, quand un prof est bon... ou mauvais, ça se sait, et ici ça se dit, et même, ça s'écrit. Et s'il est trop mauvais, il ne reste pas prof longtemps. »

Fabienne ne semblait pas convaincue.

« Je ne sais pas si ce système marcherait en France, remarqua-t-elle, mais je crois qu'on ne devrait pas garder les profs qui détestent leurs élèves et leur métier.

— Et qu'on devrait aussi encourager ceux qui le font bien, ajouta Corinne. Mais trêve de réflexions pour ce soir. Je vous résume la situation à partir des fiches. Nous avons neuf étudiants au Salon de conversation : Edward Ridge, soixante-treize ans, *caucasian*, c'est-à-dire blanc, d'après les critères bureaucratiques américains, retraité ; Jacqueline Smith, soixante et onze ans, *caucasian*, d'origine française, veuve de GI ; Karen Snyden, quarante-deux ans, *caucasian*, directrice des ventes dans une boîte internationale de télécommunications, originaire de l'État de New York ; Pamela Morris, vingt et un ans, *caucasian* et californienne, étudiante en sciences politiques à l'université d'Austin ; Alba Luz Márquez trente-deux ans, *hispanic*, bien sûr puisque colombienne, technicienne on ne sait pas trop où ; Brandon Napoleon, vingt-huit ans, *caucasian*, chanteur d'opéra ; David Bernstein, quarante-huit ans, *caucasian*, ingénieur ; Daphne O'Leary, *caucasian*, trente-neuf ans, femme au foyer, et Cleonice Schuller, trente-huit ans, *african american*, journaliste. Trois hommes, six femmes. Classique. L'étude du français attire davantage la gent féminine. Socialement, il y a une certaine diversité mais jamais

énorme : le français, langue *chic*, n'attire pas généralement
les prolétaires. Géographiquement : deux Texans — Ed et
Daphne — sur neuf. Les Américains voyagent énormément. »

Mais Fabienne restait perplexe : « Je ne comprends pas
bien ces catégories. *African American*, Noir, bon, c'est une
couleur de peau. Bien que Cleonice soit beaucoup plus
blanche que noire. Mais *Hispanic* concerne la langue pas
l'ethnie. Les Espagnols, qui sont des Européens, sont-ils
des *Hispanic* ?

— Au départ, les gens de langue espagnole étaient
considérés comme *Caucasian*. Mais avec l'afflux d'immigrés d'Amérique centrale, qui étaient en général des métis
d'Indiens, on les a mis dans une catégorie à part. Et ils sont
devenus une *minority*, méprisée peut-être mais jouissant de
certains privilèges, comme par exemple des quotas pour
l'entrée à l'université. Quelques Espagnols d'Espagne
avaient réussi à se faufiler ainsi; à présent la loi le leur
interdit. Paradoxalement les Espagnols ne sont donc pas
des *Hispanic*.

— Mais alors qu'est-ce que c'est qu'une "minorité"?

— Un bric-à-brac, dans lequel on a fourré pêle-mêle
les Noirs, les Indiens qu'on appelle ici *Native Americans*, les
femmes et les homosexuels.

— Les femmes? Drôle de minorité !

— Effectivement, par le nombre, elles sont plus nombreuses que les hommes mais par leur statut, elles ont longtemps été minoritaires et ne sont pas encore parvenues à
l'égalité totale. Ici pas plus qu'ailleurs.

— Et les Juifs?

— Ils ne constituent pas vraiment une minorité mais
les membres d'une religion comme les catholiques ou les
épiscopaliens. Mais ici la religion n'est pas affaire de vie
privée comme en France. Elle fait partie du signalement et
de l'identité. Voyez les fiches de nos étudiants. Dans les
formulaires, ils ont tous répondu à la question concernant

leur religion. Jacqueline, Alba Luz, et Brandon sont catholiques; David est juif, Cleonice baptiste, Edward méthodiste, Karen unitarienne, Daphne est épiscopalienne, Pamela est presbytérienne. Quelle brochette!... Allez vous reposer, Fabienne. J'ai l'impression que vous allez apprendre l'Amérique autant que vous enseignerez la France. Tant mieux. La meilleure pédagogie se fait dans la réciprocité. À bientôt. N'hésitez pas à me contacter si vous avez le moindre problème, en particulier avec votre inscription à l'université. N'oubliez pas que je connais bien UA. J'y enseigne depuis cinq ans. »

II

Indian Summer

L'Été indien

Plus l'exposé de cette dame française, Jacqueline, progressait, plus Daphne O'Leary se sentait nerveuse. Qu'allait-elle pouvoir raconter lorsque viendrait son tour ? Sa vie de femme au foyer ? En rassemblant son mauvais français, vague souvenir d'un lointain lycée, elle parlerait plutôt de son mari, de ses enfants. L'espace d'un instant, Daphne revit la jeune fille qu'elle avait été, bonne élève puis étudiante appréciée à Vassar College. Un autre monde, une autre personne. Mais elle ne regrettait rien.

Jacqueline continuait son exposé. Elle avait l'air sympathique. Avec ses cheveux gris impeccablement coiffés, un visage doux et souriant, une silhouette parfaite, elle avait gardé après cinquante ans de vie aux États-Unis un je ne sais quoi de français, aisance ou certaine fantaisie assez inhabituelles chez les vieilles dames américaines. Au fur et à mesure qu'elle l'écoutait, Daphne sentait décroître son anxiété. Jacqueline lui prêterait probablement une indulgente attention.

Brandon Napoleon jouait avec le bracelet de sa montre Gucci. Entre son histoire d'amour pour un GI et sa vie mortelle d'ennui dans le Michigan, puis dans un bled proche d'Austin, Jacqueline Smith était aussi distante de son propre univers que la planète Mars. Mais il aurait bien aimé avoir une mère comme elle, il l'imaginait tolérante à l'égard des préférences sexuelles, du genre à lui dire : « Eh bien mon fils, ce garçon est ton amant. Amène-le donc à la maison pour *Thanksgiving* afin que ton père et moi fassions sa connaissance. » Le contraire de ce que Brandon avait connu.

D'ores et déjà, Brandon savait exactement ce qu'il allait livrer de lui-même. Après des généralités sur ses racines louisianaises et son enfance à Lafayette, il sortirait quelques phrases choisies sur sa carrière de chanteur d'opéra, son début de notoriété et ses ambitions. Peut-être mentionnerait-il ses études dans un Séminaire de la Nouvelle-Orléans, et comment les prêtres avaient remarqué la qualité de sa voix et l'avaient aidé à sortir du rang, à intégrer l'École de musique de Cincinnati où il avait reçu une bourse. Il lui fallait attirer l'attention du groupe sur son talent et écarter résolument toute curiosité sur sa vie privée. Brandon n'évoquerait pas non plus les vaches maigres des périodes où il ne chantait pas. À son âge, Jacqueline pouvait se le permettre. Mais elle n'avait jamais erré dans une ville à la recherche de promotions de macaronis au fromage — trois paquets pour un dollar — qui duraient une semaine, ou usé ses chaussures pendant des mois pour éviter les prohibitifs transports en commun.

D'un coup d'œil, Brandon jaugea une fois encore l'assistance : deux vieux, une femme d'affaires dure et prétentieuse comme il les détestait, une ménagère embarrassée qui devait paniquer à l'idée de parler d'elle, une Noire du Sud — comme lui — qui avait réussi mieux que bien des Blancs, n'en déplaise aux Nordistes et aux étrangers, qui en étaient restés aux clichés de la *Civil War* (que les Français appelaient « Guerre de Sécession ») sur les Sudistes ; une *Latino*, catholique et conventionnelle ; une jeune étudiante banale, probablement féministe, et cet homme célibataire, pas si mal et pince-sans-rire, éternellement en retard. Un ami possible ? Furtivement Brandon l'examina avec plus d'attention. Un geste de la main, l'esquisse d'un sourire... Peut-être...

« Notre magasin a dû fermer en 1965. Concurrence d'un des centres commerciaux qui se développaient partout à grand renfort de promotions et de décors alléchants. Nos trois enfants étaient encore à notre charge et nous n'avions plus rien. »

« Plus rien... » Edward Ridge ne perdait pas un mot de ce que disait Jacqueline. La méthode d'apprentissage du français par cassettes *French in Action*, qu'il avait suivie à la télévision publique avant de s'inscrire au Salon de conversation, lui permettait de comprendre à peu près. Manquer d'argent, Dieu sait qu'il connaissait la chanson. Lorsque sa fille Sabrina était née, il ne gagnait guère plus de cinq cents dollars par mois. Et Nancy qui ne le lâchait pas ! Devrait-elle toute sa vie se contenter de vieilles nippes et de sorties au cinéma local ? Si seulement Nancy avait eu le sourire de Jacqueline... il aurait gardé confiance en lui et en elle.

« Stanley a alors découvert une annonce indiquant un commerce à vendre à Round Rock près d'Austin. La décision a été prise aussitôt. Nous avons vendu la maison et plié bagage pour le Texas. Tous ensemble, nous repartions de zéro. »

Karen Snyden écoutait peu, elle se demandait pourquoi Ray Parker lui faisait cette tête au bureau. Manifestement quelque chose n'allait pas. Mais quoi ? Il faudrait qu'elle examine la situation le soir à tête reposée. Qu'il convoite sa place était un fait évident. Mais avait-il d'ores et déjà un plan sérieux pour la pousser dehors ? Si tel était le cas, il lui fallait redoubler de vigilance et rendre, visage lisse et imperturbable, sourire forcé, coup pour coup.

Karen esquissa un bâillement. Elle était fatiguée. Que débitait cette Jacqueline ? Ses enfants les avaient aidés, son mari et elle, à recommencer une vie, surtout Benjamin, l'aîné, qui mourait d'envie d'entrer dans une bonne université du Wisconsin et qui avait accepté sans broncher d'intégrer un simple *Community College* près de Houston, cinq fois moins cher.

Jacqueline avait de la chance d'avoir un pareil fils, pensa Karen. D'habitude, les adolescents exigeaient d'aller à l'université de leur choix et tant pis si leurs parents devaient s'endetter et se saigner aux quatre veines pour cela. (Une bonne université privée revenait en moyenne — en comprenant logement et nourriture — à 30 000 dollars par an, soit plus de 15 000 francs français.) Elle connaissait des femmes de son âge qui se remettaient au travail pour payer le collège. Et encore un salaire moyen entier ne suffisait-il pas à financer plus d'un seul enfant. Les comptes ouverts par les parents à la naissance de leur progéniture et régulièrement alimentés étaient cependant trop peu fournis quand sonnait l'heure de l'enseignement supérieur. Karen avait déjà eu assez de mal au début à s'acheter son appartement. Comment faisaient donc financièrement les gens qui avaient des enfants?

Sans compter tous les autres problèmes — drogue, anorexie, violence — que posaient les adolescents. Vraiment, elle se réjouissait de n'avoir pas d'enfant. En vieillissant Jacqueline devait avoir perdu le souvenir des moments difficiles. Le ton enjoué de la vieille Française la crispait un peu. Candeur ou hypocrisie? Le regard de Karen tomba sur David. Pas très beau, la quarantaine avancée, apparemment divorcé. Rien d'étonnant avec un pareil *womanizer*, homme à femmes. Elle ne l'aurait pas supporté plus de vingt-quatre heures. Le chanteur d'opéra Brandon Napoleon était nettement plus attirant; il adressait à David des regards furtifs. Mais sans doute avait-il tort. David avait fait clairement savoir qu'il n'était pas homosexuel. Dommage tout de même pour Brandon. Il n'était pas efféminé pour deux sous et lui plaisait. Pourquoi soudain le souvenir de son amie Laura lui traversait-il l'esprit, Laura qui avait réussi à retourner un homosexuel et à l'épouser?

« La maison était une ruine, l'entreprise sans clientèle. Mais nous avons retroussé nos manches. À notre premier

Noël à Round Rock, chaque enfant avait reçu un outil pour travailler dans la maison. »

Le rêve américain, pensa Alba Luz Márquez Solano. Cette Jacqueline était formidable. Née et élevée en France, elle représentait ce que l'Amérique avait de plus utopique et peut-être de meilleur. Ses parents colombiens auraient eu du mal à s'intégrer dans une société si différente de la leur.

David Bernstein mourait d'envie d'allumer une cigarette mais, bien sûr, c'était hors de question, aussi iconoclaste que de coller un chewing-gum sur le nez d'un officier de police qui viendrait vous arrêter au bord de la route pour excès de vitesse. Assis à côté de Jacqueline au premier rang, ce serait à lui de parler dès qu'elle aurait achevé de raconter son parcours de Mme Perfection. La vieille dame aurait pu, sans déparer, se joindre au groupe des Golden Girls, série vedette sur la chaîne Fox, sourire scotché et entrain sur commande.

Qu'allait-il raconter de lui-même ? Il faudrait être bref et incisif. Attirer l'attention de Corinne ou celle de la blonde Alba Luz aux lèvres sensuelles ou encore celle de la jeune Pamela. Une dure aux griffes acérées. Il ne détestait pas. Mais il préférait Fabienne, la petite Française. Plus féminine, moins crispée. En croisant encore une fois le regard de Brandon Napoleon, David résista à l'envie de lui faire une grimace. Pourquoi les homosexuels étaient-ils à ses trousses ? Depuis l'âge de douze ans, alors qu'il ne rêvait que d'embrasser une copine d'école aux cheveux roux, les gays lui faisaient des mamours. Et maintenant qu'ils étaient tous sortis du placard, il fallait prendre des gants pour les remettre à leur place, alors que les femmes vous envoyaient en justice pour un geste déplacé. Luimême avait échappé de justesse à pas mal d'ennuis. Ce qui n'empêchait que la violence de certains hétéros l'atterrait. Casser du gay le samedi soir était pour eux une distraction comme une autre. Pourquoi tant de mâles américains se croyaient-ils obligés de réagir en brutes?

David se redressa sur son siège. Il parlerait avec drôlerie de son enfance et de son adolescence à Brooklyn, de sa vie de bohème à New York, de son chien Hannibal, de ses voyages à travers le monde, hasarderait quelques mots plaisants sur ses fiancées, aborderait tout juste son métier d'ingénieur. Il fallait rester amusant. C'était là son créneau. Ses ennuis familiaux, ses angoisses métaphysiques ou ses problèmes d'identité, il avait toujours vécu avec. Seul.

Jacqueline avait presque achevé. La mort de son mari, le départ des enfants, la naissance de ses petits-enfants avaient été abordés pudiquement et, « Dieu merci, rapidement », pensa Karen. Elle avait tout de même quelque chose d'attachant cette Jacqueline. Était-ce la sincérité, la passion même qu'elle mettait dans son petit discours?

« Si vulnérable », jugeait Daphne. Serait-elle ainsi elle-même à son âge. Comme elle, Jacqueline avait choisi la vie de famille, les enfants. Et maintenant Jacqueline était vieille et seule. Comment pouvait-on se battre et gagner en laissant les sentiments vous submerger? On disait qu'en France la passion l'emportait sur la raison. Curieux pour un peuple qui se réclamait de Descartes! Il n'était pas étonnant que les Français aient tant de problèmes.

Il y eut quelques applaudissements. C'est à moi, pensa David. Il se leva, sourit à Corinne, un peu plus longuement à Fabienne. « Quel cabotin! » s'irrita Pamela. Machiste et cabotin. Pamela avait scrupuleusement écouté Jacqueline. Un bon exposé, sincère et bien dirigé. Et elle n'avait pas affabulé pour chercher à se mettre en valeur. Ce ne serait sûrement pas le cas de David Bernstein. Elle était sûre qu'il parlerait de ses fiancées et de son chien, s'il en avait un. Au lycée de Pasadena en Californie, elle avait eu un prof qui lui ressemblait. Ce dernier avait eu le culot de demander à une de ses étudiantes d'apporter sa thèse à neuf heures du matin, pour en discuter, et lui avait ouvert la porte en peignoir. Les parents avaient déposé une plainte et il avait été viré de l'université peu après. Depuis qu'un de ses *boy-friends* avait tenté de la forcer, un samedi soir sur une plage de Malibu, après quelques canettes de bière, Pamela vivait dans la terreur du violeur potentiel. Il fallait se méfier de David. Elle prit la ferme décision de l'éviter par tous les moyens. Son ironie et sa façon de parler du sexe et des femmes étaient vraiment choquantes.

« Un instant, David, lança Corinne. Je veux d'abord remercier Jacqueline et lui demander, comme je le ferai pour chacun d'entre vous, pourquoi elle a rejoint notre Salon de conversation. »

Jacqueline était émue. Cinq minutes pour résumer une existence, c'était très peu et beaucoup à la fois. Sa vie simple avait été si différente de ses espoirs d'adolescente ! À quinze ans, elle rêvait d'être institutrice. Mais la guerre avait pesé lourd sur son destin avant de le faire éclater lorsque Stanley était arrivé à Bourg-en-Artois un matin d'été...

Edward ne perdait pas une syllabe du discours de Jacqueline. Ce Stanley qui avait débarqué dans le Pas-de-Calais en 1944 aurait pu être lui. Il avait été sur le point de partir pour l'Europe. Une pneumonie grave l'en avait empêché. John, son meilleur ami, celui avec qui il avait fait les quatre cents coups dans la petite *high school* de Houston, était parti, lui, et n'était pas revenu. Dans le cimetière militaire américain de Omaha Beach, sur la côte normande, Edward était allé deux fois se recueillir à la mémoire de son alter ego : John Carrington, 1924-1944. Edward aurait pu être à la place de John aussi bien que de Stanley. Il n'avait tenu qu'à un fil.

David, lui aussi, avait sa guerre. Celle du Viêt-nam, qu'il aurait refusé de faire s'il avait tiré le mauvais numéro à la loterie de la conscription. Et il avait quelques camarades qui s'en étaient mal sortis. Appelés au champ d'honneur — qu'ils considéraient comme champ de déshonneur — et handicapés à vie. David, lui, s'en était tiré sans dommage. Comme toujours il avait eu de la chance.

« L'Alliance française, c'est un peu de France, n'est-ce pas ? poursuivait Jacqueline. Eh bien disons que je suis restée française dans mon cœur et que je suis heureuse d'y faire un petit voyage mensuel, d'y retrouver des amis.

— Avez-vous des amis français à Austin ? En avez-vous cherché ? »

Pamela regardait Jacqueline avec un sourire encourageant.

« Non, je n'en ai pas. C'est pour cela que j'ai du mal à m'exprimer dans ma langue maternelle. Au début, j'ai essayé de parler français avec mes enfants aînés. Mais ils me répondaient toujours en anglais. Cela les exaspérait d'avoir une mère qui ne ressemblait pas aux autres. Alors j'ai abandonné. Quant aux amis, on ne les cherche pas, vous savez, on les trouve tout simplement et je n'en ai pas rencontré. Mais je lis beaucoup en français, mes vieux bouquins, une revue de temps à autre.

— De nouveaux romans ?

— Je ne connais pas les auteurs modernes et ce que je lis de leurs livres dans mes magazines me rebute un peu. Moi, j'aime les romans d'aventures et d'amour. C'est démodé certainement. D'ailleurs j'ai bien peur que la France n'ait beaucoup changé depuis que je l'ai quittée. Je ne sais pas si je m'y adapterais aujourd'hui. »

Pamela resta silencieuse. Au fond, Jacqueline ressemblait aux dames lyonnaises, amies de Mme Collinet. L'avenir et même le présent ne comptaient pas pour elles ; elles étaient enfermées dans le passé. En France, on écoutait depuis quarante ans les mêmes chanteurs et on se passionnait pour de vieilles lunes. Le baptême de ce Clovis par exemple. Elle avait lu cette histoire dans les journaux. Comment pouvait-on débattre d'un sujet qui remontait au ve siècle ? Vraiment cette attitude la dépassait. Refuser de comprendre le monde d'aujourd'hui était un handicap sérieux. Jacqueline devrait faire l'effort de sortir de son univers étroit, de remettre en question des souvenirs démodés.

Un instant aussi propice pour poser sa question ne se représenterait peut-être pas mais Fabienne Vouillé hésitait cependant.

« La France ne vous manque-t-elle pas ? lâcha-t-elle enfin. N'avez-vous jamais pensé revenir chez vous après avoir enterré votre mari ? »

Karen était étonnée que Fabienne eût utilisé le mot « enterrer ». En anglais on aurait eu recours à des périphrases, des euphémismes comme *pass away*, partir au loin. Les Français avaient longtemps eu la réputation d'être le peuple le mieux élevé du monde, pratiquant le baisemain et le compliment raffiné. Quand elle était allée en France, elle avait été surprise par la crudité de leur langage et leur manque de manières. Lors d'une rencontre professionnelle, elle était montée dans la voiture d'un collègue de la succursale française et avait attendu une bonne minute, en vain, qu'il fasse le tour pour lui ouvrir la portière. La mésaventure inverse était arrivée à un de ses subordonnés : Fred. Il s'était précipité pour ouvrir la portière à une Française qui était déjà sortie, toute seule, de la voiture et le contemplait avec amusement. L'arrogance de ces Français, persuadés qu'ils détenaient les clés de la *galanterie*, ne se justifiait plus du tout.

Edward décidément aimait le sourire de Jacqueline, doux mais piquant. Tant de femmes étaient devenues, avec l'âge, égocentriques et pincées. Donneuses de leçons. Jacqueline était différente.

« C'est une bonne question mais, voyez-vous, la France est un autre monde. Je n'y ai plus de famille, plus d'amis, plus de racines. Je n'y serais plus chez moi.

— Mais c'est votre pays, protesta Fabienne, et c'est le plus beau pays du monde. Regardez le nombre d'étrangers qui rêvent de vivre chez nous. »

Elle s'arrêta net, fusillée par le regard de Corinne.

Mais elle n'en pensait pas moins. Pour rien au monde, elle ne déciderait de s'expatrier pour toujours. Après un mois d'Amérique, quoique étonnée, intéressée, séduite parfois, souvent désorientée, elle était convaincue qu'elle ne pourrait jamais y vivre. Cela ne voulait nullement signifier qu'elle passerait à Nantes le reste de ses jours.

« Chère petite mademoiselle, dit David. Chacun de nous est persuadé ici que l'Amérique est le plus beau pays du monde et que tous les étrangers de la planète se morfondent de ne pas pouvoir y immigrer. Comment pouvez-vous vivre, vous les Français, avec des salles de bains aussi petites, de surcroît séparées des toilettes, et sans le *New York Times* livré sous votre porte tous les matins ? Même dans ce désert d'Austin, le New-Yorkais que je suis jouit de ces privilèges irremplaçables !

— Cette discussion révèle au moins quelque chose en commun entre nos deux pays, nota Corinne, notre incorrigible ethnocentrisme. » Elle se sentait fâchée contre Fabienne. Mortimer Cosby n'apprécierait pas du tout ce genre d'intervention personnelle. Fabienne avait beau être jeune et fraîchement débarquée, il fallait qu'elle comprenne que leurs étudiants n'étaient pas là pour entendre proclamer que la France était le pays le plus merveilleux de tous mais pour apprendre le français.

« Le chauvinisme est de tous les pays », remarqua Alba Luz qui savait de quoi elle parlait.

Cleonice Schuller soupira. Tôt ou tard, le chauvinisme, qu'il soit américain, français, colombien ou africain, montrait le bout de son nez. Mais ces gens bien tranquilles savaient-ils ce que signifiait n'avoir pas de racines ? De Caroline du Sud par sa mère, mi-allemande, mi-belge par son père, elle ne se sentait ni du Sud esclavagiste, ni du Nord raciste, ni blanche, ni vraiment noire, quoique la communauté africaine-américaine fût devenue la sienne. Parce qu'elle était claire, elle avait essayé un temps de se faire passer pour blanche mais elle y avait vite renoncé. Il valait mieux s'affirmer que se dissimuler et être facilement démasquée. Et puis, elle avait le sentiment d'une trahison à l'égard de son peuple noir qui avait tant souffert. Elle avait été déchirée, ballottée d'un monde à l'autre, un moment même tentée de vivre en Afrique. Ses voyages, son séjour de deux années dans le Peace Corps au Togo l'en avait cependant dissuadée. Malgré tout, elle était trop américaine dans ses réflexes. Là non plus, elle n'« appartenait » pas, comme on disait en anglais.

Jacqueline Anjubaut-Smith, quant à elle, ne semblait pas heurtée.

« C'était mon pays en effet mais je n'ai pas besoin d'y vivre physiquement pour l'avoir dans mon cœur. Voyez-vous, ma petite fille, un pays c'est comme un homme. Il faut le pratiquer pour le connaître et s'adapter à lui. Si on ne se voit que tous les cinquante ans, on peut s'aimer de loin mais on se perd quand même de vue. »

Le vieil Edward lui lança un regard d'admiration. Avec quelle force vous avait-elle dit cela : « C'est comme un homme ! » Quelque part, on avait envie d'être ce pays-là, d'être cet homme-là dans son cœur.

« La communauté d'esprit étant la seule famille réelle, je suis venu au Salon de conversation pour y retrouver mes semblables, les êtres rares et utopiques qui rêvent en français, la langue de l'amour. » David se rassit. Il était assez content de sa petite diatribe. Alba Luz, Ed, Fabienne, Jacqueline et Corinne avaient ri. Cleonice avait esquissé un sourire de connivence. Brandon l'avait regardé avec une espèce d'indulgence déçue. Mais Karen et Daphne étaient restées de glace. Et la jeune Pamela avait laissé tomber ses livres et s'était absorbée dans la démarche bruyante de les ramasser.

Les étudiants du Salon de conversation avaient tous au moins une bonne raison de vouloir entretenir leur français. Raisons professionnelles : Brandon le chanteur, qui voulait interpréter le répertoire français, Lulli, Rameau, Gounod, et pourquoi pas Poulenc et Ravel, Cleonice la journaliste, Karen qui travaillait dans une entreprise internationale. Raisons scolaires : Pamela, l'étudiante. Ed et Daphne avaient envie de se changer les idées. Mais il fallait aussi compter avec les attaches louisianaises de Brandon, les séjours en Afrique francophone de Cleonice, le désir non avoué de Karen de trouver un mari français, la liaison de jeunesse avec Simone Cordier, la petite Marseillaise qu'Ed n'avait jamais oubliée.

Quant à Alba Luz Márquez, ses motivations étaient les moins claires de tous. Corinne perçut dans l'histoire lyrique et compliquée de la jeune Colombienne un désir d'intégration sociale ou ethnique, joint à la fierté d'une grand-mère française, *la abuelita, doña* Jeanne-Marie : aïeule née dans un mystérieux château de la Loire et qui avait fini ses jours dans un couvent de Cali.

Corinne jeta un coup d'œil sur la pendule. Maintenant que la glace était rompue, on pouvait aborder le sujet de ce mois d'octobre. La transition était toute trouvée :

« Puisqu'on a tout à l'heure mentionné le chauvinisme, pensez-vous qu'il s'appliquait aux derniers Jeux olympiques d'Atlanta? »

Elle posait la question en connaissance de cause car l'ethnocentrisme américain avait à cette occasion frappé tous les non-Américains qu'elle connaissait à Austin. La chaîne NBC, propriétaire des droits, avait transformé en spectacle la performance sportive tronquée. La publicité et la propagande avaient eu le pas sur les athlètes et le public américain n'avait vu de ces jeux que les podiums où les médailles étaient américaines. Pas étonnant que la Colombienne Alba Luz lui apportât du renfort :

« Les caméras n'ont montré que les athlètes américains, même lorsqu'ils ne gagnaient pas, remarqua cette dernière. J'en avais assez des clips où l'on faisait le portrait d'un athlète de deuxième ordre, avec toutes sortes de détails sur ses parents, sa fiancée, sa façon de s'entraîner.

La caméra le suivait ensuite dans une course ou une performance sans mentionner ses concurrents. Pour finir, on apprenait qu'il avait terminé dixième et on ne savait même pas qui était le vainqueur. Je me rappelle le quatre fois cent mètres où justement les Américains n'ont pas décroché la médaille d'or. Je n'ai même pas su qui avait gagné.

— Les JO n'étaient pas en direct comme en France? s'étonna Fabienne.

— Ici, nous ne comptons pas comme en France sur l'aide de l'Etat et les fonds publics, répondit David. La chaîne privée, chargée de la retransmission, entendait faire des bénéfices, après avoir payé très cher les droits. Et c'est ce qu'elle a fait, au prix des pubs et du redécoupage des Jeux, au goût du public américain qui aime voir ses propres athlètes gagner. La méthode est peut-être critiquable mais au moins on n'a pas perdu d'argent.

— Nous autres contribuables, nous aimons savoir où passent les fonds de nos impôts et de nos taxes, affirma Edward.

— D'ailleurs, ce sont quand même les Américains qui gagnent le plus de médailles, déclara Pamela avec un peu d'agressivité. Aux États-Unis, on a une politique sportive dès l'école secondaire et le sport est aussi important que les autres disciplines, à l'école, et surtout à l'entrée à l'université. Quand j'étais à Lyon, j'ai constaté que c'était loin d'être le cas en France.

— Dans ce pays, un sportif talentueux peut parfaitement entrer dans une bonne université avec une bourse, même s'il n'a pas le niveau scolaire, précisa Corinne pour Fabienne. Surtout dans le domaine du football américain et du basket. Certaines universités gagnent tellement d'argent avec ces compétitions interuniversitaires qu'elles se permettent de recruter de jeunes athlètes qui ne répondent pas aux critères ordinaires d'admission.

— Je suis entièrement contre ces méthodes, s'écria Cleonice avec véhémence. C'est ce qui se pratique à l'université d'Austin et dans d'autres universités d'État. Les athlètes en question sont toujours des Noirs, qu'on tolère malgré leur niveau intellectuel inadéquat. Et après il est facile de faire l'amalgame et de dire que les Noirs ont des muscles et pas de cervelle. » Cleonice avait du mal à se contrôler. Elle-même avait été une excellente *minority student*, à l'école de journalisme de l'université de Columbia et n'avait pas eu besoin des quotas pour réussir. Elle aurait refusé de rentrer dans une de ces universités où on l'aurait confondue avec ses frères de race dont on achetait les muscles avec un bon diplôme. Mais d'un autre côté, elle n'était pas une enfant du ghetto et sa mère noire avait fait des études avant elle.

« Je trouve que c'est un excellent système, coupa Ed avec conviction. Cela permet à des jeunes, dont les parents n'auraient pas les moyens de payer l'université, de faire de bonnes études gratuitement. Malheureusement il est en train de se dégrader. Les jeunes générations font moins de sport que nous.

— Résultat, approuva Daphne, nos enfants deviennent des *couch potato* [qui font du lard en regardant la télé], et des *nerds* [polards]. »

La discussion se poursuivit avec animation. Pamela fit observer que les grandes universités, celles de la *Ivy League* comme Harvard, Yale ou Princeton, ne pratiquaient pas ces méthodes. Si elles donnaient des bourses à des champions potentiels d'aviron, d'athlétisme ou d'escrime, leurs critères d'admission à l'université étaient les mêmes pour tous. Ce qui comptait, comme partout, c'était les dossiers scolaires et les notes reçues aux *SAT*, tests passés à la fin de l'école secondaire afin d'entrer en faculté. Brandon, lui, était surtout fasciné par les carrières et les fortunes qui attendaient les jeunes sportifs amateurs au sortir de l'université et à l'entrée dans le sport professionnel. Il ne dit pas à quel point il les enviait, lui qui avait été jusqu'à faire des ménages chez son professeur de chant en échange de ses cours. Des noms furent lancés : Dikembe Mutembo, d'origine zaïroise, joueur de basket des Hoyas, l'équipe de l'université de Georgetown, aujourd'hui avec les *Hawks* d'Atlanta ; Michael Jordan, champion de basket de l'université de Caroline du Nord, aujourd'hui avec les *Bulls* de Chicago ; Troy Aikman, héros local blanc des *Cowboys* texans. Mais Cleonice n'en démordait pas. Ces aumônes faites à des Noirs (elle se permettait de dire Noirs) n'étaient qu'une manifestation déguisée de discrimination. Les critères devaient être les mêmes pour tous les étudiants, sinon les diplômes étaient dévalorisés pour certains. Qu'on idolâtre un champion comme Michael Johnson aux Jeux olympiques, elle n'était pas contre. Mais à quand un Noir connu pour les sciences ou la philosophie ?

« En définitive qu'avez-vous retenu, intervint Corinne, des succès non américains aux JO ?

— Les Russes et les Chinois sont très forts, répondit Daphne, qui l'avait entendu dire par Richard, son mari, branché à sa télé pendant tout l'été. En Europe, ce sont plutôt les Allemands... je crois... et les Anglais.

— Mais la France a eu le cinquième rang des médailles d'or. » Fabienne, peu habituée à voyager, était froissée dans son orgueil national par tant d'ignorance.

« Nous avons tous admiré la performance de Marie-José Pérec. » Cleonice cherchait poliment à calmer la jeune Française.

« On a surtout admiré la moitié de son derrière, précisa sarcastiquement Karen. Les journaux américains ont beaucoup parlé du maillot indécent de votre championne. Ils ont aussi raconté que Marie-José avait dû quitter la France pour s'entraîner avec un Américain parce que la presse française la harcelait. Et aussi qu'elle aurait été *crucified*, crucifiée par cette même presse si elle n'avait pas décroché la médaille. »

Corinne fit remarquer que, en effet, bien que le fondateur des Jeux fût le baron Pierre de Coubertin, pendant longtemps les Français avaient été à la remorque, parce qu'il n'y avait pas, comme aux États-Unis, de véritable incitation au sport dans les écoles. Elle-même avait été frappée au début de son séjour par l'importance qu'occupait le sport dans l'université américaine. Beaucoup d'étudiants s'absentaient des cours avec la bénédiction et un mot d'excuse de l'administration pour participer à une compétition. D'autres s'endormaient au cours de neuf heures, parce qu'ils s'étaient levés à cinq heures pour s'entraîner dans l'équipe d'aviron. Quant à la couverture médiatique des Jeux, elle s'était focalisée sur les aspects proprement américains. Marie-José était française par la coupe de son maillot qui avait choqué les prudes mais elle avait gagné grâce à son entraîneur américain. Marion Clignet, médaille d'argent en cyclisme, était une « citoyenne de Bethesda » où elle avait simplement passé une partie de son enfance avec ses parents français expatriés.

« Cela ne vaut ni mieux ni plus mal que nos cocoricos », conclut Corinne en annonçant la séance suivante. On y parlerait de la fête d'*Halloween*, le 31 octobre, et de ce que cette fête représentait, dans les racines culturelles comme dans l'imaginaire américain.

Corinne se leva et sourit avec affection aux membres du Salon de conversation. Les rencontres étaient le point fort de son métier et cette année elle avait de la chance. Ses neuf étudiants semblaient tous dotés d'une personnalité attachante et, malgré les divergences, communiquaient entre eux, avec ce respect du discours de l'autre qui surprenait toujours les Français à leur arrivée. Ici, pas question d'interrompre, de couper la parole, de parler en même temps. Même si on n'était pas d'accord, on écoutait avec attention ce que l'autre avait à dire avant de rétorquer posément en prenant son temps. Préparés par des cours de « débat public », dès l'école secondaire, les Américains étaient ainsi rompus aux règles strictes du débat contradictoire qui réglaient les conversations mondaines, aussi bien que les *talk shows* de radio ou de télé... et le Salon de conversation.

Edward accompagna Jacqueline jusqu'à sa voiture, un break Oldsmobile datant d'une bonne dizaine d'années. Le début d'octobre était chaud encore à Austin avec un vent sec soufflant du Sud, qui aggravait son asthme chronique. Comme il l'avait toujours fait, il ouvrit la portière du conducteur afin que Jacqueline pût confortablement s'installer. Mais Edward hésitait. Allait-il inviter sa condisciple à prendre un café? C'était prématuré sans doute. Au prochain Salon de conversation, il oserait.

« Vous vivez seule? »

Jacqueline parlait français avec un léger accent américain et anglais avec un petit accent français. C'était charmant. En 1948 — il n'avait pas vingt-cinq ans —, dans sa ville natale de Houston, il avait aimé à en dépérir une jeune Française, Simone. Une stagiaire. Un beau matin de fin d'été, elle avait regagné la Provence et lui était rentré au collège. Mais il n'avait jamais oublié son accent.

« Je vis avec mon chat. »

Jacqueline tendit la main. Depuis la mort de Stanley, elle avait été courtisée par maint retraité mais aucun ne la tentait. Là une calvitie, ici un dentier ou un ventre rebondi de buveur de bière les lui avait fait gentiment mais fermement écarter. Edward Ridge ne manquait jamais son *jogging* matinal; il jouait régulièrement au golf et au tennis et avait encore une silhouette élancée malgré son âge.

« Au mois prochain, Jacqueline! lança Ed avec gaieté. Ce Salon de conversation se présente sous d'heureux auspices. »

David Bernstein savait très bien comment écarter Brandon Napoleon. Le jeune chanteur s'était arrangé pour cheminer avec lui jusqu'au parking et David rageait. Un peu plus loin, Alba Luz Márquez échangeait quelques mots avec Cleonice Schuller. Daphne parlait avec Karen. Dans la lumière de la fin de soirée, Karen semblait avoir des cheveux de fée. Quelqu'un le lui avait-il déjà dit?

« Pas mal, n'est-ce pas? »

David désigna le groupe à Brandon.

« J'ai une préférence pour Karen parce que c'est une femme de tête qui a un corps parfait. Mais la petite Française ne me déplaît pas non plus. Et vous? »

Brandon esquissa un geste vague. Il était déçu. David aimait les femmes.

« C'est Corinne que je préfère, elle a de la classe. Mais je suis un peu pressé. À bientôt, David! »

Lorsque David fit quelques pas vers le groupe, déjà il s'était disloqué. Seule, avançait vers lui Daphne O'Leary qui fouillait dans son sac pour y pêcher les clefs de sa voiture. Des mèches de cheveux tombaient dans ses yeux et son chemisier s'était à moitié dégagé de la sage jupe qui lui frôlait les chevilles. En passant devant lui, elle lui adressa un petit signe de la main.

« Je file chercher mes jumeaux pour l'entraînement de basket. »

Déjà elle était en train d'ouvrir la serrure de la *suburban,* un énorme *van* où une colonie de vacances aurait pu s'entasser.

David reprit son chemin. Il habitait toujours le quartier de l'université, si central qu'il pouvait se rendre à pied presque partout. Dans les quartiers riches, sans voiture, il aurait semblé pauvre, péché impardonnable mais parmi les étudiants, il donnait de lui l'image d'un homme *cool* et aisé. Un atout. David se demanda ce qu'il allait faire de sa soirée. Boire une bière tout d'abord, puis traîner sans doute dans les quelques restaurants tex-mex où il avait une chance de rencontrer des amies.

Cleonice sauta dans le bus *in extremis* avant qu'il ne démarre. Le chauffeur noir lui adressa un large sourire. Parfois cette gentillesse spontanée la touchait mais le plus souvent elle la hérissait. Le côté « restons entre nous ma sœur » était rassurant mais dangereux. À son retour d'Afrique, elle avait beaucoup hésité à s'intégrer dans le milieu africain-américain, puis à s'y impliquer. Les choses s'étaient faites un peu malgré elle. Pas facile d'y échapper dans une Amérique où on voulait à tout prix étiqueter chaque individu : blanc, noir, hispanique, natif américain, juif, protestant, catholique, démocrate, républicain... Et ce n'était pas exhaustif. Amour de l'ordre, de savoir qui est quoi jusqu'à noter la race et le sexe d'un individu sur une simple contravention. Elle se souvenait de sa première infraction sur la route, un dépassement de vitesse. L'officier de police semblait perturbé. *Female* était évident, mais blanche ou noire ? Elle-même avait précisé « noire ». À l'époque, dix années auparavant, on ne disait pas africain-américain. Aucune surprise n'était apparue sur son visage rose d'Irlandais. Consciencieusement l'officier de police avait noté « *black female* ». Et ainsi, pas après pas, elle avait rejoint sa communauté.

Appuyée contre la vitre du bus, Cleonice songea un instant au Salon de conversation. Elle avait appris le français avec son père blanc, dont la mère était arrivée de Belgique en Caroline du Sud dans les années trente. Sa mère noire était d'une famille de pasteurs mais avait été honnie par les deux communautés pour avoir épousé Karsten Schuller. Cleonice hésitait à se rappeler la mort de sa mère vingt ans plus tôt. Le jour le plus horrible de sa vie. L'enterrement avait eu lieu presque à la sauvette. Une Noire mariée à un Blanc dans les années cinquante, cela ne se faisait pratiquement jamais. Mais Karsten Schuller n'était pas n'importe quel Blanc ; ses origines allemandes du côté paternel n'étaient pas anciennes et sa mère venait directement de Louvain. Quant à Josephine King, mère de Cleonice, elle avait fait de bonnes études, poussée par son pasteur de père, qui ne croyait qu'en l'éducation pour l'intégration des anciens esclaves et avait rencontré Karsten, son futur mari à l'université du Michigan, qui accueillait les Noirs à l'époque.

Tout de suite après l'enterrement de sa mère, Cleonice avait déclaré à son père qu'elle voulait faire des études supérieures mais qu'elle refusait de se présenter comme *minority student* et de bénéficier d'un traitement de faveur pour entrer dans une bonne université. Son frère Jonathan pouvait bien essayer s'il voulait. Lui ressemblait à leur mère ; il avait des traits négroïdes et n'avait pas le choix. Et il était beaucoup plus *radical*, activiste de la cause noire qu'elle. Si elle n'obtenait pas de bourse sur des critères académiques, elle paierait ses études elle-même en travaillant la nuit. Le français, hérité de sa grand-mère, qu'elle avait passé avec *honors* avait bien fait avancer son dossier et elle avait été admise à Columbia University, mais sans la bourse, qu'elle aurait obtenue facilement si elle avait précisé ses origines. Tous ses amis lui avaient fait la leçon, même son père : « Tu es une petite idiote. Tu as tous les inconvénients d'être noire, et pas les avantages ! » Mais elle avait tenu bon, fait un emprunt, travaillé dans un restaurant le soir et les week-ends. Elle était claire ; son père était blanc ; elle souffrait moins que son amie Chantelle, avec laquelle elle avait été serveuse, et qui n'avait pu entrer dans une bonne école, parce qu'elle était noire sans le sou. Cleonice avait de la chance. Columbia était une des meilleures filières pour devenir journaliste. Elle voulait parler, clamer ce qu'elle avait entendu et observé durant sa jeunesse, exprimer enfin ce qui lui avait brisé le cœur : l'abandon de son bébé. Et aujourd'hui, elle était journaliste à l'*Austin Post*. Un rêve réalisé. Mais réalise-t-on jamais totalement ses rêves ? Celui de retrouver un jour sa fille et de rattraper le temps perdu, ce rêve-là elle l'avait perdu.

La femme de ménage mexicaine avait bien fait son travail, l'appartement était impeccable. Déjà le Capitole était illuminé et par la fenêtre du living-room, Karen voyait sa

silhouette massive mais élégante se découper dans le crépuscule. Une décoratrice venait de poser les rideaux, un
tissu français qui coûtait un prix fou mais qu'elle convoitait
parce que justement il était inabordable. Chez les anti-
quaires, elle regardait d'abord les prix. Un meuble bon
marché n'avait pour Karen aucun intérêt. Pourquoi se
serait-elle tuée au travail, pourquoi afficherait-elle une
réussite professionnelle aussi brillante pour se payer de la
pacotille ? Sur le comptoir en faïence italienne de la cuisine,
le *TV dinner* était préparé sur un plateau, prêt pour le four à
micro-ondes. Tout était calme, serein, vide.

Karen alluma la télé. Une sorte d'angoisse l'étreignait
souvent à la tombée de la nuit. Elle ne savait pas pourquoi.
Ses chaussures ôtées, elle se dirigea vers le frigidaire. Un
verre de sherry, une douche et elle se sentirait beaucoup
mieux.

Ensuite elle pourrait affûter ses armes pour son
combat contre Ray Parker. Le jour où il chausserait ses
pantoufles n'était pas près d'arriver.

« Maman, je ne trouve pas le livre que je dois avoir terminé pour demain ! » Daphne abandonna le gratin de
macaronis qu'elle était en train d'achever. Avec le bruit de
la télévision, Chris n'avait aucune chance de l'entendre.
Elle avait une migraine affreuse. Peut-être parce qu'elle se
contraignait, depuis son retour du Salon de conversation, à
se remémorer le nom en français de chaque objet qu'elle
utilisait, méthode préconisée par un article qui l'avait
convaincue ? « Casserole, pâtes, fromage, lait, table, cuil-
lère », les mots s'entrechoquaient dans sa tête. Et les hurle-
ments de Chris achevaient d'y mettre la plus totale confusion. Dans un instant, Richard allait rentrer. Il voudrait se
reposer, décompresser. C'était légitime et elle faisait en
sorte de rendre son foyer aussi agréable que possible. Mais
elle était fatiguée, si fatiguée... Avait-elle trente-neuf ans ou
cent ? Parfois elle ne le savait plus.

Successivement Daphne avait renoncé aux cours sur l'arrangement floral, puis à ceux de cuisine italienne auxquels elle s'était inscrite avec enthousiasme. Entre sa famille, le comité des parents d'élèves et le club des femmes épiscopaliennes, le temps lui échappait. Mais elle s'astreignait à préparer un dîner, une fois par semaine. La plupart de ses amies y avaient renoncé depuis longtemps. Chacun se servait dans le frigidaire, abondamment garni. Et on se retrouvait quand même autour de la table du petit déjeuner le matin. Dans beaucoup de familles, on remplaçait le repas familial par un McDonald le samedi à midi. Ou un brunch le dimanche après l'office religieux. Mais, comme elle ne travaillait pas au-dehors, elle avait tenu à cet unique repas hebdomadaire, bien que cela n'enthousiasmât pas les enfants qui préféraient pêcher dans le frigo les tranches de charcuterie, le pain, la mayonnaise et les *ice creams* dont ils faisaient leurs délices. Le problème, c'est que cela tombait rituellement le mardi, jour qui était maintenant celui du cours de français. Il faudrait qu'elle songe à reprogrammer ce dîner.

En tout cas, elle n'abandonnerait pas le Salon de conversation. Corinne, le professeur, était sympathique. Et ce regroupement d'hommes et de femmes était une expérience qu'elle n'avait pas vécue depuis l'université. Dès son mariage, son monde était devenu un monde de femmes, femmes décidées, organisées ou femmes seules et malheureuses mais femmes invariablement. Même dans les rares réceptions où il lui arrivait de se rendre avec Richard, hommes et femmes se séparaient, les uns buvant force cocktails en parlant bourse ou golf, les autres papotant, un petit verre de vin blanc à la main. Qui aurait pu croire qu'à l'université elle avait adoré la compagnie de ses *dates*, chevaliers servants des samedis soir? Aujourd'hui les hommes la mettaient un peu mal à l'aise. Évidemment, elle n'avait pas pu avouer au Salon de conversation que cette collègue de Richard, dont elle avait été si jalouse, était diplômée de la Sorbonne et que de là venait son désir de parler couramment la langue de Molière.

Le chien grattait à la porte de la cuisine pour entrer. Elle avait oublié de renouveler les granulés de son bol, de changer l'eau. « Maman, qu'est-ce que tu fais ? Cela fait cent fois que je t'appelle. » La voix suraiguë de Chris était incontournable. Daphne lâcha son torchon et se précipita dans l'escalier. Décidément l'ancienne étudiante de Vassar n'était plus qu'une *soccer mom*, une mère chauffeur qui passait son temps à emmener ses enfants d'un entraînement de sport à un cours de musique. L'absence de transports en commun et l'insécurité croissante transformaient, dans les banlieues résidentielles, les mères de famille de la classe moyenne en « utilités » ambulantes, toujours sur la route, mais sans l'esprit d'aventure de leurs pionnières d'aïeules.

Le bistrot français était traditionnellement décoré de nappes à carreaux rouges et blancs et de bougies fichées dans des bouteilles de champagne vides. L'hôtesse les conduisit à une table. Pas question ici de choisir soi-même où l'on avait envie de s'asseoir. Corinne s'installa sur la banquette tandis que Fabienne prenait la chaise placée en face d'elle. Selon l'usage, Corinne commença par commander les boissons, deux verres de pinot noir ? À présent, son calepin à la main, le serveur, un étudiant, patientait. « Puis-je vous indiquer les *specials*, les plats du jour ? Bœuf à la ficelle, dix dollars, filet de porc au riz sauvage, douze dollars, poulet basquaise, dix dollars. Au buffet — il disait *salad bar* — vous avez droit à des salades à volonté. » Un verre d'eau glacée, une corbeille de pain avec du beurre attendaient sur la table, minimum indispensable dans tout restaurant américain, même s'il se prétendait imprégné de l'esprit culinaire gaulois.

Corinne déplia sa serviette, s'empara d'un petit pain encore tiède.

« Commençons par quelques remarques, lança-t-elle

d'une voix bienveillante. Vous êtes nouvellement arrivée ici et avez beaucoup à apprendre.

— J'avoue que j'ai été surprise par le côté... un peu chauvin. En France, on a le sens de la critique et de l'auto-critique...

— Peut-être regardez-vous cela avec des yeux de Française. Les Français ne seraient peut-être pas aussi tolé-rants avec un étranger. Les Américains croient profondé-ment en leur pays et en leur système. Ils peuvent vouloir réformer ce qui ne marche pas. Néanmoins il y a une espèce de consensus en ce qui concerne l'essentiel, auquel ni Cleonice ni Brandon, qui sont des marginaux par leur couleur ou leurs préférences sexuelles, n'échappent. En même temps, c'est un grand pays, autocentré et assez igno-rant des autres.

— Quand même, tout ce qu'ils avaient retenu des champions français aux JO, c'était les fesses de Marie-José Pérec, alors que chez nous, on ne parlait que de Michael Jordan et des champions américains. Ce n'est pas juste.

— Pour ce qui est du chauvinisme, ma petite Fabienne, nous ne craignons personne. Vous même, vous étiez rouge d'indignation parce que les trois quarts de l'assistance ignoraient qui était la fameuse Jeannie Longo... Et si vous me permettez... quelques petites recommanda-tions. D'abord et surtout retenez les prénoms de tous nos élèves. Il y a des méthodes pour cela. Edward, par exemple, est digne et un peu démodé comme un valet de chambre anglais. Ce n'est pas très difficile, vous verrez et c'est extrê-mement important. Un Américain accepte de répéter une deuxième fois son prénom, pas plus. »

Le serveur disposa devant les Françaises les deux verres de vin texan tandis qu'à la table voisine s'immobili-sait un chariot contenant des quantités de nourriture capables d'écœurer Pantagruel.

« Les Américains aiment avoir leurs assiettes pleines même s'ils n'en touchent qu'à une partie, observa Corinne à l'attention de son assistante. Cela choque au début de voir ces quantités de nourriture destinées à la poubelle et puis, au dessert, on voit arriver des petits cartons contenant les restes que les convives rapportent scrupuleusement chez eux pour les faire réchauffer au micro-ondes. Cela s'appelle encore un *doggy bag*, un sac pour le chien. »

Fabienne absorba une longue gorgée de vin texan. Elle se sentait vraiment bien loin de Nantes.

« Ensuite, poursuivit Corinne, évitez d'aborder tout de go des sujets que les Américains jugent "intimes", c'est-à-dire qui relèvent de l'émotion ou de la conviction. Ici, on essaie de maîtriser dès l'enfance ses réactions affectives. Pas de scènes en public, pas de cris, pas d'insultes ou de discussions qui finissent en bagarres, pas d'explosions de joie ou de corps à corps. Vous verrez très rarement des jeunes gens s'embrasser dans la rue. En présence d'autrui, les mères ne grondent pas leurs enfants, les fessent encore moins mais les attirent dans un coin pour les réprimander d'une voix aussi calme que possible. Pas question de se donner en spectacle. Les Africains-Américains, cependant, font exception et sont en général plus démonstratifs les uns envers les autres. »

Fabienne écoutait avec intérêt. Menaces, réconciliations, bisous avaient fait partie du monde de son enfance. On s'engueulait et on se remettait d'accord, cela faisait du bien à tout le monde. « Rien de meilleur pour les nerfs qu'un bon psychodrame familial », affirmait l'une de ses grand-mères, elle-même soupe au lait.

« Avec les garçons et les hommes, tu... vous serez probablement surprise de leur froideur. Au fait, Fabienne, on pourrait peut-être se tutoyer, ce serait plus simple. En réalité, ce n'est pas froideur mais prudence et méfiance. Ici faire un compliment sur la couleur d'une robe peut être interprété comme un premier signe de harcèlement sexuel. Les relations entre hommes et femmes, qui ont toujours été marquées par un certain puritanisme, se sont, sous l'influence du féminisme et de la *correction politique*, de plus en plus codifiées; le marivaudage, la fantaisie, l'humour, les rapports de séduction, tout cela est à l'index. Si tu plais à un garçon de la fac, il te le fera savoir en t'invitant à sortir le vendredi ou le samedi soir. Cela s'appelle une *date*, et le verbe *to date* indique officiellement que vous sortez ensemble dans un but précis.

— Et moi, est-ce que je peux lui proposer de sortir, si j'en ai envie?

— Tu peux toujours, à tes risques et périls, en sachant qu'une Américaine de ton âge hésiterait à le faire. L'idéal pour une fille, c'est d'être invitée tous les samedis soir, sans avoir à faire elle-même les avances. La pression sociale est telle que si elle n'a pas de rendez-vous, mettons le samedi matin pour le soir même, elle préférera refuser une proposition tardive que d'avouer qu'elle est libre.

— C'est gai... Mais on peut toujours sortir en bande.

— Bande de filles oui, ou de garçons, mais la bande mixte à la française existe assez peu ici. La base, c'est le couple. Hétéro ou homosexuel. Une fois mariés, les couples se fréquentent et sortent ensemble. En couples. Les célibataires font de même. En célibataires. Ici, on n'aime pas beaucoup mélanger.

— Et si je rencontre un garçon qui me plaise et que j'aie une *date*?

— En principe, il t'invitera à dîner et à danser, un certain nombre de fois. Si tu acceptes, cela veut dire que tu acceptes aussi l'issue finale, à savoir *have sex*, coucher ensemble. Tu ne peux pas le laisser investir son argent en restaurants si tu n'as pas l'intention de lui en donner pour son compte. Le moment venu, il peut te poser la question assez brutalement : *Would you like to have sex?* Ce n'est pas par manque de manières mais pour éviter que tu l'accuses de t'avoir forcée au dernier moment.

— Que je l'accuse?

— Oui. Enfin que tu le traînes en justice. On a fait des

procès pour moins que cela. Certaines femmes ont même récemment attaqué des hommes en justice parce qu'elles s'étaient ennuyées à leur premier *date*. En conséquence, elles accusaient leurs boy friends de leur avoir fait perdre leur temps et d'avoir déçu leurs aspirations.

— Eh bien, cela promet, s'exclama Fabienne, interloquée. Qu'est-ce qu'ils diront les copains quand je leur raconterai? Moi qui en avais tellement assez de vivre à Nantes et en France! Je ne m'attendais pas à cela.

— Ne prends pas tout ce que je te dis pour argent comptant. Ce ne sont que des orientations de base et la vie est autrement plus compliquée. Une culture, c'est comme une langue. Pour parler français, on a besoin de connaître le vocabulaire, la grammaire, la prononciation. Cela ne veut pas dire que tous les gens qui parlent français disent la même chose. Pour vivre dans une culture, tu as besoin de savoir quels sont les codes, les repères, les comportements de base. Mais il y a des millions d'Américains qui ne réagiraient pas comme cela. Est-ce que tous les Français mangent du steak frites et vont en vacances au club Med? Regarde Cleonice. Elle ne réagit pas du tout comme une Noire américaine moyenne. David non plus ne correspond pas à ce que je viens de te dire, dans sa façon d'être avec les femmes. Et pas seulement parce qu'il est new-yorkais et juif, mais aussi parce qu'il a un autre caractère. Il y a autant de distance entre Ed et David, en dehors même de la différence d'âge, qu'entre *Mission impossible* et les films de Woody Allen. Et d'ailleurs Woody Allen est plus aimé à Paris qu'à Austin. Mais pour apprécier la différence, il faut bien que tu connaisses les conduites de base. C'est ce qu'on essaie d'inculquer à nos étudiants du Salon de conversation : *parler* la culture française, aussi bien que la langue. Après, chacun se débrouille avec son tempérament et son histoire personnelle. Dieu merci, on n'est pas des clones. Et puis, il faut aussi faire la part des évolutions. En une décennie, notre pays a beaucoup changé. L'Amérique aussi.

— Et si je tombais amoureuse? »

Le désarroi de Fabienne amusait Corinne. Ces vérités sur les relations entre les sexes, ici on aurait dit « entre les genres », *genders*, désorientaient au début les Françaises. Nous sommes tous si imprégnés de l'idée de l'universalité des comportements humains, songea Corinne. Puis elles en voyaient les avantages et s'en faisaient une raison.

« Tu m'en reparleras et je te livrerai le mode d'emploi. »

Les deux femmes échangèrent un regard de connivence. En dépit de leur différence d'âge (l'une aurait pu être la mère de l'autre) le partage de mêmes racines les alliait mieux que tout objectif commun.

Le bœuf à la ficelle était délicieux. Malheureusement, une pile de rondelles d'oignons frits en gâchait la légère simplicité.

« Un dessert? interrogea l'étudiant serveur. J'ai du gâteau au fromage, une tarte au potiron, une tarte aux noix de pécan et de la gelée aux fruits de saison. »

Corinne avait hâte de rentrer chez elle. Partie assurer son cours de *Théorie de la littérature* à l'université, en fin de matinée, elle avait enchaîné sur une réunion de professeurs puis sur le Salon de conversation, et enfin ce dîner avec Fabienne, toujours logée en auberge de jeunesse, qu'elle ne pouvait pas laisser tomber tant que la jeune fille n'aurait pas trouvé un logis.

À peine chez elle, Corinne se mettrait de la musique andine qu'elle adorait, se ferait couler un bain puis commencerait son courrier, corrigerait quelques copies, téléphonerait à une ou deux amies. Trop tard pour appeler en France et aujourd'hui encore elle n'aurait pas de nouvelles de son fils. C'était le plus difficile de son expatriation, être éloignée des siens.

Fermement Corinne chassa de son esprit l'image de

Jean-François. Un ex-mari, c'était une page tournée. Inutile de relire cent fois le dernier chapitre. Elle n'avait eu depuis que des amants de passage, la plupart mariés. Quoi qu'elle ait déclaré à Fabienne, pas mal d'hommes aux États-Unis échappaient à la norme. L'Amérique, c'était tout et son contraire. Au bout de cinq ans, elle n'était pas arrivée au terme de ses surprises.

III

Halloween

« Maintenant que David est des nôtres, le cours peut commencer. »

Avec l'ingénieur, Corinne échangea un regard complice. Elle n'était pas dupe de son jeu mais il savait qu'elle était prête à le jouer. Chacun respecterait l'autre.

Fabienne jeta un coup d'œil par la fenêtre. Au-delà de la pelouse qui cernait la maisonnette louée par l'Alliance française, le Colorado coulait entre des collines foisonnant de chênes verts et de buissons de myrtes. En dépit d'un logement précaire, la jeune fille avait eu un coup de foudre pour cette ville écologique, sportive et novatrice. Elle n'avait pas eu de chance à la loterie qui distribuait les chambres des *dormitories*, petits appartements universitaires situés sur le campus qu'on partageait à deux ou trois *roommates*, camarades de chambre. Ils n'étaient pas en nombre suffisant pour loger tous les étudiants. Pour les étudiants de première année, ils étaient obligatoires : les arrivants devaient s'accoutumer à la cohabitation avec leurs *peers*, pairs. Pour les autres, le tirage au sort décidait. On pouvait décrocher un bel appartement clair donnant sur les jardins ou une chambre sombre en sous-sol dans le pavillon Lady Bird Johnson, qui avait une mauvaise climatisation en été. Ou rien du tout. C'était le cas de Fabienne, *transfer student*, étudiante venue d'ailleurs, en cours d'études, qui n'était donc pas automatiquement logée sur le campus. Après son court séjour en auberge de jeunesse, elle avait été recueillie provisoirement par sa *foster family*, famille d'accueil qui s'était portée volontaire pour s'occuper d'elle, en l'occurrence, les Grigsby, un couple de retraités accueillants, même si leur sollicitude et leur manie de l'inviter à vider d'énormes pots de glace en regardant la télévision l'agaçaient. Fabienne gardait yeux et oreilles ouvertes pour trouver la solution idéale.

Selon les instructions de Corinne, la jeune assistante avait préparé quelques questions afin de creuser le sujet à l'ordre du jour : la célébration de Halloween, sorte de fête des morts, qui avait eu lieu le jeudi précédent, le 31 octobre. Qu'avaient fait ce jour-là les membres du Salon de conversation ?

« Je me suis déguisée en Hillary Clinton, répondit Pamela. Et je suis allée à une fête sur le campus. » Pam n'avoua pas que la fête avait dégénéré en beuverie. Les quantités de bière absorbées lui avaient laissé le lendemain une épouvantable gueule de bois. De surcroît, elle avait passé la nuit avec un garçon, envolé à l'aube, dont elle ne se rappelait même pas le nom, ni comment il avait échoué dans son lit.

Brandon était allé, lui aussi, à une *party* costumée de gays, qui n'était pas très gaie. Cela faisait un an que Ron était mort. Lui-même avait échappé par hasard à la séropositivité. Ce n'était pas pour se laisser contaminer par n'importe qui. Depuis Ron, il n'avait plus le cœur à rien. Il avait changé ses habitudes et pratiquait occasionnellement le *safe sex*. En dehors de la nécessité de gagner sa vie, seul l'opéra comptait.

Malgré ses réticences, Daphne avait accompagné ses enfants dans leur petite ronde nocturne du quartier. Karen avait regardé passer les masques depuis un café du centre ville, avec Kimberly, une de ses collègues. Cleonice était allée danser dans le quartier noir. David était invité à un *buffet-dinner* chez une ancienne amie. Cela faisait longtemps que Ed ne faisait plus rien le soir de Halloween. Jacqueline non plus. Elle se contentait de suivre à la télé les faits divers terrifiants qu'on racontait tous les ans pour la fête des spectres, et de regarder un de ces *horror shows*, films d'horreur, dont elle se délectait. Quant à Alba Luz Márquez, Halloween ne faisait pas partie de sa culture.

Fabienne écoutait avec attention. Son rôle de Candide lui convenait parfaitement. Le matin, elle avait reçu une grande lettre de sa famille. La rentrée universitaire venait d'avoir lieu à Nantes. Quand elle se rendait à des cours, qui le plus souvent ressemblaient à des TD où le prof connaissait chaque étudiant, elle imaginait avec pitié ses copines reprenant la direction des amphi bondés. Pour son inscription elle avait été guidée par des *advisers* : administrateurs, profs, autres étudiants *seniors*, qui l'avaient conseillée et encadrée. Tous les vendredis et samedis soir, il y avait des fêtes chez les uns ou chez les autres. Les étudiants américains ne connaissaient pas leur bonheur. Antoine avait une nouvelle petite amie, précisait perfidement Claire, sa jeune sœur. Elle s'en fichait. Antoine n'avait laissé que peu de traces lors d'un bref passage dans son cœur. Mais l'éloignement s'imposait et l'acceptation de sa candidature d'assistante stagiaire à l'Alliance française était arrivée à point nommé, en même temps que l'admission à l'université. Neuf mois au Texas était une perspective plutôt enthousiasmante pour l'étudiante en Deug d'anglais qu'elle était. Et qui sait! Avec un peu de chance, elle resterait plus longtemps.

Corinne continuait son évocation :

« En France, nous fêtons la Toussaint le 1er novembre, et le jour des morts le lendemain. Ces célébrations instituées au XIIIe siècle reposent probablement sur des pratiques païennes. Célébration de la vie, les saints jouissant du bonheur éternel, et de la mort. Mais le temps a effacé ces symboles, jeté leurs racines dans l'oubli. Les Français honorent tout simplement leurs morts durant ces deux journées et paradoxalement davantage le jour de la Toussaint. Quel genre de célébration? Eh bien, rien d'autre la plupart du temps qu'un petit voyage au cimetière, un pot de chrysanthèmes à la main. Les marchands de fleurs se pressent devant les grilles comme ils se presseront aux coins des rues le premier mai avec leurs bouquets de muguet. Aucun des fantasmes sur la mort, les revenants, les démons et succubes qui hantent les imaginations celtiques. À peine une prière. La Toussaint est devenue une marque supplémentaire sur un calendrier de vacances extrêmement codifié en France. Ces repères jalonnent l'année et sont incontournables, étatiques, obligatoires, presque républicains. Aucun Français ne songerait à sortir du rang. En France, tout le monde — presque tout le monde — fait la même chose en même temps.

Karen opina énergiquement du chef. Elle avait été frappée par cette habitude française de partir sur les routes quasiment à la même heure le week-end aussi bien que pendant les sacro-saintes vacances du mois d'août. Et elle n'en revenait pas du nombre de jours de congé dont disposaient les Français. Elle-même se jugeait satisfaite de ses quinze jours qu'elle aurait pu étirer jusqu'à trois semaines, mais qu'elle ne prenait jamais intégralement. Partir? pourquoi faire? Au bout de trois jours, elle s'ennuyait du bureau. Et se préoccupait de ce que tramait Ray Parker derrière son dos. La plupart de ses collègues, comme elle, hésitaient à prendre le large. Il y avait des précédents inquiétants : le sous-directeur, au retour d'une croisière dans les Caraïbes, avait trouvé sa lettre de licenciement sans autre forme de procès; sa collègue Mary Bloom, qui s'était absentée quelques jours, pour mettre son vieux père dans une maison de retraite, n'avait pas réintégré son bureau avec fenêtre, subtilisé par un jeune loup... Mary, qui travaillait dans la boîte depuis dix ans, avait dû se contenter d'un cagibi aveugle.

Les loisirs programmés des Français ne facilitaient pas les négociations avec eux. Ils n'étaient jamais là quand on avait besoin d'eux. Et le décalage horaire n'arrangeait pas les choses quand on devait leur téléphoner à l'heure du déjeuner. Heureusement qu'avec le courrier électronique, que les Français préféraient nommer *e-mail*, à l'américaine, le problème de différence d'heure ne se posait plus comme au téléphone.

La diction parfaite de Corinne était aisée à comprendre, son rythme lent, facile à suivre.

« Les gens sont habitués à un mode de vie uniforme où chacun jouit de ses loisirs en même temps que les autres. Ainsi on peut voir ses amis et rester avec sa famille, puisque le temps libre est à peu près le même pour tous. En France, voyez-vous, beaucoup de magasins ferment encore à l'heure du déjeuner. Le soir après vingt heures vous ne trouvez plus ouverts que les petits commerces d'alimentation tenus par des Asiatiques ou des Maghrébins. Le dimanche, hormis quelques boutiques d'alimentation qui gardent portes ouvertes jusqu'à midi, tout est clos.

— Grands magasins et supermarchés également ? »

Corinne réprima un mouvement d'humeur. Chaque année revenaient invariablement les mêmes questions suivies d'un même ahurissement. À Austin, la plupart des supermarchés restaient ouverts vingt-quatre heures sur vingt-quatre, sept jours sur sept. C'était le consommateur roi qui choisissait le moment propice pour ses emplettes.

« C'est la loi : les Français ne peuvent travailler le dimanche que par dérogation spéciale.

— Mais on peut toujours changer les lois si elles ne conviennent plus, n'est-ce pas ? »

Selon les instructions, Karen avait scrupuleusement réfléchi à la célébration d'Halloween et tenait prêtes quelques réflexions et questions qu'elle poserait le moment venu. En dépit d'un travail passionnant, le mois qu'elle venait de vivre n'avait pas été facile : les contrats avec France Télécom sur le point d'aboutir étaient âprement négociés, elle aurait sans doute à envisager un voyage à

Paris avant l'été. Le Salon de conversation tombait à point nommé et elle était bien décidée à ne pas en manquer un seul, même si elle se sentait épuisée. Maintenant elle se réveillait fatiguée le matin. Et même ses petites séances de méditation semblaient avoir perdu leur effet régénérateur. C'était la présence de Ray au bureau qui la déprimait, elle en était sûre, et aussi l'absence de relations sexuelles indispensables à l'équilibre physique. Une fois par semaine avait été sa règle depuis son divorce, sur le conseil de sa thérapeute ; trop d'activité sexuelle démolissait l'harmonie psychique, pas assez la compromettait. Le sexe devait être contrôlé intelligemment. Et la préparation qu'exigeait une nuit d'amour, véritable stratégie, gaspillait des instants précieux : coiffeur, manucure, vérification de ses sous-vêtements, soins minutieux du corps, lecture de magazines prodiguant ficelles et bons conseils pour donner le plaisir et le recevoir. Grâce à cet ensemble presque militaire de tactiques diverses, elle était censée se sentir plus femme. Mais elle doutait parfois de leur efficacité. Quoique ne souffrant pas affectivement de vivre sans homme, elle se sentait incomplète et frustrée. Sur le plan social et même économique, elle devait reconnaître qu'il aurait été plus facile d'avoir un mari.

Ici, au Salon de conversation, un seul homme lui plaisait. Brandon était-il branché sur les mâles seulement ? Peut-être n'avait-il pas rencontré la femme qui lui convînt. Indépendante, capable de gagner sa vie et éventuellement d'aider un artiste. Cela valait la peine d'essayer. Toutes les solutions devaient être envisagées de façon constructive. Karen se sentait combative, comme au bureau. N'avait-elle pas réussi parce qu'elle ne s'était jamais avoué battue, parce qu'elle avait appris à tirer parti de ses échecs et même de ses défaites ?

Elle avait bien songé à un Français — une des raisons de sa venue au Salon de conversation — parce qu'un des cadres de France Telecom, avec qui elle négociait, lui avait fait une cour en règle, lorsqu'il était venu traiter l'affaire à Austin. Mais elle avait découvert avec stupéfaction que, quoiqu'il ne portât pas d'alliance, Philippe Ladeau était marié. Et les Français n'avaient pas une bonne réputation de maris. Ils n'étaient ni fidèles, ni portés au partage équitable des tâches domestiques. Elle avait eu suffisamment de problèmes avec un époux italien.

La veille, sa collègue Kimberly Johnson était venue pleurer dans son giron. Elle fêtait ses quarante ans et se sentait vieille, en dépit d'un visage toujours attirant et d'une silhouette impeccable. Elle aussi était divorcée depuis plus de cinq ans et commençait à désespérer de retrouver une alliance et un compte commun. Ensemble elles avaient vidé une bouteille de chardonnay, commandé par téléphone un repas chinois, regardé un film X à la télévision. Et puis elles avaient discuté de la nécessité de prendre le taureau par les cornes, de trouver des solutions. Kim avait une adresse d'institution qui ne ressemblait pas aux agences matrimoniales habituelles. Elle était destinée uniquement à des femmes comme elles, la crème de la crème, qui avaient réussi leur carrière comme des hommes et ne souhaitaient pas se commettre avec n'importe qui. C'était cher : quelque 10 000 dollars (50 000 francs) pour cinq rendez-vous. Mais les époux potentiels étaient triés sur le volet. Beaux garçons, riches, dynamiques, pleins d'avenir, brillants, sportifs, élégants. Le questionnaire à remplir était très détaillé. On vous demandait même de préciser la taille préférée du candidat idéal et la couleur de ses yeux. Là aussi le jeu en valait la peine et le prix.

« Voulez-vous dire que tous les Français s'arrêtent de travailler à Pâques, aussi bien qu'à Noël ou le jour de l'Ascension ? Mais ce sont des fêtes chrétiennes et même catholiques ? Et les orthodoxes alors ? et les juifs ? Et les musulmans ? Ici, il y a Hannukah aussi bien que Noël, le catholique, l'orthodoxe, et le *Kwanza* des Africains-Américains, *Passover*, la Fête juive, aussi bien que Pâques. Je croyais qu'il y avait en France séparation de l'Église et de l'État. »

Pamela fixait Corinne afin de ne pas perdre un mot de sa réponse. À côté du professeur, Fabienne prenait des notes. Pamela décida d'aller rejoindre la jeune Française à la sortie du Salon de conversation et de lui parler. N'avaient-elles pas le même âge ? Elles pourraient faire des tas de choses ensemble. Peut-être Pamela pouvait-elle aider Fabienne à résoudre quelques problèmes ? Il n'était pas facile de débarquer sans amis dans un pays étranger. Elle en savait su quelque chose à Lyon. Elle avait passé les trois premiers mois, sans parler à personne, en dehors des Collinet et de leurs relations. Et puis, petit à petit, elle s'était fait des copains. Corinne disait qu'en France, c'était ainsi. Il fallait du temps pour apprivoiser les gens, élire ses futurs amis, et les entretenir. Pamela préférait la méthode américaine, plus directe. Corinne disait « plus superficielle ». Peut-être. Mais on n'avait pas toujours des mois devant soi pour réfléchir, décider, avancer pas à pas. Le devoir de Pamela était de soutenir Fabienne. D'aller à elle et de faire les premiers pas. « Tu es responsable de la solitude comme de la pauvreté de ceux qui vivent autour de toi », répétait sa mère. Dès sa petite enfance, elle avait essayé d'assumer cette responsabilité.

Jacqueline songeait aux fêtes de la Toussaint de son enfance : trois jours de vacances, la pluie, le ciel gris, une messe suivie d'une station au cimetière où elle faisait semblant de prier sur la tombe de ses grands-parents. Les imaginer comme des squelettes sur lesquels adhéraient encore quelques lambeaux de chair la terrifiait. Surtout sa grand-mère si ronde, gourmande et joviale en dépit de rhumatismes qui la torturaient. La guerre avait eu raison d'elle. Pépé l'avait suivie six mois plus tard. Jamais elle n'avait connu ses grands-parents maternels. Originaires d'Alsace, ils étaient morts quand elle était enfant et étaient enterrés à

Mulhouse. Dans l'église de son village dont dépendait la ferme de ses parents, elle avait froid. Le sermon du prêtre exhortant ses ouailles à savoir mourir n'en finissait pas. Engoncée dans ses vêtements du dimanche, elle se racontait des histoires d'escapade, de fuite, d'enlèvement. Elle était bergère de conte, elle rencontrait un fils de châtelain, un cavalier venu du nord qui l'emportait loin de la ferme, du Pas-de-Calais, de la France... Elle s'envolait.

« Halloween, l'ancienne fête de Samain, reste dans les pays de tradition celtique une célébration du déclin de la nature, de la mort mais surtout de la vie invisible qui perdure et entoure les hommes. C'est la nuit où les ombres reviennent hanter les vivants, contraignant ceux-ci à exorciser leurs terreurs. En plaisantant sur les squelettes, les spectres, les sorcières et autres apparitions fantastiques, les descendants américains des Celtes ouvrent aux enfants comme aux fous une porte sur la fantaisie, le rêve et les fantasmes. » Karen avait préparé son *homework*.

« Nous autres Américains avons une grande peur de la mort, ajouta Cleonice. Elle fait partie d'une des phobies collectives au point que l'on évite de prononcer jusqu'à ce mot. Aucune société n'a davantage rêvé d'être immortelle, je l'ai constaté lors d'une enquête pour mon journal ! »

Cleonice avait raison, songeait Corinne. La mort ici était escamotée. Souvent les cérémonies d'enterrement ou d'incinération étaient remplacées par des *parties*, où, après un éloge du mort, on faisait semblant d'ignorer qu'il n'était plus là. Corinne avait gardé le souvenir d'une de ces réunions funèbres pour l'un de ses étudiants, mort du sida. Le matin même avait eu lieu la crémation à laquelle personne n'avait assisté. L'urne funéraire contenant les cendres peut-être encore chaudes avait été placée sur la table du buffet, non loin des fromages, des crackers et des chips. Corinne avait eu envie de fuir.

Deux mois plus tard, une belle cérémonie de commémoration avait été organisée avec des poèmes et des musiciens. À ce moment-là, le mort n'était plus qu'une ombre et sa mort assimilée, devenue abstraite. La dimension physique et macabre de la mort était aussi absente de cette célébration que dans le cinéma américain où la mort violente avait été transformée en spectacle et avait perdu tout lien avec la mort physique. En France, le mort était plus présent, mais les funérailles d'autrefois n'en débouchaient pas moins sur des beuveries.

« En France, les gens osent pleurer et se lamenter, moins qu'en Italie ou en Afrique du Nord mais plus qu'aux États-Unis, ajouta-t-elle seulement. Et puis, les obsèques achevées, les survivants se réunissent pour partager un repas et une bonne bouteille qui les aidera à reprendre un peu d'optimisme.

— Je ne suis pas tout à fait d'accord avec vous, Corinne, dit Daphne. Dans le deuil et le malheur, nous perdons notre "pudeur" victorienne et n'hésitons pas à exprimer nos sentiments.

— Tandis que le Français se gardera toujours du ridicule, approuva Jacqueline. Oui. J'ai vu dans des enterrements aux États-Unis des gens se caresser pour se prouver leur compassion et leur tendresse. Ç'aurait été inimaginable chez moi, dans le Nord, où même le véritable chagrin devait être tenu à distance et où une veuve devait se dominer. »

Fabienne se souvenait des messes d'enterrement dans la petite église du bourg où ses parents possédaient une grande bâtisse du XIXe siècle que l'on appelait pompeusement « le château ». Que de fous rires lorsque les femmes du village exhibaient d'invraisemblables chapeaux ou que la chorale braillait des cantiques dans une hilarante cacophonie !

« Naissance et mort sont médicalisées, intervint Daphne. On ne naît plus, on ne meurt plus chez soi ou très rarement. J'ai voulu accoucher à la maison, on me l'a interdit.

— Par sécurité, lança Jacqueline. Il y avait tant d'accidents autrefois.

— Ou par avidité, poursuivit Daphne. Il y a beaucoup d'argent à gagner. Faire naître un bébé, retarder un décès, pratiquer une opération peut-être inutile, sont des démarches rentables.

— Personne ne peut échapper à la science de nos jours, ricana David. Un éternuement et vous voilà aspiré par ces messieurs de la Faculté et leur dévouement dûment rémunéré.

— Ne dites pas cela. Il y a de terribles maladies que la médecine peut soulager. »

La voix de Brandon vibrait. La maladie, il en savait quelque chose. Il ne comptait plus sur les doigts de ses deux mains le nombre d'amis morts du sida dans les dernières années. Non. Il ne voulait pas trop penser à Ron. Trente ans. Sculpteur de talent! Mais il ne permettrait pas à David d'ironiser sur la maladie et sur l'agonie de son compagnon.

Celui-ci avait perçu le regard de Brandon. Il n'insista pas et Brandon reprit plus doucement son discours sur la célébration d'Halloween à Lafayette. Son costume d'Halloween, comme celui du carnaval, il le choisissait des mois à l'avance. Il adorait cette fête quand il était enfant. Sa mère ne les accompagnait pas lui et son frère, car ils connaissaient tout le monde dans le quartier et il n'y avait aucun danger. Déguisés en sorcières ou en fantômes, ils allaient de maison en maison — chacun flanqué d'une grosse citrouille creusée et éclairée à l'intérieur d'une chandelle, avec la rituelle formule *trick or treat*. Friandises ou mauvais tours. S'il y avait des bonbons, on remerciait, et la maison était laissée en paix. En cas de mauvais accueil, les esprits des morts, représentés par les enfants, jetaient un mauvais sort sur la maison. Et l'on pouvait s'attendre à toutes sortes de niches et de méchancetés. Dans la pratique, il arrivait rarement qu'un enfant, privé de chocolat, cassât un carreau. Depuis que les adultes s'étaient avisés de se costumer et de jouer à être des enfants, cela se passait moins bien.

Daphne adorait la voix de Brandon Napoleon. Tout chez cet homme l'intriguait et l'intéressait. Elle avait l'impression de côtoyer une star, un de ces personnages que les photos du magazine *People* mettaient sous les yeux des femmes faisant la queue devant les caisses du super-marché : pantalon de toile impeccablement coupé, pull de soie multicolore, écharpe savamment enroulée autour du cou. Jusqu'à sa coupe de cheveux, ni longue, ni courte avec des mèches qui semblaient toujours garder l'humidité de la dernière douche, rien en lui n'était ordinaire. Étudiante, elle avait connu un garçon qui lui ressemblait. Toutes les filles en étaient toquées mais c'est elle qu'il avait choisie pour être sa cavalière au bal de fin d'année. Pendant trois jours elle s'était pomponnée et finalement il n'était pas venu. Pour quelle raison? Elle ne l'avait jamais su. Il avait disparu tout simplement. C'est à ce bal où elle s'était re-trouvée seule qu'elle avait rencontré Richard. Dès leurs études finies, ils s'étaient mariés.

Karen se souvenait d'une nuit d'Halloween avec Roberto à La Nouvelle-Orléans. Il avait trop bu et cher-chait à la peloter dans la rue. Jamais il n'avait compris combien ces gestes déplacés la heurtaient.

« En France, les enfants n'ont pas de place spéciale dans la célébration de la Toussaint et ceux qui connaissent l'Amérique envient les jeunes Américains. Cette année, on a même essayé d'y introduire la coutume, poursuivait Corinne.

— Je déteste voir mes enfants aller de porte en porte; je n'ose pas leur dire pour ne pas leur empoisonner leur joie mais j'ai horreur de cela. »

De séance en séance, Daphne s'enhardissait et Corinne s'en réjouissait. Au Salon de conversation, chacun de ses élèves devait s'exprimer et c'était son rôle d'encourager les timides. Cosby, le directeur, se montrait exigeant sur ce point.

« Expliquez-vous, Daphne.

— Encore des histoires d'enfants ! » s'énerva David. La société moderne perdait toutes limites. Lui-même n'avait guère importuné son entourage avec ses deux fils. Depuis qu'ils avaient cinq et huit ans, il les avait perdus de vue, non par choix réel mais plutôt par indifférence. À New York, Deborah les élevait en juifs pratiquants, shabbat, nourriture et vaisselle *casher*, école juive. Pourquoi pas si elle était sincère ? Mais il la soupçonnait de vouloir fanatiser Josh et Simon dans le but unique de s'opposer à lui. Le lendemain même de leur mariage, elle avait commencé son travail de déstabilisation. Sa riposte à lui avait été et serait toujours la même : impassibilité et défense forcenée de sa propre liberté.

L'audience fixait Daphne avec attention. Quels hypocrites ! pensa David. Qui se souciait une seconde de la façon dont sa nichée célébrait Halloween ?

« Il y a des gens bizarres partout, commença Daphne avec lenteur, des fous qui ressemblent à tout le monde. Pourquoi leur offrir ses enfants ? Ils peuvent mettre de la drogue dans les bonbons ou des lames de rasoir dans les biscuits. Ou les enlever. Il y a assez d'histoires de pédophilie pour effrayer des parents raisonnables !

— Nous y voilà ! s'écria David. Ces histoires reviennent tous les ans. Mais avez-vous vu un seul enfant drogué ou lacéré, Daphne ? À force de craindre tout le monde, ce sont vos enfants qui deviendront tordus. Mes voisins ont un fils de onze ans qui n'a pas le droit de jouer au ballon dans la rue. L'enfance est-elle une prison ? Je ne pense pas qu'il faille préserver les enfants de tout danger. »

Daphne le fixait.

« Les dangers qu'affrontent nos enfants, ce sont nous qui les avons suscités. Avec nos films, avec nos livres, avec la pornographie, avec l'avortement, avec le RU486, cette horrible pilule que vous autres Français êtes en train d'importer dans ce pays. »

Encore une *pro-life*, pensa Pamela qui faisait partie d'un groupe d'étudiantes favorables au *choice*, c'est-à-dire au choix d'avorter. Pas étonnant qu'elle ait eu tous ces enfants qui l'ont empêchée de devenir indépendante. Elle est plus arriérée que ma mère et même que ma grand-mère !

« Je suis d'accord avec Daphne, intervint Jacqueline qui jusqu'à présent avait gardé le silence. Les gens mettent des enfants au monde et se désintéressent d'eux. Ce qui importe reste leur carrière et leur propre épanouissement. Et cela n'est pas à mettre au compte de la seule Amérique. J'ai lu dans une revue française que soixante-dix pour cent des Français étaient prêts à investir dans leurs vacances et seulement vingt pour cent dans les études de leurs enfants. Partir au Club Méditerranée, oui, mais se dégager de l'aide de l'État pour assurer à ses enfants un avenir meilleur, certainement pas.

— Voulez-vous dire, s'étonna Daphne, que les parents français ne participent pas financièrement au coût de l'université ?

— L'éducation est gratuite en France, reprit Corinne. Depuis la maternelle jusqu'à la faculté. Le mot *tuition* qui désigne ici les droits d'inscription dans les écoles et les facultés est d'ailleurs intraduisible en français. Même les écoles privées — il y en a — sont subventionnées par l'État et beaucoup moins chères qu'aux États-Unis.

— L'État subventionne l'enseignement privé ? »

Ed et Daphne réagirent ensemble. Ils avaient visiblement l'air ahuris par la nouvelle.

Fabienne spontanément prit la parole. Il lui semblait que nulle autre qu'elle-même ne pouvait répondre. Elle avait tellement discuté de ce sujet avec ses copains nantais, qui décidément s'intéressaient plus à ce qui se passait aux États-Unis que l'inverse.

« En France, on considère que même les gens qui n'ont pas beaucoup de moyens doivent avoir la possibilité d'envoyer leurs enfants dans des écoles privées de leur choix. On n'aime pas le système américain, bien trop coûteux. Les pauvres et les Noirs en sont exclus. C'est trop injuste et inégalitaire. »

Cleonice sentit que tous les regards convergeaient vers elle. Aux yeux de tous, elle représentait le contre-exemple à ce que venait de dire Fabienne. Certes, elle était noire et elle avait réussi à entrer et à sortir de l'université de Columbia. Mais une espèce de colère la submergea. Ce qu'elle avait fait, aucune Noire des ghettos urbains n'aurait pu le faire. Elle était fille de Blanc, d'étranger. Son grand-père noir avait été un pionnier qui avait dû son éducation moins à sa grande intelligence qu'au dévouement d'un maître d'école blanc, militant des droits civiques, qui avait consacré sa vie à lutter contre les discriminations. Cleonice avait refusé les quotas et voulu payer ses études elle-même. Elle y avait sacrifié sa jeunesse. Et même un enfant auquel elle avait résolu de ne plus jamais penser et dont le souvenir lui remontait, par bouffées, avec d'irrépressibles sanglots.

Quand elle avait cherché un travail avec son glorieux diplôme, elle avait senti que, pour ses employeurs, c'était un diplôme dévalué. Ils étaient tous convaincus, au fond d'eux-mêmes, qu'elle l'avait obtenu par les quotas. Il lui avait à nouveau fallu faire ses preuves, montrer qu'elle était meilleure. Et certains Blancs avaient encore de tels préjugés qu'ils préféraient embaucher des Noirs incompétents, les confirmant ainsi dans l'image qu'ils en avaient. Tout cela, elle ne pouvait pas le dire à ces Blancs bien convenables, même ceux qui, comme Pam, étaient ouvertement anti-racistes. Ce n'était pas avec la « correction politique », en remplaçant *noir* par *african american*, que l'on en terminait avec le racisme et la discrimination. La seule qui pouvait peut-être la comprendre, c'était Alba Luz, l'*hispanic*, chez qui le métissage indien se reconnaissait, malgré les cheveux blonds. Mais le désir d'intégration et d'américanisation d'Alba Luz était plus fort que tout.

Cleonice essaya de se dominer et de tenir un discours objectif :

« Il est pratiquement impossible pour un Noir pauvre de faire de bonnes études, c'est vrai. En général, les écoles publiques auxquelles il peut accéder sont désastreuses. Et après il ne peut plus être accepté dans de bonnes universités. Cette absence de formation le bloque ensuite pour toute son existence. Mais il faut reconnaître que la diversité des écoles, leur souplesse, le nombre infini de cours pour adultes permettent à la plupart des citoyens de se recycler à tous les moments de la vie. Et il y a des passerelles qui permettent de passer d'une école médiocre à une école un peu meilleure.

— Comment croyez-vous que je sois devenu ingénieur ? » Pour une fois David Bernstein était sérieux. « Mon grand-père, chassé de Russie par un pogrom, n'avait pas le sou ; il a traîné sa misère de petit tailleur à Brooklyn. Mon père était un simple employé. J'ai eu des bourses, j'ai fait des emprunts, j'ai travaillé la nuit, comme Cleonice. À présent, même si je ne les vois pas beaucoup, je trouve normal de payer pour l'école de mes fils. Je m'endetterai, si c'est nécessaire, pour les envoyer dans de bonnes universités. »

Pamela, seule vraie étudiante du lot, intervint à son tour. Elle était d'une famille californienne riche et avait fait de petits jobs pour l'argent de poche, parce que ses parents considéraient qu'il était immoral de tout recevoir de sa famille. Même si, pendant l'année universitaire, celle-ci préférait qu'elle se consacrât à ses études, elle ne se tournait pas les pouces pour autant, et travaillait tous les étés à Los Angeles ou dans les environs. Serveuse, monitrice, plagiste. Ce qu'elle trouvait. Elle avait toujours eu de bons résultats dans les élitistes écoles privées qu'elle avait fréquentées dans le primaire et le secondaire et avait été admise sans problème dans sept des neuf universités où elle avait fait sa demande. Mais elle savait aussi que l'argent achetait bien des choses... et même une admission dans une bonne université. Certaines familles payaient jusqu'à 10 000 dollars les services d'enseignants désireux d'arrondir leurs fins de mois, afin qu'ils constituent les dossiers de candidature de leurs chers petits et écrivent les *essais* à leur place.

« Voilà une pratique vraiment ignominieuse ! s'étonna Ed. Je n'arrive pas à croire que c'est possible. De mon temps, cela aurait été impensable ! »

Alba Luz tenait à intervenir. Elle avait de la gratitude pour ce pays qui permettait à tout le monde de s'éduquer. Tant qu'il y avait du travail, on pouvait se payer des cours et s'améliorer constamment. Le couple de Mexicains, qui l'avait hébergée à son arrivée, était parvenu à se ménager une formation de technicien informatique. À leur arrivée au Texas, ils faisaient ensemble des ménages, dans des familles d'abord puis dans des entreprises de nettoyage de bureaux ; ils avaient eu plusieurs jobs en même temps et avaient travaillé jusqu'à quatorze heures par jour. À présent, ils avaient acheté leur maison, possédaient chacun une voiture, et avaient mis leurs deux filles dans des écoles privées. Une telle ascension était inconcevable en Colombie.

Jacqueline approuva. Elle venait de tomber la semaine précédente sur un jeune coiffeur coloriste français qui venait tenter sa chance au Texas. Il avait expliqué à Jacqueline comment, en France, il gagnait un fixe jugé par lui misérable, quel que soit le nombre de ses clientes. À Austin, il était payé à la commission. Il se levait à l'aube, travaillait toute la journée six jours par semaine. Mais il gagnait bien sa vie et préférait cette formule. Au moins était-il libre de choisir s'il voulait ou non s'abrutir de travail et « faire » beaucoup d'argent, comme il disait. En France, l'alternative pour lui, c'était le chômage ou un salaire de famine.

Fabienne n'était pas convaincue. Elle était la première à critiquer la France, mais on ne lui enlèverait pas de l'idée que l'école gratuite et identique pour tous était le système le plus égalitaire.

« À condition qu'elle soit vraiment identique pour tous, fit remarquer Corinne. On ne fait pas ses devoirs de la même façon quand on a une mère illettrée et quand on a une mère énarque. Je reconnais que cela est vrai dans tous les pays du monde mais davantage dans une société comme la française, qui privilégie la culture générale. Ce mot, intraduisible en américain, renvoie à la transmission familiale d'un patrimoine culturel. Le système américain requiert moins la participation des parents, et surtout de la mère dans l'enseignement. On fait plus appel à la créativité et à l'originalité de chaque enfant. »

La discussion se prolongea sur le rôle de l'État dans l'éducation. Tous les Américains du groupe, sauf Cleonice, étaient résolument hostiles à une intervention étatique supérieure à ce qui existait déjà aux États-Unis. Fabienne, Corinne, Jacqueline et Alba Luz croyaient, à des degrés différents, à la responsabilité égalisatrice de l'État. Pour Pam, Ed, Daphne, Karen, David et Brandon, celui-ci n'avait rien à faire dans la vie quotidienne des citoyens. C'était à eux de s'organiser. Pam et David pensaient qu'il restait encore beaucoup à faire pour les minorités mais que l'avenir des défavorisés ne pouvait ni ne devait se jouer sur le bon vouloir de l'État.

Corinne précisa :

« Les Français qui critiquent sans cesse l'État sont finalement très soumis. Les associations demandent peu de comptes au gouvernement. Contribuables et consommateurs grognent beaucoup mais finalement obtempèrent. »

Karen était surprise. Elle imaginait les Français anarchistes et exigeants. Ils faisaient toujours des grèves et se moquaient des usagers en les prenant en otages pendant des semaines, voire des mois, comme l'année précédente où ils lui avaient fait manquer un contrat. Corinne les dépeignait comme dociles en dépit de grognes endémiques. Ce trait de caractère ne lui plaisait guère. Rien ne l'impressionnait au point de lui faire perdre son esprit critique. Elle voulait bien coopérer, partager, être responsable mais jamais les yeux fermés. Il existait, Dieu merci, des lobbystes, des associations, des avocats pour défendre les citoyens. Aucun chantage ne pouvait la détourner de ses droits. Si quelque chose ne marchait pas, elle écrivait à son représentant ou sénateur. Elle ne descendait pas dans la rue. Ces Français avaient beau être en démocratie et élire des députés, on se demandait à quoi ces derniers servaient. Ils ne paraissaient jouer aucun rôle dans la vie de la nation en dehors des périodes électorales.

Les élections précisément, on était en plein dedans. Le 3 novembre, les Américains élisaient leur président. Fabienne était surprise qu'on n'en parlât pas davantage.

« La politique n'intéresse pas beaucoup les Américains, affirma Brandon, et le taux d'abstention aux élections est beaucoup plus élevé qu'en France. Moi, par exemple, je suis *Registered Democrat*, inscrit au parti démocrate mais je ne suis pas sûr que j'aurai envie de voter.

— Les politiciens sont tous corrompus et vicieux, assura Karen. Je ne détestais pas Clinton, mais ces histoires de Jennifer Flowers ou de Paula Jones m'ont dégoûtée. Je voterai probablement pour Ralph Nader, un petit candidat mais intègre.

— Mon candidat est Ross Perot, dit Ed. Clinton est un bandit qui a trempé dans des malversations avec sa femme dans l'affaire de Whitewater. Bob Dole a eu le courage de faire la guerre et de donner son bras droit à son pays. Clinton est une poule mouillée qui a refusé d'aller au Viêt-nam et qui voudrait utiliser l'argent des contribuables pour imposer un système de sécurité sociale communiste.

— La sécurité sociale pour tout le monde, ce n'est pas communiste, rétorqua Fabienne, étonnée. Le droit à la santé fait partie des droits élémentaires d'une démocratie égalitaire.

— Je veux pouvoir choisir mon médecin, dit Brandon.

— Mais en France, on choisit librement son médecin et on est quand même remboursé par la Sécu », précisa Fabienne.

Décidément... À Nantes, elle se faisait souvent traiter de réactionnaire par ses camarades. Ici elle passait presque pour une révolutionnaire.

« Moi, je vote pour Bob Dole, lança Daphne. Le parti républicain me paraît beaucoup plus authentique dans sa défense des valeurs familiales et traditionnelles que les démocrates. » Elle s'arrêta net : elle était en train de répéter textuellement ce qu'avait dit Richard à leur voisin hier.

« Voyez-vous des différences entre les deux systèmes, en ce qui concerne les élections présidentielles ? demanda Corinne.

— Il y en a d'énormes, répondit David. Votre président a beaucoup plus de pouvoir que le nôtre, qui ne peut en aucun cas dissoudre l'assemblée, ni appeler à un référendum, ni gouverner seul en cas d'urgence comme avec votre article... ?

— Article 16, précisa Corinne. Bravo, David : vous connaissez bien la constitution de la cinquième République... »

— J'ai simplement fait un peu de droit international autrefois, avoua modestement David. Ce qui me frappe dans votre système, c'est la faiblesse du législatif.

— Ça, c'est la Cinquième. De Gaulle avait voulu corriger les faiblesses de la quatrième République où les gouvernements étaient sans cesse renversés par le Parlement.

— Mais vous avez une solide tradition antiparlementaire, répliqua David, qui a resurgi à différentes époques.

Aujourd'hui encore, vous ne faites pas comme nous confiance à vos députés, à vos sénateurs.

— Lorsque j'étais à Lyon, intervint Pamela, j'ai regardé une séance de l'Assemblée nationale à la télévision un mercredi après-midi. Il n'y avait presque personne dans l'hémicycle. J'étais stupéfaite. Et encore. M. Collinet m'a expliqué qu'il y avait plus de monde qu'en temps normal à cause de la télévision.

— Moi, ce qui m'intéresse avant tout dans la politique, annonça Ed, c'est de savoir combien je paierai d'impôts et ce que le gouvernement fera de mon argent. Je veux contrôler ce que je donne. J'ai l'impression que les Français n'ont pas cette préoccupation. Bien sûr, ils n'aiment pas payer trop de taxes et d'impôts mais une fois qu'ils ont payé, ils ne s'embarrassent pas trop de ce qu'on fait de leurs sous. »

La discussion s'engagea alors sur les choix politiques de chacun. Ils ne revêtaient pas le caractère privé des choix de vote français, expliqua Corinne. En Amérique, on annonçait volontiers ses préférences électorales, au demeurant moins variées qu'en France. On était même souvent inscrit préalablement au parti républicain ou démocrate. Si Ed votait pour Ross Perot, Daphne pour Bob Dole, Brandon et David pour Clinton, Pam avait choisi le candidat des consommateurs Ralph Nader. Jacqueline était plutôt républicaine et Karen plutôt démocrate, mais cette fois-ci elle s'abstiendrait car elle ne faisait pas confiance au Président sortant. Quant à Cleonice, elle votait pour Bill Clinton, en regrettant qu'il n'y ait pas de candidat noir. Alba Luz ne pouvait pas voter mais elle penchait plutôt pour les conservateurs et trouvait encore séduisant le profil régulier de Robert Dole. La plupart des membres du Salon de conversation préféraient Elizabeth Dole à Hillary Clinton, qui, à leurs yeux, se mettait trop en avant pour une épouse non élue. Pour une fois David et Pamela tombèrent d'accord pour défendre la première dame, mais leurs raisons étaient différentes. Pamela réagissait par loyauté pour la cause des femmes, David, parce qu'il la trouvait injustement persécutée. Il demeurait qu'aux élections présidentielles c'était un couple, et même une famille, qu'élisaient les Américains et non un homme comme les Français.

Pam et Fabienne discutaient avec animation. La jeunesse retrouve spontanément la jeunesse, pensa Edward. Jamais il n'avait voulu perdre le contact avec les nouvelles générations. Devenir un vieux plein de certitudes n'était pas son ambition et souvent il demandait à Sabrina de le remettre à sa place s'il commençait à radoter. Sa fille lui manquait beaucoup. Il aurait tant aimé la savoir dans la même ville, pouvoir gâter davantage Larry et Thimothy, ses petits-fils. Il aurait pu, bien sûr, s'installer près d'eux à Phoenix mais Sabrina ne l'aurait pas désiré. Elle l'aimait certes, mais mieux encore de loin. Depuis sa petite enfance, sa fille avait su farouchement préserver son territoire. Il se souvenait de ses frustrations lorsqu'elle refusait des marques de tendresse, restait insensible à des attentions ou montrait une farouche désapprobation lorsqu'elle jugeait qu'il en abusait. Quand il lisait dans les journaux les articles sur les procès pour abus sexuel intentés à leurs vieux parents par des adultes, placés sous hypnose par leurs thérapeutes, il frissonnait un peu. Il n'aurait pas cru, il y a cinquante ans, qu'un simple câlin à un enfant pouvait contenir en germe tant de déviances et de perversions. Mais Corinne avait peut-être raison. Il pouvait y avoir une dimension culturelle dans ces excès. Même lorsqu'il était lui-même un jeune papa, il avait été frappé, au cours d'un voyage au Mexique avec Nancy, par les démonstrations physiques de tendresse que les adultes mexicains prodiguaient à leurs enfants. Et Nancy en avait été franchement choquée. Récemment il avait été voir le film français *Mon père ce héros*, avec Gérard Depardieu, et avait été un peu abasourdi devant ce père qui couchait dans la même chambre d'hôtel que sa fille de quinze ans. Dans le *remake* américain, au contraire, l'adolescente américaine avait commencé par dire à son père français qu'elle tenait à occuper une chambre indépendante.

Edward s'appliquait. Son français venait mal aujourd'hui. La chaleur d'octobre le mettait mal à l'aise et Corinne avait fait baisser la climatisation. Durant l'été indien, il pouvait faire aussi chaud au Texas qu'en plein mois d'août.

Pour mieux écouter, Karen se cala sur la chaise, sa jupe Armani bien tirée sur ses genoux. Elle avait gardé ses vêtements de bureau. D'habitude, elle rentrait se changer avant le Salon de conversation et n'hésitait pas à venir en « survet » et baskets. Aujourd'hui elle n'avait pas eu le temps. Elle était même arrivée en retard, juste avant David qui continuait à l'exaspérer. À deux reprises, elle avait surpris le regard de l'ingénieur sur ses jambes. S'il continuait, elle écrirait une lettre au Directeur de l'Alliance. D'autant plus qu'elle n'était pas la seule à être importunée. La jeune Pamela paraissait elle aussi hors d'elle. Entre David Bernstein et Ray Parker, Karen en avait sa claque des hommes. Elle comprenait l'épouse de son directeur, qui l'avait quitté pour une femme. Si seulement cela pouvait arriver à Ray... ce n'est pas elle qui le plaindrait. Un léger vertige la força à fermer un instant ses yeux. Il lui faudrait se libérer une heure ou deux, dans la semaine à venir, pour consulter son médecin. Ce ne serait pas facile. En dix jours, elle avait à tenir la gageure de se rendre à New York, Los Angeles et Boulder dans le Colorado. Revoir New York la perturbait toujours. Quoiqu'ayant déclaré *urbi et orbi* sa joie de quitter une ville aussi inhumaine, elle gardait au plus secret d'elle-même une grande nostalgie. Était-ce parce qu'elle avait commencé là sa réussite professionnelle ou à cause de Roberto ? Son bref mariage avec l'Italien — elle avait vingt-cinq ans alors — lui laissait à la bouche une saveur douce amère, colère et plaisir si intimement mêlés qu'elle ne savait plus où l'un commençait, l'autre finissait. Il avait entamé sérieusement ses défenses et pour cela elle lui en voulait, à lui aussi. Il avait menti, triché, plaisanté sur ce que la vie représentait de plus sérieux pour elle mais il l'avait fait rire, pleurer et jouir pendant la brève année de leur mariage. Puis il l'avait odieusement trompée; elle était tombée enceinte par sa négligence à lui et avait décidé de ne pas garder l'enfant. Douze heures de présence par jour au bureau ne permettaient pas de s'attendrir sur un berceau, comme Daphne. Le soir où elle était rentrée de la clinique, il avait commencé à se montrer violent.

David maintenant reluquait Alba Luz. Il ressemblait à Roberto. Vraiment, elle le détestait. À son grand étonnement, la jeune Colombienne lui rendit son clin d'œil.

Edward opina de la tête. Comme les êtres humains, chaque pays avait sa propre façon de réagir et de s'exprimer. Jacqueline à côté de lui sentait bon et il aimait son tailleur de toile grège, simple et chic. Et s'il l'invitait à déjeuner? Aujourd'hui était un peu prématuré mais pourquoi pas lors du prochain Salon de conversation? Il l'amènerait au restaurant Four Seasons, puis ils pourraient faire quelques pas ensemble au bord du Colorado. Cela faisait plus de dix ans qu'il n'avait pas invité une femme et cette perspective lui procurait un singulier bonheur.

Fabienne était contente. Pamela lui avait souri et parlé avec beaucoup de chaleur. Quoique différente d'elle dans sa façon de s'habiller comme dans son comportement général, la jeune Française sentait que Pam deviendrait sa première amie sur le sol américain.

La séance était finie. La prochaine serait centrée sur la fête de Thanksgiving, le 28 novembre : *Merci Donnant,* comme l'avait plaisamment traduit en français un humoriste américain. Corinne, les yeux cernés, rangeait ses notes. Soudain, elle ressentait la fatigue que la montée d'adrénaline avait occultée pendant le cours.

«Je n'ai pas dîné, avoua Fabienne. Est-ce que tu connais un endroit?

— Il y a un pub à deux pas. Je t'accompagne, déclara Pam. Je n'ai pas eu le temps de manger non plus. Mon prof de Relations Est-Ouest m'a retenue dans son bureau. »

Fabienne avait pris l'habitude de voir autour d'elle les gens commencer leur dîner à cinq heures de l'après-midi. À dix heures et demie, en semaine, la plupart des restaurants fermaient déjà.

L'endroit était encore bondé. Autour du bar que dominaient des têtes de bœuf à longues cornes se pressaient des étudiants buvant une bière ou dégustant une nourriture indéterminée entassée pêle-mêle dans de vastes assiettes. Personne ne fumait.

« Continuons en français, proposa Pam. Depuis mon retour de Lyon, je n'ai pas du tout pratiqué en dehors du Salon de conversation. Et toi? Où as-tu appris l'anglais? »

Fabienne était aux anges. Depuis son arrivée à Austin, elle rêvait de s'intégrer à la vie estudiantine. Ses hôtes âgés, Corinne, sympathique mais secrète et cordiale, sans familiarité (elle ignorait tout de sa vie privée), demeuraient ses seuls interlocuteurs. Elle rêvait de prendre son envol.

« Au lycée, puis à l'université de Nantes où j'ai eu la chance d'obtenir cette bourse.

— Tu veux devenir prof? »

Pam semblait chez elle dans ce pub, saluant d'un *hi* et de la main d'autres étudiants.

« Peut-être. Tu sais, en France les études d'anglais ne mènent pas à grand-chose hormis le professorat.

— Mais tu n'es qu'en deuxième année, n'est-ce pas? Tu as tout le temps pour choisir une autre orientation?

— Pas en France. On choisit sa voie dès le bac.

— Tu veux dire qu'on exige que des jeunes de dix-huit ou dix-neuf ans sachent déjà ce qu'ils veulent devenir?

— Quand on se trompe, il faut revenir en arrière. »

Pam considérait son amie avec étonnement. Elle-même à vingt et un ans n'était pas encore sûre du choix de sa carrière. Au niveau du *College*, c'est-à-dire des quatre premières années d'université, il y avait des orientations très générales. La spécialisation viendrait plus tard, avec la Maîtrise et les Doctorats, cycle qu'on appelait ici *Graduate Studies*. Pamela n'était pas sûre de ce qu'elle voudrait étudier alors. Mais ce dont elle était certaine, c'était de réussir. Elle avait des objectifs assez clairs et mettrait tout en œuvre pour les réaliser. Une fois son *B.A.*, équivalent de la licence, en poche, elle travaillerait pendant deux ou trois ans pour acquérir une expérience et financer son retour à l'université, qui se ferait sans aucun doute très loin d'Austin. Toute sa vie, Pamela avait été encouragée à bouger. Le Texas n'était pas tout près de Los Angeles où vivaient ses parents. C'est à cause de l'éloignement qu'elle l'avait choisi. À Lyon, elle avait trouvé drôle que la plupart des étudiants de la fac soient originaires de la ville même et continuent à vivre chez leurs parents. Pour elle, c'était impensable.

« Mais tes parents ne te manquent pas ? questionna Fabienne, qui, malgré les bagarres fréquentes avec son père et le ras le bol de Nantes qui l'avait entraînée jusqu'à Austin, n'osait pas encore s'avouer qu'elle commençait à se languir de sa famille.

— Au début, quand je suis arrivée au collège la première année, oui. Les premiers temps, je téléphonais à ma mère tous les jours en Californie. Tu imagines les notes de téléphone. Mes parents ont très bien réagi. Ils m'ont expliqué qu'il était malsain d'être trop attachée à sa ville, à ses amis de lycée. Pour me guérir, ils m'ont offert des vacances dans les Caraïbes à Noël. Un séjour de plongée sous-marine organisé par l'université. Pour que j'apprenne à me passer d'eux.

— Mais c'est terrible, fit remarquer Fabienne. À dix-sept ans, tu n'as même pas pu rentrer chez toi pour Noël.

— Au contraire, affirma Pamela. Je leur en suis très

reconnaissante. Comme ça, je me suis fait de nouveaux amis. Et maintenant je n'éprouve plus la même envie de rentrer chez moi. Je suis indépendante. Lorsque j'aurai des enfants, j'agirai exactement de la même façon avec eux. »

Le serveur tendait les menus.

« Riz, haricots noirs et salade de soja, commanda Pamela. Avec du thé glacé. Je suis végétarienne, précisa-t-elle à Fabienne. Et toi ? »

La jeune Française, qui s'apprêtait à commander un *filet mignon*, resta indécise. Pas question de donner une mauvaise opinion à celle qui pouvait devenir sa première amie.

« Je mange de la viande, oui, mais je peux m'en passer.

— Merci de faire cet effort pour moi. Ma dernière *room mate* était carnivore et la voir dévorer des steaks me dérangeait tellement que j'ai dû déménager. À Lyon, toute cette viande finissait par me soulever le cœur. Et d'autant plus que M. Collinet était chasseur.

— Pourtant ici aussi il y a des chasseurs et des carnivores. »

Fabienne n'ajouta pas qu'elle s'étonnait d'une telle délicatesse dans un pays où les armes à feu étaient en vente libre et où il y avait dans les villes un taux de meurtres et d'agressions encore inconnu en Europe.

« Pam, qu'est-ce qui t'a le plus choquée quand tu étais à Lyon ? » Fabienne était résolue à éviter la langue de bois.

« Franchement... » Pam réfléchit quelques instants et lança pêle-mêle : « Le machisme des hommes... l'absence de rideau de douche dans les salles de bains... Leurs vêtements que les Français ne changent pas tous les jours... Et leur excès de sens critique. »

La jeune Française n'était pas surprise. Les Américaines de son âge mettaient des vêtements propres au moins une fois par jour et les lave-linge ne chômaient pas sur le campus et ailleurs. Pamela l'interrogeait à son tour :

« Et toi, Fabienne, aux États-Unis ?

— Les ghettos... Mais aussi... les femmes qui vont au travail en tailleur et tennis, les robes roses à fleurs des vieilles dames et l'horrible café américain servi dans des verres en carton. »

Les thés glacés étaient rafraîchissants. Avec intérêt Fabienne observait les attitudes et les tenues vestimentaires des étudiants. Elle avait déjà remarqué qu'ici on ne s'embrassait jamais sur les deux joues comme chez elle. Dans les cas de grande démonstration d'affection, on s'étreignait sans abandon, en se tapotant le dos. Le nombre de tapes exprimait l'ardeur du sentiment. Mais on ne se touchait pas le visage. Les étudiants se serraient parfois la main quand ils faisaient connaissance. Mais jamais après. Et elle n'avait encore pas rencontré un seul couple qui s'embrassât en public sur la bouche.

« As-tu un copain ? » se décida-t-elle à demander.

Pamela parut un peu contrariée.

« Comment veux-tu que je trouve le temps ? Je n'en ai pas pour faire de la peinture, qui est une des choses que je préfère au monde ! J'ai cinq cours ce semestre. Je suis membre de trois groupes et trésorière du Club des étudiants de *Foreign Affairs*. Je me suis engagée à jouer un petit rôle dans *Mid Summer Night's Dream*, la pièce que monte le département de *Drama*. Sans compter le Salon de conversation et le *Community Service*.

— *Community Service* ?

— L'université nous encourage à avoir au moins une activité bénévole au service de la collectivité. Ce n'est pas vraiment obligatoire mais fortement recommandé. Et c'est important pour le *curriculum*. Moi cette année, je réponds au téléphone "SOS Femmes battues". Le semestre dernier, j'allais justement distribuer de la soupe dans les quartiers pauvres. C'était plus dur physiquement, moins nerveusement.

— Et c'est pour le *curriculum* que tu le fais ? »

Cette fois Pamela paraissait vraiment fâchée :

« Vous êtes vraiment drôles, vous autres, les Français. À Lyon, j'entendais toujours les gens parler de solidarité. Mais personne ne faisait rien sur le plan individuel. Nous, nous refusons d'être assistés par l'État. Mais cela ne veut pas dire que nous ne sommes pas concernés et il y a un autre mot que nous employons beaucoup : la compassion. Je ne suis pas insensible à la détresse, à la pauvreté ou l'exclusion, comme vous dites. Et donc je tiens à m'impliquer personnellement. Si le *Service* fait bien dans mon *CV*, tant mieux, mais ce n'est pas ma motivation essentielle. »

Fabienne se sentait confuse. Pamela poursuivait calmement.

« Mais, bien sûr, je voudrais me marier un jour et avoir des enfants. Le plus tard possible. Quand j'aurai mon diplôme et un job. Et puis, les garçons, ils n'ont qu'une chose dans la tête. Alors je me méfie... »

Pamela ne souffla mot de l'incident de la nuit passée avec l'inconnu. Puis, baissant le ton : « Le viol ? Cela t'est déjà arrivé ?

— Non... jamais. Mais c'est arrivé l'été dernier à une amie de ma sœur. Un viol collectif à la sortie d'une boîte.

— Moi, c'était mon *boyfriend*, sur la plage, à Malibu.

— Ton *boyfriend* ? Mais, alors, si c'était ton copain, ce n'était pas un viol ?

— Mais si. Je voulais bien l'embrasser mais pas plus. Et, circonstance aggravante... il avait bu.

— Comment as-tu réagi alors ? interrogea Fabienne de plus en plus surprise.

— J'ai pris un avocat et je l'ai attaqué. Mais ses parents ont versé un dédommagement, avant même qu'il n'y ait procès. Moi j'en aurais voulu un, mais ma famille n'était pas d'accord. J'estime qu'il aurait fallu aller jusqu'au bout et éradiquer le mal. Pour éviter le genre d'hommes adultes à la David Bernstein. »

Fabienne décida à nouveau de changer de sujet. Décidément elle avait des choses à découvrir. Qu'y avait-il de si scandaleux dans le comportement de David? En fait, il ne se conduisait pas avec les femmes très différemment de son propre père, et sa mère le prenait plutôt bien. Fabienne demanda à son amie si elle connaissait Corinne avant de s'inscrire au Salon de conversation.

Pamela la connaissait de réputation sur le campus. Elle savait que Corinne avait divorcé d'un Français. Un sale divorce, comme toujours, avec un type qui s'était ingénié à la dépouiller. Il avait monté la tête de leur fils unique qui avait pris le parti de son père et vivait avec lui dans la région parisienne, belle maison, vacances super, école privée... Corinne n'avait à offrir qu'un petit appartement et des fins de mois difficiles. Le gosse n'avait pas hésité. Elle ne le voyait qu'une semaine par an lorsqu'elle prenait ses vacances. Et d'après ce que Pamela avait compris, ce n'était pas une semaine facile.

« C'est bizarre, fit observer Fabienne, au début ces gens du Salon de conversation me paraissaient tous les mêmes, ordinaires, sans histoires. Maintenant, je vois plus en profondeur les différences. Je crois Cleonice très "écorchée vive" sous ses airs assurés ; David non plus n'est pas si sûr de lui ; Alba Luz raconte des drôles d'histoires, Jacqueline est un peu nunuche, Edward désespéré d'être un vieux monsieur mis au rancart alors qu'il a vécu pour se battre et gagner. Daphne, n'en parlons pas, elle est emprisonnée dans une vie quotidienne ennuyeuse qui la dévore et lui communique son ennui. »

Pamela ne souhaitait pas commenter. Elle retrouvait chez Fabienne une tendance au dénigrement des absents qui l'avait choquée chez les Collinet. Pour Pamela, le monde était noir et blanc. On pouvait, on devait, dénoncer les mauvais — David Bernstein ou Jeremy, son ex-*boy-friend*, par exemple. Mais tous les autres bénéficiaient *a priori* d'une bienveillance constructive. Au moins en paroles. Mme Collinet avait eu beau lui dire que c'était de l'hypocrisie, Pam se réservait le droit de penser de ces gens ce qu'elle voulait. Mais jamais elle n'aurait tenu le moindre propos malveillant sur quelqu'un qu'elle considérait comme fréquentable. Ne serait-ce que, parce qu'au nom de la transparence, les propos étaient répétés. Quand elle était adolescente, elle avait eu la naïveté de dire du mal de Rebecca, une amie de lycée, à leur amie commune Beth. Beth avait tout répété à Rebecca, qui s'était bien entendu fâchée avec elle. Depuis Pamela se gardait du moindre propos qu'elle ne souhaitait pas voir se répandre. En revanche, lorsqu'une attitude ou un discours lui paraissait inadéquat, elle prenait des notes. Cela pouvait toujours servir en cas de procès. C'est ce qu'elle avait fait dès la première séance du Salon de conversation à propos de David Bernstein.

La nuit d'octobre était délicieuse. À pas lents, Pamela et Fabienne traversèrent le campus encore animé à cette heure de la soirée.

« Il faut que je me trouve une chambre, se décida à avouer Fabienne. Pour le moment, je vis chez un vieux couple mais cela ne peut pas durer. As-tu des renseignements sur les chambres à louer ? »

Pamela semblait réfléchir. À côté d'elle, deux écureuils dévoraient les miettes des biscuits abandonnés par des étudiants.

« La fille qui partage ma chambre m'a annoncé qu'elle partait à Thanksgiving. Elle a des problèmes de famille et doit rentrer à Amarillo. Cela te tenterait de lui succéder ?

— Enfin, ma vraie vie américaine va bientôt commencer ! » se réjouit Fabienne en regagnant à pied le boulevard Martin Luther King.

Un instant, la jeune fille songea à Corinne. Leur différence d'âge la faisait hésiter à se confier à elle mais peut-être pourraient-elles apprendre à mieux se connaître. Était-ce l'absence de sa mère et de sa sœur aînée ? Une amie française lui était nécessaire. Même si Pamela pouvait devenir proche d'elle dans l'avenir, il y avait beaucoup de choses qui les séparaient. Et Pamela était d'un sérieux !

Fabienne se demanda de quoi elles pourraient bien plaisanter ensemble. Tant de choses étaient sacrées ici. On ne pouvait se moquer de rien. Papa serait bien malheureux en Amérique, pensa Fabienne en glissant sa clef dans la serrure de la maison des vieux Grisby, lui pour qui rien n'est tabou!

« Fabi... Venez donc nous rejoindre, lança la voix un peu aiguë de Hamil Grisby, ils passent une série épatante sur ABC. »

Lorsque Pamela entra dans sa chambre, le téléphone sonnait. Elle laissa le répondeur s'enclencher. C'était Karen, qui laissait un message laconique : « Il faut que nous fassions quelque chose contre David Bernstein. Cette situation est intolérable. » Mais comme elle devait travailler jusqu'à une heure avancée de la nuit, Pamela décida de ne rappeler Karen à son bureau que le lendemain.

IV

Thanksgiving Day

« Si tu as décidé de me bousiller la vie, alors conti-
nue... » Daphne sentit son cœur se serrer mais elle devait
une fois encore faire face. Sa fille cherchait un affrontement qu'elle n'obtiendrait pas. Avec le temps, Daphne
avait appris à se détacher mentalement du tourbillon
d'agressivité dans lequel Libbie cherchait à l'entraîner.
Toute perte de contrôle étant payée par une immense las-
situde, aujourd'hui, jour du Salon de conversation, elle
tenait à garder ses idées claires. Le sujet tournerait autour
de Thanksgiving, fête familiale par excellence, qui était
censée la concerner plus encore que les autres. Et qui la
concernait de fait puisqu'elle avait commencé ses préparatifs pour le plus grand repas de l'année. Dinde farcie
accompagnée de sauce aux airelles, de pommes de terre et
petits légumes, tarte au potiron, arrosé de bière chez elle,
de vin, de Coca ou de jus de fruits dans d'autres familles.

Daphne essayait en vain de trouver une réplique cin-
glante et originale aux criailleries de sa fille. Rien de particulièrement intéressant ne s'était présenté à son esprit.
Elle était trop préoccupée. Richard avait des soucis. Elle
les soupçonnait sans oser l'interroger franchement. Son
patron? un collègue? ou une femme? Cette dernière
hypothèse provoquait en elle un sentiment de panique.
Avoir une rivale dans le cœur de son mari serait une injustice trop monumentale pour que Dieu le permît. Com-

ment pourrait-il la trahir alors qu'elle portait toute cette famille à bout de bras?

« J'irai avec mes copains au centre commercial, martela Libbie, et tu ne pourras pas m'en empêcher.

— Pas avant d'avoir nettoyé ta chambre de toutes ses immondices. »

Daphne avait fini par pénétrer dans la chambre de sa fille, que celle-ci lui interdisait depuis des semaines. Elle y avait trouvé des restes de nourriture — pizza, chips et autre *junk food* —, des boissons moisies, des vêtements jetés en tas sur les meubles et jusque sous le lit. Un désordre indescriptible régnait là — véritable défi à sa mère avec laquelle le bras de fer était engagé depuis un certain temps déjà.

En dépit de sa volonté farouche de rester calme, le cœur de Daphne commençait à s'emballer. Un malheureux jour par mois, elle désirait disposer d'un moment à elle et on s'acharnait à le lui démolir.

Libbie claqua derrière elle la porte de la cuisine. Richard devait intervenir. C'était trop commode de partir jouer au tennis avec un ami et de la planter là.

Avec des gestes nerveux, Daphne termina la préparation de la farce qu'elle utiliserait pour la dinde de Thanksgiving. Pourvu que Richard rentre à temps pour garder les enfants pendant qu'elle serait au Salon de conversation! Libbie était grande maintenant mais elle était capable de filer rejoindre ses amis et de planter là son frère et sa sœur.

« Nous sommes prêts, maman! »

Les jumeaux l'attendaient dans l'entrée pour qu'elle les conduise à leur entraînement de basket, chacun à un coin différent de la ville. Elle filerait ensuite ramasser les costumes de Richard à la teinturerie avant de récupérer ses enfants l'un après l'autre.

« J'arrive! » s'écria-t-elle.

L'énervement lui fit lâcher le plat de farce qu'elle

s'apprêtait à mettre au frigidaire. Dans sa chute, il entraîna un pot de ketchup qui projeta autour de lui de longs jets de sauce.

Je ne dois pas perdre le contrôle, se répéta mentalement Daphne. Mais ses yeux s'emplirent de larmes.

Lorsque la petite Jessica pénétra dans la cuisine, elle trouva sa mère assise devant la table au milieu d'un lac de sauce tomate, la tête entre les mains.

Jacqueline était d'une humeur radieuse. Ce Salon de conversation était devenu un moment privilégié dans son existence. Retrouver la langue française, partager le plaisir de s'exprimer avec des gens sympathiques lui procuraient une singulière émotion. En épousant Stanley quelque cinquante années plus tôt, elle avait décidé de devenir américaine. Inutile de choisir ce genre d'union et de garder la tête tournée en arrière. Cela n'avait pas été facile. Durant vingt ans, elle n'avait jamais — hormis une excursion en car à Paris — quitté le Pas-de-Calais. Son univers, heureux, tournait autour de la ferme de ses parents, une longue bâtisse de brique adossée aux champs. L'année, réglée par les saisons et par les vacances scolaires, était active et habituellement plate comme la campagne environnante.

Mais les derniers mois de guerre, on y avait connu une animation exceptionnelle. Des hommes aux accents étrangers arrivaient de nuit et passaient des jours dans le grenier ou dans la paille de la vieille grange. Son père disparaissait mystérieusement et on lui confiait à elle de petits colis à livrer dans des cachettes à des heures précises. Elle n'avait pas peur. Il lui semblait qu'elle était invincible, que rien ne pouvait lui arriver. Quelle inconscience! Mais elle avait eu, ils avaient eu de la chance. En plus, elle avait découvert la lecture. Grâce à M. Bouchet, instituteur exceptionnel, qui avait entraîné son père dans la Résistance, lire était devenu sa passion.

Les hommes qui passaient dans la grange laissaient parfois des volumes. Elle avait découvert les romans anglo-saxons et ses rêves d'Amérique avaient commencé à prendre forme.

La Libération avait été un grand moment. Elle avait rencontré Stanley à l'un des nombreux petits bals qui fêtaient l'événement. Stanley aimait la France, parlait quelques mots de français. En bon Américain, il s'était tout de suite présenté. « Moi, je suis Stanley Smith, un S.S. mais pas dangereux. » Ils avaient ri. Leur première complicité. Elle se souvenait du regard de sa mère, quand elle l'avait invité à la ferme. Non. Cet Américain-là n'était pas comme les autres. Sans doute avait-elle deviné que sa fille allait partir. Mais les paysans du Nord s'expriment peu. Elle n'avait parlé sérieusement de Stanley qu'à la veille de leurs fiançailles. « Vous viendrez me voir, papa et toi, avait-elle assuré. — Qu'irions-nous faire là-bas? avait rétorqué sa mère. Nous hésitons déjà à aller voir ta tante en Alsace. Alors l'Amérique... » De la célébration de son mariage dans la petite église du village, elle gardait un souvenir mitigé : la joie d'être la femme de Stanley se mêlait au chagrin de quitter les siens. Mais sa jeunesse comme ses rêves la poussaient vers l'avant. Elle ne pensait plus qu'au Michigan.

Stanley était reparti avec son bataillon. Elle avait embarqué au Havre trois semaines plus tard, sans billet de retour.

En se préparant un café, Jacqueline songea à Edward. Le processus de la mémoire était bien insolite! Après Stanley et leurs merveilleuses années de jeunesse, c'était ce compagnon du Salon de conversation qui s'imposait. Rien de tumultueux comme Stanley, ou André, son premier amour, qui l'avait précédé, et qui n'était pas revenu après une expédition de sauvetage d'un parachuté britannique. Non. Edward ne produisait encore d'autre effet sur elle que celui d'un simple intérêt dû à sa conversation et au charme de sa personne. Mais cet intérêt augmentait à chaque nouvelle séance du Salon de conversation.

Sa tasse entre les mains, Jacqueline resta songeuse. Son pouvoir de rêve demeurait-il toujours vivant après toutes ces années et les épreuves de la vie ? Elle avait élevé trois enfants, affronté les désespérants moments où Stanley n'avait plus d'emploi, pas d'argent, accepté un nouveau déracinement en quittant le Michigan. Maintenant elle avait soixante et onze ans. Combien de temps lui restait-il pour profiter du bonheur de vivre ?

Le Salon de conversation était commencé quand Jacqueline arriva. Corinne évoquait l'origine de *Thanksgiving Day* :

« Dans le rituel de la célébration, on retrouve la joie, l'espoir et la confiance en Dieu qui habitaient le cœur des premiers immigrants. Le repas de fête réactive le premier repas d'action de grâces que les pionniers sur le sol du Massachusetts ont adressée à leur Dieu. Espoir et confiance en Dieu. Deux sentiments si fortement liés à l'âme américaine qu'ils composent une grande partie de son tissu social. En France, personne n'oserait, sous peine de ridicule, invoquer Dieu dans la vie publique. Et le ridicule est la hantise des Français. "En Dieu, nous avons confiance", la devise américaine, a pour contrepartie les *Liberté Égalité Fraternité* françaises. D'un côté l'homme se situe par rapport à son créateur, de l'autre par rapport à lui-même. Voilà une différence assez considérable dans l'approche du monde et de la société.

— À mon avis, il n'y a guère de différence, lança Cleonice, les deux devises que vous venez de citer sont aussi hypocrites l'une que l'autre.

— Pouvez-vous développer votre idée, Cleonice ? »

Malgré son flegme, Edward contenait difficilement sa réprobation. Il fallait savoir écouter les jeunes. C'est ce que lui répétait sa fille Sabrina : « Papa, tes vieux principes sont complètement dépassés. Qui voudrait aujourd'hui d'une existence comme la tienne? » Il se taisait. Les enfants percevaient leurs parents comme des entités aussi pesantes et démodées que les vieilles pierres celtiques. Au sein d'une même famille, personne ne se connaissait vraiment. Quoique silencieux, il avait été un être passionné. C'était son secret.

« Tout en se réfugiant dans le sein aimant de Dieu, remarqua ironiquement Cleonice, les Américains avaient des esclaves. Quant aux Français, aussitôt leur belle devise proclamée, ils se sont empressés de couper les têtes de ceux qui les gênaient. Les devises ne sont que des satisfactions faciles pour les beaux esprits.

— Vous voulez dire que le peuple américain n'a pas confiance en Dieu et que les Français ignorent la fraternité? »

David avait envie de retarder le plus possible les inévitables propos sur la sacro-sainte réunion de famille de Thanksgiving. Il n'aimait pas les fêtes et moins encore la bêtise des gens les célébrant comme des moutons sans savoir même ce qu'ils commémoraient. Il avait été élevé par des parents juifs modérés et en avait gardé viscéralement un certain respect pour la tradition. Même s'il avait parfois des doutes quant à l'existence de Dieu, il évitait de manger du jambon et n'aurait pas festoyé un jour de Yom Kippour. La laïcité virulente de certains Juifs français l'étonnait sans lui déplaire bien qu'aux États-Unis, elle eût été, selon lui, inutilement provocatrice.

Mais ce qu'il redoutait par-dessus tout, c'était l'orthodoxie qui chez son ex, Deborah, tournait à l'intégrisme. À présent, elle refusait de répondre au téléphone le samedi, jour de Shabbat, et avait habitué les enfants à manger si strictement *casher*, que la dernière fois qu'ils étaient venus chez lui, Josh et Simon avaient apporté leur propre nourriture et leur propre vaisselle. Ils l'avaient remportée sale chez leur mère, laquelle devait considérer que même l'eau de vaisselle était impure chez lui. Quand il avait imploré Deborah de lui envoyer les garçons pour Thanksgiving, elle lui avait répondu qu'elle n'était pas assez sûre de l'endroit où il achetait la dinde *casher* et que c'était trop compliqué d'expédier tout le repas de Thanksgiving avec les enfants. Il fallait qu'il eût perdu l'esprit pour avoir épousé pareille folle. Mais à l'époque de leurs fiançailles, elle était moins à cheval sur les rites et avait su embobiner le père et même la mère de David, qui craignaient de le voir épouser une des nombreuses *girlfriends* épiscopaliennes, catholiques, voire bouddhistes, régulièrement ramenées à la maison.

« Vous parleriez différemment, David, si vous étiez un Africain-Américain. Nous avons confiance en Dieu, nous aussi, mais pas dans la parole des hommes.

— Je suis juif et n'ai pas beaucoup plus confiance en Dieu qu'en la parole des hommes. Je l'emporte donc sur vous dans les désenchantements.

— Les Juifs mettent toujours la lumière sur leurs drames. Et les autres communautés? Vous avez été persécutés, je l'admets, mais vous ne l'êtes plus aujourd'hui. Existe-t-il encore des ghettos juifs? Promenez-vous dans les faubourgs des grandes villes américaines et venez me dire si vous n'avez pas vu à l'œil nu la misère et la ségrégation. Vous avez réussi à construire un énorme musée de l'Holocauste à Washington. Mais où y a-t-il dans ce pays un musée de l'Esclavage, qui soit comparable? Pourtant, l'esclavage a eu lieu sur le sol américain et l'Holocauste s'est passé en Europe, très loin de chez nous. »

La voix de Cleonice tremblait. Chaque fois qu'elle abordait ces sujets, une vague d'émotion la submergeait. Elle avait connu toutes les exclusions, celle des Blancs comme celle des Noirs, celle des nantis comme celle des misérables Africains auxquels elle avait voulu tendre la main au Togo et au Bénin. Aujourd'hui elle n'était prête à recevoir de leçon de personne sur la perte des illusions. Mais elle allait de l'avant. Même si l'espoir était mince, elle était décidée à s'y accrocher de toutes ses forces.

« Moi, je suis tout à fait favorable à un musée de l'Esclavage, à un musée du Génocide indien... je veux dire *Native American*... — comment dites-vous cela en français ? "Naturel Américain" ? — et même à plusieurs. Cela ne met pas pour autant en question l'existence du musée de l'Holaucauste. »

Pamela, qui allait intervenir, garda le silence. Elle était d'accord avec l'un et avec l'autre. Certes, des musées devraient préserver la mémoire de l'horreur qu'avaient été l'esclavage et l'extermination des Indiens. Mais les Noirs et les Juifs n'étaient pas seuls en cause. L'être le plus exploité dans la société américaine n'était pas le Noir mais sa femme. Elle se redressa soudain.

« Les vraies opprimées, qu'elles soient juives, chrétiennes, blanches ou noires, sont les femmes, affirmat-elle. Il nous faudrait aussi des musées de l'Oppression de la Femme.

— Quand je pense à la mienne, je me demande lequel des deux est l'oppresseur de l'autre ! »

David avait perdu une bonne occasion de tenir sa langue. Il faillit se la mordre, dans sa rage d'avoir laissé échapper pareille remarque en pareil lieu. Décidément, malgré ses expériences juridiques malencontreuses, il commettait toujours les mêmes bévues qu'il avait payées si cher dans sa jeunesse et dans toutes les poursuites judiciaires dont il avait lui-même été l'objet. Sa mère d'abord, puis Deborah n'avaient cessé de le lui répéter sur tous les tons : « Ne peux-tu te retenir de dire ce que tu penses au moment où tu le penses. Réfléchis avant de parler. Prends en considération le point de vue de l'autre. Tu vois toujours les choses par le mauvais côté. Tu n'as pas honte de te moquer de ce qui est le plus sacré. » Et enfin : « Tu n'es qu'un cynique. » Ce qui en Amérique était la pire des insultes.

Ses compatriotes étaient habitués si tôt à tout voir en rose et à se dorer la pilule que l'on finissait par ne plus jamais appeler un chat un chat. Même les gens qui sortaient de prison en venaient à dire que c'était là une grande expérience dont ils tireraient un profit considérable. David se demandait vraiment lequel. Mais c'était des questions qu'il ne fallait pas poser. Comment Corinne avait-elle appelé cela, en français... Ah oui ! La « langue de bois ». Il était fier d'être américain mais, parfois, se sentait plus proche des Français. Du moins dans leur pays pouvait-on draguer une jolie femme sans avoir à ses trousses toutes les polices du comté.

Cette fois-ci, il s'était mis presque toutes les femmes à dos. Il sentait leur complicité contre lui et avait intercepté le regard qu'échangeaient Pamela et Karen. Même Daphne, d'ordinaire plus tolérante, le regardait avec une réprobation que partageait Brandon. Edward était d'accord avec lui sur le fond mais n'osait pas intervenir. Il craignait qu'on ne mît son attitude conservatrice sur le compte de son âge. Les trois Françaises en revanche ne paraissaient pas choquées et, à sa grande surprise, Alba Luz prit même sa défense :

« Dans un couple, il n'y a ni bourreau ni victime mais deux combattants. Jamais on n'accepterait dans mon pays que les femmes se conduisent avec les hommes comme ici. Les hommes sont les chefs de la famille ; ils doivent être respectés. À l'intérieur de la maison, ce sont les femmes qui commandent. Cela fait un équilibre.

— En fait de combattantes, les femmes de chez vous ne se débrouillent pas trop mal, si j'en juge par votre compatriote Lorena Bobbit », observa Corinne, espérant détendre l'atmosphère. Mais seule Jacqueline esquissa un sourire à l'évocation de cette Amazone, qui avait tranché le pénis de son machiste d'époux avec un couteau de cuisine et en avait lancé par la fenêtre de sa voiture un morceau qu'on avait fini par recoller.

« Lorena Bobbit n'est pas colombienne mais équatorienne, corrigea Alba Luz. Vous savez, il y a beaucoup de différences entre les pays d'Amérique latine. Autant qu'entre les pays d'Europe.

— Lorena Bobbit, quelle que soit sa nationalité, est une héroïne de l'histoire des femmes, affirma Pamela.

— Elle a eu le courage de faire ce que beaucoup d'entre nous devraient faire plus souvent », renchérit Karen.

David savait très bien qu'il aurait mieux valu pour lui se taire. Il perçut une espèce de prière dans les yeux de Corinne mais il ne pouvait pas s'en empêcher, c'était trop fort :

« Décidément notre pays a atteint un stade aigu de guerre des sexes. Alba Luz, croyez-vous que le gouvernement de Colombie m'accorderait l'asile politique ? C'est peut-être une malédiction de famille mais je ne me sens plus en sécurité dans ma propre patrie. »

La jeune Colombienne pouffa de rire, entraînant Jacqueline et Fabienne dans son hilarité. Corinne se sentait trop responsable de ces tensions pour se détendre. Et un petit mot de Cosby trouvé dans son casier avant le début du cours la tracassait. Une espèce de conspiration se tramait à l'insu de David. Elle n'aimait vraiment pas tout cela.

Fabienne était épatée par la combativité de son amie Pamela. Depuis deux semaines, elles partageaient la même chambre dans un petit immeuble occupé par des étudiants à la périphérie du campus et chaque jour elle découvrait avec étonnement un aspect nouveau de Pam. Son esprit ne semblait jamais au repos. Une remarque qu'elle jugeait déplaisante, un geste qui la heurtait, et elle repartait en guerre. La plupart du temps, l'ennemi était l'homme, vieux ou jeune, faible ou agressif, mais sa désapprobation pouvait aussi bien viser un politicien, un programme immobilier, les fumeurs et les carnivores, les jouets sexistes qui encourageaient la violence chez les petits garçons, un film ou une simple plaisanterie. « Si nous ne restons pas toujours vigilantes, martelait-elle, la société retournera au temps des sorcières de Salem : le plus fort par le compte en banque, les muscles ou le fusil l'emportera toujours. L'Amérique doit donner l'exemple, et, comme le dit notre Président, jeter un pont vers le XXIe siècle. »

Daphne, qui avait préparé une petite intervention sur les familles et leurs valeurs symboliques évidentes le jour de Thanksgiving, était désorientée. Ce n'était pas le moment de parler de partage, de ferveur religieuse et de patriotisme. Karen l'avait abordée avant le cours pour évoquer une éventuelle action contre l'intolérable machisme de David. Pamela était dans le coup et elles avaient l'intention de communiquer ce soir avec Cleonice. Daphne avait surtout besoin de voler au secours d'elle-même. Sa journée avait été affreuse. Évoquer les bonheurs de la vie familiale était une drogue euphorisante dont elle ne pouvait se passer. Au fil de son petit discours, Richard deviendrait un mari attentionné, Libbie une délicieuse jeune fille, les jumeaux des enfants sympathiques, toujours prêts à rendre service et elle serait sur le point d'y croire une fois encore.

Ed et Jacqueline l'écoutaient d'un air d'approbation, David avait une lueur malicieuse dans les yeux. Karen, Cleonice et Pam ne paraissaient pas très convaincues. Brandon avait l'esprit ailleurs. Le sujet ne le concernait pas.

« Ce que j'admire chez les Français, articula Daphne en s'appliquant pour trouver les mots corrects et les prononcer le mieux possible, c'est qu'ils ont gardé le sens des valeurs familiales. Même adultes, ils sont très proches de leurs enfants. Il n'y a pas cette rupture, si douloureuse pour les mères américaines, au moment du collège où ils partent presque définitivement. Ma voisine, Connie, en a fait une dépression, lorsque ses jumelles sont parties d'un coup à dix-sept ans, à l'autre bout du pays. Vous passez votre vie avec eux, à les conduire partout, vous consacrez des soirées entières aux réunions de parents d'élèves, vous n'êtes occupée que d'eux. Et soudain plus rien. Ils disparaissent comme dans une trappe. Ils reviendront pour Thanksgiving, pendant quelques petites années. Un point c'est tout. Chez nous la famille est une espèce en voie de disparition, hélas, et nous devons tous faire de gros efforts pour lui redonner une existence. Les enfants de mère seule, de divorcés, ceux dont le père et la mère travaillent de huit heures du matin à cinq heures du soir perdent leurs valeurs, les repères de la tradition américaine auxquels nous sommes si attachés : le goût du travail, de l'effort, l'indépendance dans le respect des autres. Sans ces valeurs, notre société de libre entreprise ne saurait fonctionner. C'est cela que j'apprends à mes enfants, à toujours dire la vérité, à ne compter que sur eux-mêmes et à faire confiance à Dieu. C'est à cet objectif que les parents doivent se consacrer.

— Les parents, c'est-à-dire les mères, lança Pamela. En faisant le sacrifice de leur propre existence.

— Je ne trouve pas le mot "sacrifice" approprié. J'éprouve dans ma famille de grandes satisfactions et ne m'estime en rien handicapée par rapport à une femme qui court à son travail à l'aube et en revient à la nuit.

— N'oubliez pas que cette femme robot a quand même de grandes satisfactions en travaillant, rétorqua Karen, et qu'elle rencontre des êtres intéressants.

— Les enfants sont passionnants. Mais il faut les connaître. N'avez-vous jamais songé à en avoir, Karen ? »

Daphne parlait avec gentillesse. Pour rien au monde, elle n'aurait voulu blesser Karen, pour laquelle elle commençait à avoir de la sympathie. Dénuée d'agressivité, sa question ne lui témoignait que de l'intérêt.

Mais toute interrogation trop personnelle démontait Karen et entamait ses défenses. Oui, elle avait songé à avoir un enfant et elle y songeait toujours. Les grossesses étant par trop périlleuses après quarante ans, elle avait parfois envisagé une adoption. Elle avait même contacté l'année précédente une agence et consultait périodiquement la liste des enfants adoptables sur le réseau Internet. Depuis ses horribles scènes avec Roberto, son avortement et leur rupture, elle éprouvait un besoin d'harmonie, de sécurité. Mais ce qu'elle voulait par-dessus tout, c'était un mari, qui s'occupe de réparer le broyeur, de tondre la pelouse et de payer les traites de la grande maison confortable, qu'elle rêvait d'acheter dans la banlieue résidentielle, et dont elle n'aurait pas eu le temps de s'occuper seule.

« Avant d'avoir un enfant, il faut un mari. Je dois dire que je n'y pense jamais, mentit-elle. Je n'ai pas de temps pour les états d'âme, Daphne. Ma vie est très bien remplie. »

Chacun observait Daphne. Le visage rond et lisse, le joli sourire ne dévoilaient aucun conflit, pas le moindre doute. Avec nostalgie Edward et Jacqueline songeaient à leurs petits-enfants qu'ils voyaient trop rarement, David à ses garçons que Deborah lui volait, Cleonice à ce bébé abandonné dix-huit ans plus tôt.

Daphne chercha un peu de détente en demandant à chacun de décrire son Thanksgiving. Elle-même évoqua le repas traditionnel qu'elle avait commencé à préparer pour la circonstance. Thanksgiving était la seule occasion de l'année où les familles se regroupaient. Sa mère viendrait donc de Floride et les parents de Richard de Pennsylvanie. On mangerait vers quatre heures de l'après-midi ; et, ensuite, jusqu'à sept heures, les garçons et Richard resteraient affalés sur les canapés ou la moquette

de la *family room*, pièce consacrée à la télé, devant le
match de football américain — qui n'avait rien à voir avec
le *soccer* ou football à l'européenne qu'affectionnaient les
Français. Traditionnellement, tous les ans, il y avait un
match avec les *Cowboys* locaux de Dallas, et les Lions de
Detroit. Cette année l'équipe des *Cowboys* jouerait contre
les *Redskins* de Washington. Daphne ne mentionna pas
qu'elle aurait bien voulu être au vendredi, lendemain de
Thanksgiving, ou même au lundi suivant lorsque ses
beaux-parents seraient dans l'avion. Ces jours de fête
étaient toujours une épreuve pour elle; et particulièrement cette année-ci où elle sentait Richard si loin d'elle.

Pamela rentrerait en Californie chez ses parents pour
la fête; sa mère, dûment chapitrée par elle, préparerait
une dinde végétarienne, condition de sa venue. Elle s'en
irait le mardi soir séchant ainsi les cours du mercredi.
Mais c'était une pratique courante. La veille de Thanksgiving dans les universités, il y avait entre cinq et dix pour
cent des effectifs dans les classes.

Cleonice partait incessamment en Caroline chez
Lucinda, mère célibataire qu'elle avait aidée autrefois
dans le cadre d'un bénévolat au service des adolescentes
enceintes, fléau de la communauté noire. Lucinda qui
n'avait pas trente ans luttait pour élever un garçon de
quinze ans et deux petites filles de dix et huit ans, avec
l'assistance du *Welfare*, allocations versées aux mères célibataires pauvres. Cleonice, marraine de Malcolm, était
leur unique secours et passait religieusement les fêtes de
Thanksgiving avec eux.

Karen rejoindrait sa famille à Philadelphie chez sa
tante Virginia et en profiterait pour aller écouter un opéra
au *Metropolitan*. Brandon serait à Lafayette devant des
plats *cajun* qu'il adorait, dans l'ambiance familiale qu'il
abhorrait. Heureusement cette année, il avait du travail et
apporterait quelques douceurs. Il ne fallait surtout pas
donner l'impression d'être un crève-la-faim. Mais sa

mère, à qui souvent il avait dû refuser un prêt de quelques dizaines de dollars, n'était pas dupe. Il avait toujours l'impression que son père surveillait et réprouvait le moindre de ses gestes. Pas un mot n'était prononcé au cours du repas sur ses relations personnelles. On évoquait des potins locaux, les perspectives météorologiques de l'hiver, parfois sa carrière artistique. Mais l'opéra étant un monde hermétique pour eux, la conversation tournait vite court. Pourquoi, né dans une famille aussi ordinaire, avait-il ce talent, cette ambition, cette démesure? Dès l'enfance, il s'était senti différent, dès l'enfance, il avait été solitaire. La révélation était venue au séminaire. Il avait fait partie d'un groupe musical et était tombé amoureux de Warren, jeune Noir, beau et révolté. Après Warren, il avait aimé James, puis Zachary et surtout Ron. Quant aux dizaines d'autres partenaires sexuels, il ne se souvenait que de quelques noms, des corps et un petit nombre de visages.

Il surprit un regard d'Alba Luz à David. Une invite? Même s'il ne s'y connaissait pas en femmes, il était capable d'identifier les multitudes de signes infimes visant à faire savoir à l'aimé la même lancinante, brûlante révélation, déclinée avec ses savants dosages, dans toutes les langues du monde : « Tu me plais... je te veux. » Alba Luz lui paraissait familière. Elle ressemblait à Zachary. Tout convenait à ce dernier, il ne soulevait jamais le moindre problème mais sous le couvercle lisse, presque banal, la marmite concoctait un inquiétant brouet. Un être pervers et malheureux qui l'avait fait souffrir jusqu'à lui faire envisager le suicide. C'était Ron qui l'avait sauvé. Ron! Il n'arrivait pas encore à accepter sa mort. Comme l'avait dit le pasteur dans son homélie : « Une âme d'exception, des doigts magiques. » Sans nul doute, il serait devenu un sculpteur mondialement reconnu. La maladie l'avait frappé à vingt-huit ans, emporté à trente. Il n'était plus qu'un squelette, l'ombre de lui-même. Jusqu'au bout,

Brandon était resté à ses côtés, sa main dans la sienne. Jamais il ne retrouverait un tel compagnon. La moitié de lui-même était partie avec Ron.

Seule l'autre moitié de lui répondrait à son père, ce vieux têtu — il avait eu son fils à presque soixante ans. Charles Napoleon, qui n'avait toujours pas digéré la défaite sudiste de la guerre civile, passait son temps à dénigrer les Yankees et à s'évader dans l'abondante littérature confédérée qu'il lisait et relisait sans cesse. Il était abonné à des revues qui prônaient le retour aux valeurs du vieux Sud et refaisaient inlassablement les grandes batailles qu'on aurait pu toutes gagner sur ces chiens de Nordistes. Brandon jugeait cette attitude proprement *disgusting* (dégoûtante) et, chaque année, se tenait à carreau pour ne pas éclater avant le jeudi soir, où prétextant un rendez-vous important avec son agent ou un impresario quelconque, il annonçait à sa mère qu'une fois de plus il serait obligé de partir le lendemain vendredi, à l'aube.

Pour la fête de novembre, Edward allait chez sa fille Sabrina. David, dont les parents étaient morts, et puisque Deborah gardait les enfants, ignorait s'il mangerait sa dinde, *casher* ou pas, chez un cousin de Brooklyn qui n'était pas trop orthodoxe, ou resterait simplement tout seul à Austin. Jacqueline recevait chez elle ses enfants et petits-enfants et préparait une oie, volaille qu'elle préférait à la dinde — trop sèche —, avec des marrons, à la française. Fabienne était conviée dans sa *foster family*, sa famille d'accueil, les Grisby. Le jour de Thanksgiving était sacré pour inviter les étrangers. La collègue d'Alba Luz, serveuse au restaurant tex-mex, qui était elle d'Austin, n'avait pas oublié la jeune Colombienne. Quant à Corinne, elle prétendit qu'elle allait chez ses accueillants voisins de palier, ne voulant pas admettre qu'elle avait décliné leur invitation, pour déguster avec ses amis Delatre le plus hexagonal, le plus franchouillard gigot à l'ail garni de flageolets.

Edward jeta un regard de côté à Jacqueline. Une fois encore, ils s'étaient assis l'un à côté de l'autre. Elle exhalait toujours ce parfum délicat. Il faudrait qu'il lui demande la marque. Et pour Noël, il lui en offrirait un flacon. À ce moment, Jacqueline était loin de Ed. Elle tentait de se remémorer son premier Thanksgiving américain. Certains détails avaient disparu de sa mémoire mais le rituel de la célébration n'avait rien perdu de la forte impression laissée sur la jeune Française qu'elle était alors : prières, menu, atmosphère à la fois rigide et conviviale qu'aucun des désordres joyeux de son enfance ne venait entacher. À Bourg-en-Artois, une voisine bavarde surgissait parfois en plein repas ou le garde champêtre venu partager une bouteille de cidre, quand ce n'était le curé passant par là sur son vieux vélo. On se poussait, on sortait une tasse à café, un verre, sa mère tirait précautionneusement du buffet en noyer la boîte à biscuits, une poignée de dragées. Les mouches s'agglutinaient sur le ruban enduit de colle qui pendait à l'ampoule. Coquette, la chatte, sautait sur la table.

À Grand Rapids, sa belle-mère ne laissait rien au hasard qu'elle craignait, et bataillait pour dominer chaque situation qu'elle aurait à affronter. Il ne fallait sous aucun prétexte qu'amis ou voisins la voient en état d'infériorité, que ce fût pour son apparence physique (elle ne sortait jamais sans chapeaux et gants) ou sa tenue sociale (aucun mot trop libre ou trop familier ne sortait de sa bouche, même avec les siens). Respectueuse de ses supérieurs, elle usait d'une correction distante avec ceux qu'elle jugeait subalternes et n'aurait jamais accepté un voisin de couleur. Même à l'époque où le commerce familial battait de l'aile, jamais Jacqueline n'avait vu Clara Smith perdre la face.

Les éclats de rire de la jeune Jacqueline, ses remarques malicieuses avaient été reçues froidement. Elle avait compris et changé d'attitude, non par soumission aveugle, mais parce qu'elle était amoureuse de Stanley et ne voulait pas qu'il eût à rougir d'elle. Sa mère l'avait prévenue : « Si tu épouses un étranger, il faudra que tu prennes ce qui va avec. Mais réfléchis bien, la vie conjugale n'est déjà pas facile avec un gars du même village, alors avec un homme du Michigan ! » Longuement ses parents et elle s'étaient penchés sur la carte des États-Unis. Mais où pouvait bien être Grand Rapids ? Enfin ils l'avaient aperçu entre Detroit et Chicago, près du lac Michigan. « Jamais je n'aurais imaginé que je perdrais un jour ma petite fille », avait soupiré son père. C'était la première et dernière fois qu'il avait dévoilé des sentiments personnels.

Corinne avait la migraine, ce soir. C'était l'anniversaire de Julien. Il avait dix-huit ans. Un jour important dont, une fois encore, elle était exclue. Son fils avait promis de venir la voir pour chaque Noël mais à plusieurs reprises il avait changé d'avis au dernier moment. Son père l'amenait skier dans une station chic ou lui offrait un voyage. Comment pouvait-elle entrer en compétition avec Jean-François ? Toujours il l'avait écrasée de son argent. À Austin, dans le petit appartement qu'elle occupait, Julien s'ennuyait, elle le voyait bien. L'amour qu'elle lui portait, tous les rêves qu'elle avait alimentés de l'espoir de sa venue durant des mois et des mois n'étaient pas suffisants. Ils communiquaient peu et mal.

Elle était lasse. Le Salon de conversation aujourd'hui ne suffisait pas à la stimuler.

« À quel âge êtes-vous arrivée aux États-Unis, Alba Luz ? » interrogeait David.

Il lui était reconnaissant d'avoir pris sa défense face à ces furies. Et aujourd'hui, Alba Luz s'était particulièrement pomponnée. Elle ne portait pas de shorts comme Pam, ou de jeans fatigués par les lessives multiples, mais un pantalon qui la moulait un peu. Et elle était la seule des femmes du Salon de conversation, en dehors de Corinne, à avoir les yeux faits, des yeux qui le regardaient avec cette nuance conquérante qu'il adorait chez les femmes. L'élégance féminine était si rare à Austin qu'il s'était demandé ce matin s'il n'allait pas démissionner de son poste et retourner à Manhattan, malgré tous les tracas qui l'avaient contraint à lâcher son emploi et à changer d'État. Après le Salon de conversation, peut-être pourraient-ils faire quelques pas ensemble. Il sentait qu'il n'avait pas à se méfier d'Alba Luz. Elle ne crierait pas au harcèlement s'il lui disait qu'elle avait de beaux yeux. Et vraiment ses yeux bruns en amande, bien dessinés par le khôl étaient magnifiques.

« J'avais dix-huit ans. Mon père était un riche propriétaire; il possédait en terres la moitié de la province. Mais le cartel de la drogue ne l'entendait pas ainsi. Deux de mes frères ont été assassinés. Les groupes terroristes s'en sont mêlés. Nous étions menacés de mort par les uns et par les autres. Mon père nous a fait quitter de nuit notre résidence. À pied, ma mère, ma sœur et moi avons traversé les montagnes. Un cauchemar. Puis, grâce à un réseau de gens qui avaient pour mon père une grande considération, nous avons pu passer la frontière américaine et nous réfugier au Texas. »

Le Salon de conversation tout entier était médusé par le récit d'Alba Luz. Corinne était de plus en plus convaincue qu'elle racontait des histoires. Alba Luz s'était déjà coupée plusieurs fois, oubliant d'une séance à l'autre ce qu'elle avait dit auparavant. Les Américains eux ignoraient souvent que la Colombie n'était pas le Mexique et qu'elle n'avait pas de frontière avec le Texas. Mais Alba Luz n'en était pas à un détail géographique près et elle avait entendu tant d'odyssées sur les *chicanos*, essayant désespérément d'échapper à la misère mexicaine qu'elle finissait par les confondre avec les cauchemars de son propre pays. Vrai ou non, ce qu'elle racontait était bien raconté. Alba Luz avait de l'imagination. Elle aurait fait une excellente narratrice, dans le style du réalisme magique que García Márquez et les écrivains de son pays avaient porté à la perfection.

« Voulez-vous dire que vous avez reçu l'asile politique ? »

Pamela était incapable de concevoir le mensonge. Surtout lorsqu'il était au service du plaisir gratuit d'inventer pour inventer. Elle était suspendue aux lèvres d'Alba Luz. La vie de cette jeune femme à l'apparence insignifiante résumait les drames du continent latino-américain. Il fallait lui tendre la main. Il fallait faire effort pour accueillir et faciliter l'intégration dans la société américaine de gens persécutés et courageux comme l'avaient été les Márquez Solano.

Alba Luz parut embarrassée.

« Nous n'avons pas eu à le demander. Mon père n'aurait pas accepté la charité. »

Karen fronça le sourcil. Lorsqu'on sondait le passé de maints immigrants, en général mexicains, le flou artistique tendait à édulcorer ou embellir une dure réalité commune : traversée souvent dramatique de la frontière, espérance d'une vie meilleure, clandestinité, régularisation grâce à un employeur. Pour la plupart, le personnel d'entretien de l'immeuble où elle travaillait était passé par là.

« Pour obtenir l'asile politique, affirma-t-elle, les yeux plantés dans ceux d'Alba Luz, soudain mal à l'aise, il faut avoir été persécuté par un gouvernement pour ses idées. Je respecte votre expérience, Alba Luz, et je crois à une Amérique multiculturelle où chacun a sa place avec ses différences. Il est vrai que la plupart de nos émigrants sont des réfugiés économiques. Mais cela nous choque moins que les Français. Nous avons tous été, à une génération ou l'autre, des immigrants sans le sou. Un de mes grands-pères, venu d'Irlande, était si pauvre que, pendant la première année de son séjour en Amérique, il n'avait qu'un pantalon et une chemise. Ma grand-mère se levait tous les matins à l'aube pour repasser ce qu'elle avait lavé la veille au soir. »

Daphne approuva. Elle ne croyait pas au modèle d'intégration français, que Corinne avait décrit, qui passait par le rouleau compresseur de l'école monolithique, de la langue et des valeurs de la République. Pour elle, chacun devait pouvoir continuer à manger, parler, adorer Dieu à sa manière, sans être inquiété. Une partie de sa famille était d'ascendance allemande, l'autre hongroise. Longtemps chacun avait conservé sa langue, sa cuisine et toujours l'orgueil de ses racines. Quand on lui demandait de se définir, elle commençait par dire qu'elle était texane ; puis elle évoquait ses origines non américaines. David Bernstein faisait de même et Cleonice aussi.

En même temps Daphne se sentait intégralement américaine et en était fière. La notion même d'étranger n'était pas la même qu'en Europe. Chaque Américain avait conscience d'avoir été étranger dans son pays et de ne plus l'être. Était étranger celui qui n'était ni citoyen, ni résident et qui se réclamait d'une autre patrie. Et quand on devenait américain, on l'était à part entière. Personne n'aurait eu l'idée de parler d'Américain de souche. Soit on était déjà américain, soit on ne l'était pas encore et on pouvait le devenir. Tous les membres du Salon de conversation avaient été surpris par l'affaire du voile islamique, dont Corinne et les journaux avaient parlé. Aux États-Unis, un foulard ou un tchador ne choquait personne. Et la liberté d'expression était si ancrée et si étendue que même les féministes américaines pourtant si virulentes n'avaient jamais songé à demander l'interdiction du foulard islamique dans les écoles publiques.

Fabienne expliqua l'idée française de la laïcité. Elle était liée au rôle prédominant que l'Église catholique avait joué en France sous l'Ancien Régime. La séparation de l'Église et de l'État signifiait en France la rupture avec la domination politique d'une seule église. Aux États-Unis, où sous la pression des persécutions religieuses avaient été attirés beaucoup de pionniers et d'émigrants, la séparation des églises et de l'État signifiait la fin de ces mauvais traitements, le droit de pratiquer librement la religion de ses pères ou de son choix... enfin la tolérance religieuse. La laïcité ouvrait aussi en France sur la tolérance, celle d'avoir une religion ou pas ; la foi ne relevait pas de la vie sociale ou publique. Elle était affaire de conscience, affaire privée, et personne d'autre que soi-même ne devait s'en mêler. Mais la laïcité comportait ses règles et le port de symboles religieux particulièrement ostentatoires était une infraction inadmissible.

« Vous avez dit : avoir une religion ou pas, intervint Edward. Je ne peux accepter cette idée. Je sais que nous avons aux États-Unis une communauté athée qui est assez active. Mais aucun Américain honorable ne peut s'affirmer sans religion. Tout notre système de références morales et éthiques est fondé sur la valeur de la religion. Sans les religions et les morales religieuses, il n'y aurait pas d'Amérique.

— Je suis moi-même catholique, quoique peu pratiquante, répondit Fabienne. J'ai été baptisée, j'ai fait ma communion, je me marierai à l'église. Mais j'ai des amis agnostiques et même athées et cela ne me gêne nullement. D'ailleurs nous n'en parlons pas beaucoup. Parler, même à un ami, de sa foi me paraît aussi incongru que de lui demander combien il gagne ou combien de fois par semaine il fait l'amour.

— Dieu reste un idéal de la vie américaine, précisa Jacqueline. Il est au milieu de la famille au moment des prières prononcées avant les repas, à l'école, dans le club de sport ou le groupe d'hommes politiques. Notre Président termine chacun de ses discours par un *God bless you*, Dieu vous bénisse. Il est, si j'ose dire, un phénomène culturel au même titre que l'hymne américain et le salut au drapeau. Dieu est américain comme il était français jusqu'au XIXᵉ siècle.

— Mais c'est très dangereux, objecta Fabienne. Souvenez-vous des exactions commises par les peuples au nom de Dieu et de la morale. »

Décidément la petite Fabienne avait pris de l'assurance. L'Amérique lui faisait du bien, pensa Corinne. Elle recommandait toujours un séjour américain aux Français, surtout les jeunes, atteints du syndrome de la timidité et de l'autoflagellation style « de toute façon je suis nul(le) et je ne ferai jamais rien de bien ». L'ambiance ici était si tonique et encourageait si bien à prendre confiance en soi qu'on arrivait à tirer le meilleur de soi-même.

« *Dieu a créé l'homme à son image et il le lui a bien rendu!* Oscar Wilde », précisa David devant le regard furibond de Ed et de Daphne. « Je ne fais que citer », insista-t-il, moqueur. Mais il sentit qu'il n'avait pas convaincu son auditoire et, d'une pirouette, revint sur le thème des étrangers et de l'immigration.

Edward jugeait qu'il y avait trop d'émigrants mexicains au Texas. Il connaissait à fond l'histoire de l'État qui, dès les origines, avait été lié au Mexique. En 1821, en même temps que le Mexique, le Texas était devenu indépendant de l'Espagne. Puis les Texans avaient lutté contre le Mexique et, après quelques batailles célèbres comme celle d'Alamo où Davy Crockett avait été tué, ils avaient conquis leur indépendance en 1836. Le Texas était devenu partie des États-Unis vers 1845. La perte du Texas avait eu de graves conséquences économiques pour le Mexique, corrompu et inégalitaire, d'où le désir des Mexicains de traverser la frontière du Río Grande.

« Vous oubliez de dire que, pour les Mexicains, le Texas est un territoire qu'ils ont perdu mais où ils continuent à se sentir chez eux. » Alba Luz avait bien écouté les discussions entre ses amis mexicains.

« Et que, pour mémoire, le Texas a été un État esclavagiste qui a fait partie de la confédération sudiste, ajouta
Cleonice.

— Confédéré ou non, ce n'est pas la question, poursuivit Ed, en tirant de sa serviette le *Corpus Christie Caller
Times* où se trouvaient tous les chiffres qu'il avait justement compulsés ce matin. Entre le recensement de 1980
et celui de 1990, la population d'immigrés — légaux ou
clandestins — a augmenté de 78 pour cent, alors que celle
du Texas augmentait de 18,6 pour cent. À la fin du mois
de juillet et au mois d'août 1996, le INS[1] a identifié
1 097 étrangers légaux travaillant au Texas. 97 pour cent
de ces étrangers légaux sont des Mexicains, dont 26 pour
cent dans le comté de Harris, qui comprend Houston.
Nous, les contribuables du Texas, nous en avons assez de
payer le Medicaid[2]. Rien qu'en 1992, nous avons payé
pour cela 730,7 millions de dollars, alors que les paie-
ments globaux pour l'ensemble du comté étaient seulement de 1,1 milliard. Et s'il n'y avait que les assurances
médicales ! L'éducation primaire et secondaire pour les
immigrés nous a coûté la même année 1,4 milliard de dollars. Les honnêtes citoyens, dont je suis, et qui paient
leurs impôts refusent de financer les immigrés illégaux.
C'est un problème non seulement entre les immigrés
légaux et clandestins, mais aussi entre les États et le gouvernement fédéral. En conséquence le Texas a attaqué le
gouvernement fédéral en justice, afin d'être dédommagé
de tous les frais engagés pour les... comment dites-vous ?
Les sans-papiers. »

Ed ne prenait pas souvent la parole mais devenait
intarissable quand il commençait. Il aurait été inutile de
tenter de l'arrêter. Il parlait lentement mais fermement,
impliquant qu'il souhaitait aller au bout de son discours,

---

1. Immigration and Naturalization Service.
2. Assistance médicale aux plus démunis.

avec ce goût de la précision chiffrée que les Français trouvaient vite ennuyeuse chez les Américains. Corinne savait
que, sur la question de la « Sécu » et de la destination des
impôts des contribuables, Français et Américains
n'étaient pas sur la même longueur d'onde, le *leitmotiv*
pour les uns étant : « Où va mon argent ? » et pour les
autres : « L'État paiera. » Deux points de vue difficiles à
concilier.

« En France aussi, nous avons ce problème d'immigration clandestine, protesta Fabienne, qui ne voulait pas
être en reste avec son amie Pam. Et Le Pen raconte que la
délinquance, c'est la faute des immigrés, que le chômage,
c'est la faute des immigrés. Mais ce n'est pas vrai. Les
immigrés font les travaux que les Français ne voudraient
jamais faire.

— Je ne connais pas exactement la situation française. Mais je peux vous dire, Fabienne, que dans ce pays,
ce n'est pas le cas. » Edward était imperturbable.
« Lorsqu'on a récemment *déporté*... ou plutôt expulsé,
comme vous dites en français, des sans-papiers, il y a eu
immédiatement des résidents américains qui ont postulé
pour les remplacer dans leurs emplois. Si je me souviens
des chiffres : il y a eu cinq cents candidatures pour des
postes de nettoyage et mille deux cent dans la construc-
tion. Preuve que ces emplois sont également convoités par
des citoyens ou des résidents légaux. De même pour la
criminalité : à la suite d'un renforcement des contrôles à
la frontière, les crimes dans la ville d'El Paso ont diminué
de 40 pour cent.

— C'est bien là l'origine de l'*Opération Hold the Line*,
précisa Daphne. Une opération commencée en 1993, sur
vingt miles de frontière entre Sunland Park au Nouveau-
Mexique et le pont de Zaragoza à Ysleta au Texas. Quatre
cents policiers, vingt-quatre heures sur vingt-quatre, avec
pour résultat une diminution sensible du flux d'émigrés...
et de la criminalité.

— Et M. Buchanan, qui n'a rien à envier à votre le Pen, a proposé de construire un mur tout au long de la frontière texane, façon mur de Berlin, précisa David.

— Ce que je remarque, dit Corinne, c'est que le problème de l'immigration des Mexicains au Texas n'est pas entièrement différent du problème de l'émigration maghrébine en France. Et qu'il produit des types d'extrémisme, similaire, par-delà les différences culturelles. Pourtant les solutions envisagées sont fonction des choix culturels, les Français diraient des choix de société. En France, on parle de solidarité, mot à la mode qui a remplacé celui de fraternité. En Amérique, de *compassion* et on compte sur les individus regroupés autour des associations caritatives et des églises.

À ce moment, Jacqueline leva la main : « Comme je crois vous l'avoir dit déjà, quand je suis arrivée dans ce pays, j'ai été frappée par la place qu'y tenait la religion. Le peuple américain étant moins critique, il exprime peu ses réticences ou ses doutes à l'égard de la présence de Dieu. Et dans la vie quotidienne vos églises, à l'inverse des nôtres, sont des lieux de réunion tout autant que de prière. Des sortes de clubs, actifs, efficaces. On y aide les pauvres bien sûr mais on organise aussi pour les jeunes toutes sortes d'activités profanes allant du club de bridge aux leçons de mathématiques pour écoliers à la traîne. Toutes les églises, ou presque, ont leur propre jardin d'enfants où les petits sont conditionnés pour devenir des êtres sociaux, disciplinés, travailleurs mais aussi attentifs aux autres et tolérants.

— Mais c'est très dangereux! ne put s'empêcher d'intervenir Fabienne. Ne craignez-vous pas un peuple totalement conformiste? J'observe les jeunes dans la rue, à l'université, qu'ils soient fils de milliardaires ou de clochards, ils sont habillés pareil, tee-shirt, jean, baskets et casquette, ils parlent de la même façon. Aucun moyen de les distinguer les uns des autres.

— Mais Fabi, intervint Pamela avec sa pétulance coutumière. Tu n'as pas regardé tes compatriotes. À Lyon, j'ai vu des classes sociales définies par la naissance et l'argent, extrêmement hiérarchisées et à l'intérieur de ces tiroirs, des jeunes tout aussi conformistes que nous. Seulement les riches ont l'air riche avec leurs Weston et leurs vêtements griffés et les pauvres ont l'air pauvre. C'est vrai, en Amérique le milliardaire s'habille comme le petit-bourgeois ou l'ouvrier. Le dimanche, il fait un barbecue dans son jardin, plus vaste et mieux isolé que le *yard* de l'ouvrier du bâtiment mais il s'y comportera de la même façon : il y a les mêmes bières qui rafraîchissent dans des bacs en plastique bourrés de glace, le même popcorn qui saute hors du micro-ondes et la télé allumée dès le début du match de base-ball ou de football.

— Le snobisme américain est différent mais il existe, s'exclama David. Ne parlons pas du conformisme qui dépasse peut-être celui des Français. Et il y a aussi des différences de classe. Il ne faut pas faire croire à notre amie Fabienne que les Kennedy vivent comme M. et Mme Tout-le-monde !

— Dans leur vie quotidienne, ils vivent presque comme M. Tout-le-monde, répliqua Pam avec véhémence. Ils mangent les mêmes sandwiches, boivent les mêmes boissons, se divertissent des mêmes spectacles à la télévision. La différence, c'est qu'ils font partie de clubs de golf très fermés, ont leur table réservée dans des restaurants chics, inscrivent leurs enfants dans de coûteuses écoles privées puis dans des universités hors de prix. Mais l'étudiant d'Harvard, fils d'un magnat de l'industrie, n'est pas différent de l'étudiant africain-américain qui vit sur le campus d'un collège public et presque gratuit.

Daphne soupira. Sans le savoir, Pamela venait de mettre le doigt sur un point douloureux. Toutes les familles ou presque de leur résidence faisaient partie des Trois Chênes. L'admission dans ce club privé était le sceau de la réussite professionnelle et sociale de ceux qui l'entouraient. À tout moment, ses voisins s'y donnaient rendez-vous pour une partie de golf, déjeuner ou profiter de la piscine qui dominait la ville. On l'avait invitée une ou deux fois et la directrice en avait profité pour lui glisser de la documentation. Les photos faisaient rêver. On y voyait des couples souriants dînant aux chandelles, des enfants modèles cherchant des œufs de Pâques dissimulés dans les jardins qui cernaient le *club house* sous l'œil bien-veillant d'un lapin géant. « Les parents de Samantha vont donner une party pour ses seize ans aux Trois Chênes, lui avait glissé perfidement Libbie quelques jours plus tôt. Moi, je compte plutôt sur McDonald.

— Je croyais que tu détestais les mondanités, avait répliqué Daphne.

— Ce que je déteste, c'est la médiocrité dans laquelle tu te complais. Et tes distractions. Qui pourrait éprouver le moindre orgasme à suivre des leçons de fran-çais avec des vieux chnoques ou d'aller faire des mamours, un panier de fruits à la main, aux gens qui viennent d'emménager dans le quartier et dont tout le monde se fiche ? »

Daphne ne savait pas répondre à sa fille. Son désarroi intérieur l'avait poussée quelques mois plus tôt à s'inscrire dans un cours destiné à donner des moyens de défense à ceux qui étaient confrontés aux gens acariâtres. On lui avait conseillé de s'envoler à bord d'un petit hélicoptère imaginaire ou de se figurer esquivant à l'aide d'une cape les charges d'un taureau furieux. Mais cela ne marchait pas. L'agressivité de Libbie lui faisait toujours monter les larmes aux yeux.

Jacqueline continuait à suivre, un petit sourire aux lèvres, la controverse. D'être née française lui octroyait, même après cinquante ans d'Amérique, un regard dif-férent. L'exclusion n'était l'apanage d'aucun pays mais les États-Unis avaient entrepris un effort immense pour en prendre conscience et tâcher d'y remédier. En France, il y avait autrefois une place à la table familiale réservée au pauvre qui pourrait frapper à la porte; en Amérique, on imposait des quotas. Elle avait lu récemment dans le magazine français auquel elle s'était abonnée un article proposant aux patrons français d'embaucher un certain pourcentage de travailleurs d'origine maghrébine afin de faciliter leur insertion. La semaine suivante, un déluge de lettres de lecteurs indignés avait sans doute cloué à tout jamais le bec du malheureux utopiste. Quand on aimait les SDF et les Africains en France — ce qui n'était certes pas le cas de tous — c'était avec le cœur bien plus qu'avec des actes légaux. Et on créait les *Restaus du cœur*. Le cœur était la force et la faiblesse de son pays d'origine. On y réagissait trop souvent — et provisoirement — sous l'empire de l'émotion.

Cleonice contemplait l'exquise vieille dame, si suave, si *sweet and nice* et songeait avec amertume que les riches et les Blancs cumulaient tous les avantages. Ils pouvaient même, s'ils le voulaient, se déguiser en pauvres. Mais si on était noir et démuni, on n'avait pas le choix de tromper qui que ce fût.

Corinne était justement en train d'expliquer combien elle appréciait la simplicité américaine et l'absence de pré-tention. Les étudiants avaient beau avoir un père milliar-daire, une famille célèbre, ils n'en faisaient jamais état, s'habillaient et vivaient comme tout le monde. Ils savaient qu'on les jugerait à ce qu'ils feraient, eux, pas à ce qu'avait fait leur père ou leur grand-père. Elle se rappelait son étonnement d'avoir vu s'asseoir sur un banc de sa classe, le sénateur le plus connu des États-Unis, frère d'un ex-Président, la semaine portes ouvertes où les parents des futurs étudiants avaient le droit de visiter l'université. Personne n'avait seulement fait mine de le reconnaître dans ce simple citoyen, qui comme des mil-liers d'autres parents venait visiter la future université de son fils. Sans être totalement dupe des apparences, elle aimait cette simplicité de comportement.

Corinne regarda l'horloge. Le temps passait si vite avec ce groupe qu'elle en oubliait l'heure. Décidément elle les aimait bien. Quelle différence avec l'année précédente, où elle n'avait que des hommes d'affaires précis et pressés, une religieuse qui allait passer deux ans dans un couvent bourguignon, deux ou trois vieilles dames amoureuses de Proust et de l'art gothique! À la fin de l'année, personne ne se connaissait mieux qu'au premier jour.

Comme chacun se levait, Alba Luz vint lui demander une entrevue pour le soir même, dans son bureau. Corinne gardait toujours une petite demi-heure pour les étudiants qui voulaient la voir. Ce soir, elle était convoquée chez le directeur, Mortimer Douglas Cosby. Elle verrait Alba Luz juste après.

Mortimer Cosby régnait sur l'Alliance comme le maître d'une petite île, au milieu d'un océan qui ignorait ce que le mot France signifiait et comment la placer sur la carte. Sur l'enclave insulaire, il comptait parmi ses sujets des Américains francophiles ou francophones qui se plaisaient à rencontrer quelques Français nostalgiques. Deux ou trois fois par an, des conférenciers venus de l'Hexagone ou d'un pays de langue française s'arrêtaient à Austin au cours de leur tournée américaine et dispensaient la bonne parole dans la langue de Victor Hugo ou de Jacques Derrida.

Visiblement Cosby était dans un de ses mauvais jours. Il tendit à Corinne deux lettres, signées l'une de Karen Snyden, l'autre de Pamela Morris. Les deux femmes dénonçaient l'attitude sexiste inadmissible de David Bernstein au Salon de conversation. De surcroît, il avait eu l'imprudence — elles disaient l'impudence — de téléphoner à Karen pour l'inviter dans un *single bar* et d'insister. Quant à Pam, il l'avait rencontrée au gymnase du campus. Il avait voulu tâter ses abdominaux et lui avait déclaré qu'elle avait le ventre ferme et musclé. Cette attitude était inqualifiable. Les deux femmes menaçaient de poursuites et se plaignaient de l'atmosphère irrespirable que David faisait régner dans le Salon de conversation. Corinne était consternée.

« Alors, vous n'aviez rien remarqué?, s'étonna ironiquement Mortimer Cosby. Ah! Ces Françaises!... » Il soupira longuement. Puis, plus bas, comme si l'on avait pu les entendre : « Ce pays devient impossible, madame Lesage. Vous avez lu dans les journaux l'histoire de cet enfant de six ans, que la directrice a renvoyé de l'école parce qu'il avait fait un bisou à sa petite copine du même âge! Et les féministes de NOW qui se sont déchaînées! Elles prétendent que le harcèlement sexuel commence au berceau et qu'il faut le tuer dans l'œuf, pour qu'il soit éradiqué chez les adultes... » Puis, pensif : « Le meilleur souvenir de ma vie amoureuse, c'est Marian. Elle avait de longues nattes blondes. Nous avions sept ans. C'est elle qui m'avait demandé de lui faire un baiser sur la joue. J'étais si content que je lui ai offert tout le *peanut butter*, [beurre de cacahouète] de mon *lunch box* [gamelle]. Pour autant est-ce que je suis devenu un satyre, moi, l'honorable grand père de neuf petits-enfants? Madame Lesage, essayons de trouver un règlement à l'amiable, voulez-vous? J'ai confiance en votre diplomatie. Parlez-leur. Et parlez aussi à ce Bernstein. On ne va peut-être pas pouvoir le garder dans ces conditions. »

Corinne se sentait découragée en regagnant son bureau. Et elle qui avait eu le sentiment que tout marchait bien, que tous les étudiants du Salon de conversation s'adoraient, que la communication passait à merveille. Et l'on n'était pas même à Noël. Elle aimait bien Pam et Karen, mais elle avait aussi de la sympathie pour David, esprit libre, anticonformiste dans le bon sens du terme. Qu'avait-il fait de si terrible qu'auraient désavoué les trois quarts des hommes de la planète ? Elle aurait bien voulu voir la tête de Karen et de Pam devant les mille agissements intolérables de Jean-François, son ex. Y compris faire l'amour avec une femme qui se prétendait sa meilleure amie, sous son propre toit, dans la grande maison coiffée d'ardoise de Septmonts qu'elle adorait.

Alba Luz l'attendait à la porte de son bureau. Elle paraissait épuisée.

« Professeur Lesage, je voudrais savoir s'il n'y aurait pas un job comme monitrice d'espagnol dans votre université. J'ai besoin de travailler.

— Cela dépend, Alba Luz. Avez-vous un diplôme universitaire ?

— Non, avoua la jeune femme en baissant la tête. Mais... je ferais n'importe quoi. Je me suis disputée avec mon patron au restaurant.

— Je vais voir ce que je peux faire. Êtes-vous citoyenne américaine ?

— Non... Promettez-moi que vous ne le direz à personne... Mais je suis sans-papiers. J'ai payé trois mille dollars à un avocat et je n'ai toujours pas de carte verte... Jurez-moi... surtout pas ici au Salon de conversation.

— Je vous le promets, Alba Luz. Justement j'ai des amis français qui cherchent une fille au pair. Je leur en parlerai dès ce soir. »

De gratitude, Alba Luz s'était jetée dans ses bras. Corinne la serra affectueusement, émue par cette détresse.

Son aveu avait échappé à la jeune Colombienne. En même temps, elle sentait que Corinne ne la dénoncerait pas. Depuis quatre ans qu'elle se battait pour tenter de l'obtenir, le sujet de la carte verte était devenu une obsession. Elle avait trouvé des boulots, serveuse dans des restaurants tex-mex ou des bars, femme de ménage, fille de salle dans un hôpital. Chaque fois, la question des papiers s'était posée. Quelqu'un au Salon de conversation pourrait-il l'aider? Elle attendait quelque chose des avances de David. On murmurait que les Juifs avaient beaucoup d'influence et que les immigrés russes d'origine juive obtenaient en quelques mois leur carte verte. Elle ne pouvait pas négliger cette chance. Il fallait qu'elle s'arrange pour lui parler seule à seul. Avec un homme comme David, ce ne serait pas difficile.

Edward se rapprocha un peu de Jacqueline. Sentir son parfum léger affermissait son courage. Il l'accompagnerait à sa voiture et lui demanderait de déjeuner avec lui le lendemain. Rarement il avait été repoussé par une femme, mais aujourd'hui il craignait une fin de non-recevoir. Peut-être Jacqueline avait-elle un ami? Il ignorait tout de sa vie.

Il tenait toujours la porte de la voiture. Maintenant il fallait qu'il se décide. Dans un instant, Jacqueline se serait envolée et il ne la reverrait pas avant le prochain Salon de conversation en décembre. Sa propre timidité l'irritait. Elle lui était inhabituelle.

« J'aimerais que nous fassions mieux connaissance et que nous parlions de la France, se résolut-il enfin. Seriez-vous libre demain à l'heure du déjeuner? »

Karen se laissa tomber sur son canapé. Elle avait prévu de faire un saut à son club de gym en sortant du Salon de conversation mais s'en sentait incapable. La fatigue qui l'accablait depuis quelques semaines l'irritait au plus haut point. En dépit de son régime carné et des multiples stimulants qu'elle ingurgitait, son énergie la fuyait.

L'appartement, impeccable, était trop calme. Ce soir, Karen le trouvait triste. À pas lents, elle se dirigea vers le frigidaire, hésita et finalement s'empara d'une bouteille. Au cocktail de jus de fruits, le fabricant avait ajouté un doigt de bourbon. CNN passait les nouvelles en *non stop*. Tout en absorbant une longue gorgée à même la bouteille, elle regarda vaguement l'écran. Rien ne l'intéressait. Il n'y avait que des pubs. Elle passa au bourbon pur. C'était désespérant de passer la soirée seule chez elle mais donner un coup de fil à Kimberly pour aller au restaurant ne la tentait guère. Non, elle se ferait livrer une pizza par le traiteur italien et prendrait un bouquin. Elle ne voulait pas trop penser à la lettre qu'elle avait envoyée à Cosby. Soudain, elle avait une espèce de doute.

L'alcool la ragaillardit un peu. Tout n'était pas si noir après tout. Au bureau, les choses allaient au mieux, le *boss* lui faisait confiance et avait promis de la nommer à la direction générale très prochainement. C'était une excellente nouvelle, en dépit du surcroît de travail. À quarante-deux ans bientôt, elle devait abattre ses atouts, rafler la mise ou perdre définitivement la partie. Elle aurait tout le temps dans une dizaine d'années de s'apitoyer sur elle-même. Quant à David, il n'avait que ce qu'il méritait. Si on ne faisait rien, les hommes continueraient à harceler les femmes jusqu'au xxiie siècle. Pamela et elle avaient bien fait d'envoyer la lettre.

En achevant sa bouteille, Karen songea à Brandon. Avec sa bouche sensuelle et cette nonchalance un peu trouble, il était très excitant. Quel âge avait-il? Vingt-cinq ans? Moins peut-être. Mais elle aimait les hommes jeunes. Ils posaient moins de questions et savaient faire l'amour pour se détendre.

Elle décrocha le téléphone. Sa voix était un peu pâteuse. Mais Brandon ne s'en rendit pas compte. Elle avait un ami qui dirigeait un théâtre à Broadway. Il cherchait de jeunes barytons pour *Le Fantôme de l'Opéra* prévu pour la rentrée prochaine. Elle l'avait invité chez elle, le vendredi suivant Thanksgiving. Brandon se confondit en remerciements anticipés. Karen était contente d'elle-même. Il suffirait d'inventer un empêchement à son ami le vendredi soir. Et le tour était joué. Réconfortée, elle avala son Prozac, ses somnifères. Et sombra dans un sommeil profond.

V

Christmas

Noël

La dernière répétition venait de s'achever. Brandon Napoleon réendossa jean et tee-shirt. Une fois encore, la magie de la musique et de l'effort sur lui-même avaient joué, lavant ses anxiétés et sa fatigue. La veille, il s'était couché trop tard et une autre querelle avec Peter, son nouvel amant, l'avait beaucoup secoué. Ce dernier demandait tout, tout de suite : fidélité, toit commun, bourse commune. Et quoi encore ? Au bout d'un mois ! Même une épouse provinciale n'avait plus ces exigences. Certes avec sa petite gueule d'archange dévoyé et ses muscles, Peter était beau comme un dieu mais la mort de Ron était trop récente pour que Brandon pût s'engager à nouveau. Chez lui, dans les placards, la salle de bains, partout, les traces de celui qu'il avait aimé persistaient. Il faudrait qu'il ait le courage de les effacer un jour.

Le Barbier de Séville, qu'ils répétaient pour les fêtes de fin d'année, serait d'une qualité exceptionnelle. Face à lui, Figaro, Julius Henderson dans le rôle de Basile, Alfred Montgomery dans celui de Bartolo et Cosima Faggeli en Rosine donneraient le meilleur d'eux-mêmes. Et la mise en scène baroque, excessive, espagnole jusqu'au kitsch, déconcerterait et divertirait les spectateurs. Là était sa vie, plus encore qu'avec ses éphémères compagnons. Sur la scène, en pleine lumière, il était lui-même débarrassé de ses ombres.

À quelle heure aujourd'hui le cours de français : cinq heures ou cinq heures trente ? Corinne avait mentionné un changement d'horaire. Il avait oublié. Il y serait vers cinq heures et quart. Pour la première fois depuis la rentrée de septembre, il n'avait aucune envie de s'y rendre. Cette répulsion avait un nom : Karen. Il se demanda si cette goule aurait le culot de venir au Salon et de faire comme si de rien n'était. Elle en était bien capable. Cette femme lui paraissait diabolique. Il n'arrivait pas à comprendre qu'elle ait pu se conduire avec lui comme elle l'avait fait.

La scène s'était produite le vendredi qui avait suivi son retour de Lafayette. Karen lui avait fait miroiter un dîner avec un producteur de Broadway qui cherchait de jeunes talents. Et lui, pauvre imbécile, bien que son agent lui ait formellement déconseillé de brader sa voix dans des *musicals*, il avait marché. Il s'était préparé, pomponné. Il était si reconnaissant à Karen qu'il était passé chez le fleuriste lui acheter des roses ; c'était la première fois qu'il achetait des fleurs à une femme. À six heures tapantes, il pénétrait dans l'immeuble élégant de Karen, dont le gardien s'appelait solennellement *concierge*, mot que Brandon, comme ses compatriotes, jugeait le comble du chic, mais dont Corinne avait expliqué qu'il avait en France une tout autre connotation.

Dès qu'il était entré dans l'appartement, cossu, avec des meubles anciens, des lampes Tiffany et de lourds doubles rideaux en soie française, il s'était senti mal à l'aise. Dans la lumière savamment tamisée qui éclairait le grand living/salle à manger, Karen ne ressemblait pas à l'étudiante du Salon de conversation. Elle avait manifestement été chez le coiffeur, portait une robe décolletée et des chaussures à talons. Son rouge à lèvres vermillon et son fond de teint excessif la faisaient paraître plus âgée. Elle s'était aspergée d'un parfum qui soulevait le cœur de Brandon, allergique à toute forme de senteur artificielle, même chez les hommes.

Tout de suite, il avait remarqué que la table, où trônaient des bougeoirs de fer forgé dont les chandelles scintillaient, ne comportait que deux couverts. Karen avait maladroitement justifié l'absence du producteur. Tandis qu'il consommait lentement un doigt de sherry, elle avait avalé trois verres de bourbon remplis à ras bord. C'était une femme ivre qui lui faisait face lorsque le dîner avait commencé, dîner par ailleurs complètement raté. Elle avait préparé une entrée d'huîtres chaudes carbonisées. Les *enchiladas* mexicaines, achetées sans doute surgelées, étaient immangeables. Et, en se levant trop brutalement pour aller chercher le pot de sorbet du dessert, elle avait tiré la nappe et renversé son verre de cabernet-sauvignon sur le plus beau costume de Brandon.

Enfin, tandis que, furieux, il s'était levé pour se nettoyer, elle s'était jetée contre sa poitrine avec des mots qu'il avait coutume d'entendre dans la bouche de ses jeunes amants et non pas dans celle d'une femme de quarante ans. Son malaise, son dégoût avaient été tels qu'il avait fui, poursuivi dans l'escalier par un sanglot hystérique de Karen, accompagné d'un discours haché où il avait cru identifier quelque chose comme : « Je suis très malade, Brandon, très malade... Je vais mourir, Brandon... Ne me laisse pas... Je t'en prie... Brandon. »

Brandon se demandait vraiment comment il pourrait l'affronter au Salon de conversation, devant Corinne et les autres étudiants. Et s'il en parlait à Corinne ? C'était une femme sympathique, ouverte, capable d'entendre beaucoup de choses. On sentait en elle une fêlure qui la rendait très humaine. Peut-être pourraient-ils mieux se connaître un jour.

Alba Luz, à qui il parlait quelquefois, lui avait confié que Corinne l'avait aidée à trouver un travail de gouvernante dans une famille française. Elle lui avait également révélé qu'elle s'inquiétait pour David Bernstein, accusé de harcèlement sexuel par certaines étudiantes du Salon de

conversation. La jeune femme n'avait pas précisé lesquelles mais il avait la certitude que Karen faisait partie
des dénonciatrices. La jeune Colombienne lui avait aussi
demandé s'il était prêt à témoigner en faveur de David.
Sur le moment, il s'était montré réticent. David l'exaspérait un peu avec son obsession de l'autre sexe. Cet incident
était bien fait pour lui. Entre gays, il n'y avait pas de ces
sournoises guéguerres juridiques et psychologiques pour
des histoires de sexe. On disait oui ou on disait non. Il n'y
avait ni procès d'intention, ni délation, ni accusations
vraies ou fausses. Mais après la scène que Brandon avait
eue avec Karen, David lui devenait soudain plus sympathique. Décidément oui, il irait voir Corinne pour lui dire
qu'il acceptait de témoigner en faveur de David.

Devant le miroir de sa loge, Brandon se recoiffa longuement. On allait aborder aujourd'hui au Salon de
conversation les nombreuses traditions américaines entou-
rant la célébration de Noël, ces réceptions entre voisins qui
lui laissaient des souvenirs d'ennui mortel. Jacqueline dis-
tribuerait ses invitations pour sa soirée du 24 décembre.
C'était gentil de sa part d'ouvrir sa maison aux membres
du Salon de conversation et de fêter l'anniversaire de
Pamela, née la veille de Noël. Même s'il n'était guère
emballé à l'idée de papoter avec Daphne, David et les
autres, il y ferait un saut par respect pour elle. De toute
façon il n'avait rien prévu ce soir-là. En Amérique, ce
n'était pas le réveillon du 24 qui marquait Noël mais plutôt la fête religieuse et familiale du 25. Edward faisait les
yeux doux à Jacqueline. C'était comique et attendrissant.
Jusqu'à quel stade de la vieillesse les illusions d'amour per-
sistaient-elles? Rêverait-il encore d'un corps de jeune garçon à soixante-dix ans et plus?

Décembre amenait enfin de la fraîcheur. L'été avait
été torride, plus de trente degrés de la mi-juin à la fin septembre. Mais l'été indien avait été superbe. Et il aimait
Austin. La ville atteignait un degré de tolérance inconnu

en Louisiane. On respectait son voisin et le laissait tranquille dans la mesure où lui-même ne fourrait pas son nez dans les affaires des autres. Et la présence de l'université entraînait une joie de vivre, une diversité ethnique et sociale sans laquelle il ne pourrait plus vivre. Le dimanche, il aimait marcher le long du Colorado ou suivre l'un de ces innombrables torrents qui dégringolaient des collines et ruisselaient entre les chênes verts, les touffes de myrtes et les pousses de saule quand ils ne s'encaissaient pas dans les canyons que la lumière du soir teintait d'ocre.

En quittant sa loge, Brandon se contraignit à penser en français. Il devait consacrer plus de temps à cette langue qui avait été celle de ses ancêtres louisianais. Sa connaissance était nécessaire aux chanteurs d'opéra. Après le *Barbier*, ils commenceraient la répétition de *Carmen*. On chuchotait qu'un producteur de Hollywood, un vrai celui-là, viendrait incognito assister à l'une d'entre elles. Il cherchait des voix pour *Madame Butterfly*, un opéra adapté au cinéma récemment, et dont il voulait faire un *remake*. Certains chanteurs faisaient la fine bouche. Robert Laska affirmait qu'il n'accepterait jamais de vendre sa voix à Hollywood. Pour Brandon, ce serait inespéré. Il y avait beaucoup d'argent à la clé. Mais il n'avait aucune chance. Il n'avait pas assez d'expérience pour être remarqué. Robert Laska les intéresserait peut-être. Il était beau et, avec dix ans de carrière derrière lui, jouissait d'un début de renom international.

Alors qu'il montait dans sa voiture, Brandon fit un effort pour oublier Karen et glissa dans le lecteur un CD de Charles Trenet, qu'il avait acheté en France, quelques années auparavant. De la musique française, il ne connaissait pas grand-chose, des noms déjà anciens comme celui de Piaf, Jacques Brel, Mireille Mathieu et de Line Renaud ou Michel Sardou, qui résidait une partie de l'année en Floride. Corinne en classe avait parlé de Johnny Hallyday, malgré son nom, plus connu en France qu'aux États-Unis.

Il avait récemment donné un concert à Las Vegas en emmenant tous les spectateurs dans ses bagages. Parmi les francophones, Céline Dion faisait un malheur aux États-Unis. Il aimait aussi Patricia Kaas, qu'il était allé entendre à New York quelques années auparavant.

Les Français semblaient surtout intéressés par le plagiat de la musique américaine et c'était dommage. À son avis, la France avait mieux à offrir. Trois fois, il avait traversé l'Atlantique. La première à dix-huit ans pour visiter Paris avec un homme mûr qui l'adorait et ne savait que lui offrir pour le retenir. Ils avaient logé au Crillon, dîné dans des restaurants hors de prix où le regard des maîtres d'hôtel le mettait mal à l'aise, déambulé dans des rues pittoresques et étonnamment propres, visité Versailles et Fontainebleau, où son nom avait fait merveille. Napoleon... Sa famille devait tenir ce patronyme pompeux d'un ancêtre né sans état civil et que la charité publique avait éduqué. L'ancien premier consul était alors empereur et son nom était sur toutes les lèvres en Louisiane. Sans doute était-il venu à l'esprit de la bonne dame d'œuvres qui prenait soin des enfants abandonnés.

Lors du deuxième voyage, il avait visité la France dans une minuscule voiture de location, bruyante et inconfortable en compagnie de Kim, étudiant en médecine d'origine coréenne rencontré lors d'un concert à La Nouvelle-Orléans. Kim l'avait quitté à Lyon pour les beaux yeux d'un Antillais et il avait regagné les États-Unis solitaire et furieux. Au troisième voyage, et c'était son meilleur souvenir, il s'était rendu seul au festival d'Avignon. Un régal dont le souvenir, trois années plus tard, lui procurait un égal bonheur. Il s'y était fait des amis auxquels il écrivait encore. C'était lors de ce dernier séjour qu'il avait décidé de reprendre son français à zéro. Un jour, peut-être aurait-il la possibilité de chanter en Europe.

Fugitivement, Brandon pensa à David. Il le plaignait d'être en butte à des femmes aussi redoutables que Karen.

Il y avait eu une époque où il regrettait d'être gay et enviait les *straight*, les hétéros qui pouvaient être eux-mêmes au vu et au su de tous. À présent, quand il voyait ce qui arrivait à des hommes comme David, il se félicitait d'être préservé des femmes. Beaucoup d'entre elles se montraient tout miel et tout sucre avec les gays par convenance, tout en faisant leur possible pour les écarter de leur chemin. Le monde où il vivait, celui des chanteurs et des musiciens, était ainsi ; les femmes y semblaient chaleureuses mais se défendaient bec et ongles et rendaient coup pour coup. La veille encore, l'innocente et douce petite Cathy, violoniste descendue de son Montana natal, avait insinué à la vieille Turner, directrice de l'Opéra, qu'Andrew Middleday, ténor, était un menteur et un pervers qui débauchait des adolescents. Depuis, la vieille Turner le regardait de travers. Un scandale était vraiment la dernière chose qu'elle souhaitait et, un jour ou l'autre, Andrew serait remercié. Comment faire confiance à une femme ?

La petite maison de l'Alliance française était en vue. Tandis que Brandon cherchait une place pour garer son antique Corvette, il aperçut la Suburban de Daphne. Ne se sachant pas observée, la jeune femme parlait toute seule. Avec ses cheveux dans les yeux, son teint trop rouge et ses pulls aux couleurs sinistres, elle faisait vraiment négligée. Ils n'avaient rien à se dire. Au fond, il aurait préféré que le Salon de conversation ne soit pas mixte, qu'il soit fermé aux femmes, comme le séminaire de son enfance ou certains internats de garçons, pour ne pas sentir cette petite boule d'angoisse à l'idée d'apercevoir Karen... Tout en rêvant d'un monde expurgé de l'espèce femelle, Brandon Napoleon poussa bravement la porte du Salon de conversation.

Edward pestait. C'était bien le dernier moment qu'il aurait choisi pour tomber en panne d'essence. Il aurait dû vérifier le niveau avant de partir mais sa mémoire trop souvent le lâchait et il devait parfois avoir recours à des petits mots retenus par des aimants sur la porte du frigidaire : payer la note d'électricité, appeler une entreprise pour réparer les gouttières, acheter un nouveau pyjama. Comment avait-il pu oublier ce plein d'essence ?

La dépanneuse de *Triple A*, l'American Automobile Association, avait promis de venir rapidement mais il poirotait déjà depuis un bon quart d'heure au bord de la route. Jacqueline allait penser qu'il ne viendrait pas, peut-être même qu'il avait abandonné le Salon de conversation. Après le déjeuner exquis qu'ils avaient partagé, cette désaffection produirait un effet désastreux. En sortant du restaurant, elle l'avait remercié avec son charmant sourire, puis tendu sa main : « À la semaine prochaine au Salon de conversation, n'est-ce pas ? » À n'en pas douter, elle souhaitait qu'on la laissât respirer. Il devait se montrer raisonnable, établir avec elle des habitudes amicales avant de lui laisser deviner combien elle l'attirait. Être amoureux à son âge ! C'était déroutant et merveilleux. Il retrouvait une vitalité, une fraîcheur d'âme qu'il pensait avoir laissées derrière lui depuis bien longtemps. Le Salon de conversation allait commencer. Corinne l'attendrait un instant, cinq minutes peut-être, pas davantage. Pamela, qui ne comprenait rien à rien, s'emparerait du siège placé à côté de celui de Jacqueline. Il ne sentirait pas son odeur aujourd'hui, serait privé de sa chaleur. En dépit de ses soixante-treize ans, Edward Ridge se sentait bouleversé au point d'en avoir les larmes aux yeux.

Alba Luz quitta son uniforme de serveuse, ôta la calotte que le directeur du restaurant imposait au personnel féminin et rapidement passa une jupe et un chemisier de soie. Elle s'était réconciliée avec le vieux Carlos mais ne travaillait plus au restaurant qu'à mi-temps depuis que Corinne lui avait trouvé un job de garde d'enfants. Elle avait encore une heure devant elle avant le Salon de conversation mais en route elle désirait s'arrêter dans le petit bar select qu'elle affectionnait pour y boire un café, se sentir une jeune femme élégante, assez fortunée pour s'offrir une consommation à l'endroit le plus chic de la ville. Elle détenait le pouvoir d'être multiple et en jouissait avec délectation. Sa vraie existence, chiche et laborieuse de serveuse et de bonne d'enfant, n'existait pas. Elle la subissait comme on se résigne à un traitement médical nécessaire, l'esprit ailleurs. La vraie Alba Luz était la jeune femme élégante, fille de riches propriétaires terriens de Colombie, venue à Austin pour étudier et devenir architecte d'intérieur, solitaire par goût, secrète par besoin de préserver sa riche personnalité. Exactement comme Alba Luz Rodríguez Uribe, opulente héritière de la province de Cali, chez qui sa mère servait depuis l'âge de dix-sept ans, et dont elle empruntait le prénom et l'identité.

La chambrette meublée qu'Alba Luz occupait avec d'autres misérables Mexicaines dans un condominium modeste de la banlieue n'existait pas plus que ses jobs minables, ses fins de mois difficiles, les lettres menaçantes de la banque et l'incessante terreur d'être reconduite à la frontière. Naïvement elle avait tenté d'obtenir une carte verte par la voie officielle et avait vite réalisé son erreur quand le représentant de l'administration avait commencé à se montrer trop curieux. Elle habitait à l'époque la Floride, où elle travaillait dans une plantation d'agrumes et avait plié bagage pour le Texas. Là, plus question de demandes officielles. Les restaurants ne se montraient pas trop exigeants sur l'état civil de leurs employés et elle avait pu obtenir une place de serveuse dans un restaurant texmex de deuxième ordre. Ici ou là, on lui demandait de faire des ménages. Elle acceptait lorsque sa bourse était trop à sec. Et à présent, grâce à Corinne, elle était montée en grade et gardait des enfants dans une famille huppée. Avec une carte verte, étape obligatoire vers la nationalité américaine, elle aurait pu trouver mieux, elle en était sûre. En attendant, il fallait se montrer adroite et patiente.

En sirotant son café, bien installée dans un fauteuil capitonné de velours framboise, Alba Luz pensa à David. Dès le premier Salon de conversation, elle avait cru comprendre qu'il était attiré par elle plus que par les autres. Les hommes à femmes ne lui faisaient pas peur et, avec ses compagnes mexicaines, elle se moquait de ces *gringas*, ces citoyennes des États-Unis effarouchées lorsque leur propre petit ami leur arrachait un baiser ou lorsque leur mari insistait pour coucher avec elles, le soir où elles n'en avaient pas envie. Son adolescence de domestique dans la grande propriété où les maîtres avaient tous les droits lui avait appris à se défendre, tout en tirant un parti profitable de la séduction qu'elle exerçait sur le sexe opposé. Sa mère, très métissée d'indien, avait toujours refusé de lui dire qui était son père, peut-être quelque *caballero* de la grande famille des Rodríguez Uribe. Sa chance avait été d'avoir pu être élevée avec la véritable Alba Luz et d'en avoir profité. La grand-mère française née au bord de la Loire, qui était tombée amoureuse d'un aventurier enrichi, et avait bravé ses parents pour le suivre en Colombie existait; sauf qu'elle n'était pas sa grand-mère à elle. Et *doña* Jeanne-Marie, née Delalande, lui avait enseigné le français à elle — qui s'appelait en réalité Mercedes — aussi bien qu'à sa vraie petite-fille Alba Luz. Mais la ruine soudaine de la famille était réelle et c'est cette ruine qui l'avait déterminée elle, Mercedes, la bonne, à partir. Que les Rodríguez Uribe fussent ou non sa vraie famille importait peu. Ici à Austin, elle s'appelait Alba Luz. Dès qu'elle aurait une carte verte et un peu d'argent, elle changerait officiellement de prénom et de nom. Elle rêvait de s'appeler Johnson, nom d'un de ses clients du restaurant. Aux États-Unis, changer de nom était une bagatelle, une petite démarche administrative et en trois mois on faisait peau nouvelle avec une identité vierge. Si seulement elle arrivait à tirer quelque chose de David Bernstein.

La fausse Alba Luz essaya de chasser la vraie de son souvenir, acheva sa tasse de café, s'appliqua une couche assez épaisse de rouge à lèvres. Elle ne pouvait pas laisser passer sa chance. Dès qu'il serait accroché, David l'aiderait. Sous des airs cyniques, elle était sûre qu'il était vulnérable, avide d'être aimé, malléable. Elle le confesserait, le dorloterait, le flatterait et il serait à elle, pieds et poings liés. Avoir un amant ingénieur, ami d'avocats, était une chance qu'elle ne devait pas négliger.

Jacqueline jeta un dernier coup d'œil vers la porte. Le retard d'Edward était bizarre. Avait-elle fait ou dit quelque chose qui lui avait déplu lors du déjeuner? Pourtant elle gardait de ce moment un souvenir délicieux. Edward était attentionné, loquace, amusant. Depuis si longtemps on n'avait pas eu ces égards envers elle! Stanley très vite, trop vite, l'avait considérée en épouse et en mère, gentil, fidèle mais mari bien plus qu'amant. Elle en avait souffert. Puis la vie quotidienne, sa routine, les enfants, les soucis, les menues joies avaient rempli sa vie et elle avait été heureuse finalement. En face d'Edward, elle se sentait jeune fille à nouveau, c'était ridicule et magnifique. Elle avait l'impression que le bout de la route était devenu point de départ.

Avant de se rendre au Salon, elle avait passé un long moment dans sa salle de bains. Elle qui ne se maquillait plus avait osé un peu de poudre, du rose à joues et remis ce parfum à la fleur d'oranger qu'Edward semblait tant apprécier. La veille, elle s'était acheté un tailleur lavande, une folie, mais le bonheur qu'elle éprouvait à le porter valait mille fois le souci d'avoir écorné son compte en banque. Pensivement elle s'était observée dans le miroir. Autrefois elle avait été plus fraîche que jolie, une fille du Nord, grande, blonde, avec de longues jambes et une peau laiteuse. Le passage du temps avait blanchi ses cheveux mais laissé à son teint un certain éclat. Pas trop de rides, un cou passable, des jambes toujours belles mais une poitrine, hélas, irrémédiablement abîmée par trois grossesses successives. L'exhiber serait une cause de grande confusion. L'idée même de s'envisager nue devant Edward la bouleversait. Avait-elle perdu la tête ?

« Nous allons commencer sans Edward, décida Corinne. Comme on dit en France : "Passer à table fait arriver les retardataires." »

Jacqueline aurait voulu garder la chaise qui jouxtait la sienne mais Pamela s'y était installée et elle n'avait pas osé protester. Elle s'assit à côté de Karen à qui elle lança un rapide sourire. Mais Dieu, qu'avait Karen aujourd'hui ? Elle était livide et paraissait dix ans de plus. David, pour une fois, était arrivé à l'heure. Lui aussi semblait plus grave qu'à l'ordinaire. Ce doit être l'approche de Noël... ou de Hannukah, décida la vieille dame, à qui l'Amérique avait enseigné l'œcuménisme.

Justement Corinne parlait des fêtes, avec un lyrisme qui ressemblait à de la nostalgie. Corinne doit être un peu *homesick* en ce moment, pensa Pamela qui s'était elle-même payé l'année dernière à Lyon, au moment des fêtes, une bonne crise de mal du pays.

En France, poursuivait Corinne, Noël restait principalement une fête de famille célébrée avec force bombance. Les Américains qui ne connaissaient pas la France pouvaient difficilement imaginer l'abondance des mets de toutes sortes qui investissaient les magasins d'alimentation. En contrepartie, se représenter les supermarchés américains guère mieux achalandés que durant le reste de l'année serait inimaginable pour un Français.

Le charme de Noël en Amérique était ailleurs, dans les traditions, la décoration de la maison, dès Thanksgiving passé, l'élaboration de recettes ancestrales, les chants traditionnels de Noël entonnés aux coins des rues, la porte ouverte aux voisins qui viendraient tendre leurs mains aux flammes de la cheminée en dégustant des petits gâteaux secs et buvant de l'*egg nog*, mélange d'œufs, de crème, de bourbon ou de brandy, de glace à la vanille et de cannelle.

« Pour ma part, affirmait Corinne, je trouve bien du charme et de la chaleur aux Noëls américains. Le passé et la célébration de vieilles coutumes y revêtent plus d'importance que chez nous, la nourriture moins. Ici, Noël est plus qu'une fête, c'est un état d'esprit où joie, convivialité, amour de ses racines et respect des générations passées s'allient durant tout le mois de décembre dans les odeurs de magnolia, d'épices et de chocolat chaud.

— Ce qui m'a le plus frappée, en arrivant aux États-Unis, intervint Jacqueline, c'est que le sapin et toutes les décorations de Noël étaient placés derrière la fenêtre pour que les passants et les voisins puissent en profiter. J'aime cette ouverture des maisons américaines : pas de grille, pas de mur, pas d'arbres qui cachent la maison, pas de volets. Des demeures transparentes où l'extérieur et l'intérieur ne font qu'un. Ici l'intimité appartient à tous. Le citoyen idéal n'a rien à cacher à ses voisins.

— Pour moi, c'est l'inverse, s'exclama Fabienne. J'ai absolument besoin qu'on respecte ma vie privée. Même si je ne fais rien de mal, je tiens à garder mes propres affaires pour moi. Je ne voudrais pas vivre en vitrine comme ici.

— Mes premiers Noëls américains me laissent encore une impression heureuse, poursuivit rêveusement Jacqueline. J'aimais la façon dont on vivait cette fête, toute la maison et tous ses habitants : les couronnes de branches d'épicéas suspendues à la porte d'entrée, le panier rempli de pommes rouges sur la table de la cuisine, les bonnets de Père Noël sur la tête du facteur et du livreur de journaux, l'odeur des fleurs séchées mélangées dans des coupes, les paquets amoncelés au pied du sapin, les gros nœuds de velours rouge noués à la rampe de l'escalier. Dans la ferme de mes parents, on se contentait d'un sapin décoré de bougies et d'un réveillon composé de brioches et de chocolat chaud au retour de la messe de minuit.

— En Caroline du Sud, intervint Cleonice, on disposait des branches de cotonniers dans des pots de terre de chaque côté de la cheminée. Dès le début du mois de décembre, ma grand-mère se mettait aux fourneaux pour cuire des gâteaux aux fruits confits macérés dans du brandy et des tartes aux noix de pécan. La maison embaumait. »

Dans la mémoire de Cleonice passaient les images douces et cruelles de son enfance entre deux races, entre deux sociétés. Son père et sa mère avaient rapidement divorcé. Son père s'était remarié avec une femme blanche. Sa mère était partie travailler à Atlanta dans un hôpital. Cleonice avait été élevée par sa grand-mère noire, la femme du pasteur baptiste. Quoique toute ségrégation fût interdite à cette époque, elle était mise à l'écart dans son école. Le teint très clair, les yeux bleus, les cheveux bouclés plus que crépus, elle pouvait se faire passer pour blanche à New York mais pas dans le vieux Sud. La solitude avait été la compagne de son enfance avec la honte d'être différente. Lorsqu'elle passait devant les solennelles demeures à colonnades des riches bourgeois, elle en voulait à sa mère d'être noire et de lui en fermer définitivement les portes mais quand, à l'ombre du porche de ses grands-parents maternels, elle se balançait sur un *rocking chair*, un verre de limonade à la main, écoutant son aïeule chanter dans la cuisine, c'était contre son père que sa rancune portait. Jamais de sérénité, jamais la moindre confiance en elle.

Était-ce pour cela qu'elle était devenue si jeune la petite amie de Martin. Elle avait quatorze ans, lui seize. Le printemps et l'amour leur faisaient oublier qu'ils étaient métis l'un comme l'autre. Après l'hiver, Martin était parti tenter sa chance en Californie. Il voulait étudier, lui avait-il juré, avoir un bon métier pour l'épouser et vivre dans un État où être à moitié noir ne représenterait pas une tare. Elle l'avait cru et attendu. Leur bébé était né. Elle ne savait plus rien de Martin, pas une lettre, pas un coup de téléphone. Sa grand-mère avait pleuré de honte et de désespoir. Mais la grossesse chez les adolescentes noires était un fléau si répandu qu'il en était devenu un phénomène sociologique. Cleonice n'avait pas échappé au destin commun. Elle avait alors pris la décision de donner sa petite fille à une famille adoptive. Ce n'était pas un choix, seulement une fatalité. Comme le disait son frère Jonathan, l'esclavage n'était qu'à deux générations. Elle le sentait peser comme les entraves — fers et menottes d'époque ou d'imitation — que les petits Blancs sympathisants du Ku Klux Klan se plaisaient à acheter dans les magasins à l'enseigne desquels flottait encore le drapeau de la Confédération.

Cleonice se raidit. Il fallait bloquer les divagations de sa mémoire, penser à l'avenir. À l'*Austin Post*, elle avait accepté la rubrique *Miss Manners*, Mlle Bonnes Manières, dans l'attente d'un créneau de politique internationale qui corresponde mieux aux études qu'elle avait faites. Elle l'avait appelé « La Formule de Cleonice ». Ce courrier des lecteurs l'amusait. C'était une espèce de défi pour une Noire, ou demi-Noire comme elle, qui ne savait pas toujours où allait sa propre vie, de conseiller les Blancs (la majorité des correspondants étaient des Blanches) sur la meilleure gestion de leur existence et des mille détails qui la composaient. Jusqu'ici, elle avait fait du bon travail et son patron l'avait convoquée la semaine précédente pour la féliciter. Une meilleure connaissance du français accélérerait sa carrière. Plus tard elle voulait couvrir l'Afrique, surtout francophone qu'elle connaissait un peu. Elle était convaincue qu'elle deviendrait une bonne journaliste. La réussite de Oprah Winfrey, même si c'était à la télévision, était devenue une sorte de modèle pour les journalistes femmes et africaines-américaines.

Corinne justement la questionnait sur sa rubrique. Est-ce qu'elle recevait des lettres et des questions à propos des fêtes qui approchaient?

« Vous n'avez pas idée de la pile de courrier qui s'est amoncelée sur mon bureau, répondit Cleonice avec amusement. La période des fêtes est devenue pour beaucoup de nos compatriotes américains un casse-tête et même un véritable cauchemar. Une correspondante m'écrivait hier : *"I just can't wait till this is over,* je n'arriverai jamais au bout." D'abord il y a le processus de sélection, achat, rédaction et envoi des cartes de vœux, qui, pour les Américains, doit être terminé avant Noël, contrairement aux Français qui ont tout le mois de janvier. Puis la tâche épuisante des cadeaux, là encore choix, achat, envoi. Enfin la gestion des familles et des fêtes elles-mêmes.

— Dans cette situation de crise, que leur conseillez-vous? » demanda Fabienne avec intérêt.

Cleonice mêlait les conseils de bon sens avec des recommandations de *management*, de gestion, qu'elle empruntait aux consultants spécialisés dans l'assistance aux paniqués des fêtes. Tout d'abord, il s'agissait de définir ses objectifs. Voulait-on passer un Noël chaleureux, un Noël tranquille ou un Noël flamboyant? Voulait-on garder de bout en bout le contrôle du processus de la fête ou laisser quelque place à la spontanéité? Si rien de tout cela ne marchait, on pouvait toujours s'en remettre à ce que les experts en gestion festive nommaient *chaos management*: l'administration du chaos par le chaos. Un des grands sujets de conflit dans les couples était la question de savoir en compagnie de laquelle des deux familles passer les fêtes. Mrs Jong, épouse d'un correspondant de Cleonice, avait prévenu brutalement son mari : « Cette année, nous les passons avec *mes* parents. » Mr Jong avait été consterné d'une telle audace. Ne leur avaient-ils pas déjà consacré leur dernier Noël? Il s'agissait donc de calmer Mr Jong afin qu'il dise suavement à sa chère Gladys : « Ma chérie, comment comptes-tu concilier ces deux obligations? As-tu songé au moyen de contenter les deux familles? »

« Évidemment, nota David. La plupart des hommes et surtout les cadres — ceux qui ont une certaine autorité professionnelle — font dans ces périodes l'expérience de leur incapacité à gérer les événements domestiques parce qu'ils n'ont pas à la maison le pouvoir qu'ils ont au bureau. Il est beaucoup plus facile d'envoyer promener Clint Fox, votre subordonné, dont vous signez à la fin du mois les bulletins de paie, que votre oncle Clint. Lui, ne se laisse nullement impressionner par un ancien galopin qui, il n'y a pas si longtemps, faisait encore les quatre cents coups... Mais alors, Cleonice, quels conseils donnez-vous concrètement à ces malheureux afin qu'ils survivent au traumatisme festif? »

Pour répondre, Cleonice reprenait les techniques déjà éprouvées dans d'autres domaines. Elle s'inspirait des travaux de Al Murphy, expert en *management* festif et ami de vieille date. Les mots d'ordre étaient : simplifiez, simplifiez au maximum. Par exemple : commandez les timbres par correspondance et les cadeaux sur catalogue; préparez les étiquettes dans votre ordinateur personnel, envoyez par Internet et e-mail un certain nombre de vœux et ayez recours au message collectif. Divisez votre tâche en séquences faciles à gérer. Si vous choisissez un arbre de Noël artificiel, décomposez chaque branche et ornez-en une tous les soirs avec votre conjoint. En vous y mettant début décembre, votre arbre sera terminé à temps. Et si vous ne pouvez pas éviter la soirée avec votre belle-famille, songez que ce sera la seule de l'année, faites-vous blanchir les dents et souriez, souriez beaucoup.

Fabienne ne put s'empêcher de remarquer qu'elle trouvait cette approche ridicule. Et la magie de Noël, alors? En France, on plaignait surtout les exclus des fêtes, ceux qui n'avaient pas les moyens affectifs, familiaux ou financiers de participer à la joie générale. Mais faire de la préparation des fêtes un problème de gestion byzantine, elle trouvait cela nul. Daphne demanda à Cleonice comment l'expert, Al Murphy, procédait pour son propre compte. Eh bien, répondit Cleonice, le célèbre conseiller en management festif comptait lui-même passer les fêtes sur une île au large de la Colombie, pas loin de chez Alba Luz, à lire un long roman qu'il n'avait jamais eu le temps de commencer en trois ans. Aux dernières nouvelles, sa femme n'avait pas encore demandé le divorce mais on n'était pas à la mi-décembre.

Profitant d'un court instant d'hilarité, Jacqueline se mit à évoquer la messe de minuit en France. « Hors cet office, expliqua-t-elle, déjà l'église n'occupait guère de place en France. Un bonjour-bonsoir au curé que l'on croisait, un peu de catéchisme, du volontariat limité à différentes actions sociales dans sa paroisse où se côtoyaient riches et pauvres, vieux et jeunes. » Si l'église restait en France une maison de famille, elle était devenue un club en Amérique.

« Je suis très attachée à mon église, lança Daphne. À l'église, j'ai le sentiment d'appartenir à ma communauté. J'y vois des gens qui s'estiment et se respectent, s'aident socialement, amicalement, professionnellement. Quelqu'un a parlé de club ; je dirais plutôt une compagnie.

— C'est trop professionnel, risqua Cleonice.

— Je ne crois pas. On utilise le mot compagnie pour toute réunion de personnes ayant des motifs de se retrouver ensemble. Je suis épiscopalienne. L'église est une prolongation de ma famille. Mes enfants y trouvent de multiples activités, et moi même des amies qui ont mes préoccupations et mes espérances.

— Il s'agit donc bien d'un club », dit David. Il était d'humeur exécrable depuis que Corinne lui avait parlé des lettres de Karen et Pamela. Il avait songé à abandonner le

Salon de conversation. Mais reculer n'était pas son genre. Ce n'était pas la première fois qu'il aurait à répondre de comportements qui ne tiraient pas à conséquence; il savait qu'il aurait dû faire attention, contrôler ce qu'il disait. Mais il ne pouvait pas s'en empêcher. Il n'avait jamais pu s'en empêcher. Pourquoi? Il se le demandait parfois lui-même, quand il considérait ce que quelques propos sans conséquence avaient pu lui coûter au cours de son existence et particulièrement dans les dernières années. Peut-être était-ce là sa marge de liberté. La liberté d'expression était sans nul doute la seule valeur pour laquelle il était prêt à se battre et à risquer sa peau.

« Les gens restent entre eux, poursuivit-il, bourgeois blancs avec d'autres bourgeois blancs, Africains-Américains avec Africains-Américains, Asiatiques avec Asiatiques, Juifs avec Juifs. Un cercle d'habitués. Et à l'intérieur de ce cercle gravitent d'autres cercles. Les riches sont épiscopaliens, les Africains-Américains sont souvent baptistes, les immigrés d'origine irlandaise, polonaise ou italienne catholiques. Les intellectuels, comme vous diriez, tâtent de la scientologie ou des adventistes du septième jour. Sans compter les sociétés totalement repliées sur elles-mêmes comme les témoins de Jéhovah, les Amish ou les Mormons.

— Les églises sont des familles, protesta Daphne. Chaque famille se différencie d'une autre. C'est ainsi que la société s'est forgée.

— Famille bien peu soudée, persifla David. Au fur et à mesure de son ascension sociale, on change d'église et on adopte une église de plus en plus représentative. Carte de visite comme le club de golf ou le renom de son décorateur. Les conversions jalonnent les ascensions sociales. Daphne reconnaîtra avec moi que le fin du fin, c'est la vieille église épiscopalienne, si possible édifiée au xviiie siècle avec vénérables tombes moussues environnantes, pasteur d'origine anglaise à l'accent distingué, voix feutrées et donations substantielles afin d'être considéré à l'aune de son compte en banque.

— C'est exact, approuva Jacqueline. En France, nul ne consentirait à donner le dixième des sommes que beaucoup d'Américains offrent à leur église.

— Par ambition sociale, affirma David. Ceci est vrai pour les juifs aussi bien que pour les chrétiens.

— Peut-être, mais signer un chèque n'est jamais facile, fit observer Daphne. Ceux qui n'en signent pas le savent bien.

— On peut quand même se demander, coupa Cleonice, à quoi et à qui est destiné tout cet argent. Les Églises des riches sont bien loin des ghettos et des quartiers pauvres.

— L'argent va à des œuvres sociales il sert à organiser le fonctionnement intérieur de l'Église, à payer le clergé. Je suppose qu'il en est de même en France. »

Daphne refusait que l'on pût entretenir le moindre soupçon sur l'intégrité de son église. Entre les dîners offerts aux paroissiens, les cours organisés pour les enfants, les colonies de vacances, les manifestations musicales, littéraires et le secours aux sans-logis ou aux sans-emploi, la trésorerie n'avait jamais de surplus.

« Certains pasteurs recueillent des sommes très importantes avec leurs prêches publics et télévisées. Cet argent ne va pas intégralement aux démunis, affirma David.

— Il devrait y aller », murmura Daphne. Elle n'en était pas tout à fait sûre. Les marchands du temple pouvaient avoir installé leurs échoppes en Amérique et les scandales étalés par certains journaux la blessaient profondément.

À ce moment, Corinne prit conscience que le dialogue entre Daphne et David tournait en rond et que Pamela bâillait démesurément. Cleonice lui sauva la mise en parlant de son prochain papier. La *Formule de Cleonice* porterait cette semaine sur les cérémonies funèbres et la notion de *survivor*. Les survivants, dans le langage des rubriques nécrologiques et des faire-part de décès, sont les familiers, proches du défunt qui sont en droit de prendre le deuil et de recevoir les condoléances.

« Chère Cleonice, avait écrit sa correspondante, je viens de perdre mon frère qui était l'aîné de six, avec beaucoup de petits enfants, de neveux et de collatéraux. Dans les tout derniers temps de sa vie, mon frère avait quitté son épouse et vivait avec une autre femme sans être marié. Cette dernière a insisté pour être mentionnée comme *survivor* dans les faire-part, en affirmant que mon frère lui avait promis le mariage dès qu'il aurait obtenu son divorce. Je n'ai rien contre cette femme mais il y a quand même des limites. À mon avis, les *unmarried partners* — partenaires non mariés; en bon français, concubins ou compagnons — devraient être exclus des cérémonies de deuil. Pensez-vous que je me trompe, chère Cleonice? »

« Qu'allez-vous répondre, Cleonice? demanda Fabienne. En France, si on écartait tous les couples non mariés officiellement, il n'y aurait plus beaucoup de monde aux enterrements.

— Les Français ne se marient-ils plus? s'enquit Ed avec étonnement.

— Beaucoup moins que les Américains, d'après toutes les statistiques, répondit Corinne. Certains couples ne se marient qu'au bout de nombreuses années, quelquefois même après la naissance de leurs enfants.

— Et les familles acceptent cela sans problème? » Daphne était surprise.

« Qu'est-ce que cela peut faire de ne pas être marié? déclara la jeune Fabienne avec conviction. Si on vit ensemble, c'est parce qu'on s'aime.

— Alors précisément, si l'on s'aime, pourquoi ne pas se marier? intervint Brandon, qui avait activement milité pour le mariage des homosexuels.

— Parce que l'amour, ça ne dure pas toute la vie.

Quand on ne s'aime plus, il vaut mieux se séparer sans faire de bulles que de divorcer... et d'engraisser des *attorneys*, des avocats, expliqua Fabienne.

— Eh bien, je comprends que vos avocats soient des fauchés, comparés aux nôtres. Vous leur coupez l'herbe sous les pieds. » David disait *sous les pieds*, avec un accent si prononcé que Corinne ne put s'empêcher de sourire.

« Il y a là une différence culturelle importante, précisa-t-elle. En France, sauf dans les milieux très religieux, quand on s'aime, on n'a pas besoin de se marier. Pensez à la chanson *La non demande en mariage* de Brassens. Aux États-Unis, si l'on s'aime, on se marie. La dissociation de l'amour et du mariage, liée au mariage catholique indissoluble, est ancienne en France et explique toutes les Bovary et tous ces films français sur l'adultère qui vous choquent tant. Le mariage d'amour était pour les Français du XIXe siècle une invention anglaise. De même la lune de miel, qui s'y rattachait. La langue française, contrairement à l'anglaise, classait les types de mariage en différentes catégories : mariage de raison, mariage de convenance, mariage d'argent. Pour les Anglo-Saxons, le mariage ne peut être que d'amour. C'est pourquoi, on n'a jamais eu besoin de spécifier... Aujourd'hui, tout a bien changé. Il est rare en France qu'on se marie sans amour, au moins ce qu'on appelle communément l'amour et surtout qu'on l'admette. En revanche, comme vous le voyez, on peut s'aimer sans se marier : la même conception inversée. Enfin, cela n'empêche pas les belles cérémonies de mariage des mois de mai et juin ni le fait qu'on divorce encore un peu moins en France qu'aux États-Unis.

— Évidemment, remarqua Pam, si l'on ne se marie pas, on a moins d'occasions de divorcer. »

Edward, sur la pointe des pieds, se glissa au dernier rang et s'installa à côté de Brandon Napoleon sur la seule chaise demeurée disponible. Avait-il rêvé ? Il lui semblait que Jacqueline lui avait fait un petit signe de la main. Brandon se poussa légèrement et Edward en fut incommodé. Ce jeune homme trop voyant ne correspondait à aucun de ses repères. Bonjour bonsoir suffisaient amplement à leur relation. Dans sa jeunesse, les gays étaient considérés comme des brebis galeuses, ils étaient la cible de toutes les violences verbales et physiques. Le droit à la différence que l'on proclamait haut et fort aujourd'hui n'existait pas alors. L'Amérique avait tellement changé en cinquante années ! Une société monolithique, religieuse, farouchement attachée aux valeurs qui avaient forgé son unité se lézardait : fêlure ou porte ouverte sur le large ? Il était trop vieux pour s'en faire une idée précise mais les coups de boutoir n'avaient cessé de l'ébranler : le procès des Rosenberg et leur exécution, les luttes des Noirs pour leur intégration avec les affrontements de Little Rock en Arkansas, la révolution cubaine, la guerre du Viêt-nam, la contre-culture et les hippies, la montée de la violence et de l'usage de la drogue, la « correction politique » et les droits des minorités et la médiatisation de tout. De ce bouleversement naissait une nouvelle Amérique.

La sienne, celle de la foi en Dieu et en la personne humaine, celle de l'amour des siens, du drapeau américain et de ses symboles perdaient sa force année après année. Quel jeune homme, quelle jeune fille irait se battre aujourd'hui pour l'Europe, la Corée ou le Viêt-nam ? Quand il y avait des guerres comme celle du Golfe, il fallait qu'elles fussent propres, que l'on n'y versât pas une goutte de sang. Les garçons talentueux comme Brandon Napoleon préféraient les restaurants ethniques (non américains), le sport, la musique, les longues discussions bien calés dans de confortables canapés, un verre de bière d'importation à la main. Qu'ils aiment les filles ou les garçons importait peu finalement. Ils se ressemblaient tous. Étaient-ils toujours prêts à se battre et éventuellement donner leur vie pour une certaine idée de l'Amérique ?

Edward était trop américain pour en douter vraiment ou se laisser aller à l'aigreur comme à l'amertume. Il était conservateur mais ouvert à la mobilité. Il avait déménagé neuf fois au cours de son existence. À soixante-treize ans et demi, il était prêt, pour les beaux yeux et l'odeur de fleur d'oranger de Jacqueline Anjubault, à déménager une dixième et à changer d'idée sur certaines choses, si c'était nécessaire.

Devant lui, Jacqueline écoutait avec cette attention bienveillante qui, dès le premier Salon de conversation, lui avait révélé une femme de cœur. Lors du déjeuner, elle s'était ouverte à lui sans pour autant entrer dans les confidences et il avait apprécié cette délicatesse. Trop souvent il lui était arrivé de servir de déversoir au flot ininterrompu de souvenirs, impressions personnelles, frustrations ou projets de femmes mûres et seules, incapables de faire la moindre différence entre spontanéité et savoir-vivre. Il les fuyait.

Corinne gracieusement le mit au courant du sujet de la *Formule de Cleonice*, à qui Jacqueline était en train de demander : « Mais Cleonice, qu'allez-vous répondre, à votre interlocutrice ?

— Je ne sais pas encore. Mais je peux vous traduire en français ce qu'une de nos collègues a écrit sur le même sujet dans un grand journal de la côte Est. D'après elle, un enterrement n'est pas le lieu pour établir des distinguos entre qui a le statut de *survivor* et qui ne l'a pas. Si deux personnes s'aiment assez pour vivre ensemble, lorsque l'une des deux disparaît, l'autre doit être considéré comme le *survivant*. C'est également le moment, pour tous les proches, de mettre de côté leurs exclusions et de pleurer ensemble sur leur commune perte. Mais s'il y a une épouse en exercice, aux funérailles, c'est elle qui doit avoir la préséance. Une maîtresse qui se respecte reste en retrait jusqu'à ce que la femme légitime décide d'être magnanime avec elle ou ses enfants, comme l'a été l'année dernière la veuve du président français, Danièle Mitterrand.

— La journaliste a bien répondu, reconnut Daphne. Mais je ne comprends pas les Français. Ici, jamais le peuple américain n'aurait toléré qu'un président ait une maîtresse, une double vie, une fille naturelle ! Cela me paraît inadmissible. Si l'on est capable de tromper sa femme, c'est que l'on est capable de tromper son pays, donc que l'on n'est pas digne d'être élu Président.

— Pour les Français, répliqua Jacqueline, si je me rappelle bien, on doit séparer l'homme privé de l'homme public. On peut être un mari adultère et un excellent homme d'État.

— La vie privée est sacrée, renchérit Fabienne, et même nos médias la respectent.

— Parce que vos journalistes ont tous quelque chose à se reprocher, ironisa David. C'est un système où chacun a intérêt à garder son jardin secret. Ici au contraire, nous sommes tous transparents les uns pour les autres et chacun se mêle de donner des leçons à son voisin. »

Il avait parlé avec rancœur en tournant involontairement son regard vers Karen. Mais celle-ci paraissait complètement ailleurs. Elle n'avait pas prononcé un mot depuis le début de la séance. Corinne contempla avec inquiétude sa pâleur et se prépara à lui poser une question pour la réintégrer dans le groupe.

Mais Karen la devança : « J'ai une annonce à faire aux membres du Salon de conversation. Aujourd'hui, mon gynécologue m'a informée que j'avais un cancer du sein. C'est assez avancé. J'ai une chance sur trois de m'en sortir. Mais j'ai décidé de me battre et de survivre, pour utiliser une fois de plus un mot que nous venons d'apprendre en français. »

Karen se rassit et Corinne admira son courage et sa franchise. Elle lui en avait voulu pour sa lettre d'attaque contre David. Mais cette fois, elle s'inclinait, reconnaissant en elle-même qu'elle n'aurait jamais pu se conduire comme Karen venait de le faire.

La déclaration avait fait l'effet d'une bombe. Jacqueline et Alba Luz eurent toutes deux le réflexe d'un geste physique, comme si elles avaient voulu la serrer dans leurs bras. Mais devant le maintien un peu crispé de Karen, elles n'osèrent pas. David, Brandon et Ed étaient très embarrassés. Ils n'étaient pas habitués à voir déballer ce qu'ils considéraient comme des problèmes d'hygiène féminine. Chacun, de plus, avait ses propres raisons. David et Brandon, tous deux exaspérés par Karen, voyaient cette soudaine révélation remettre en question leur rancune en la relativisant. Ed était amoureux. Il n'avait pas envie d'entendre parler de cancer, *a fortiori* de cancer du sein, ni de maladie, ni de quoi que ce soit de désagréable. Karen était hors de son champ mental. Il ne voyait que Jacqueline. Pamela était jeune et elle n'avait pas l'habitude d'évoquer la maladie ni la mort. Chez elle, on évacuait le sujet. Elle avait appris à se battre, à gagner, à aller de l'avant. Les histoires qu'on lui racontait dans son enfance avaient toutes des *happy endings*, des fins heureuses où les méchants sont punis et les bons récompensés. La maladie et la mort faisaient partie du monde des *loosers*, des perdants. Elles constituaient des échecs et Pamela avait une répulsion quasi physique de l'échec.

Ce furent Daphne et Cleonice qui réagirent avec le plus de spontanéité. Cleonice avait l'habitude des malheurs, et Daphne voyait soudain celle qu'elle avait considérée comme une femme de fer avec d'autres yeux. Avec calme, elle questionna Karen. Cette dernière attendait les résultats de la biopsie. Avec le nouveau système de *health care*, de sécurité sociale, elle n'avait pas pu choisir son médecin. Elle était donc allée voir un inconnu, qui lui avait déclaré brutalement : « Il y a trois hypothèses. La première : comme vous avez trop attendu, il y a des métastases et vous en avez pour trois mois au maximum.

30 pour cent de chances. La deuxième : la tumeur cancéreuse est localisée et il faudra sans doute opérer. Après : chimiothérapie et/ou radiothérapie. Vous perdrez tous vos cheveux mais ils repousseront. Chances : 60 pour cent. Mais, il y a aussi — troisième cas de figure — 10 pour cent de chances pour que ce soit une tumeur bénigne. Avez-vous un mari ou une famille qui puisse s'occuper de vous après l'opération ? » La question était si rude que, sous l'œil désapprobateur du médecin, Karen avait éclaté en sanglots.

« Ressaisissez-vous. Ce n'est pas en vous laissant aller que vous parviendrez à lutter, l'avait-il rabrouée. Votre guérison ne dépend que de vous. Vous êtes une femme forte et indépendante, capable de vaincre votre cancer comme vous avez vaincu les obstacles de votre carrière. J'ajoute que, dans ces cas-là, s'ils ne l'ont pas déjà fait, nous conseillons à nos patients de s'occuper de leur testament et de régler leurs affaires de succession. Mieux vaut maintenant qu'après l'opération. Le type d'assurance que vous avez ne sera peut-être pas à même de rembourser tous les frais. Pour ces détails et le prochain rendez-vous, adressez-vous à mon assistante. »

Fabienne n'en revenait pas d'entendre ce récit. À Nantes, ils avaient un vieux médecin qui se déplaçait à toute heure, quand ils avaient un rhume et les cajolait si bien qu'il suffisait de l'apercevoir pour être guérie. Sa tante, elle aussi, avait eu un cancer du sein, mais on ne le lui avait pas dit aussitôt. Au contraire le médecin, avec la complicité de son oncle et de la famille au complet, avait cherché à tout minimiser, pour la rassurer. Quand il n'avait plus été possible de lui cacher l'imminence de l'opération, il avait donné à tante Claudine un traitement d'anxiolytiques et d'antidépresseurs qui l'avait aidée à surmonter la phase difficile. Ses sœurs, sa belle-sœur et les amies de Claudine s'étaient relayées à son chevet. Et elle avait eu un congé de maladie de plusieurs mois sans compter trois semaines de convalescence payées par la Sécu, à Menton, dans un décor de rêve. Karen était en train d'expliquer qu'elle devrait se faire opérer pendant sa semaine de vacances pour qu'aucune négligence professionnelle ne pût lui être imputée. Je n'aimerais pas être malade dans ce pays, se dit Fabienne, en faisant effort pour se rappeler qu'en vertu d'accords récents entre les deux pays elle était toujours couverte par la Sécu française.

« En France, le médecin se déplace encore pour voir ses malades à domicile? s'étonna Brandon. Mais alors il perd un temps fou! Ici le temps est si compté que certains médecins facturent différemment la visite suivant la durée de la consultation. Tant pis pour votre porte-monnaie, si vous avez la langue trop bien pendue!... Ou lui!... Même dans mon enfance, je n'ai jamais vu un docteur venir à domicile. Quand j'avais de la fièvre, ma mère me recouvrait d'une couverture et m'accompagnait chez le médecin par n'importe quel temps. Quand on était sub claquant, on commandait une ambulance. Mais pas question de voir le bout du nez d'un représentant du corps médical — infirmière, kiné ou médecin — à la maison.

— Il n'y a pas que les médecins qui facturent leur temps, précisa David. Comment croyez-vous que procèdent les avocats? Avec tous les frais qu'ils ont, notamment en polices d'assurances, ils ne pourraient pas vivre s'ils agissaient autrement. »

Corinne perdit un instant le fil de la discussion. Elle se remémorait sa première visite chez un gynécologue américain. Elle se préparait à se déshabiller entièrement comme elle en avait l'habitude en France. Mais l'assistante du docteur l'avait arrêtée et lui avait donné une blouse en papier qui la recouvrait du cou au genou. Le médecin l'avait auscultée sous la blouse en présence de son assistante, une vieille dame renfrognée que Corinne avait baptisée, par la suite, « l'œil de Moscou ». Dans cette Amérique puritaine, il ne s'agissait pas de s'amuser à « jouer au docteur ».

Dans la réforme du système de santé et d'assurance qui avait suivi l'échec de celle proposée par Hillary Clinton, expliquait Cleonice, après une première visite à un généraliste, imposé par les assurances, le sort du malade dépendait de bureaucrates anonymes qui décidaient, en fonction de critères budgétaires, s'il y avait lieu ou non d'intervenir ou combien de temps on garderait le patient à l'hôpital. Pour Cleonice, cette réforme, qui évitait aux assurances américaines ce que Fabienne appelait « le trou de la sécu », déshumanisait plus encore le traitement du malade et ses relations avec le spécialiste de la santé. Mais Pamela préférait le système américain privé, effectuant des bénéfices, au gaspillage de la Sécurité sociale française. Ce qui l'avait le plus choquée à Lyon était l'armoire à pharmacie où Mme Collinet rangeait les tubes à moitié pleins de médicaments déjà remboursés qu'elle finissait par jeter parce qu'ils avaient dépassé la limite de validité. Aux États-Unis, le pharmacien vous préparait la dose requise et rien que la dose ; on ne dilapidait pas des tonnes de produits utiles en même temps que les deniers publics.

Daphne se leva brusquement. « Excusez-moi. J'ai une course urgente à faire. » Elle était si furieuse qu'elle avait du mal à se contenir. Comment ! Karen venait de leur annoncer une nouvelle terrible, un véritable drame personnel. Et tout ce qu'ils trouvaient à dire était de comparer les systèmes de santé dans les deux pays ou d'épiloguer sur les honoraires des avocats ! Elle trouvait cela intolérable. Si elle avait été à la place de Corinne, elle serait intervenue. Pour la première fois, son professeur la décevait.

Karen se leva en même temps qu'elle. Tandis qu'elle rangeait ses notes dans son attaché-case, Daphne l'attendit quelques secondes et les deux femmes sortirent ensemble. Contrairement à l'habitude, il régnait un grand silence dans le Salon de conversation. Très mal à l'aise, Corinne leva la séance. En principe, ils se retrouveraient tous pour l'anniversaire de Pamela chez Jacqueline. Personne ne s'attarda autour de la maison de l'Alliance. Ed avait remarqué que Jacqueline paraissait bouleversée par la nouvelle. Il n'osa pas lui parler trop longuement. Peut-être pourrait-il trouver un prétexte pour lui téléphoner. De toute façon, il y avait cette soirée chez elle. Cette perspective le soulagea tandis qu'il s'éloignait.

Karen se sentait épuisée comme si la révélation qu'elle venait de faire avait absorbé toute son énergie. Elle aurait voulu être seule, s'immerger dans son angoisse. Quarante-huit heures encore peut-être avant de recevoir les résultats du laboratoire. Le docteur n'avait même pas fixé de délai précis. Vous serez prévenue par téléphone, avait-il simplement mentionné en guise de congé. Comment supporter d'attendre tout ce temps?

« Accepteriez-vous de prendre un verre? suggéra Daphne, avec une grande douceur. Richard, mon mari, est à la maison, je n'ai pas à me presser aujourd'hui. »

Karen s'immobilisa. Elle avait froid, elle se sentait mal. Pourquoi ne pas accepter de passer quelques instants avec Daphne?

« Oui, certainement. Mais ne gaspillez pas votre temps pour moi, Daphne. Je croyais que vous aviez une course urgente.

— Oh! Cela peut attendre. J'avais surtout envie de parler avec vous, de vous dire à quel point je vous trouve formidable. »

Daphne avait perçu la solitude de Karen et son besoin de se confier. Sa révélation au Salon de conversation était en réalité un appel au secours. Ce que le mot « se confier » signifiait, Daphne le savait très bien. Des années plus tôt, elle avait jeté en vrac frustrations et colères dans l'oreille indifférente d'une femme rencontrée à la caisse d'un grand magasin. Le long monologue lui avait fait plus de bien que les bribes de confidences livrées à ses meilleures amies. Aujourd'hui elle était prête à tenir l'autre rôle. En dépit de l'air détendu qu'elle affichait, Karen était bouleversée. Dans les grandes crises de l'existence, un thérapeute ne suffisait pas toujours. Daphne sentit soudain naître en elle un grand élan de solidarité et d'affection pour Karen.

Cette dernière, de son côté, révisait son opinion sur Daphne. Elle l'avait perçue tout d'abord comme une aimable poupée robotisée vivant dans un cocon aux côtés d'un mari attentionné, d'enfants affectueux réussissant à l'école, et lui en avait voulu d'être ainsi entourée, aimée. Mais, depuis la terrible nouvelle, le choix de vie de Daphne et de ses consœurs au foyer, si souvent déprécié et raillé par elle, lui semblait à nouveau enviable.

Un vent frais arrachait leurs dernières feuilles aux peupliers d'Italie plantés autour du parking. Si riant durant le long été texan, le carré de bitume semblait froid, impersonnel et triste. Le quartier n'abritant que quelques boutiques, peu de voitures y restaient stationnées.

Installées face à face sur des banquettes recouvertes de moleskine, les deux femmes commandèrent des bières. Hormis trois étudiants qui bavardaient au fond de la salle, elles étaient seules.

« Je ne voulais pas casser l'ambiance du Salon de conversation, murmura Karen, mais j'ai horreur du mensonge. J'ai l'impression que Corinne a été un peu déconcertée par ma révélation. En France, dans une de nos filiales, je connaissais une femme qui a eu un cancer du poumon. Tant que cela a été possible, elle l'a caché, même à ses proches. Ce qui lui faisait le plus peur, c'était la chimiothérapie, pas à cause de l'épuisement ou de la souffrance, mais pour des raisons esthétiques. Elle était plus terrifiée à l'idée de perdre ses cheveux qu'à l'idée de mourir. Et elle était convaincue que son amant la quitterait quand il saurait.

— Quand aurez-vous les résultats ?

— L'assistante du docteur doit me téléphoner demain ou après-demain. Plus elle tarde, et plus cela me semble bon signe. S'il fallait opérer, je serais prévenue très vite.

— Si vous ne faites rien demain soir, pourquoi ne viendriez-vous pas à la maison? Nous avons notre groupe de lecture biblique. Cela vous éviterait de vous angoisser seule devant votre téléphone. »

Comme beaucoup de couples américains, les O'Leary aimaient *faire* des choses avec leurs amis, après le dîner qui avait généralement lieu à six heures. Avec certains, ils jouaient au tennis ou au golf. Avec d'autres, ils se réunissaient pour réfléchir à des sujets qui les intéressaient, comme le cinéma, les voyages ou la théologie. En dépit de quelques dîners à quatre ou six autour d'un hamburger ou dans des restaurants *ethniques*, les longues bouffes conviviales à la française leur auraient paru un peu frivoles. Et, de toute façon, on n'avait ni le temps, ni l'habitude, ni même le savoir pour se mettre à cuisiner.

Karen n'avait aucune envie de partager la soirée de trois couples de banlieue qui disséqueraient ensemble un verset de la Bible. Mais elle était sensible à l'intérêt qu'on lui portait.

« Savez-vous que j'envie parfois les femmes de mon âge qui vivent seules? murmura soudain Daphné.

— Je comprends, répondit Karen. J'aurais horreur, quant à moi, de vivre dans le désordre, le bruit et les effusions familiales. »

Daphne était un peu blessée. Elle avait espéré une protestation, une marque de sympathie. Mais, ce soir, c'était Karen qui vivait un drame. Pas elle.

« Chaque situation a ses avantages, décida-t-elle. Vous n'avez jamais été mariée?

— Un an », avoua Karen.

Le visage de Roberto lui revint en mémoire. Pourquoi l'avait-elle épousé? Dans l'espoir d'un avenir meilleur peut-être car ils se chamaillaient depuis qu'ils vivaient ensemble. Habile à lancer des mots perfides, il savait mieux que personne la déstabiliser à une époque où toute son énergie devait être consacrée à s'affirmer dans l'entreprise où elle travaillait et voulait progresser. La vie à New York l'énervait, l'enflammait et l'épuisait. Après six mois de mariage, elle ne faisait plus l'amour avec Roberto que très rarement. Le jour où elle avait découvert du rouge à lèvres sur sa chemise, elle avait immédiatement fait sa valise. Roberto n'en revenait pas. Il ne s'agissait que d'une liaison sans lendemain. Il l'avait relancée en lui expliquant qu'en Italie les femmes pardonnaient ce genre d'écarts. Elle avait cédé et s'était retrouvée enceinte... Les Italiens, les Français... jamais elle n'arriverait à comprendre les comportements de ces gens-là. Corinne avait beau s'évertuer à les expliquer en termes de différences culturelles, Karen les jugeait tout simplement laxistes, paresseux et dénués de sens moral. Les justifications par la culture avaient bon dos. On ne pouvait décidément pas s'entendre avec ces Européens décadents.

Daphne comprenait Karen. Elle non plus ne disait pas toujours ce qu'elle pensait, mais quand il survenait un événement grave, même très privé, comme la maladie ou l'adultère, on en parlait franchement. Magic Johnson et d'autres athlètes américains avaient été les premiers à annoncer publiquement au monde qu'ils avaient le sida. Daphne avait essayé d'expliquer cela à Fabienne après que celle-ci eut avoué trouver hypocrites les discours de certains étudiants américains — elle n'avait pas été jusqu'à dire les Américains. L'aveu public de Karen aujourd'hui avait dû faire réfléchir la jeune Française.

Daphne eut envie de communiquer à Karen cette inépuisable confiance en la vie qu'elle gardait au fond du cœur malgré les rebuffades incessantes de Libbie, l'indifférence de Richard ou l'égoïsme des jumeaux. D'ailleurs Karen possédait elle aussi cet optimisme de naissance que chaque Américain recevait en partage, avec sa nationalité, son drapeau et le cinquième Amendement à la Constitution. Daphne avait grandi, s'était épanouie dans la certitude que les êtres humains n'avaient aucune raison de ne pas s'entendre et de s'estimer. Elle n'aurait jamais lancé une parole blessante à qui que ce soit mais n'hésitait pas à dénoncer une action qui lui semblait répréhensible. Ainsi, lorsqu'elle avait été témoin, au supermarché, d'une magistrale fessée administrée par une mère belge à sa fille de quatre ans, avait-elle immédiatement téléphoné à la police, qui avait mené aussitôt une enquête sur la famille et menacé de poursuites la mère coupable. Corinne avait beau affirmer que la fessée, même en public, était un outil pédagogique parfaitement acceptable pour les Français, *a fortiori* les Belges, Daphne n'en avait pas moins estimé de son devoir d'en référer aux autorités compétentes. Dans le même esprit, la lettre contre David Bernstein, promise à Karen et Pamela, était prête au fond de son sac. Avec les événements inattendus d'aujourd'hui, elle avait oublié de la jeter dans le casier de Cosby. Mais ce Bernstein ne perdait rien pour attendre.

La nuit était tombée. Des consommateurs allaient et venaient. Un groupe d'étudiants commanda des bières. Daphne jeta un bref coup d'œil à sa montre, elle devait partir, déjà elle avait une heure de retard. Que dirait Richard? En même temps elle ne *pouvait* pas quitter Karen. Il ne tenait qu'à elle d'être une adulte libre.

« Karen, si nous allions prier ensemble? »

Karen ne répondit pas mais serra la main de Daphne.

Corinne remontait l'allée du parking à pas lents. Elle était à la fois bouleversée par l'aveu de Karen et mécontente parce qu'elle n'avait pas su réagir de manière appropriée. Elle décida de téléphoner à Karen dans la soirée. Mais que lui dire au juste? Elle qui enseignait l'interculturel, en somme la « correction culturelle », aurait dû savoir qu'en Amérique, la réaction française de sympathie et les témoignages d'affection ne suffisaient pas. Trop passif, jugea-t-elle. Il faudrait trouver une façon plus active d'aider. Juste avant que Karen quitte la salle, Cleonice lui avait murmuré : « Karen, je prierai pour vous. » Jacqueline, Alba Luz, Edward et Brandon s'étaient associés par un : « Moi aussi. » Elle, elle n'avait pas pu. Tous ses réflexes étaient laïques. Lui proposer de l'accompagner à l'hôpital : oui, cela, elle l'aurait fait mais la prière ? Elle aurait pu prier, dans le secret de son intimité, mais l'annoncer, le promettre ne lui était pas facile.

Ses pensées s'échappèrent vers Julien. Il n'avait pas téléphoné comme il l'avait promis et elle n'avait pas osé prendre une fois encore l'initiative de l'appeler. Après tant d'années, Jean-François n'avait-il donc pas déposé les armes ? Il avait leur fils pour lui tout seul, que souhaitait-il de plus ? La voir disparaître à tout jamais ? Ils s'étaient aimés pourtant l'un et l'autre, leur mariage avait été heureux durant plus de cinq années. Puis d'autres femmes s'étaient profilées et avec elles les premiers mensonges, les premières escapades. Un week-end, une semaine. Elle avait pleuré, il avait juré qu'il n'aimait qu'elle et tout avait recommencé. Puis elle avait commencé à le gêner, et aux mensonges pleins de diplomatie avaient succédé la brusquerie, l'agressivité. Elle s'était vengée alors en demandant le divorce et cette initiative l'avait mis en fureur. Puisqu'elle le prenait ainsi, avait-il lancé, elle aurait une note amère à payer. Elle la payait toujours. Jean-François ne lui avait pas seulement pris sa jeunesse et ses rêves de vieillir à côté d'un compagnon. Il lui avait pris son fils. Comme ces femmes américaines qui avaient tout investi dans leur carrière comme cette malheureuse Karen face à son cancer, elle était seule au monde. Si elle tombait malade elle aussi, qui prendrait soin d'elle ?

Depuis qu'elles avaient franchi la porte de leur petit appartement du campus, Fabienne et Pamela ne cessaient de discuter des derniers développements du Salon de conversation. Assises, l'une sur la moquette, l'autre sur le canapé, autour d'une pizza, achetée chez l'Italien du coin, elles décortiquaient les faits et gestes de chacun. Soudain, Fabienne décida que le moment était venu d'avouer qu'elle était très choquée par la lettre de dénonciation envoyée contre David.

« Si ce qu'il disait ne te plaisait pas, tu pouvais l'envoyer promener, lui dire ta façon de penser, à la limite le gifler ou te moquer de lui. Pour moi le ridicule est la meilleure arme. Aucun homme ne résiste à une plaisanterie bien envoyée. »

Pamela sursauta : « Je suis incapable de me moquer de quelqu'un. C'est humiliant pour la personne et on pourrait m'attaquer en justice. Ridiculiser quelqu'un, l'inférioriser, est une forme de violence et d'agression inadmissible. Enfin, je n'oserais jamais.

— Tu n'oses pas envoyer à David une petite vanne sans importance et tu écris une lettre de dénonciation gravissime qui peut détruire sa carrière et son honneur, s'exclama Fabienne. Il vaut mieux quand même se défouler par la dérision, un mot d'esprit ou même l'insulte qu'avec une arme à feu pour trucider ses ennemis! Franchement, nous avons une conception entièrement différente de la violence. Cette violence verbale qui t'a tellement indignée à Lyon, moi, je la trouve plus saine que la violence physique, dans un pays comme celui-ci où le crime de sang est monnaie courante. Quant à la dénonciation, moi ça me débecte... enfin ça me révolte (mais tu peux apprendre aussi le terme débecter, c'est bon pour ton français oral). »

Pamela acheva sa pizza, absorba une gorgée de thé glacé. « Tu sais bien que ce sont des malentendus interculturels, prononça-t-elle enfin avec bonne humeur. Corinne l'a bien expliqué. Ça n'a rien à voir avec toi et moi... Ne te fâche pas et dis-moi plutôt ce que tu as pensé de la nouvelle de Karen?

— Là, j'avoue que j'ai été... épatée... enfin bouleversée et épatée. Mais ce que j'aimerais, c'est une action collective de solidarité. Pour lui montrer que tout le Salon de conversation est à ses côtés.

— Pourquoi pas? Je suppose que chacun se manifestera à sa manière, avec son tempérament... Sur le moment, moi aussi je lui en ai presque voulu d'annoncer une nouvelle aussi négative. Mais elle souhaitait avant tout nous faire savoir qu'elle lutterait contre sa maladie et qu'elle gagnerait. Pour moi, Karen est un exemple, ce que nous appelons un *role model*. Par son courage et son indépendance, elle trace la voie pour les autres femmes. Jamais un homme n'aurait manifesté le même cran et la même détermination.

— Je suis d'accord sur la classe morale de Karen, convint Fabienne, mais je ne vois pas comment tu peux dire qu'un homme en serait incapable. N'est-ce pas plutôt une question de personne que de sexe, ou de genre, *gender*, comme vous dites ici?

— Vous les Françaises, avez une mentalité de collaboratrices. Comprends-moi, Fabi, je ne veux pas établir un parallèle avec la Seconde Guerre mondiale, que je viens d'étudier dans mon cours d'histoire européenne. Mais on doit combattre ses ennemis, pas composer avec eux. »

Fabienne replia son assiette en carton. Dieu merci, elle avait le sens de l'humour.

« Pam, tu ne me feras jamais avaler que nos pères, nos frères et nos copains — la moitié de l'humanité — sont nos ennemis héréditaires, ironisa-t-elle. Interculturel ou pas. Collaboration ou pas. Je suis convaincue que tu te trompes. »

En dépit du ton moqueur qu'elle voulait conserver, l'intransigeance de Pam agaçait un peu la jeune Française. Elle préférait changer de conversation.

« Il y a un concert ce soir sur le campus, enchaîna-t-elle. Les *Blue Angels*. Tu connais ? »

Pam haussa les épaules. Qu'avait-elle à faire des *Blue Angels* au moment où elle avait avec Fabienne une discussion importante. Les Français avaient toujours le chic pour faire retomber les sujets les plus sérieux au ras du sol. Mais la chaleur de Fabienne, sa culture, sa curiosité d'esprit étaient attachantes. Pour la première fois, elle se liait avec une fille très différente d'elle-même et s'étonnait d'en éprouver tant de plaisir.

« Et si tu venais chez moi en Californie pour Noël ? demanda-t-elle soudain. J'adorerais te faire découvrir un peu mieux l'Amérique. »

VI

Pamela's Birthday

L'Anniversaire de Pamela

« Peux-tu rester encore un moment, Brandon? Alex Makarov voudrait te parler. »

Brandon Napoleon jeta un coup d'œil sur sa montre. Jacqueline les attendait à six heures précises, et il était déjà plus de cinq heures. Il désirait passer chez la fleuriste acheter une brassée de roses pour son hôtesse, puis rentrerait chez lui prendre une douche et passer des vêtements susceptibles de plaire à la vieille dame, une vraie gageure. Mais on ne refusait pas Alex Makarov. Il venait de Hollywood et avait offert à Clara Santini un début de carrière fulgurante en tournant *Lucie de Lammermoor* avec un budget de 100 millions de dollars. Trois années plus tôt Brandon avait caressé l'espoir d'être pris dans le casting de *Carmen* mais, pour une apparition de trois minutes à l'écran, la lutte entre les postulants avait été d'une rare férocité. Déstabilisé par la maladie de Ron, il s'était fait balayer par un Mexicain qui se serait damné pour décrocher le rôle. À présent, sa carrière à l'opéra progressait. À trente ans, il avait l'avenir devant lui. Inutile de compromettre des années d'efforts pour un miroir aux alouettes. Maintenant Brandon rêvait de chanter au Met, à Covent Garden, à la Scala de Milan, à l'opéra de Paris, pas de voir sa silhouette sur de gigantesques affiches. En même temps, après la fin des représentations du *Barbier* puis de *Carmen*, et une fois épuisées ses maigres économies, il ne savait pas encore comment il se nourrirait.

« Je vous ai entendu tout à l'heure, articula Makarov avec sa curieuse élocution inaccentuée. Votre voix n'est pas mal, votre physique intéressant. Le cinéma vous tente-t-il ? Je cherche un *Consul* pour *Madame Butterfly*. »

Brandon respira profondément. Il fallait être attentif tout en se gardant de toute exaltation.

« Personne ne peut être insensible à une proposition venant de vous.

— Je ne vous ai pas fait de proposition, mon petit. »

Alex Makarov aimait jouer au chat et à la souris avec les jeunes. Ils étaient tous les mêmes, prêts à se vendre corps et âme pour devenir célèbres. Autrefois il aimait profiter de ce pouvoir avec les garçons séduisants mais aujourd'hui, même les plus délicieux ne l'attiraient plus.

« Je n'ai pas parlé de moi en particulier. »

Le vieux Russe cligna les paupières. Décidément ce garçon avait quelque chose. Non seulement du talent mais un beau physique qui passerait bien au cinéma.

« Et si justement nous parlions de vous ? »

Jacqueline vérifia une dernière fois son buffet. Elle avait adopté depuis des années l'habitude américaine des tables toutes préparées où les plats restaient au chaud dans leur récipient en métal argenté posés sur les flammes de multiples bougies. Les recettes, appelées *casseroles*, avaient été glanées par elle au fil de ses lectures de magazines féminins. La veille, elle avait confectionné des lasagnes au crabe et cuit le matin même du riz aux haricots noirs, piments verts et bacon. La tradition de Noël ne serait pas oubliée avec une bûche au chocolat, gâteau peu populaire en Amérique dont elle tenait la recette de sa propre grand-mère. Mais elle avait aussi acheté un vrai gâteau d'anniversaire avec les vingt et une bougies de Pamela. Mon Dieu ! qu'elle était jeune et comme paraissaient lointains à Jacqueline ses propres vingt et un printemps.

Quelques feuilletés au jambon, une grande salade et un gigantesque pot à café compléteraient le dîner.

Jacqueline se sentait heureuse. Un instant auparavant, Edward avait fait livrer un poinsétia rose qu'elle avait déposé à côté de la cheminée. Sa présence, ses attentions lui devenaient peu à peu précieuses. Trop sans doute. Une vieille dame avait-elle encore le droit de rêver? Elle avait rencontré Stanley en France cinquante années plus tôt et aujourd'hui l'Alliance française lui offrait Edward, comme si le lien pourtant ténu la reliant encore à son pays natal restait sentimental.

L'accueillante maison donnant sur une rue calme bordée de chênes verts offrait ce que le confort américain comportait de plus douillet : un gros canapé, des fauteuils à oreilles où il faisait bon lire ou broder, une moquette épaisse. La climatisation rendait supportable la fournaise des étés texans mais Jacqueline la faisait marcher beaucoup moins que ses voisins, qui l'été maintenaient une température polaire dans leurs intérieurs. Elle avait mis du temps à s'habituer aux supermarchés et aux salles de cinéma si refroidis par l'air conditionné qu'il fallait se couvrir sous peine d'attraper une angine, ce qui lui était arrivé fréquemment.

De sa jeunesse française, Jacqueline n'avait conservé qu'une boîte à ouvrage, une paire de tableaux brodés de perles minuscules qui décorait sa chambre d'enfant, une pendule à colonnettes d'époque Empire, fierté de ses parents. Elle se souvenait de sa mère astiquant religieusement le balancier, de son père vérifiant son exactitude sur sa montre gousset. La France rurale d'alors était lente et tranquille, les valeurs familiales et villageoises respectées. Dans le magazine auquel elle était abonnée, Jacqueline lisait des récits de violeurs, de drames de divorce, de chômage, de violence, comme en Amérique, et récemment de terrorisme et de pédophilie.

Ce qui l'étonnait le plus, maintenant qu'elle vivait ailleurs, c'était le côté turbulent des Français qui descendaient dans la rue pour un oui pour un non. Elle n'avait pas bien compris les grèves de l'automne 1995. Elle jugeait qu'il fallait réformer les abus de la Sécurité sociale. Les Français avaient déjà bien de la chance de l'avoir. Quant aux revendications sur les retraites à cinquante-cinq ans, elle les comprenait encore moins. Ses parents avaient travaillé aux champs toute leur vie sans songer à une quelconque retraite. Son mari américain avait pris la sienne un peu après soixante-cinq ans, âge minimum pour se retirer aux États-Unis. Mais elle avait beaucoup d'amis qui travaillaient au-delà de soixante-dix ans sur une base contractuelle.

Sur la chaîne CNN, elle avait vu récemment un reportage sur une femme de cent un ans, qui travaillait encore comme correctrice d'épreuves dans un journal local de l'Ohio. Elle était dans l'entreprise depuis l'âge de quarante ans, après avoir élevé cinq enfants et, au dire de son patron, demeurait la meilleure correctrice du journal. Interrogée sur ses réactions au cas où elle devrait cesser de travailler, la centenaire avait répliqué qu'elle ne pourrait pas survivre à la perte de son travail. Quelle différence avec Jeanne Calment, la doyenne des Français, que l'on présentait comme ayant atteint le grand âge de cent vingt et un ans, grâce à une vie de repos exempte de stress? Décidément chaque culture avait ses références et elle, Jacqueline Anjubault-Smith, faisait partie des deux.

« Je suis venue un peu plus tôt pour vous donner un coup de main. »

Corinne se tenait devant la porte, un plateau entre les mains. « Du fromage de chèvres aux herbes, précisa-t-elle. Je le confectionne moi-même. »

Un beau rayon de soleil glissait dans la paisible rue.

Corinne se sentait heureuse comme elle ne l'avait pas été depuis longtemps. Le matin même, son fils avait téléphoné. Il partait skier à Val-d'Isère mais viendrait ensuite à Austin pour y passer au moins dix jours. Julien avait une bonne voix. Avec le temps et la distance les éloignant l'un de l'autre, Corinne avait appris à déceler la moindre intonation révélant son bonheur, ses préoccupations ou ses échecs. Au-delà des mots souvent banals, elle suivait son fils, restait sensible à ses états d'âme, l'encourageait sans qu'il eût à avouer ses problèmes. Cet effort permanent était sa victoire sur Jean-François et sur sa volonté de les éloigner l'un de l'autre.

Mon Dieu, songea Corinne, comme Jacqueline est devenue américaine ! D'un œil surpris, elle découvrait un intérieur confortable et stéréotypé aperçu cent fois à Austin : canapé pastel, épaisse moquette synthétique, cheminée où, alimentées au gaz, brûlaient de fausses bûches, gravures reproduisant les oiseaux d'Amérique inventoriés par John Audubon, rideaux aux drapés tarabiscotés. Avec son pouvoir normalisateur, l'Amérique avait assimilé la jeune paysanne française comme elle avait absorbé des générations d'immigrants venus des quatre coins du monde.

« Tout est prêt, assura Jacqueline, et j'attends Edward d'un instant à l'autre. Il s'est engagé à tenir le rôle de barman.

— Je suis sûre qu'il est amoureux de vous », plaisanta Corinne.

Le sourire de la vieille dame l'attendrit. Son regard candide aussi.

Daphne sonna à la porte de Karen. Elle avait promis de venir la chercher à six heures et était en retard. Elle avait dû passer au magasin chercher l'énorme ours en peluche, l'un des deux cadeaux que les membres du Salon de conversation offraient à Pamela, leur benjamine. C'est

Fabienne qui avait révélé le faible de sa *room mate* (colocataire) pour les animaux à fourrure de sa première enfance.

Le désarroi, puis la confiance de sa nouvelle amie atta-
chaient Daphne à Karen plus que des mois de rapports
sociaux. Nulle hypocrisie n'avait sa place dans cette relation. Karen était malade, elle avait peur et elle, Daphne,
l'aiderait à se battre et à gagner. Les résultats des tests ne
s'étaient révélés ni bons ni dramatiques : Karen devait
perdre un sein. Moyennant quoi, avec une bonne chimio,
elle avait des chances de s'en sortir, cinquante-cinq pour
cent de chances à long terme, avait précisé le médecin.

La révélation des résultats avait été néanmoins très
dure pour Karen et le soutien de sa nouvelle amie l'avait
beaucoup aidée. Daphne avait acheté des mètres de livres
sur le cancer, sur les thérapies alternatives, fondées sur le
changement radical de régime et sur l'importance des vitamines. Secondée par son amie, Karen avait décidé de
prendre les choses en main. Elle avait rejoint un groupe de
soutien où elle rencontrait des malades atteints de cancer
comme elle. Et elle avait décidé de changer complètement
son style de vie — notamment son régime alimentaire, en
excluant la viande —, de renforcer l'exercice physique —
elle allait maintenant à la piscine tous les matins — et
d'éviter le stress. Elle s'était inscrite aussi à des séances de
méditation auxquelles Daphne avait résolu de l'accompagner.

La première fois que Daphne avait regagné sa
demeure laissant une Karen sous calmants, Richard lui
avait fait le reproche de jouer à l'assistante sociale. Mais
quand elle avait commencé les séances de méditation et
qu'elle était rentrée chez elle à une heure inusitée, son mari
l'attendait le visage furieux. Les jumeaux avaient refusé de
faire leurs devoirs en son absence et Libbie avait filé avec
une copine. Froidement elle avait déposé son sac et ôté sa
veste, l'esprit en révolte. Tant pis si les jumeaux récoltaient

une mauvaise note à leur test d'anglais le lendemain. Quant à Libbie, elle lui parlerait et la priverait de sortie pendant une semaine. C'était trop fort de la mettre au pilori alors qu'elle leur consacrait sa vie! Ne voyaient-ils pas qu'elle aussi existait? Cette révolte inhabituelle avait marqué un point sur Richard, le premier depuis longtemps. Tandis qu'il montait se coucher sans mot dire, elle s'était préparé une soupe en boîte, avait coupé une large tranche du gâteau aux airelles confectionné le matin même pour la fête de charité de l'école des jumeaux. Ils arriveraient les mains vides, ce serait leur punition. Elle avait dîné seule et heureuse comme elle ne l'avait pas été depuis longtemps.

Karen ouvrit la porte. Comme à l'accoutumée, elle était élégante, maquillée, parfaitement coiffée.

« J'ai commencé hier la chimiothérapie, annonça-t-elle d'une voix calme. Maintenant que la bataille a commencé, je retrouve ma mesure. Toute mon existence, je me suis battue pour gagner. Cette expérience est rude mais profitable, et même positive. Elle me permet de m'apercevoir que la vie que je menais était un désastre et que je ne pouvais pas continuer ainsi. Je veux tout réviser et devenir une nouvelle femme. »

Daphne lui sourit. Elle aussi avait besoin de changer des choses dans sa vie. Son amie devenait le modèle qui montrait la voie. Elle avait autant besoin de Karen que celle-ci avait besoin d'elle.

Cleonice s'installa tant bien que mal à la dernière place libre de l'autobus. Avec ses restrictions budgétaires, la ville avait supprimé une voiture sur trois et, aux heures de pointe, cette décision rendait très pénibles les transports en commun. En face de la jeune femme, deux adolescentes noires chuchotaient et riaient. Quel âge? se demanda Cleonice, dix-sept, dix-huit ans? Elle ne pouvait voir une jeune fille sans penser à son bébé laissé derrière elle dix-sept ans plus tôt. Cela devenait une idée fixe. La vie cependant ne lui laissait guère le temps de rêver. Entre les enquêtes, la rédaction de ses articles et les réunions imposées par la direction du journal, elle ne disposait pas d'une minute. Sa vie privée s'en ressentait. Elle grossissait, n'avait plus guère de copains masculins, devenait agressive et parfois injuste. Mais la vie n'avait pas été très équitable avec elle.

Ses préoccupations de poids la ramenèrent à une lettre de lecteurs, découverte au cours de la revue de presse, qu'elle s'imposait pour se tenir au courant. Un correspondant qui signait « Un amoureux de Rubens » avait écrit à une de ses consœurs :

« La femme que j'ai épousée voici cinq ans était un petit Rubens, autrement dit "forte". J'ai toujours été attiré par les — disons le mot — grosses, et je n'en rougis pas. J'étais donc parfaitement heureux avec ma chère Kristen... jusqu'à ce que ses bonnes copines lui glissent dans l'esprit de se mettre au régime. À présent, elle est plate comme une limande. Et elle ne m'intéresse plus sexuellement. Pourtant Kristen savait très bien, quand je l'ai épousée, que je n'aimais que les femmes obèses. J'en ai donc conclu qu'elle se préoccupe plus de plaire à ses copines qu'à moi. Kristen pesait cent kilos quand je l'ai connue, et elle était superbe. Maintenant, elle en pèse quarante-huit et on dirait une tuberculeuse. Je viens de lui lancer un ultimatum : si elle ne prend pas au minimum vingt-cinq kilos, je la quitte. Au lieu de s'exécuter, elle prétend être déçue et furieuse. »

L'admirateur de Rubens tenait à faire savoir aux femmes en général que les rondes étaient très désirables pour certains hommes et que, lorsqu'une femme était grosse au moment de son mariage, elle devait le rester.

Cleonice s'était amusée à traduire en français la réponse afin de faire sourire le Salon de conversation.

« Cher Rubens, la seule allusion à l'amour dans votre mis-
sive est dans la signature. Et la connotation y est plus
sexuelle que proprement "amoureuse". Les formes plantu-
reuses [il n'était pas facile de traduire *full figured women*],
autant dire carrément en français les *grosses*, y trouveront
certainement leur compte et seront aux anges de vous lire.
Mais, j'ai des doutes sur une relation uniquement fondée
sur le poids. Tout cela me semble un peu léger ! » Cleonice
sourit toute seule et s'abandonna au paysage nouveau pour
elle. Elle allait rarement dans le quartier de Jacqueline.

Derrière la vitre du bus, les rues défilaient identiques à
elle-mêmes : maisons coquettes, pelouses impeccablement
entretenues, enfants à vélo ou lançant des ballons de basket
dans le panier suspendu au-dessus de la porte du garage.
Une vie organisée, provinciale, ouverte et conservatrice
tout à la fois, des gens occupés, sportifs, très conscients
d'écologie, cuisinant sans graisse, prêts à se dévouer à leur
église, leur quartier, l'école des enfants.

L'Afrique l'avait rendue à l'Amérique, différente. Elle
avait perdu là-bas ses illusions sur la fierté des racines, la
grande famille humaine de race noire. Pour les Africains,
elle n'était qu'une étrangère. L'Amérique était un autre
pays, un autre continent, une autre culture, celle des
riches. De surcroît, là-bas, elle était considérée comme
Blanche. L'esclavage avait à tout jamais arraché les Noirs
américains à leurs racines.

Les jeunes filles se levèrent, sortirent du bus et Cleonice les suivit du regard aussi longtemps qu'elle le put.
Pour elle toute seule, elle avait appelé sa fille Patricia. Elle
l'imaginait belle, gâtée par ses parents. Elle allait entrer à
l'université, une grande sans doute, Harvard ou Princeton,
sans devoir quoi que ce soit à sa race. Comme sa mère. À
moins qu'elle ne réagisse comme le frère de Cleonice, Joh-
nathan, qui affirmait que les Blancs avaient une dette
envers les Africains-Américains à cause de l'esclavage, et
que les quotas n'étaient qu'un dédommagement dont il fal-

lait tirer parti. Tout dépendrait bien sûr de la couleur de la peau de sa fille. Patricia pouvait être plus foncée qu'elle. Martin, le père de sa fille, quoique comptant un aïeul blanc, était très noir, avec une peau superbe qu'elle aimait caresser, et un corps athlétique. Elle n'avait pas voulu voir le bébé quand il était né, un bébé qu'elle savait ne pas pouvoir garder, et à qui elle n'avait pas même donné de nom officiel. Soudain une vague de rancœur la souleva contre les Blancs. Autrefois les maîtres séparaient brutalement les enfants de leurs parents. Aujourd'hui, la société américaine avait tué la famille noire. Les adolescentes enceintes comme elle, soit abandonnaient leur enfant, soit l'élevaient sans père avec l'argent du *Welfare*. Les hommes et même les jeunes garçons noirs avaient dans les ghettos des espérances de vie très courtes. La plupart mouraient de mort violente dans ces quartiers où l'on s'entre-tuait dès le plus jeune âge, des quartiers où les Blancs ne pénétraient pas. Les autres passaient les trois quarts de leur existence en prison.

La rue où habitait Jacqueline était proche. Cleonice quitta son siège, progressa en se faufilant vers la porte de sortie de l'autobus. Elle était touchée par cette petite soirée, offerte aux membres du Salon de conversation. Jacqueline était bienveillante et si attentive aux autres ! Cleonice aurait aimé mieux la connaître, parler avec elle de la France, de sa jeunesse dans la ferme de ses parents. Mais comment Jacqueline pourrait-elle imaginer que Cleonice Schuller, ambitieuse journaliste africaine-américaine à l'*Austin Post* avait besoin de se confier à quelqu'un ?

« Vous êtes ravissante. »

David ouvrit galamment la portière du passager devant Alba Luz Márquez. La jeune Colombienne avait revêtu une toilette un peu voyante qui mettait en valeur la sensualité de sa silhouette : buste généreux, taille fine, hanches un peu larges. Depuis l'affaire des lettres le dénonçant pour harcèlement sexuel, David se tenait à carreau. Heureusement qu'Alba Luz n'était pas américaine. Il se sentait plus en confiance. Mais, comme Corinne l'avait rappelé en mentionnant l'épisode Lorena Bobbit, il ne fallait pas s'y fier. Dans son contentieux avec les femmes, David ne manquait pas d'histoires susceptibles de faire frémir plus d'un Européen, particulièrement un Français. Une petite amie d'avant son mariage, Kersteen Mc Namara, ravissante blonde qui ressemblait à Madonna et avait fait ses études avec lui à MIT, l'avait attaqué en justice parce qu'il n'avait pu réussir à lui rembourser dans les délais — il était en plein divorce avec Deborah — la somme de deux mille dollars (dix mille francs) qu'elle lui avait prêtés. Une autre de ses maîtresses récentes, Rachel, agente littéraire, avec laquelle il avait eu le malheur de partager un appartement pendant six mois à New York, lui avait fait un procès en *palimony* (sorte de pension alimentaire pour *pals* — copains — non mariés), en comptabilisant en heures de femme de ménage toutes celles qu'elle avait prétendu avoir consacrées à s'occuper de son bien-être. Ces poursuites et d'autres encore, sans parler des exigences et menaces de Deborah, son ex-femme, l'avaient contraint à déclarer banqueroute et à s'expatrier sans un sou de Manhattan. Malgré ces avatars, il continuait à aimer les femmes. Comme le lui avait régulièrement répété Deborah, il était incorrigible. Et elle ajoutait la plupart du temps : « Ce doit être à cause de ta mère. Tu n'as jamais coupé le cordon... »

Même Deborah était incapable d'imaginer que sa mère n'avait rien eu d'une mère juive. Froide, distante, elle se moquait du tiers comme du quart de ses réussites scolaires ou professionnelles et lui préférait ostensiblement sa sœur. « Ça ne fait rien, arguait impitoyablement Deborah. Si elle n'était pas une mère juive dans le sens étouffant, elle était l'opposée. Autrement dit : la même chose ! »

« Merci du compliment, exulta Alba Luz. C'est si rare

aux États-Unis d'avoir l'occasion de se sentir femme. Dans mon pays nous sommes beaucoup plus soucieuses de plaire. »

L'accent était irrésistible. David dut se retenir pour ne pas poser sa main sur la cuisse qu'un bas de couleur chair masquait à peine.

« Et si nous filions dîner tous les deux après la fête chez Jacqueline, suggéra-t-il en mettant le moteur de sa vieille Ford en marche. Je connais un petit restaurant français très typique, à moins que vous n'ayez une autre idée. Un mexicain, par exemple.

— Nous verrons bien. Mais la cuisine mexicaine, je préfère la faire moi-même. »

Alba Luz voulait garder le contrôle de la situation et par la même occasion mentionner ses qualités de cordon bleu. Un homme riche et éduqué comme David Bernstein ne courait pas les rues. Il fallait se montrer vigilante et mener habilement sa barque. Une fois harponné, il faudrait l'empêcher de décamper. Si elle arrivait à l'épouser, elle obtiendrait enfin la fameuse carte de résident lui permettant de vivre, sans la hantise d'être rapatriée d'office en Colombie. En devenant américaine, cinq ans plus tard, elle tournerait définitivement le dos à une enfance misérable qui en dépit de ses mensonges laissait dans sa mémoire des marques ineffaçables. Américaine, elle s'identifierait enfin à ce personnage imaginaire qu'elle avait mis des années à forger. Peut-être dénicherait-elle un travail agréable dans la mode ou la parfumerie? Ou mieux encore, resterait-elle à la maison avec les enfants qu'elle aurait avec David Bernstein et qui seraient préservés des misères qu'elle avait connues.

Elle s'imagina en épouse de citoyen américain gagnant bien sa vie, implantée dans un milieu aisé et respecté, recevant ses amies avant la naissance, pour le *baby shower*, si cher au cœur des futures mères américaines. Les cadeaux, les petits effets destinés au bébé attendu s'empilaient sur une table, on buvait du café, on papotait sur des sujets concernant bien sûr l'accouchement et les premiers jours du nourrisson; on échangeait expériences et conseils dans une avalanche de bleu et de rose layette. Chez elle, les femmes vivaient sous le regard des mâles. Accoucher, c'était continuer une lignée, donner un fils à un homme, se réjouir de sa fierté, non échanger des fous rires avec d'autres femmes au milieu d'ours en peluche jaunes et de petites chaises à bascule décorées de cœurs.

Cette image la transporta et soudain son compagnon lui parut extrêmement séduisant, presque sexy, avec sa voix un peu rauque rappelant celle du Président Clinton, et son regard bleu coupant.

David évita de peu un cycliste. Il devait refouler ce désir de toucher Alba Luz qui nuisait à son attention.

« J'ai écrit une lettre en votre faveur à Mortimer Cosby, murmura Alba Luz d'une voix cajoleuse. Qu'on ait pu vous accuser, cela m'a vraiment révoltée. »

Ainsi, elle savait. Tout le monde savait. Le petit groupe du Salon de conversation s'était scindé en deux, avec ses détracteurs, ou plutôt ses détractrices, Karen, Pamela, Daphne et Cleonice. Tous les autres avaient pris sa défense.

Cosby l'avait convoqué. Son bureau de directeur de l'Alliance française était un modèle de conformisme : boiseries et cheminée, bibliothèque bourrée d'ouvrages pédagogiques, encadrée de lourdes draperies grenat. En apparence, Mortimer Douglas Cosby, troisième du nom, représentait l'archétype du bourgeois protestant, d'origine britannique, irréprochable. Sa famille était au Texas depuis la conquête sur le Mexique. Cependant, il dissimulait, quand cela ne l'arrangeait pas, une mère roumaine entièrement francophone. En cachette, il buvait du cognac, fumait des cigares cubains importés en contrebande, avait la passion du jeu et se payait une jolie fille, quand il réussissait à s'échapper à Las Vegas pour le week-end, le Nevada étant le seul endroit des États-Unis où la prostitution fût légale. Mais la tête sur le billot, il n'aurait avoué quoi que ce fût à Mme Cosby, Lea, Adelaïde née Lee, dans une antique et vénérable famille du Sud.

Avec un clin d'œil complice, qui ne laissait nulle ambiguïté sur ses sentiments, Cosby avait sommé David de faire attention. Les temps avaient changé. Avec le féminisme et la « correction politique », les femmes aujourd'hui avaient tous les droits. Et le mâle blanc devenait la victime expiatoire, le bouc émissaire de tous les crimes.

David avait observé en son for intérieur qu'en fait de bouc émissaire, il avait eu sa dose. Il était toujours coupable pour tout, comme homme, comme juif, comme Blanc et était convaincu que Cleonice ne l'aurait pas impliqué s'il n'avait pas été juif. Les rapports entre Juifs et Noirs s'étaient tristement dégradés depuis que son frère aîné s'était battu dans les années soixante pour les droits civiques des Noirs. De surcroît, il y avait cette espèce de surenchère dans la volonté de reconnaissance du malheur historique expliquant son algarade avec Cleonice à propos du musée de l'Holocauste. Le conflit israélo-palestinien n'avait pas arrangé les choses. David, juif libéral, se sentait coupable à chaque coup de force de l'État d'Israël contre les Palestiniens. Ingénieur anticonformiste et plutôt fauché, il ne se reconnaissait pas non plus dans les stéréotypes du puissant lobby d'argent et détestait la famille de son ex, Deborah, qui dépensait, afin d'éblouir la galerie, des milliers de dollars pour une simple Bar Mitsvah. Mais la propagande antisémite du leader noir Farrakhan le désolait. L'attitude de Cleonice l'avait peiné. Et cependant, la jeune Noire lui était *a priori* plus sympathique que les autres. Bien qu'ayant souffert du racisme, elle possédait ce qu'il prisait le plus, la lucidité sur soi-même et un certain sens de l'humour.

Alba Luz continuait son babillage. Décidément, elle était charmante et infiniment désirable. Au restaurant, il ferait peut-être quelques travaux d'approche. Avec prudence. Mais pour le moment il fallait la mettre en confiance. Ce ne serait pas difficile. Alba Luz était une âme simple, dénuée de calcul dans un corps sensuel. Son rêve.

« *Happy Birthday!* Joyeux Anniversaire, ma petite Pamela. »

Pamela et Fabienne avaient sonné les premières et Jacqueline était un peu déçue. Edward, une fois encore, était en retard. Il oubliait toujours quelque chose, ses clefs, ses gants, le plan de la ville. C'était irritant et attendrissant. Il fallait que quelqu'un s'occupât de lui. Seul, il ne reconnaîtrait bientôt plus sa propre demeure.

« Edward nous suit, déclara Fabienne. Je l'ai vu en train de chercher une place pour sa voiture. »

Sa décision d'accompagner Pamela en Californie était prise. Ce serait un joli voyage et, si elle avait assez d'argent, elle prendrait le train jusqu'à Seattle en s'arrêtant à San Francisco. Jour après jour, l'Amérique la fascinait davantage. Au-delà d'Austin, de l'université, du Texas, elle découvrait un continent aux innombrables et contradictoires facettes. La violence y côtoyait la générosité la plus démesurée, le sectarisme une tolérance encore rare en Europe, le puritanisme une liberté de mœurs réellement novatrice. Les Français imaginant un peuple rigide, laborieux et bloqué sur ses valeurs, n'avaient pas la moindre idée de ce qu'était l'Amérique. Mais au plan des relations humaines, ce qui l'étonnait encore plus était une bienveillance spontanée alliée à une absence presque générale de plaisanteries, de persiflage aux dépens des autres, de dénigrement des absents. C'était à la fois reposant... et un brin ennuyeux.

Ces petites méchancetés qui faisaient florès dans la société française lui manquaient un peu. Les Américains qu'elle rencontrait prenaient tout terriblement au sérieux. Au début, elle avait cru que cette attitude tenait au caractère de Pamela. Mais très vite elle avait constaté que même les femmes ayant des convictions opposées aux siennes se comportaient comme elle. Par exemple, sur la recommandation de Corinne, Fabienne avait emmené son amie voir le film *Ridicule*, qui venait de sortir dans le petit cinéma d'Austin spécialiste de films étrangers. Pamela n'avait rien compris et avait tout détesté. À la sortie, elle avait confié à Fabienne que le film lui rappelait les pires moments de son séjour à Lyon où elle se sentait si mal à l'aise parce qu'elle avait toujours l'impression d'avoir commis un impair envers les Collinet. Pour Pamela, le film démontrait que les Français étaient chroniquement et historiquement coupables de cruauté mentale. Elle admettait mal que Fabienne ait pu rire à certaines scènes qui lui paraissaient à elle insoutenables. « Pas plus insoutenables que *Pulp Fiction* ou *Reservoir Dogs*, avait murmuré Fabienne. Chacun sa conception de la violence et du rire. » C'est dans ces moments-là que Fabienne se mettait à regretter ses papotages entre copines, les petites vannes qu'elles s'envoyaient ou envoyaient aux absents, les fous rires déclenchés pour des riens. Et puis, la nostalgie passée, la jeune Française était à nouveau contente d'être en Amérique.

D'un coup d'œil, Fabienne évalua la demeure de Jacqueline. La décoration, les couleurs étaient étonnamment gaies. On n'y trouvait aucune des vieilleries accumulées au cours des générations par les aïeules françaises. Tout était neuf, pimpant avec des objets d'artisanat décorant les étagères, un superbe quilt pendu sur un mur de l'entrée. Quand ils déménageaient, les Américains se séparaient de la plupart de leurs possessions pour en acquérir de nouvelles. On vendait sur le trottoir tout ce qui serait trop coûteux à emballer et transporter, les jouets inutilisés des enfants, les batteries de cuisine, les vêtements à peine usagés. Cela s'appelait *garage sale* ou *yard sale*. Rideaux, lustres, appareils électroménagers restaient aux nouveaux acquéreurs de la maison. Récemment un couple de vieilles personnes avaient déménagé pour aller finir leurs jours dans une maison de retraite et avaient fait appel à une compagnie pour la vente. Ce qu'on appelait *estate sale* répondait aux mêmes principes que le *garage sale*. Tous les voisins s'étaient précipités pour découvrir les entrailles de cette maison où cinquante ans de vie privée — irréprochable — étaient étalés au grand jour : photos de famille, correspondances privées, diplômes encadrés comme des tableaux, batterie de cuisine, jusqu'à un vieux paquet de lessive entamé, qu'une voisine avait payé quelques *cents* de moins qu'au supermarché. Fabienne en avait eu le cœur serré. Elle aimait bien le vieux M. Walsh, qui la saluait toujours d'un « Bonjour, mademoiselle Fabienne (il prononçait *Bonnedjourd*), j'aime France », quand elle le rencontrait.

Cette triste braderie lui avait rappelé une vente après saisie qui avait défrayé la chronique dans le quartier de ses parents à Nantes. La différence était que les Walsh eux-mêmes avaient librement consenti à ce viol de leur intimité. De plus en plus, Fabienne avait l'impression qu'aux États-Unis, la vie privée appartenait à tout le monde : aux voisins, à la communauté. Et pourtant, on était dans le pays le plus libre du monde. Même des mots comme liberté et égalité n'avaient pas tout à fait le même sens dans les deux sociétés. Ses grands-parents n'auraient pas survécu à l'étalage de leurs possessions matérielles et sentimentales les plus intimes.

« Bienvenue, lança Jacqueline. Entrez vite au salon, j'ai préparé du cidre chaud aux épices. »

Son cœur battait un peu plus fort. Edward avançait vers elle, très ému lui-même, et embarrassé comme un jeune homme par le paquet qu'il tenait à la main, une bouteille de Veuve-Clicquot achetée pour l'occasion dans l'épicerie de luxe d'Austin. Jacqueline rougit aussi. « On l'ouvrira tout à l'heure lorsque tout le monde sera là »,

chuchota-t-elle. Mais le reste du groupe arrivait en trou-
peau, David avec Alba Luz, Daphne et Karen, Cleonice
seule et enfin Brandon. Un joyeux brouhaha régna bientôt
qui contrastait avec les séances organisées du Salon de
conversation.

À une *party* d'anniversaire, on ne discutait pas de
choses sérieuses. Les manifestations sociales aux États-
Unis obéissaient à un code très précis. Ce qu'on appelait
small talk, conversation légère, était de mise pour ces *parties*
dont les Américains raffolaient et qu'ils organisaient à la
moindre occasion, dans les bureaux, à l'occasion du
départ, de l'arrivée, ou de la promotion d'un collègue, mais
aussi à la maison. Les grands immeubles des villes possédaient en général une salle de fêtes qu'on louait aux loca-
taires des appartements pour qu'ils puissent y organiser ce
type de réceptions. Les *parties* du samedi soir des étudiants
de l'université étaient en général accompagnées de bière et
de chips et l'on se saoulait en discutant de choses et
d'autres. Très rompus à ces réunions qui regroupaient
beaucoup de monde, les invités savaient passer de l'un à
l'autre et éviter de s'absorber trop longtemps dans une
conversation particulière, qui aurait violé les règles de la
politesse locale. Corinne, comme beaucoup de ses compatriotes, avait eu du mal à s'habituer à cette contrainte. Au
moment où elle commençait à se sentir en confiance avec
une personne, il fallait passer à une autre. C'était vraiment
frustrant. Combien elle leur préférait les petites bouffes
françaises entre copains, agrémentées de plats mitonnés et
de vins de pays !

Dans la cuisine, Corinne se joignit à un petit groupe
— composé de Daphne, Karen, Fabienne, Pamela et
David — qui causait avec animation. Pamela évoquait un
dîner lyonnais où les Collinet avaient invité deux couples
amis, les Ferry et les Roux. Les Roux avaient entièrement
gâché la soirée en s'étripant publiquement sur un point
obscur — pour Pamela du moins — de la politique locale

lyonnaise. Françoise Roux avait déclaré publiquement que son mari n'était qu'un imbécile, qui — et ce n'était qu'un exemple — avait soutenu Michel Noir, l'ancien maire de Lyon, impliqué dans de sales affaires, jusqu'à ce qu'il fût devenu impossible à soutenir. Elle, Françoise Roux, avait toujours voté communiste — un propos qui avait horrifié Pamela — et s'en félicitait. Eugène Roux avait répliqué en traitant sa femme de conne, d'inculte, et d'autres noms d'oiseau, comme disait Mme Collinet.

Personne n'avait réagi ni à la prise de position politique de Françoise Roux, ni à l'agressivité des deux époux. Au dessert, tout le monde, y compris les impétrants, semblait avoir oublié l'incident. Les Roux étaient partis bras dessus bras dessous, et lorsque Pamela avait demandé à Mme Collinet quand ils allaient commencer leur procédure de divorce, cette dernière avait haussé les épaules : Françoise et Eugène Roux étaient mariés depuis vingt ans et s'adoraient. Depuis vingt ans, ils s'engueulaient ainsi devant leurs copains, dans la plupart des petits dîners entre amis.

« Une bonne engueulade ne fait pas de mal à un couple, avait affirmé Mme Collinet à une Pamela méduseée. Au contraire, ça libère les tensions et entretient la bonne entente. Entre amis, c'est la même chose. »

Aux États-Unis, un couple qui se serait agressé ainsi en public serait au bord du divorce. Et encore n'auraient-ils jamais osé se disputer devant témoins à cause des procès et de toutes les poursuites ultérieures. Et puis qu'auraient pensé les gens ?

« C'est pour cela, intervint Corinne, qui avait pas mal absorbé de vin texan apporté par David, que l'on ignore ici si un couple bat de l'aile. Vous les rencontrez amoureux comme au premier jour, se donnant du *darling* et du *honey*, et ne se contredisant sur aucun sujet. Et vous apprenez le lendemain qu'ils se cassaient régulièrement la figure dans l'intimité de leur demeure et qu'elle exige la moitié du salaire de son époux en dommages et intérêts, sans compter la pension alimentaire. » Corinne s'arrêta confuse. Elle n'avait pas su s'arrêter à temps.

Mais David embrayait avec bonne humeur : « Je n'y avais jamais songé en termes culturels. Mais c'est vrai, j'ai eu une petite amie française. Une... comment dites vous, une pied-noir, de Montpellier qui travaillait à New York University. Elle était exactement comme vous dites, elle me contredisait tout le temps devant mes amis. J'avais beau me mettre en colère, elle recommençait. Quand je suis allé la voir l'été à Montpellier, le premier soir, nous sommes sortis avec sa bande de copains. Elle ne s'est même pas assise à côté de moi et m'a ignoré toute la soirée. Ses amis m'ont à peine adressé la parole, mais se sont mis à parler de l'Amérique, avec beaucoup d'hostilité, et à m'expliquer à moi comment était *vraiment* mon pays. Bien que j'aie eu la politesse de ne rien montrer, j'étais furieux.

« Lorsque nous sommes rentrés, j'ai demandé à Armelle si ses amis étaient tous antiaméricains... ou anti-sémites, parce qu'ils avaient tenu des propos, inadmissibles pour moi, sur les pressions du lobby juif en Amérique... Et le plus incroyable, c'est qu'à ce moment-là Armelle m'a fait, elle, une scène en me disant que je n'avais rien compris et que j'insultais ses amis. Elle m'a même repro-ché de ne pas m'être laissé aller à exprimer ma colère, moi qui m'étais donné tant de mal pour la contenir, par respect pour elle. "Si tu n'étais pas content, tu n'avais qu'à le dire. Vous êtes si hypocrites, vous les Américains. Quand on a quelque chose sur le cœur, on le sort... et après, c'est fini." J'étais tellement hors de moi que je suis allé tout seul dans un hôtel ce soir-là, et ne l'ai jamais revue. Mais apparem-ment, elle n'a pas compris pourquoi j'étais si fâché. Par la suite, elle m'a inondé de messages et de lettres... comme si de rien n'était. »

Fabienne écoutait. C'était vrai, pensait-elle, qu'ici on était tout de suite intégré dans un groupe, si on arrivait en compagnie d'un *boyfriend*. Elle en avait fait l'expérience la semaine précédente. De toute façon, le noyau de base était le couple. Sans *date*, pas de salut. La bande de copains, au sens français du terme existait moins ou pas du tout. Quand les étudiants américains sortaient en bandes, c'était entre filles ou entre garçons. Elle devait reconnaître que la mixité chaleureuse des étudiants nantais lui manquait. Mais il ne faisait pas bon y introduire un étranger. Ce dernier devait passer par des rites d'initiation avant d'être adopté.

Pendant que David évoquait ses dissensions interculturelles, Ed et Jacqueline s'étaient approchés du groupe. « Si je comprends bien, intervint Ed avec bonne humeur, les couples franco-américains sont voués à l'enfer conjugal. Il faut que les femmes françaises aient bien du charme pour que l'on ait tellement envie de les épouser quand même. » Il lançait à Jacqueline un regard si épris que tout le petit groupe ne put s'empêcher d'être attendri.

« Edward et moi nous avons une *annonce* à faire aux membres du Salon de conversation, dit Jacqueline, dans ce mélange d'anglicismes et de français suranné qui la caractérisait. Nous profitons de l'anniversaire de Pamela, qui pourrait être ma petite-fille et qui l'est certainement dans mon cœur, pour vous en offrir la primeur. Nous avons décidé de nous fiancer. »

La réaction ne se fit pas attendre. Applaudissements, félicitations fusèrent. Corinne prit la vieille dame dans ses bras. Elle était émue comme s'il se fût agi de sa propre mère. Cleonice se précipita sur la caméra qu'elle avait apportée pour filmer l'événement. David déboucha la bouteille de champagne que Ed venait de sortir du frigidaire.

Radieuse, Jacqueline exhiba la bague ancienne en platine, ornée d'un diamant, que Ed venait de lui offrir. C'était la bague de fiançailles de sa mère. Ed était heureux de l'avoir gardée à sa mort et de ne l'avoir jamais donnée à Nancy.

Fabienne éprouvait un certain étonnement. Une bague de fiançailles à soixante-douze ans! Déjà pour des jeunes, elle trouvait cela un peu ringard. Mais pour des vieux, c'était à la limite du ridicule, avoua-t-elle à Pam, qui s'était approchée, son verre de champagne à la main.

« Tu n'es pas très conséquente, railla la jeune Américaine. Si c'est ringard, alors c'est O.K. pour Ed et Jacqueline. De toute façon, aux États-Unis, la bague de fiançailles est de rigueur. Pour certaines femmes du style de Daphne, c'est extrêmement important. La semaine dernière, je suis allée à une *party* de *Graduate students* [d'étudiants de maîtrise ou de doctorat]. L'une des filles a montré sa bague de fiançailles avec l'expression consacrée : *I have the rock* [J'ai le caillou]. "Moi aussi", s'est écriée une autre, en montrant la sienne. Puis une autre, et puis encore une autre. En tout, elles étaient cinq à avoir leur "caillou" sur lequel elles campaient fièrement. Ces comportements me débectent, continua Pamela, qui avait assimilé un bon vocabulaire idiomatique au contact de sa colocataire. Les bagues sont des chaînes qui entravent les femmes. »

Fabienne allait manifester son désaccord, lorsque Jacqueline et Alba Luz vinrent chercher son amie. Le gâteau d'anniversaire trônait sur la table de la salle à manger et n'attendait plus qu'elle pour souffler ses vingt et une bougies. Pamela se pencha sur les flammes et prit son souffle... David fut le premier à applaudir et chacun le regarda avec bienveillance. Depuis la nouvelle de sa maladie, Karen ne lui en voulait plus et regrettait même un peu son geste. Plus personne ne parlait des missives assassines des deux femmes et Daphne se félicitait de ne pas avoir envoyé la sienne.

Les membres du Salon de conversation entonnèrent avec gaieté un Joyeux Anniversaire, en français, tandis que Brandon tendait à Pamela le paquet contenant l'ours et l'autre cadeau collectif, commandé par la poste : *une ant farm*. Cette fourmilière de sable où des fourmis vivantes s'activaient avec frénésie à creuser des couloirs ou à construire des voies de passage n'était pas sans rappeler à Corinne l'agitation laborieuse de certains de ses collègues atteints de *workaholism*, forme d'intoxication par le travail.

« À partir de maintenant, je peux légalement boire de l'alcool. »

Pamela entama cette nouvelle phase de son existence en trinquant gaiement avec Jacqueline, puis tous les autres assistants. Le traitement des adolescents était sévère dans tout le pays : régime sec. Avant vingt et un ans, on ne pouvait pas même acheter une canette de bière au supermarché. La loi était allégrement contournée par plus d'un jeune, qui parvenait à se procurer des pièces d'identité avec de fausses dates de naissance.

La soirée se poursuivait. Pamela et Fabienne dans la salle de bains parlaient de leurs prochaines vacances californiennes et de tous les *papers*, devoirs, qu'il avait fallu remettre aux profs à la fac, en guise d'examens. Elles avaient travaillé comme des folles et c'était la première pause qu'elles s'accordaient pour souffler un peu. Dans le cours d'histoire européenne de Pam, une étudiante, qu'elle connaissait seulement de vue, avait acheté par Internet son *final paper*, dossier de recherche pour le semestre. Sa *room mate*, camarade de chambre, qui suivait le même cours l'avait dénoncée aux autorités administratives et elle devait passer en conseil de discipline. Elle risquait l'exclusion, au moins temporaire.

Fabienne était consternée. Qui avait pu la dénoncer ainsi ? C'était franchement dégueulasse.

« Ce qui est dégueulasse, comme tu dis, Fabi, c'est d'avoir triché. Il était normal que sa camarade de chambre fasse un rapport. Je l'aurais fait à sa place. Nous nous sommes engagés par serment, en entrant à l'université, à signaler toute infraction aux règles de l'université. En échange, on nous fait confiance, on nous surveille peu, et on croit à notre parole. Ne rien dire, c'est se rendre complice. Dans une démocratie, les lois sont faites pour être respectées. À l'université, c'est d'autant plus vrai qu'on paie très cher et qu'on tient à l'éducation qu'on reçoit. C'est ce que nous appelons le Code d'Honneur, *Honor's Code*.

— Drôle d'honneur fondé sur la délation! Et le prof? Qu'est-ce qu'il a dit?

— Le prof n'a rien à voir là dedans. Cela ne passe pas par lui. Le rapport est envoyé à un comité spécial, ce que vous appelleriez un conseil de discipline, chargé de l'instruction. Le prof dans ce cas-là n'était même pas au courant. Mais il sera entendu comme témoin quand l'étudiante comparaîtra devant le conseil. Souvent, c'est le prof lui-même, qui alerte le représentant officiel du conseil de discipline.

— Et si le prof ne veut pas dénoncer, qu'il préfère passer l'éponge ou s'entendre directement avec l'élève et fixer lui-même la punition.

— Dans notre système, il ne le peut pas. Il serait considéré comme complice de l'infraction. Un prof qui s'est aperçu d'une tricherie peut d'abord contacter l'étudiant et le prévenir qu'il va informer les autorités. Mais on ne l'encourage pas à le faire. On veut éviter que la même faute soit réprimée différemment selon le degré de sévérité ou de faiblesse des profs. Il est préférable que le prof avise directement le conseil afin que celui-ci prenne en charge toute la situation avec impartialité. Mais tu sais, les modalités varient avec chaque université. Toutes n'ont pas ce code d'honneur.

— Heureusement! C'est du totalitarisme, ce système de délation généralisé! »

Pamela lança à Fabienne un regard glacé. Soudain, celle-ci se rappela que Pam n'avait pas hésité à écrire une lettre de dénonciation contre David. Et pourtant, Fabienne la connaissait maintenant, Pamela était droite et capable de dévouement. « Vérité en deçà des Pyrénées, mensonge au-delà. » Le prof de français de Fabienne en seconde était une fanatique de Montaigne. L'auteur des *Essais* avait décidément tout compris, jusqu'aux difficultés d'adaptation d'une petite Française du presque XXIe siècle, à un pays qu'en son temps venait à peine de découvrir Colomb.

Edward qui avait mis de la musique esquissait avec Jacqueline un pas de danse tandis que David entraînait Alba Luz. Brandon Napoleon avait rejoint Cleonice et Corinne. Il refusait de se monter la tête. Le vieux Makarov avait peut-être débité le même discours à une poignée de jeunes chanteurs. S'imaginer à Hollywood ne pouvait que le conduire à de cruelles désillusions. Malgré lui, il imaginait les cachets — pour lui astronomiques — qui, d'après la rumeur, pouvaient se négocier. Peut-être même pourrait-il se payer le loyer d'une maison dans les collines de Beverley Hills. Cette pensée lui fit presque mal à l'estomac. Il eut peur de sa probable déception et essaya de se concentrer sur la discussion en cours.
   Cleonice parlait de la difficulté de se maintenir au sein d'une équipe de presse. C'était un monde dur où chacun pouvait être remis en question d'un jour à l'autre. Mais elle avait l'habitude. L'effet de la coupe de champagne qu'elle avait bu animait la jeune femme. Elle parlait de la solitude, des frustrations des Africains-Américains, d'un avenir incertain où même l'espoir d'avoir un enfant était miné. À quoi bon mettre au monde un être qui aurait à affronter tant de problèmes? Corinne et Brandon n'osaient l'interrompre. Si elle savait! pensa Brandon. Ses propres frustrations et sa solitude étaient identiques. Être gay séparait des autres, être artiste et pauvre déstabilisait, être né dans le sud, d'origine cajun, marquait d'une manière indélébile.
   Cette montée d'émotion désorientait Corinne. Ses élèves lui apparaissaient ce soir comme des êtres de chair et de sang avec leurs souffrances, leurs espoirs. Ils pouvaient tisser des liens entre eux, être des amis, des amants. Mais

qui s'intéresserait à elle ? Professeur, elle était une prestataire de services, presque une ombre. Et si son fils lui avait raconté des histoires pour lui faire plaisir ? S'il ne venait pas comme il l'avait promis ?

La soirée s'achevait. « Me permettez-vous de rester un peu ? » chuchota Edward à Jacqueline.

Déjà Brandon, Cleonice, Corinne, Pamela et Fabienne s'étaient éclipsés. Daphne et Karen bavardaient sur le canapé tandis que David et Alba Luz s'étaient installés, un verre à la main, sur les marches de l'escalier. Du buffet, il ne restait rien. Tout le monde s'y était mis, pour débarrasser et faire de l'ordre. Les assiettes en carton avaient été jetées dans un grand sac de plastique accroché pour l'occasion à la poignée de porte, les verres et couverts rangés dans la cuisine.

« Nous finirons de ranger, acquiesça Jacqueline, puis nous prendrons ensemble une dernière tasse de café au coin du feu. »

« C'est à cette heure que tu rentres ? Je croyais que ta petite réunion d'élèves se terminait à neuf heures. » Richard avait sa mine des mauvais jours.

Il était près de minuit. Café après café, Daphne s'était attardée chez Karen. Comment la laisser seule dans cet intérieur froid, sans âme, luxe sur papier glacé acquis à travers une décoratrice à la mode, amatrice d'art tex-mex et de trouvailles californiennes soi-disant européennes ? Sa vie durant, Karen avait fait face seule aux situations les plus difficiles. Elle n'avait pas eu le temps d'avoir de vraies amies. Daphne, inconnue quelques semaines plus tôt, était devenue sa confidente, un double supportable parce que sans réelle existence. Qui était Daphne ? Karen ne l'avait jamais interrogée et n'éprouvait aucune envie de le faire, leur amitié n'existait que provisoirement.

Le monde qu'elles partageaient était celui de

l'enfance, sans responsabilité, sans passé, sans avenir. C'était une confiance au jour le jour, une étape, un heureux hasard lui permettant de subir l'injustice de son épreuve. Car Karen ne parvenait à comprendre pourquoi cette horreur lui était arrivée. Elle avait pourtant toujours respecté scrupuleusement ce que les médecins, les thérapeutes, les conclusions des grandes enquêtes scientifiques recommandaient de faire pour réussir sa vie sur tous les plans.

Professionnellement, elle ne pouvait se plaindre. Ray Parker était en mauvaise passe et on venait de lui annoncer une promotion et une augmentation de salaire. Ses rapports avec son corps étaient pourtant sains. Elle ne fumait pas, ne passait pas ses nuits dans les bars. À peine faisait-elle l'amour. Pas assez peut-être. Une multitude d'articles dans les magazines féminins conseillaient aux femmes d'avoir des rapports sexuels dans le but unique de se maintenir en bonne santé. Le sperme aurait des vertus rajeunissantes et stimulantes au même titre qu'un mélange compliqué de vitamines.

Mais, même dans un but sanitaire, Karen n'était pas vraiment parvenue à puiser en elle l'énergie nécessaire pour trouver des partenaires. Ces nuits calibrées l'assommaient : restaurant chic, bar où l'on s'attardait pour un dernier verre, douche, lit, café du matin, fausses excuses, faux-fuyants et sauve qui peut. Même la boîte de rencontres à deux mille dollars la soirée n'avait pas marché. Elle n'avait rencontré personne et le seul homme qui lui ait plu dans le lot ne lui avait jamais retéléphoné. La tentative avec Brandon s'était soldée par le pire des fiascos. Et maintenant. Comment trouverait-elle un mari, avec une prothèse à la place du sein ?

Cette réactivation de la perte et de la douleur, cette conscience de la difficulté qu'elle rencontrerait maintenant à trouver un homme l'avait submergée. Et elle avait sangloté, tandis que Daphne lui murmurait des paroles de réconfort. Le temps avait coulé. Il était très tard. Jamais Daphne n'était rentrée chez elle à cette heure depuis qu'elle avait épousé Richard.

« J'ai à te parler. »

Daphne se sentit lasse soudain. Elle était fatiguée ; ne pouvait-on attendre le lendemain pour régler des difficultés familiales chroniques ?

« Libbie ?

— Non, elle est chez son amie Victoria. J'ai vérifié. Et les Krug sont avec elles à la maison.

— Les jumeaux alors.

— Ils dorment. »

Daphne respira. Hormis ses enfants, aucun problème ne méritait de sacrifier ses heures de sommeil.

Richard tenait un verre. À son regard un peu vague, ses gestes imprécis, elle devina qu'il avait pas mal bu. Année après année, pensa Daphne, il compensait ses déceptions et son manque d'agressivité professionnelle par un peu plus d'alcool. C'était un drame commun à beaucoup de leurs amis. La tension très vive au bureau, la fatigue, les soucis financiers ou familiaux trouvaient un apaisement provisoire dans le whisky ou la vodka pudiquement appelés *drinks*. La conséquence : des thérapies sans fin quand ce n'était pas des suicides. Mais Daphne n'avait pas le courage ce soir d'affronter Richard.

« Demain ? » suggéra-t-elle.

Elle allait monter l'escalier lorsque son mari la retint par le bras. L'anxiété qu'elle découvrit dans son regard l'inquiéta.

Daphne restait muette. D'un trait Richard avait vidé son sac : sa liaison avec une dénommée Betty, son intention de divorcer pour l'épouser. C'était un cauchemar sans doute, elle allait se réveiller dans son lit à côté d'un mari encore endormi.

« Betty et moi avons une relation depuis trois mois,

précisa Richard, assez pour savoir que nous sommes faits l'un pour l'autre.

— En effet, dit Daphne. Ainsi, tu m'as menti depuis trois mois. »

Cette simple idée lui était odieuse. Richard tout d'un coup lui parut monstrueux, abominable, moins d'aimer une autre femme que de ne pas le lui avoir dit tout de suite. Elle croyait que, malgré ses insuffisances, leur relation était fondée sur la transparence.

« Je ne te l'ai pas dit d'abord parce que je n'étais pas sûr, balbutia Richard. Et puis il y a les enfants. Je ne voulais pas les perdre. Tu sais que, jamais avant cela, je ne t'avais menti une seule fois. »

Personne aux États-Unis ne voulait se mentir. Les tromperies en cachette étaient bonnes pour les Européens, les *Latins*, pas pour eux. On croyait ne plus s'aimer, on se quittait. C'était propre et net. Pas de cancer sournois mais une franche opération chirurgicale.

« De toute façon, vu le temps que tu leur consacrais, cela ne changera pas beaucoup. » Elle sentait monter en elle une dose de violence incontrôlable. « Va-t'en, hurla-t-elle. Il n'est pas question que tu restes une minute de plus dans cette maison où les enfants dorment. Fous le camp! Immédiatement.

— Je vais coucher dans le living. On reparlera demain. »

Richard avait déjà consulté son avocat. Il savait qu'il était préférable de ne pas quitter le domicile conjugal aussitôt.

« Je veux en finir », balbutia Daphne.

Une fois dans sa chambre, Daphne ouvrit le tiroir de la commode dans lequel Richard rangeait le revolver destiné à protéger la maison contre toute intrusion. Il avait disparu. Richard avait pris ses dispositions. Daphne sentait battre son cœur si vite qu'elle eut peur qu'il ne la lâche

soudain. Elle attrapa dans la pharmacie le tube de somnifères que Richard n'avait pas emporté et se dirigea vers le
téléphone. Le numéro de Karen était déjà enregistré dans
la mémoire de l'élégant combiné qui ornait sa table de chevet. Daphne n'avait qu'à appuyer sur le numéro 4, juste
après le pédiatre des enfants, le bureau de Richard et sa
mère à elle. Karen, qui ne dormait pas encore, décrocha
tout de suite.

VII

The Super Bowl

La Coupe de football

Corinne souhaita une bonne année à sa classe. 1997 verrait leurs progrès en français, elle était fière d'eux.

« Aux États-Unis, la nouvelle année, c'est l'époque des résolutions plus que des vœux, commença Jacqueline. En France, on est plus passif. On espère que le bon Dieu exaucera les souhaits qu'on formule pour soi-même et pour les autres.

— Le bon Dieu... ou l'État? coupa ironiquement David.

— Mais ici, poursuivit Jacqueline, on prend des résolutions qu'on tâchera de mettre en œuvre au moins au début du mois de janvier. Moi par exemple, j'ai décidé de me mettre au régime. Il faut que je perde dix livres. »

Le regard implorant de Ed lui coupa presque la parole. Surtout pas, il ne voulait surtout pas qu'elle change. Elle était magnifique comme elle était, même si, depuis qu'ils se connaissaient, elle avait bien profité des talents de cordon bleu mis au service de son « fiancé ».

Karen avait déjà pris de grandes dispositions pour changer sa vie dans le bon sens. Et maintenant, elle avait un autre but : aider Daphne. Elle avait communiqué à cette dernière le nom de son avocat. Richard paierait cher ce qu'il lui infligeait. Karen s'y engageait personnellement. Cette dernière dissimulait la calvitie due à la chimiothérapie par une perruque si semblable à ses propres cheveux que nul ne s'était aperçu de rien. Elle supportait bien son traitement et résistait aux probabilités alarmistes de son médecin, fondées sur des données statistiques que personne ne contrôlait : « Il y a 58 pour cent de chances que vous vous en sortiez. Dans 30 pour cent des cas, on doit s'attendre à des métastases, qui, chez 15 pour cent des malades, ne peuvent être circonscrites. »

« Avec un demi-million de dollars à ton compte en banque, tu trouveras tous les maris que tu voudras pour remplacer cet incapable. »

Karen était ravie d'engager ce nouveau combat. S'occuper du divorce de Daphne la sortait de ses propres problèmes.

Mais Daphne n'était pas sûre de vouloir attirer un homme aussi vite et encore moins de l'allécher par la rondeur de son magot. Ce qu'elle désirait absolument, c'était faire payer Richard.

« Impose-toi des objectifs et décide de les atteindre. »

En se battant contre son cancer, Karen n'agissait pas autrement. Depuis sa plus tendre enfance, elle s'était fixé des buts précis : avoir les meilleures notes à l'école, devenir une bonne joueuse de tennis, puis une fille qui plaisait, entrer dans les meilleures universités, réussir sa carrière mieux qu'un homme et elle s'était bagarrée pour y parvenir. Adolescente puis femme, elle avait jalonné sa vie d'objectifs. À tout prix, il fallait éviter de laisser les émotions échapper au contrôle de soi. Après la première secousse, sa maladie était devenue un simple enjeu, une sorte de quitte ou double dont elle triompherait haut la main, elle en était sûre.

Brandon s'était promis une fois de plus de cesser de boire en 1997. Il appartenait depuis des années à AA, aux Alcooliques Anonymes, et était passé à plusieurs reprises de l'autosatisfaction à l'autoflagellation. La plupart des Alcooliques Anonymes vivaient le même calvaire que lui. Ils se rencontraient régulièrement et se confiaient publiquement leurs victoires sur la boisson et leurs échecs. L'enjeu était de ne plus repiquer du tout. La moindre goutte d'alcool, même si elle se dissimulait dans une sauce ou dans une boisson officiellement non alcoolisée, faisait retomber à la case départ. Brandon avait réussi quand même à tenir deux ans quatre mois et sept jours. Mais l'un de ses amants de rencontre avait tout fait basculer en instillant du gin dans un innocent jus d'orange. Il avait fallu recommencer toute la désintoxication à zéro. Pendant les dernières fêtes, une fois de plus, il s'était un peu laissé aller. Mais 1997 serait la bonne année. Il se jurait d'oublier jusqu'au goût de l'alcool, de surcroît nuisible pour sa voix.

David n'osa pas avouer publiquement qu'il avait pris la décision de cesser de fumer en 1997. Il avait tenu pendant toutes ces années contre Deborah, qui lui interdisait la moindre cigarette à la maison et contre ses employeurs qui traquaient le plus inoffensif mégot. De plus en plus, les fumeurs étaient traités en pestiférés. Le tabac devenait aussi dévalorisant que le jeu ou la drogue. Dans les journaux, le portrait des criminels prenait acte de ce qui était désormais considéré comme une déviation choquante, voire comme un crime odieux. *A contrario*, l'ambassadeur de Géorgie, qui avait écrasé deux enfants à Washington, avait été décrit par les médias comme un *good guy*, un brave type qui ne fumait pas. Certaines associations antitabac réclamaient des jugements et des punitions pour les récalcitrants. Les annonces immobilières ou professionnelles comportaient souvent la mention : « Fumeurs s'abstenir ». Bref David se sentait persécuté dès lors qu'il s'adonnait en public à cette habitude qu'il persistait dans son intimité à juger innocente. Mais Alba Luz lui avait fait une remarque indirecte sur la mauvaise odeur du tabac la première fois qu'il l'avait embrassée sur la bouche. Et il était prêt à lui offrir ce gage de son intérêt pour elle. Décidément, Deborah n'avait peut-être pas tort quand elle le traitait aigrement de pantin devant les femmes qu'il voulait. En ce moment, il désirait Alba Luz. Il était prêt à cesser de fumer pour elle.

Pamela avait pris aussi des résolutions pour 1997. La première était de cesser de maudire Fabienne qui, s'étant entichée d'un maître nageur californien, était restée avec lui à Laguna Beach, laissant Pamela seule dans l'appartement face au financement du loyer. La seconde était de ne plus avoir de *date*, de ne plus sortir avec un garçon de tout le semestre, d'abord pour avoir le temps de se remettre à la peinture et surtout afin de démontrer à cette écervelée de Fabienne qu'une fille libre aujourd'hui n'avait pas besoin d'homme.

Quant à Alba Luz, elle appartenait à une culture où l'on croit à la bonne volonté des dieux et à la force du destin. Elle n'avait donc pas pris de résolution pour elle-même mais avait fait brûler deux cierges à la Madone afin que David Bernstein l'aime suffisamment pour vouloir l'épouser et lui assurer une carte verte. Une fois ce vœu exaucé, elle voulait bien se charger du reste. Pour mettre toutes les chances de son côté, elle s'était confessée pour la première fois depuis longtemps avant de communier et avait été surprise que le vieux curé mexicain lui demandât si elle avait l'intention d'épouser à l'église ce fils d'Israël. S'il le fallait, elle persuaderait David de se convertir à la foi catholique. Ce ne serait peut-être pas très difficile. Il n'avait pas l'air si attaché que cela à son judaïsme et se moquait toujours de son ex-femme qui l'était. De toute façon, les mariages œcuméniques étaient monnaie courante dans cette société pluriethnique. Toutes les combinaisons étaient possibles.

Corinne garda un instant le silence. Elle était heureuse d'être de nouveau au milieu de ses élèves. Julien et elle avaient passé dix jours agréables. Enfin ils avaient abordé le sujet, jusqu'alors tabou, du divorce. Elle s'était expliquée, justifiée sans pour autant charger Jean-François. Son fils l'avait écoutée. Il ne voulait pas juger son père mais savait qu'il avait des torts. Et Sophie, sa trop jeune épouse, n'était pas parvenue à conquérir son beau-fils en dépit de ses efforts. Il allait partir, terminer ses études dans une pension suisse et envisageait par la suite une université américaine. Pourquoi pas Austin? Ils s'étaient quittés amis, pas encore complices mais Corinne avait bon espoir. Son fils devenait adulte, bientôt il échapperait à son père et reprendrait sa liberté de penser et d'aimer.

Au premier rang, Jacqueline et Edward étaient radieux. Visiblement leur relation était en pleine ascension vers le septième ciel. À côté d'eux, Cleonice semblait détendue. La décision qui mûrissait en elle la transformait de l'intérieur. Sa résolution à elle pour 1997 était inébranlable. Elle était maintenant prête pour l'enfant, pour un enfant. Elle avait commencé les préliminaires bureaucratiques, avait répondu par écrit à de nombreux questionnaires, et oralement à des entretiens poussés. Une assistante sociale était venue inspecter sa petite maison. L'enfant y jouirait-il de l'espace et de l'hygiène dont il avait besoin? Elle avait passé avec succès tous ces obstacles. Comme elle l'avait dit à Mary, l'assistante sociale, elle avait fait le vide en elle comme dans sa maison pour y accueillir l'enfant, un enfant qu'elle souhaitait noir plutôt que métis. Son amie Marcia, plus noire qu'elle par la peau comme par la culture, avait accepté d'en être la marraine. Son frère Jonathan serait le parrain. C'était important car, si elle disparaissait, l'enfant serait seul au monde. En ce moment, elle réglait sa succession. Son testament était fait. Elle voulait que tout fût considéré, étiqueté, et transmis. Après, il n'y aurait plus qu'à patienter. Cleonice avait l'impression d'être une bergère de conte dans l'attente du prince. Mais, là où les enfants rêvaient d'adultes, elle qui était adulte rêvait d'enfant.

Peut-être parce que celle à laquelle elle avait renoncé dix-sept ans plus tôt avait déjà cessé d'être une petite fille.

Alba Luz et David avaient rapproché leurs chaises au point que leurs corps se frôlaient. Brandon Napoleon affichait une mine soucieuse. Un problème? Karen et Daphne chuchotaient en aparté. Surprenante amitié, pensa Corinne. Elles étaient si différentes! Quant à Pamela, elle avait, malgré ses résolutions, du mal à se remettre de la désertion de Fabienne, et de son engouement pour ce Brian Mc Kennan de Californie du Sud. Corinne elle-même avait violemment réagi à cette nouvelle. Quand on prenait des engagements, on devait les tenir et les parents de Fabienne avaient reçu le jour même un coup de fil les avertissant de la conduite pour le moins irresponsable de leur fille. La réaction nantaise n'avait pas été plus positive que la sienne. Mais que pouvaient faire les Vouillé? Leur fille était majeure. Il fallait se montrer patients. Et il fallait bien que jeunesse se passe. Marie-Pierre Vouillé avait supplié Corinne d'être indulgente. Si Fabienne regagnait Austin, aurait-elle la bonté de la reprendre à l'Alliance française?

« Quel est l'événement qui marque le plus, à votre avis, le mois de janvier? demanda Corinne en riant parce qu'elle connaissait la réponse. Est-ce l'*Inauguration* de votre Président?

— Madame Lesage, prononça le vieil Edward, avec un cérémonial dont lui seul avait le secret. L'événement le plus important, le plus considérable, non seulement du mois de janvier, mais de l'année entière pour nous Américains, c'est le *Super Bowl*, la coupe américaine de football. En principe, je suis plutôt un fan de base-ball que de football américain. Mais le Super Bowl, c'est spécial. Je n'ai pas manqué un seul match depuis les trente années qu'il existe et je n'en manquerai aucun jusqu'à la fin de mes jours. À moins... à moins que la dame de mes pensées ne me demande d'y renoncer. »

La dame en question eut un petit rire de jeune fille et fit un geste de dénégation. Jamais, elle n'empêcherait un homme ou qui que ce soit de s'offrir un plaisir aussi innocent. Et de toute façon, comme la plupart des femmes américaines, Jacqueline regardait religieusement le Super Bowl, quintessence du football américain, jeu auquel son mari Stanley l'avait initiée dès son arrivée en Amérique. C'était le seul événement sportif auquel elle s'intéressât vraiment. Ed était décidément l'homme qu'il lui fallait. La veille, Jacqueline et lui avaient évoqué leur avenir en détail. C'était un choix ahurissant, déroutant et galvanisant pour tous les deux. Ed se sentait des ailes comme un adolescent. Avec les années, il s'était résigné à la solitude, jusqu'à refuser les invitations de ses voisins pour Thanksgiving, Noël ou les *barbecues* donnés dans les jardins chaque 4 juillet, jour de fête nationale. Entre ses bouquins, la musique, les journaux et des activités parfaitement programmées, il ne s'ennuyait pas. Mais Jacqueline avec son sourire, son charme discret et sa bonté avait tout bouleversé.

« Si Fabienne était là..., je lui expliquerais que le Super Bowl pour les Américains, c'est un peu l'équivalent du Tour de France, précisa Jacqueline. Évidemment, ça dure beaucoup moins longtemps, c'est seulement un match, mais c'est aussi populaire.

— Sauf quelques intellectuels grincheux et quelques snobs européanisés, approuva David, tout le monde est rivé à sa télé le dernier dimanche de janvier. J'avoue que, lorsque je vivais à New York, je faisais semblant de mépriser cette kermesse populaire et j'en profitais pour aller au cinéma avec une amie. C'est le bon moment pour sortir à New York ou dans les autres grandes villes. Il n'y a pas un chat dehors. Mais à Austin, je n'ai pas honte de me passionner. Le Super Bowl est un spectacle autant qu'un événement sportif. » Il n'ajouta pas qu'il avait passé l'après-midi et la soirée du 26 avec Alba Luz, dans son lit, devant la télé. Ils avaient fait l'amour, bu de la bière, mangé du pop-corn, des *quesadillas* au fromage, spécialité mexicaine qu'Alba Luz réussissait à merveille, et regardé le match en hurlant aux grands moments. David avait parié pour l'équipe de Nouvelle-Angleterre et Alba Luz pour l'équipe de Green Bay. Il avait perdu avec bonne grâce et en avait été quitte pour acheter à Alba Luz la petite chaîne en or dont elle avait envie. Et ils s'étaient bien amusés.

Mais auparavant, il avait envoyé sa jeune maîtresse suivre un cours de trois heures destiné aux représentantes de l'espèce féminine désireuses de s'initier aux mystères et aux charmes du tout masculin Super Bowl, afin de pénétrer dans le mâle royaume délimité par des millions de canapés face à des millions de petits écrans. Pour vingt-cinq dollars, Alba Luz avait reçu les rudiments qui lui permettaient non seulement de comprendre le jeu mais de faire quelques commentaires personnels adéquats. À présent, elle connaissait non seulement les dimensions du stade, le nombre de joueurs et leurs positions, le rôle des équipes offensives, défensives et spéciales, le chiffre des essais à marquer mais aussi les meilleures stratégies pour y parvenir, sans compter l'historique d'un événement créé en 1966. Et elle en parlait bien.

Daphne approuva le petit exposé d'Alba Luz sur ses connaissances toutes neuves. Elle aussi avait fait quelques années plus tôt l'expérience de ce type de formation accélérée à l'usage des épouses, des compagnes ou des collègues, qui leur permettait de suivre ce qui se passait dans les *parties*, les grandes réunions de Super Bowl que Richard organisait à la maison pour ses copains. Aux États-Unis, il y avait des cours et des écoles pour tout et pour tout le monde. Tout pouvait s'apprendre, de la philosophie grecque à l'art de faire des bouquets ou à celui plus délicat de décrocher un mari riche et célèbre. En ce

qui concernait le Super Bowl, Daphne n'avait qu'un souvenir mitigé de ces grand-messes où la vingtaine de
copains de Richard, flanqués ou non de leurs épouses, se
présentaient vers cinq heures de l'après-midi avec leurs
gallons de bière et dévoraient les chips et les hot-dogs
qu'elle-même et Richard leur avaient préparés, en attendant que commençât le spectacle sur le coup de dix-huit
heures. Dans une cagnotte, on avait réuni l'argent des
paris. Chacun pariait sur un score et la somme globale —
cent ou deux cents dollars — était remise à la fin de la
soirée au gagnant, celui qui avait approché le plus près
du score final.

Brandon raconta à son tour sa soirée de Super Bowl.
Il était particulièrement excité cette année, la trente et
unième de l'histoire de la Coupe, car l'événement avait
eu lieu chez lui en Louisiane — à La Nouvelle-Orléans.
En général, expliqua Brandon, le match se passait dans
des États « chauds », Louisiane, Floride ou Californie. Il
décrivit l'entrée des deux équipes, l'équipe de New
England, de Nouvelle-Angleterre, en gris et bleu, celle de
Green Bay, la plus ancienne équipe professionnelle de
football américain du pays — la seule qui soit l'émana-
tion d'une ville (du Wisconsin) et ne réalise pas de profit
— en vert et jaune. Les joueurs, pour la plupart noirs et
baraqués, étaient impressionnants avec leurs énormes
épaulettes, et leurs casques de protection qui emprison-
naient le visage derrière une sorte de grillage. Les plus
populaires d'entre eux, présentés par haut-parleur,
commençaient par se livrer à une mimique et une ges-
tuelle menaçantes, courant entre la haie de leurs camarades, en se tapant sur l'estomac, en roulant des méca-
niques, en simulant l'attaque à l'endroit d'un autre
joueur, évoquant irrésistiblement l'arrivée des gladia-
teurs dans le Colisée romain. L'Amérique mythique sortait des profondeurs avec ces athlètes aux dimensions de
surhommes qui surgissaient l'un après l'autre dans le

stade à partir du « tunnel », sorte de boyau étroit et obscur qui servait de coulisse. Aucun détail spectaculaire
n'avait été laissé au hasard. Cette année-ci, Miss Louisiane 1996 avait commenté le spectacle en langage des
sourds-muets. Puis l'un des nombreux arbitres, de noir
et blanc vêtus, avait procédé au rite du pile ou face, la
cérémonie du *coin toss*. C'était la Nouvelle-Angleterre qui
avait tiré le face et qui avait donc inauguré le match,
commenté par le célébrissime ancien entraîneur John
Madden. La partie avait été particulièrement excitante.
Dans le premier quart d'heure, Brett Favre, joueur du
Mississippi au nom bien français, avait marqué le premier essai. Brandon exultait. Il était à fond pour l'équipe
de Green Bay, qui, après avoir successivement gagné les
deux premiers Super Bowl de l'histoire, n'avait plus joué
de finale depuis trente ans.

« Moi, ce que je préfère dans le *Super Bowl*, c'est la
mi-temps », avoua Karen, qui ne voulait pas être en reste.
Cette année les trois jazzmen mythiques Blue Brothers,
dont l'un remplaçait son frère mort, ZZ Top, avec leurs
longues barbes rousses et leurs casquettes, et James
Brown en rose, occupaient le devant de l'écran. Ils repré-
sentaient respectivement trois Amériques, celle de la
Middle Class blanche, celle des petits Blancs — les *red
necks* du Sud — et celle des Noirs. L'intermède s'était
clos par un ballet de Harley Davidson entourées de centaines de groupies en rose levant la jambe énergiquement. Malgré les airs dégoûtés de Pam et de Karen, on
était bien loin de la « correction politique » et des émois
des féministes dénonçant ce mâle univers où de petites
minettes décoratives se trémoussaient en cadence.

Jacqueline et Alba Luz avouèrent avoir été sensibles
aux nouvelles pubs avec lesquelles on saucissonnait cette
occasion exceptionnelle rassemblant devant leur écran
des millions de potentiels consommateurs. Celle de Bob
Dole pour une carte de crédit était particulièrement réus-

sie. Le candidat malheureux à la Maison Blanche aux dernières élections de novembre entrait dans un café de sa ville natale et prétendait payer avec un chèque. Mais en Amérique, il faut fournir une pièce d'identité — généralement un permis de conduire — pour cautionner un chèque. L'un des hommes les plus médiatisés des États-Unis préférait éviter cette démonstration bureaucratique de son identité : Bob Dole payait avec *la* carte de crédit.

« Si c'est cela la liberté, dit Alba Luz, j'aime mieux payer avec de l'argent comme dans mon pays. Au moins on sait ce qu'on dépense.

— Vous n'avez rien compris, intervint David, hilare. Tout ce que veut dire la pub, c'est que M. Dole ne sait pas se conduire. Il n'a même pas de permis. »

Décidément l'image de Bob Dole servait bien les pubs. Air France l'avait utilisée juste après les élections lorsque le rival de Bill Clinton s'était retrouvé au chômage : « Si vous n'avez rien à faire, proclamait-il dans les pages des grands journaux, allez passer un week-end à Paris ».

Corinne ne pouvait s'empêcher d'imaginer un perdant des élections hexagonales — Valéry Giscard d'Estaing en 1981, par exemple, ou Lionel Jospin en 1995 — faisant de la pub pour TWA ou United Airlines. Franchement, c'était impensable !

Brandon terminait l'évocation de l'inoubliable soirée : son équipe, l'équipe de Green Bay, avait finalement vaincu. Mais Corinne se fiait à sa propre mémoire de l'événement, qui avait conservé l'image : sous une pluie de confettis blancs, l'entraîneur blanc était porté en triomphe. Puis le même avait reçu son trophée des mains du président de la Ligue de football, lui aussi blanc, sur le podium. Dans un dernier éclair, Corinne revoyait un joueur noir remerciant Jésus. C'était toujours la même chose en Amérique : les Noirs suaient dans les stades et s'égosillaient sur les scènes d'opéra ou de jazz et les

Blancs empochaient les dividendes. Cette dernière pensée ramena Corinne à Cleonice qui était en train de prendre la parole.

Certes le Super Bowl n'était pas le spectacle favori de Cleonice, mais elle représentait une des rares occasions où les Américains d'ancienne ou de nouvelle souche, Noirs, Blancs, Asiatiques, Indiens, pauvres et riches, jeunes ou vieux communiaient. C'était précieux.

« C'est l'Amérique, affirma-t-elle avec force. Un symbole. Personne ne peut le nier. »

Cleonice en avait assez des intellos et des snobs qui cherchaient à détruire les derniers vestiges de l'ingénuité américaine. À force de la disséquer pour la mettre en charpie, on créait une société sans enthousiasme ni générosité et elle préférait encore les dames blanches venant aider les pauvres familles noires à cette obsession du « chacun pour soi ». En Afrique, on ne s'embarrassait pas de ces contorsions intellectuelles. La société savait se passionner candidement pour les fêtes de clan. Cette simplicité devant le bonheur était l'aspect le plus positif qu'elle eût retenu de ses deux années passées au Togo.

David, qui se sentait indirectement visé par cette allusion à la négativité des snobs et des intellectuels blancs, préféra garder un prudent silence. À côté de lui, Alba Luz le mettait de bonne humeur. Elle jouait son jeu avec brio. Bientôt elle allait devoir donner l'assaut final. Après la chaîne, la bague au doigt. Le fameux caillou. Une bague qui donnait accès à la *green card*. Celle de Jacqueline avait donné des idées à la jeune Colombienne. Mais David refusait de se poser trop de questions. Il espérait qu'Alba Luz ne serait qu'une passade dans sa vie amoureuse bien remplie. Elle lui plaisait, plus peut-être qu'il ne l'aurait voulu, et il avait conscience de sa faiblesse. Mais il réagirait « après ». Les moments qu'ils partageaient étaient trop délicieux pour penser déjà à un repli.

Malgré son enthousiasme pour le Super Bowl, Brandon Napoleon arrivait difficilement à se concentrer. Son esprit revenait sans cesse sur l'appel téléphonique passé par l'assistant de Makarov. Il figurait parmi les barytons sélectionnés pour le rôle du Consul dans l'opéra de Puccini. Ce n'était pas la vedette mais c'est ainsi que commençaient les vedettes. On allait visionner à nouveau les bouts d'essai, il serait prévenu dans les meilleurs délais. Depuis ce coup de fil, son esprit extravaguait, l'impossible devenant possible et le possible impossible en l'espace de quelques instants. Certes, au cas où il serait sélectionné, il lui faudrait renoncer à *Carmen*. Mais qui résisterait à la tentation de vendre sa voix au diable, un diable à deux faces dont l'une s'appelait Dollar et l'autre Célébrité plutôt que de chanter dans un opéra de province. Dommage tout de même qu'il n'ait pas eu l'idée de préférer un cours d'italien au Salon de conversation !

Brandon avait du mal à dominer son impatience. Le soir, il restait chez lui au cas où le téléphone sonnerait. Plus de bars, plus de copains. Il avait besoin qu'on le laissât tranquille. Assister aujourd'hui au Salon de conversation avait été une décision difficile à prendre. Mais la peur de décevoir l'avait poussé hors de chez lui. Il faisait un froid sec. Une bise glacée, si familière à l'hiver texan, descendait du Canada à travers les grandes plaines. Brandon Napoleon haïssait le froid. Un jour peut-être, vivrait-il dans la douceur du perpétuel été californien, ou mieux encore en Toscane ou en Ombrie dans une maison au toit recouvert de tuiles roses et ocre entourée de cyprès. Ce rôle pourrait faire gagner dix années à ses rêves. Un éclat de rire de Jacqueline le tira de ses pensées. Il sentit qu'il lui fallait revenir au débat.

« Ce que j'apprécie dans le Super Bowl, affirma-t-il, c'est la grande communion du spectacle. Je la ressens très fort aussi quand je chante. Cleonice parlait tout à l'heure d'un mélange de races, de générations, de milieux sociaux. Tout cela existe au théâtre ou à l'opéra et je suppose que les Romains devaient communier dans le même enthousiasme pour les courses de char...

— Ou les premiers chrétiens jetés aux fauves. Le pain et les jeux, plaisanta David. C'est assez proche en effet du pop-corn et du Super Bowl. Moi qui croyais que l'humanité progressait.

— L'humanité est la même partout, nota Alba Luz sur un ton mi-tendre mi-taquin destiné sans nul doute à son très proche voisin. « Dans mon pays ou les pays d'à côté, on préfère le *soccer*, le football comme en Europe. Les gens s'y pressent, s'y étouffent, et parfois s'y piétinent. Il arrive qu'il y ait des morts, comme cela s'est passé en Amérique centrale.

— Il n'y a pas que la violence, intervint Karen. Il y a aussi l'ambition. Le sport aux États-Unis est une voie royale vers le pouvoir, les honneurs et la réussite sociale. Il fait partie du mythe américain.

— C'est une stratégie aussi, un jeu intellectuel tout autant que physique, renchérit Cleonice. Il faut lire les articles consacrés aux sports dans les journaux. J'observe mes collègues. Ils bâtissent des tactiques, les développent, les font aboutir. La rubrique sportive est peut-être la plus intelligente du journal. Est-ce pareil en France ? »

Corinne réfléchit un instant. Le sport servait les vanités nationales ou régionales. On s'y battait avec ardeur, on s'enflammait, s'enthousiasmait ou se désespérait. On accusait le sort, le destin, l'entraîneur, la malignité des autres. « Il faut remarquer que *L'Équipe* est un des journaux les plus lus de France. Mais je vous dirais : pas tout à fait. Le sport ne permet pas autant qu'aux États-Unis ces fulgurantes ascensions sociales, comme celle de O.J. Simpson, qui fascinent les Américains. De plus, les Français traditionnellement méprisent l'activité physique et exaltent les intellectuels au détriment des sportifs. Depuis quelque temps, avec la médiatisation des grandes rencontres internationales, les mentalités changent peut-être un peu. Les vedettes sportives sont invitées à l'Élysée aussi bien que les écrivains. Mais, dans l'ensemble, nous ne glorifions pas les surhommes mais les insoumis, les rebelles quand ils sont malins. Et puis il y a cette sympathie viscérale que nous éprouvons pour les *losers*, les perdants. La France est le territoire d'Astérix, pas l'empire de Disney. »

David éclata de rire. Décidément il aimait cette France. Peut-être Alba Luz et lui pourraient-ils y passer les prochaines vacances si toutefois ses moyens le lui permettaient. Il avait passé sa vie en swings entre aisance et dèche, s'en moquant finalement. Tant qu'il aurait Shakespeare, le jazz, les romans de science-fiction et les femmes, il serait un homme heureux.

La cuisse de la jeune Colombienne pressait la sienne. Ce soir, il l'amènerait dîner, commanderait une bouteille de vin. Le petit jeu trouverait à nouveau sa conclusion dans le lit de l'un ou l'autre. Elle habitait un appartement de banlieue très modeste qu'elle partageait avec deux copines certains soirs de la semaine, les autres étant consacrés à la famille française dont elle gardait les enfants. David venait même d'acheter une voiture d'occasion pour la raccompagner chez elle quand ils passaient ensemble la soirée ou la nuit.

Pourquoi prétendait-elle que sa famille était riche et influente ? Pour l'épater ? Si elle savait comme il s'en moquait ! Les siens avaient vécu dans un quelconque ghetto russe avant d'émigrer aux États-Unis au début du siècle. Des gens pieux, sévères et laborieux traînant leur accent yiddish et des vêtements d'un autre âge. C'était par les femmes que leur famille avait acquis des manières et s'était intégrée. La première, Rachel, sa grand-mère, avait décidé de devenir Gail, Gail Shapiro. Elle se maquillait, portait des chapeaux et des bas de soie, avait étudié la sténographie avant d'épouser Isaac Bernstein, son grand-père, qu'elle avait aussitôt baptisé Robert. Robert et Gail, deux Américains moyens, qui se rendaient à la synagogue de temps à autre et éduquaient leurs trois enfants en vrais Américains. C'était grâce à leur tolérance et à leur art de la métamorphose qu'il avait pu devenir ce qu'il était aujourd'hui, un citoyen de Brooklyn, bohème, artiste, un peu blasé, et, malgré les problèmes d'identité, plutôt bien dans sa peau. Les perpétuels travestissements d'Alba Luz l'agaçaient, comme l'agaçaient les Juifs européens qui se cachaient d'être juifs. C'était une attitude qu'il ne parvenait pas à comprendre. Il avait dit une fois à un camarade, dont la famille d'origine allemande était arrivée en Amérique dans les années trente : « Moi, je suis fier d'être juif et je n'échangerais mon identité pour celle de personne. » L'autre, cramoisi et embarrassé, avait bégayé quelque chose comme : « Tu ne sais pas de quoi tu parles. Vous, les juifs américains, n'avez pas vécu *ça* », puis il avait détourné la conversation. Un jour il dirait à Alba Luz qu'il n'était pas dupe de ses mensonges.

« Le sport, insistait Karen tandis que David rêvait, est un symbole. Le vainqueur est meilleur Américain que les autres. »

Elle allait dompter son cancer, poursuivre sa progression au sein de l'entreprise. Après cette épreuve, qui pourrait prétendre jouir du pouvoir de l'intimider ? La vie ne lui avait pas fait de cadeau, elle n'en ferait pas aux autres. Mais sa maladie, si elle en sortait, aurait été une expérience constructive qu'elle ne regretterait pas. Chaque instant lui semblait précieux désormais et elle savourait l'amitié de Daphne. Le mari de cette dernière commençait à paniquer et cherchait un terrain de négociation. C'était bon signe. Quant à cette chipie de Libbie, la soudaine rébellion de sa mère lui rognait les griffes. À la première scène de Daphne, elle s'était aplatie. Rapports de force, une fois de plus.

Un vieux souvenir remonta à la mémoire de Karen. Elle avait dix ans et l'une de ses camarades de classe se moquait sans cesse de l'appareil qu'elle portait pour corriger l'implantation de ses dents. Qu'elle fasse la sourde oreille ou réponde du tac au tac, rien n'empêchait les quolibets. Un jour, elle avait appris que son ennemie rêvait de cet appareil et aurait donné tout ce qu'elle possédait pour en exhiber un. La leçon s'était imprimée pour toujours dans sa mémoire. Ceux qui persiflaient ou humiliaient le faisaient par manque de confiance en eux. Loin de se sentir discrédité, il fallait au contraire se montrer satisfait de susciter l'envie.

« Le sport, hasarda Edward, est un reflet de la vie. »

Jacqueline sourit tendrement. La gentillesse, la tolérance, la gaieté d'Edward, sa qualité d'écoute et sa grande culture l'avaient gagnée d'une manière irrévocable. Que ses enfants l'approuvent ou non, sa décision était prise, elle allait vivre avec lui. Une seule ombre la tourmentait : qu'Edward soit divorcé et non pas veuf. Elle aurait aimé l'épouser à l'église, une cérémonie simple et émouvante au milieu de leurs enfants et de leurs petits-enfants, suivie d'un voyage de noces en France. Revoir Paris et sa chère province, au bras de celui qu'elle aimait, la remplissait d'un bonheur presque puéril. Que lui importaient les changements dans les paysages ou la société puisqu'elle aussi s'était transformée? Elle s'était fait couper les cheveux et avait renouvelé sa garde-robe. Malgré le léger excédent de kilos, le matin, elle se regardait à nouveau dans le miroir et chantait sous la douche. La jeunesse n'avait pas le monopole de l'amour. Et elle, Jacqueline, s'était toujours senti un cœur de midinette que l'Amérique n'avait pas entamé et qu'elle assouvissait en dévorant les *soap operas*, et les *reality shows*, où Monsieur et Madame Tout-le-monde venaient laver leur linge sale en public et étaler affaires de famille et vie privée. Pourtant l'Amérique puritaine se méfiait des effusions sentimentales autant que des débordements sensuels.

Jacqueline essayait de se souvenir. Ce qui l'avait frappée en arrivant dans le port de New York avait été bien sûr la hauteur des immeubles, l'impression de puissance et d'ouverture sur l'avenir qu'ils suggéraient. En même temps New York avait une dimension désuète si on la comparait à d'autres métropoles américaines comme Chicago. Stanley et elle avaient marché dans Park Avenue, déjeuné dans la Cinquième Avenue avant de prendre le train pour Grand Rapids. « Un autre monde », s'était répété Jacqueline. Elle avait eu alors l'intuition que ce pays, dégagé de tout passé historique et culturel, inventait une nouvelle civilisation tandis que l'Europe tentait désespérément de ranimer la sienne. Grand Rapids ne ressemblait pas à New York bien sûr mais une semblable confiance en l'avenir s'en dégageait, un bonheur d'inventer, de bousculer les normes du goût, de tenter une autre approche du deuxième millénaire. Et l'abondance était partout. Pour une jeune fille qui venait de traverser quatre années de guerre dans le Nord de la France, la découverte des magasins était en soi une aventure. On achetait ici comme elle glanait les fleurs aux bords des labours dans son Pas-de-Calais. C'était un acte simple, naturel, joyeux. Ce qui n'était pas utilisé était jeté.

Souvent Jacqueline avait pensé à sa mère conservant soigneusement le moindre brin de laine. Elle aurait été scandalisée! Mais l'Amérique galopait vers son avenir sans s'embarrasser de bouts de laine. La ménagère américaine s'éveillait le matin sous sa couverture électrique, prenait une douche et se séchait les cheveux à l'aide d'un séchoir à air chaud. Puis elle préparait le *breakfast* : café dans sa cafetière électrique, toast, gaufres et pancakes dorant dans le toaster, la vaisselle sale était empilée dans le lave-vaisselle, les produits périssables rangés dans un vaste réfrigérateur, le rebut avalé dans le broyeur de l'évier. Rien ne se réparait. À la moindre panne, un appareil était banni sans appel et remplacé par un neuf.

Dans ses lettres à sa mère, à peine Jacqueline osait-elle en faire la description de peur de ne pas être comprise. Elle n'avait pas résisté cependant au plaisir de leur expédier un mixer qui battait les œufs et liquéfiait ou moulinait les soupes. Pareil objet était insolite dans les campagnes françaises des années cinquante. Sa mère l'en avait brièvement remerciée. Mais lorsqu'après le décès accidentel de ses parents, elle était revenue dans le Nord pour trier leurs effets et vendre la ferme, elle avait retrouvé la boîte intacte. Le papier collant n'en avait pas même été ôté.

« Les Américains se méfient des épanchements, approuva David, parce qu'ils les mettent en état de vulnérabilité.

— Ils mettent également ceux qui y répondent en état d'infériorité, enchaîna Édward. L'éducation de nos enfants ne les porte pas aux débordements sentimentaux. Dans ma jeunesse, les garçons bien élevés s'adressaient à leur père en les appelant "Monsieur". C'est en prenant du recul avec l'image paternelle que l'on construit une démocratie. Toutes les dictatures prennent leur chef pour le père de la nation. Nous, les Américains, nous sentons assez adultes pour refuser d'être traités en gamins. Ce n'est pas à nos pères que nous nous mesurons, mais — si j'ose mon premier jeu de mots en français — à nos pairs. Nous nous affirmons dans la compétition avec nos pareils.

— Bravo, Ed, approuva Corinne. Faire un mot d'esprit dans une autre langue, c'est atteindre un niveau linguistique et culturel supérieur. Sur le perpétuel décalage entre l'émotion et le contrôle, il y a beaucoup à dire.

Si les Américains sont en général plus retenus que les Français dans leur discours, ils sont aussi les rois du mélo, illustré par le cinéma hollywoodien, qu'on appelle ici *tear jerker*, littéralement qui tire des larmes. Quant à la France, elle se targue depuis quatre siècles d'être le pays de Descartes et de la raison appliquée aux constructions intellectuelles et aux analyses. Le couple raison/passion, c'est un peu comme les droits de l'homme et les libertés démocratiques : chacun des deux peuples a la conviction qu'il en est le dépositaire et le garant.

— C'est juste, appuya Jacqueline, mais la réalité est plus complexe et j'ai vu aux États-Unis des gens se caresser à des enterrements avec un laisser-aller que je n'aurais pas imaginé en France.

— Quant à ce permanent esprit de concurrence que vous expliquez si bien, Ed, reprit Corinne, il est mal compris des Français qui accusent les Américains de ne pas savoir "cueillir les roses de la vie". Peu ou pas de vacances, des réunions de famille réduites à *Thanksgiving* et Noël, pas de Sécurité sociale pour tout le monde, des repas sans convivialité où chacun se sert dans le frigidaire. Aux yeux des Français, le chacun pour soi semble être poussé à ses limites extrêmes. Qu'en pensent les Américains ?

— Les Américains pensent que les Français ne connaissent pas bien les États-Unis ! s'exclama Daphne. Que font-ils de notre solidarité, du volontariat, des hommes et des femmes qui donnent des heures de leur temps gratuitement pour venir en aide aux autres, des parents d'élèves qui repeignent l'école de leurs enfants de la cave au grenier afin d'éviter un dépassement du budget de fonctionnement, des mères servant de chauffeurs pour les amis et les amis des amis de leurs enfants, des donateurs qui financent les bourses, les bibliothèques, les bâtiments neufs dans les vieilles universités, des bénévoles pour les cliniques de sida, ou pour aider les défavorisés à se débrouiller dans la jungle juridique? Si les Américains se consacrent moins que d'autres à leur famille, c'est peut-être parce qu'ils sont plus impliqués au-dehors.

— Les Français n'ont pas notre civisme, intervint Brandon Napoleon. Une saison passée en Provence m'en a appris beaucoup sur l'esprit de débrouillardise, le système D, comme disent les Français. »

Il se souvenait des resquilleurs, des retardataires, des joyeux lurons qui avaient réponse à tout sans se donner la peine d'apprendre. Cela l'avait irrité au début de son séjour à Avignon, et puis la séduction de la « démerde » partout affichée avait fini par l'entraîner et il s'était surpris un jour à sauter une barrière pour assister gratuitement à une représentation des *Femmes savantes*.

« C'est parce que nous ignorons ce terme de débrouillardise, affirma Edward, que notre pays prospère. Il n'y a pas de progrès sans un sens du bien commun... »

Le bien commun... Cleonice se demandait si ce terme existait réellement. À ses yeux, chacun ne se dépensait que pour sa propre image, attirer l'attention, l'admiration, l'envie ou la pitié. Les Africains-Américains possédaient-ils ce sens du bien commun? Les plus riches se détournaient trop souvent des pauvres, les éduqués des laissés-pour-compte. Même entre eux, les défavorisés ne trouvaient pas d'entente, la jeunesse n'avait souvent d'autre recours que la violence. Les jeunes Noirs des ghettos urbains s'entretuaient dans l'indifférence générale. Ils faisaient monter les taux de crimes à des hauteurs vertigineuses tandis que, dans les quartiers blancs, la délinquance était circonscrite. Autour de Washington, la ville la plus violente des États-Unis, à plus de soixante-dix pour cent noire, on pouvait laisser ouverte la porte de sa maison dans certaines banlieues blanches chic. Au cœur du South East en revanche la vie humaine ne valait pas cher et le nombre de policiers était inversement proportionnel au danger.

Cleonice ne croyait pas au bien commun, elle croyait en des intérêts particuliers qui se croisaient et se joignaient temporairement. La vraie vie communautaire, Cleonice l'avait rencontrée en Afrique où elle n'avait pas été bien accueillie parce qu'étrangère par sa peau trop claire et sa culture américaine. Et pourtant lors du *Million Man March*, des milliers d'hommes noirs avaient voulu défiler dans la capitale fédérale pour manifester qu'ils étaient solidaires.

« Stanley Hoffmann, grand spécialiste américain de la France, déclara Corinne, montre très bien comment en France la notion d'intérêt général ou de bien commun, si vous préférez, ne représente pas comme aux États-Unis la somme des intérêts particuliers mais une entité supérieure à cette somme. Par exemple si un transport en commun ne transporte que très peu de voyageurs, on le maintiendra au nom de l'intérêt général même s'il n'est pas rentable.

— C'est pour cela qu'en France, la Sécurité sociale dépense beaucoup pour les sidéens, dit Brandon. J'ai des amis qui sont allés se faire soigner en France parce qu'ici ils n'avaient pas les moyens.

— Mais en Amérique, il y a les organisations caritatives et les initiatives privées. Qu'est-ce que le sens de la communauté? interrogea Jacqueline. En France, on pense que la société est au service de l'individu, ici, c'est presque le contraire. Les Français sont à la fois idéalistes et cyniques, et probablement cyniques parce que déçus dans leur idéalisme. Ici on est réaliste et optimiste. On sait que la perfection n'est pas de ce monde et on se contente d'un à-peu-près dont on apprécie la supériorité sur le franchement mauvais. Cet optimisme américain, les Français l'appellent de la naïveté.

« Mais le pessimisme foncier n'est pas plus proche de

la vérité que l'optimisme béat. Voir tout en noir, comme les Français, n'est pas plus juste que voir tout en rose comme les Américains. Il me semble parfois qu'avec leur optimisme invétéré les Américains obtiennent plus de résultats concrets que les Français. Ainsi ils ont gardé intact leur patriotisme. Ils sont fiers d'être américains et le proclament sans pudeur. Au-delà des différences qui les opposent, cet amour pour leur patrie devient un ciment qui les soude les uns aux autres et permet une union dans l'adversité, inimaginable en France où, dans toutes les crises historiques, il y a toujours deux France divisées. La présomption du bien est un peu comme la présomption d'innocence. Les Américains présument que le monde est bon et c'est au monde de les désavouer, s'il le faut. En France, c'est le contraire. On ne fait pas confiance au départ. Il faut toujours montrer ses papiers d'identité, fournir des preuves. Ici on vous libère sur parole.

— C'est vrai qu'on est frappé tout de suite par la confiance américaine, admit Corinne. Quand je suis arrivée aux États-Unis, je surveillais toujours mes étudiants pendant les examens. J'étais convaincue qu'ils sauteraient sur n'importe quelle occasion pour tricher. Une fois, j'ai dû m'absenter pendant un test. Je suis revenue tout doucement et les ai observés sans qu'ils s'en aperçoivent. Pas un n'avait le moindre comportement suspect.

— Est-ce à cause de ce perfectionnisme, de cette forme d'idéalisme que les profs en France sont si décourageants? demanda Pamela. Pendant toute mon année de fac à Lyon, je n'ai jamais entendu une seule parole constructive d'un de mes profs. Et moi qui suis ici une bonne étudiante, j'avais des notes épouvantables. Je m'appliquais du mieux que je pouvais pour mes devoirs et le résultat était toujours le fatidique "peut mieux faire" ou son équivalent. Mes copines françaises n'étaient pas beaucoup mieux traitées. Je comprends que certaines aient laissé tout tomber. Cette pédagogie négative me paraît contre-productive.

— Je vais me faire l'avocat du diable puisque Fabienne n'est pas là, dit Corinne. Mais aux États-Unis, on est trop laxiste et ce n'est pas efficace non plus. À force de ne rien exiger et d'encourager la médiocrité, on fabrique des cancres. Et l'enseignement secondaire américain ne brille pas par la qualité intellectuelle et culturelle de ses diplômés.

— D'abord, cela dépend des écoles. Nous n'avons pas un système monolithique comme le vôtre, répondit Pamela. La notion de cancre n'existe pas chez nous. On peut toujours se rattraper plus tard quand on en aura la détermination ou la capacité. Il y a des milliers d'écoles. À tous les niveaux et pour tout le monde. Et au moins, les enfants sont heureux à l'école. En France, j'avais l'impression que les trois quarts des gens détestaient l'école ou en avaient gardé un mauvais souvenir.

— Ce n'est pas vrai, intervint Jacqueline. Moi, je garde un excellent souvenir de mon école. »

Elle revoyait avec précision la classe unique de Bourg, les pupitres cirés des jours de rentrée, l'odeur de craie, les cartes de géographie qui pendaient au mur, et les blouses grises qui excluaient toute coquetterie. Le maître était dur mais juste. Et il lui avait donné pour la vie un bagage que des diplômés universitaires américains lui envieraient : une orthographe parfaite, une connaissance des poèmes et des textes classiques qu'elle pouvait encore réciter par cœur aujourd'hui, le sens de l'histoire, ponctué de dates, qui s'étaient gravées en elle et qu'elle connaissait aussi bien que les grands événements contemporains ayant accompagné sa propre vie. Certes ses enfants américains n'avaient jamais reçu de coups de règle sur les doigts ; ses petits-enfants encore moins. Mais bien qu'elle et Stanley se soient saignés aux quatre veines pour les envoyer au collège, ils n'auraient pas su placer un pays africain sur une mappemonde et confondaient le Moyen Âge avec le siècle des Lumières.

« Oui, mais cela, c'était la France d'avant, insista Pamela. Aujourd'hui, les instituteurs ont bien changé et ils ne jouissent plus du même respect. C'est ce que m'a expliqué une amie française qui avait laissé tomber ses études d'institutrice.

— Pour en revenir au Super Bowl et au patriotisme américain, intervint à son tour David, je suis d'accord avec l'approche française. Cet optimisme systématique de mes compatriotes américains m'exaspère. Il n'y a qu'à jeter un coup d'œil sur l'histoire du xxᵉ siècle pour se rendre compte que tout ne va pas bien et que tout ne se termine pas bien. Mais comme ici on méconnaît le passé, on ne s'embarrasse pas de savoir que, dans la vie, il n'y a pas seulement des *happy endings* et que le monde n'est pas partagé en méchants qui finissent par se faire avoir et en bons qui triomphent perpétuellement. »

Cleonice, pour une fois, était d'accord avec David. Cet optimisme hypocrite faisait que les Blancs américains refusaient de reconnaître l'ampleur de l'horreur qu'ils avaient infligée aux esclaves noirs et qu'ils continuaient sous d'autres formes à faire subir aux descendants de ces victimes.

« L'optimisme érigé en dogme finit par aveugler », dit-elle, malgré le regard courroucé de Ed et l'irritation qu'elle sentait monter chez Daphne et même Karen. Les Blancs américains ne veulent pas voir à quel point ils sont racistes et à quel point leur système l'est.

— Vous êtes injuste, Cleonice, réfuta Karen. J'admets que tout n'est pas parfait et qu'il y a encore quelques séquelles d'injustice. Mais du moins nous acharnons-nous à les extirper. Lorsque j'étais en France, j'étais horrifiée par les propos racistes que j'entendais partout et qui aux États-Unis auraient été impensables.

— D'abord vous oubliez la tradition historique, Karen, protesta David. Il faut reconnaître que, même avant la guerre de Sécession et la suppression de l'esclavage, les Noirs étaient bienvenus en France. Dès l'année 1780, Thomas Jefferson y avait amené sa maîtresse et esclave Sally Hemings, ainsi que le frère de Sally, James. Les libres gens de couleur de La Nouvelle-Orléans envoyaient leurs fils étudier à Paris, quand ils n'avaient pas le droit de le faire chez eux. Mais c'est surtout après la Première Guerre mondiale que l'exode des artistes, musiciens et écrivains, à Paris s'est organisé. Avec les Joséphine Baker, Miles Davies, James Baldwin, Chester Himes et tous les autres, il s'est constitué une véritable communauté noire américaine de Paris.

— Vous voulez dire : africaine-américaine, David, coupa Karen avec agressivité.

— Vous savez, Karen, intervint Cleonice, avec calme. Je préfère qu'on me dise *noire* et qu'on me regarde dans les yeux. Après tout, nous vous appelons bien *blancs*. David a raison. Il y a un ancrage de la communauté noire à Paris. Le grand-père de mon amie Lucinda qui a combattu dans l'armée américaine pendant la deuxième guerre n'en revenait pas d'être traité en héros par la population française à la Libération. Les Français ne faisaient pas la différence entre les Américains blancs ou noirs. Ils voyaient seulement ceux qui étaient venus les aider à reconquérir leur liberté. Le père de Lucinda était stupéfait d'être pour la première fois traité en être humain par des Blancs. Au retour aux États-Unis, cela a été une autre affaire. Ni honneurs, ni reconnaissance, ni même droits civiques. Il a fallu mener la bataille des années soixante pour les obtenir. Un de ses amis, ancien combattant en Europe comme lui, et musicien de jazz a été si emballé de ce goût nouveau de liberté qu'il a retraversé l'Atlantique et s'est installé définitivement à Paris. Et il n'a pas été le seul.

— Je ne vous parle pas de Mathusalem et des années vingt ou des années quarante, mais d'aujourd'hui. » Karen était fatiguée. La chimio l'épuisait et elle avait travaillé toute la journée avant le Salon d'aujourd'hui. Elle avait du mal à se dominer. « Dans notre pays nous avons des lois qui encouragent le progrès et la reconnaissance des "minorités", et notamment des Africains-Américains. Nous avons l'*Affirmative Action*, qui impose aux employeurs d'embaucher des membres de minorités. Nous avons la "correction politique", qui, bien que décriée, est un instrument de contrôle sur les discours et les propos diffamatoires. Enfin, on ne peut pas se permettre de dire ou de faire n'importe quoi avec les "minorités" comme en France et d'autres pays d'Europe que j'ai visités.

— Je ne voudrais pas vous chagriner, Karen, dit Cleonice avec lenteur mais fermeté, mais mes amis africains-américains qui ont voyagé et moi-même, nous nous sentons mieux en France qu'aux États-Unis. »

Une sorte de stupeur régna dans le Salon de conversation. C'était la première fois qu'un propos avait un tel impact. Corinne se demanda s'il fallait intervenir pour calmer le jeu. Elle n'en fit rien cependant.

« Expliquez-vous, Cleonice, exigea Pamela avec une petite vibration particulière dans la voix. Est-ce que vous n'avez jamais observé l'attitude des Français à l'égard des Africains ou des Maghrébins ?

— Il ne s'agit pas de peser les attitudes racistes dans des balances, répondit calmement Cleonice. Je ne sais pas à quoi on aboutirait si on mettait bout à bout des textes de loi, des comportements, des discours, des votes, des propos et des émotions. Je vous parle d'impressions subjectives. Mon amie Marcia par exemple est revenue de France enchantée des hommes français. Il faut dire que Marcia est vraiment une très belle femme. Ici elle se fait draguer par les hommes noirs. Mais aucun Blanc américain n'a jamais levé les yeux sur elle, sauf un ou deux pervers qui avaient le sentiment de pécher et craignaient comme la peste d'être reconnus. À Dijon, Marcia a même rencontré un comte bourguignon qui voulait à tout prix l'épouser. Moi-même quand je suis allée en France, personne n'a jamais fait attention à ma peau. On me traitait comme une Blanche parce que je suis claire. On pensait quelquefois que j'étais brésilienne. Et jamais les hommes ne se préoccupaient de ma couleur quand ils s'intéressaient à moi. J'étais une femme. Pas une Noire ou une Africaine-Américaine. Un être humain. Et qui plus est, prisé, pour appartenir à l'espèce femelle. Dans la rue j'ai croisé des centaines de couples mixtes. J'ai vu des couples noirs et blancs s'embrasser au vu et au su de tout le monde. Et je sais bien que Pamela, Karen et Daphne n'aiment pas les couples qui se pelotent en public. Moi non plus, je n'ai pas été élevée comme cela. Ma grand-mère baptiste était plutôt stricte. À Paris, cependant, non seulement cela ne me gênait pas mais cela me faisait même plaisir.

— J'ai rencontré des Africains-Américains à Lyon, dit Pamela. Je peux vous dire qu'ils ne partageaient pas votre enthousiasme. Ils trouvaient les Français très racistes, autant qu'ailleurs et peut-être même plus. Moi j'ai été très choquée par l'affaire de l'église Saint-Bernard à Paris où un groupe de sans-papiers, comme disent les Français, avaient cherché refuge et en ont été brutalement chassés par la police avant d'être déportés.

— On dit plutôt expulsés, intervint Corinne. Déportés a en français un autre sens et une autre connotation. Et puis ils n'ont été qu'un petit nombre à être reconduits à la frontière... Au moins en France, précisa-t-elle, il n'y a pas, en tout cas pas encore, de ghettos comme ici.

— Mais en France, c'est bien pire, affirma Daphne. Nous avons vu que, dans les quartiers où il y a des Africains et des Maghrébins, la cohabitation avec les Français est intenable. Ici, nous n'avons pas ce type de problème. Mieux vaut des quartiers séparés. »

Corinne regarda Cleonice puis Daphne avec stupeur. Mine de rien, cette dernière était en train de justifier l'*apartheid*.

Mais Cleonice avait décidé de ne pas relever. Les Blancs n'étaient pas les seuls à prêcher pour la séparation des deux communautés.

« Pour clore le sujet, dit-elle seulement, je voudrais simplement vous raconter une histoire que j'ai lue dans le livre de Jake Lamar, *Bourgeois Blues*, un livre sur la classe moyenne noire américaine. Il raconte qu'un soir à Paris — il était plus de minuit —, il attendait un taxi depuis un bon moment. Enfin une voiture arrive et lui demande dans quelle direction il va. Au moment où Lamar lui crie son adresse, un couple de Blancs très bien habillés apparaît derrière lui et indique au chauffeur l'endroit où ils vont. "Nous y voilà, encore une fois !" se dit Lamar, qui connaît par cœur le penchant de tous les taxis américains, de Washington à Los Angeles, à préférer systématiquement charger des passagers blancs plutôt que des Noirs. "Heureusement que j'ai de bonnes chaussures !" À sa stupéfaction, le chauffeur lui fait signe de monter et démarre avec lui tandis que le couple blanc hèle un autre taxi. "Ce n'est pas que je croie les Français plus éclairés que les Américains, conclut Jake Lamar. Simplement la couleur de la peau n'est pas pour eux un critère déterminant. Dans le cas de ce chauffeur, ce qui comptait était la direction où allait son client. Il voulait rentrer chez lui et il se fichait complètement de savoir si son passager était noir, blanc ou rouge."

— D'après ce que je comprends pourtant, lança Daphne pour voler au secours de Karen, il y a bien en France un mouvement d'extrême droite ouvertement hostile aux Maghrébins et aux Africains, qui a de plus en plus de succès électoraux. Jamais nous n'avons vu ici un parti ouvertement discriminatoire comme le Front national, représenter un tel pourcentage d'électeurs. En Amérique nous n'avons pas de Le Pen.

— Je vous demande bien pardon, dit David. Nous avons M. Buchanan. M. Le Pen et M. Buchanan ont des idées très semblables. Ils sont anti-immigration, anti-communistes et favorables aux valeurs représentées par l'Église catholique. D'ailleurs ils ont eu des enfances similaires. Ils sont tous les deux d'origine populaire et de famille pauvre. Ils ont tous les deux fait leurs études chez les Jésuites. Tous les deux sont des bagarreurs qui se sont fait renvoyer d'institutions jésuites pour cause de violences et tous les deux sont des éléments tumultueux et perturbateurs de la classe politique.

— Je suis en total désaccord avec votre comparaison, avança Ed. Le Pen est un fasciste et un raciste. Buchanan est un homme respectable, qui a failli être candidat à la présidence.

— Le Pen a été lui candidat pour de bon, intervint Corinne que le tour qu'avait pris la conversation rendait un peu nerveuse. Et il a eu plus de 15 pour cent des voix. Mais je ne suis pas vraiment votre comparaison, David. Pat Buchanan est obsédé par des questions qui n'intéressent pas tellement Le Pen. La condamnation de l'avortement, par exemple, ou la dégradation de la morale et des valeurs familiales.

— Sur la montée du crime ou le chômage, qu'il impute à l'immigration, ou sur le rejet de l'espagnol dans les écoles publiques, c'est la même idéologie.

— Vous faites des amalgames, David, intervint Pamela qui venait de rédiger un *paper*, un devoir, sur la montée du Front national en France pour son cours de Relations internationales et qui connaissait la question. Patrick Buchanan s'intéresse avant tout à l'économie et aux questions de moralité. Pour lui, le catholicisme est fondamental parce qu'il offre des valeurs, une vérité morale, des références et des modèles. Pour Jean-Marie Le Pen, le catholicisme est une tradition qui fonde la France et qui sert à l'unifier. Les communistes sont les ennemis politiques de Le Pen parce qu'il y a un parti communiste en France qui recrute souvent dans les mêmes couches que le Front national. Pour Buchanan dont le père irlandais était déjà maccartiste dans les années cinquante, le communisme, c'est l'ennemi de la démocratie et du peuple américain.

— Ce qu'ils ont de commun en tout cas, convint Brandon qui jusqu'alors avait gardé le silence, c'est que tous deux regardent vers le passé. Et comme les Américains préfèrent se tourner vers le futur que vers le passé, ils accordent moins d'importance à Buchanan que les Français à Le Pen. Aujourd'hui, en janvier 1997, qui parle aux États-Unis de Buchanan? Les médias ne s'intéressent plus qu'à Bill Clinton qui a plus de soixante pour cent dans les sondages, et à son *Inauguration.*

— Précisément, parlons un peu de la seconde *Inauguration* du président Clinton, décida Corinne. Quelqu'un du Salon de conversation a-t-il fait le voyage à Washington pour participer aux cérémonies?

— Oui, moi, répondit Brandon. Je suis allé célébrer mon président le dimanche 19 janvier et le lundi 20, qui, comme vous le savez, était férié, et j'ai contemplé sur le *Mall* à Washington, en miniature, le fameux pont vers le xxiᵉ siècle dont Bill Clinton avait fait l'image essentielle de sa campagne.

— Je ne sais pas comment vous pouvez célébrer un pareil escroc, maugréa Ed. Il a volé les finances publiques dans l'affaire Whitewater et a scandaleusement financé sa campagne avec des fonds étrangers. Il a violé toutes les valeurs familiales et humaines en harcelant sexuellement des femmes. Pour comble, il a refusé de faire son devoir de citoyen au Viêt-nam. M. Clinton est le président le pire que nous ayons eu depuis la lamentable histoire du Président Nixon et du Watergate.

— On peut se demander alors pourquoi il a été réélu, intervint David. Il est le premier démocrate à avoir un second mandat depuis Franklin Roosevelt.

— Nous n'avons pas eu de chance avec notre candidat républicain, soupira Daphne. Bob Dole était trop vieux pour être un bon challenger. »

Daphne rougit un peu en regardant Ed qui avait à peu près le même âge que le vaincu des dernières élections; la force de ses convictions républicaines l'avait entraînée à cet impair. La bonne « correction politique » ne se contentait pas de censurer tout propos attentatoire à la dignité des femmes, des homosexuels, des Noirs ou autres minorités. Elle interdisait aussi qu'on se moque des handicapés ou des vieilles personnes. L'*agism*, attitude discriminatoire à l'égard de l'âge, était aussi répréhensible que le racisme ou le sexisme. Mais Ed partageait l'aversion de Daphne pour le président réélu et ne songeait pas à se formaliser de l'allusion à l'âge avancé de Bob Dole.

« Et puis, tout de même, continua Daphne, Clinton va devoir composer avec un congrès républicain. Chez nous un président n'a pas tous les pouvoirs.

— C'est vrai, dit Pamela qui avait des idées politiques opposées à celles de Daphne, mais dont la fibre patriotique vibrait plus fort que la fibre partisane, notre Président est presque toujours contraint de gouverner avec un Congrès qui lui est majoritairement opposé. Il ne peut pas dissoudre la chambre comme le vôtre, il ne peut pas appeler à un référendum ni être investi des pleins pouvoirs comme avec votre article 16. J'ai un professeur en Relations diplomatiques, qui est un spécialiste de la France et qui a longuement analysé les différences. Le président français a des pouvoirs que le nôtre n'a pas.

— Vous avez raison, Pam, intervint Corinne. Mais

dans la constitution française de la cinquième République, il y a aussi la possibilité de la cohabitation avec l'opposition. Et le président français est élu au suffrage universel et non au suffrage indirect, comme ici.

— Moi, je trouve le système français plus démocratique, déclara Jacqueline. Un électeur, une voix. Ici, je me perds dans le système des Grands électeurs.

— Les Français ont une incorrigible méfiance pour toute espèce de système représentatif intermédiaire, constata David. Je crois que nous en avons déjà parlé ici même. Leur rêve, c'est la démocratie directe. Comme si elle était possible, avec la complexité de nos sociétés modernes. Je n'ai pas un amour immodéré pour les politiciens que j'estime assez corruptibles et menteurs mais la démocratie représentative me paraît le système le moins pire, comme disait Churchill. Le gouvernement du peuple par le peuple ne mène qu'aux excès et aux pires dictatures.

— Ce sont deux conceptions différentes de la démocratie, dit Alba Luz. Ne vous plaignez pas que la mariée soit trop belle. Du moins la France et les États-Unis sont-ils tous deux des démocraties. Il y a des pays où les élections sont truquées et les politiciens tous — ou presque tous — véreux.

— Ce qui me choque surtout chez les Français, lança Pamela, c'est cette incroyable tolérance à l'égard de la vie privée de leurs dirigeants. Ed parlait tout à l'heure de Paula Jones, cette ancienne maîtresse de Clinton qui l'accuse de l'avoir harcelée. De tels soupçons pourraient lui coûter très cher s'ils se révélaient fondés. J'étais en France au moment de la mort de François Mitterrand. Daphne a dit une fois qu'elle ne comprenait pas la tolérance des Français à l'égard de la seconde famille de leur président. Moi, c'est celle de son épouse qui m'échappe. Ici jamais une première dame n'aurait eu de ces complaisances.

— Qu'est-ce que vous faites des Kennedy, objecta David. Jackie a bien encaissé d'être constamment trompée.

— C'était un autre temps, David. Et ce n'était pas officiel. Si le peuple américain l'avait su, il aurait sûrement réagi.

— Moi, je trouve cela hypocrite, dit Jacqueline. Danièle Mitterrand a été franche et elle a été noble. Elle aimait son mari tel qu'il était, même avec une fille naturelle. Et elle ne voulait rien cacher. C'est un signe de maturité pour les Français de l'avoir accepté. Ils savent que les présidents sont des êtres humains. Ils ne sont pas faits autrement que les autres.

— Que les autres Français, sans doute, s'exclama Pamela. J'ai vu des chiffres sur les familles parallèles entretenues par les hommes mariés en France. C'est époustouflant. Il est vrai que Mitterrand n'est pas le seul Français à s'être conduit ainsi.

— Et quand bien même, répliqua Daphne. Un président ne doit pas se conduire comme un citoyen moyen. Il doit donner l'exemple.

— Vous aviez bien raison, Jacqueline, de dire que nous sommes un peuple idéaliste, s'écria David. Tous nos personnages publics sont censés être des Supermen. Gare à eux s'ils ont une fois dans leur vie manifesté quelque faiblesse trop humaine !

— Allons, David, intervint Brandon sans agressivité. Comme on le disait tout à l'heure, ses faiblesses trop humaines n'ont pas empêché Bill Clinton de recueillir les suffrages d'une majorité d'Américains, ni moi d'assister à son *inauguration* à Washington.

— C'est vrai, admit Corinne. Nous avons interrompu Brandon qui nous racontait la cérémonie, ce qui est très impoli surtout en Amérique. À présent. Trêve de diversions. Nous vous écoutons, cher Brandon. »

Brandon soudain se sentit des ailes. Il avait le sentiment aigu que tout allait marcher avec les gens de Hollywood, que la fortune était au coin de la rue. Mais il oublia momentanément sa carrière pour se concentrer sur son récit. Le lundi 20 janvier, sur Pennsylvania Avenue, la grande artère washingtonienne entre la Maison Blanche et le Capitole, il avait regardé le défilé mené par la Première Famille, Bill, Hillary en rose et leur fille Chelsea en bleu clair, talonnée par le vice-président Gore, sa femme Tipper en bleu plus soutenu, leurs trois filles en noir et leur fils, et suivie par des représentations des cinquante États américains. Le franchissement du deuxième millénaire était le thème dominant des festivités marquées par le défilé dont les orchestres avaient joué jusqu'à l'aube, par les feux d'artifice répartis en dix endroits et par les quatorze bals, un record historique par rapport aux cinq bals de Kennedy, aux neuf de Reagan et même aux onze de George Bush. Une vaste tente consacrée à la Haute Technologie facilitait l'itinéraire vers le monde du futur de ce symbolique *American Journey*, voyage américain.

« J'ai regardé le défilé, à l'angle de Pennsylvania Avenue et la Quatrième Rue. J'ai vu passer d'innombrables orchestres venus de tous les États. Et aussi les danseurs esquimaux d'Alaska, les Indiens Navajo, les groupes *latino* du Montana, les unicyclistes d'Ohio et même des mulets venus d'Arkansas, l'État du Président. Je rappelle, pour ceux qui l'ignoreraient, que George Washington déjà était le père de l'industrie des mules en son temps. Heureusement que je m'étais habillé chaudement. Il faisait froid ce jour-là, ce qui n'a pas empêché Chelsea, la Première Fille, comme disent les journalistes, d'imiter son papa et d'enlever son manteau, sous lequel elle dissimulait une minijupe.

— J'aime la pompe de ces *inaugurations*, remarqua Karen. Nous n'avons pas de rois mais nous avons gardé la tradition anglaise. Ce cérémonial, dans une démocratie, est la manifestation de sa continuité, de son indestructibilité. C'est notre façon d'affirmer notre identité nationale, et aussi un peu notre immortalité.

— Moi, j'adore les grandes cérémonies publiques, dit Jacqueline. Les investitures présidentielles ici me font penser à notre 14 Juillet.

— Ou aux grandes cérémonies comme la commémoration du bicentenaire de la Révolution et celle du Débarquement, ajouta Corinne.

— Dommage que celle-ci ait eu lieu en l'honneur d'un homme qui est un escroc et un incapable, rétorqua Ed. Son discours d'investiture, comme vous dites, n'avait aucun intérêt. Quelle différence avec le président Reagan en 1981, affirmant que "le Gouvernement, dans la crise actuelle, n'est pas la solution à notre problème; le Gouvernement *est* le problème".

— Le Gouvernement, intervint Corinne, vous voulez dire ou plutôt traduire l'État, Ed, *Government* n'est pas le gouvernement en français mais l'État.

— Moi, je préfère cette autre phrase célèbre du discours de Kennedy, en 1961, lança David. "Et donc, mes chers compatriotes, *my fellow Americans*, ne demandez pas ce que votre pays peut faire pour vous, demandez-vous ce que vous pouvez faire pour votre pays."

— Ou celle de Franklin Roosevelt, en 1933, ajouta Cleonice. "La seule chose que nous ayons à craindre est la crainte elle-même."

— Moi, j'aime bien ce que le président Clinton a dit sur l'avenir, affirma Pamela. Ce n'est pas facile à traduire mais c'est à peu près ça : À l'aube du XXIᵉ siècle, un peuple libre doit maintenant choisir de maîtriser les forces de l'Âge de l'Information et de la société globale, de libérer les infinies possibilités de notre peuple, et, oui, de former une parfaite union.

— S'il n'y avait pas ici des dames, je dirais crûment ce que je pense de ce discours, répliqua Ed. Je me contenterai de donner un équivalent modéré : c'est de la crotte de bique. » L'accent de Ed était si caricatural en prononçant ces mots que Corinne et Jacqueline réprimèrent un sourire, tandis que Pamela lui coulait un regard furieux.

La séance de janvier achevée, les étudiants du Salon revenaient à leurs problèmes personnels, leur vie individuelle. L'existence de Daphne était en train de basculer. Richard avait déserté le foyer et elle lui intentait un procès sous la houlette de Karen qui la portait à bout de bras afin qu'elle ne fléchisse pas. Sans son amie, elle se serait fait avoir comme une idiote. Leur amitié en ce temps de crise les aidait autant l'une que l'autre. Daphne remontait le moral de Karen après chaque séance de chimio. Au moment de l'opération, elle avait été la chercher à l'hôpital et s'était occupée d'elle pendant plusieurs jours. Les hôpitaux américains ne gardaient pratiquement pas les malades. Les jeunes accouchées n'y restaient pas plus de deux jours. Si on était seul, cela pouvait être très difficile.

Un temps, Karen avait rejoint un *support group*, groupe de soutien, exclusivement composé de malades du cancer. Mais la fréquentation de cancéreux plus atteints qu'elle et fixés sur un sujet obsessionnel avait fini par la déprimer plutôt que la réconforter. Et Karen trouvait la compagnie de Daphne plus tonifiante et plus joyeuse. Du moins auprès de sa nouvelle amie se sentait-elle utile !

Indissociables, Karen et Daphne mèneraient à bien leur combat réciproque. Karen avait même eu une nouvelle idée. Puisqu'elles changeaient de vie toutes deux, pourquoi ne pas changer aussi de visage. Son amie Tess s'était fait faire un lifting et, dans les deux mois qui avaient suivi, avait trouvé un amant de dix ans plus jeune qu'elle.

« Ton mari en fera une drôle de tête, lorsqu'il te retrouvera avec quinze ans de moins, assurait-elle à Daphne. Moi, dès que je me sentirai mieux, si mon chirurgien est d'accord, je me lance. »

Daphne n'était pas sûre d'avoir envie de passer sur le billard mais elle admirait le courage de son amie, qui n'hésitait pas, après avoir traversé une telle épreuve, à en envisager une autre volontaire.

Pamela relut la lettre qu'elle avait reçue de Fabienne. La première depuis que celle-ci avait décidé de vivre avec ce Brian sans intérêt. Maintenant, elle travaillait dans une cafétéria à Santa Monica pour payer le loyer de la chambre minable qu'elle louait avec son ami. Aux yeux de Pamela, la jeune Française ruinait son avenir. Leur dernière discussion avait été très orageuse. Lorsque Fabienne lui avait soutenu qu'à vingt ans on devait avant tout jouir de la vie, aimer, s'enthousiasmer, faire des expériences même décevantes, Pamela avait rétorqué qu'à cet âge on devait avant tout baliser le chemin sur lequel on allait devoir marcher durant le reste de son existence. Couper les amarres d'un vaisseau fantôme était stupide et irresponsable. Elle regretterait sa décision. Fabienne avait ri. La vie était un ensemble de désirs, de nostalgies, de découvertes, de succès et d'échecs. Au Moyen Âge, on « vivait » à quatorze ans, pas à trente. La société moderne étouffait sa jeunesse, en faisait une armée frileuse et inquiète. Elle aimait Brian, sa bohème, sa décontraction, sa volupté à se dorer sur la plage et à surfer dans les vagues. C'était la vraie vie, plus que de s'enfermer dans une bibliothèque avec des centaines d'autres étudiants qui ne rêvaient que de vous dépasser. Fabienne avait aimé Austin, maintenant elle adorait la Californie. « Et Nantes, et ta famille ? » avait avancé Pamela. Fabienne avait haussé les épaules. Ses parents, le premier choc passé, comprendraient. Eux-mêmes s'étaient pas mal éclatés quand ils avaient son âge. Elle reviendrait à Nantes avec de beaux souvenirs.

« Mais, tu vas l'épouser ? » avait insisté Pamela. Fabienne avait éclaté de rire. « Voyons, je suis beaucoup trop jeune pour me marier ! Mes parents ne l'accepteraient jamais. » Pamela n'en était pas revenue. Fabienne lâchait tout pour un garçon dont elle ne souhaitait même pas devenir la femme. Décidément les Français étaient impossibles à comprendre. Et sa famille qui tolérait une aventure aussi choquante mais qui n'accepterait pas de la voir se régulariser ! Aux États-Unis, c'était une autre chanson. Une amie de la mère de Pamela, divorcée, n'avait pas osé avouer à ses parents qu'elle vivait avec un autre homme sans être mariée. Pourtant Olga avait quarante-quatre ans. Elle était libre. Et c'était la mère de Pamela qui servait de boîte aux lettres. Toutes ces contradictions déroutaient la jeune Californienne, qui se retrouvait par ailleurs dans l'obligation de remplacer Fabienne si elle voulait arriver à payer le loyer de son appartement. Fin janvier, en plein hiver, trouver une *room mate*, une colocataire, relevait de la quadrature du cercle. Décidément l'irresponsabilité de Fabienne la mettait dans de beaux draps !

Brandon se dépêcha de rentrer. On cherchait à le joindre, il le sentait, il le savait. Il avait eu du mal à attendre la fin du Salon de conversation ! Sauf quand il était absorbé dans ses propres récits. Dix fois, il avait eu envie de se lever, de trouver une excuse, de filer. Cette urgence à partir le prenait de plus en plus souvent, dans un bar gay au milieu de la nuit, au restaurant quand le service traînait en longueur, chez des amis lorsque les conversations patinaient. Mais à l'Opéra, dans les loges, les coulisses, sur la scène, il se détendait enfin, il était chez lui. Et s'il était choisi pour le rôle, comment s'adapterait-il à Hollywood ? Les cartes à abattre seraient son talent, sa beauté, sa jeunesse et son goût des hommes. Comme toujours. C'était angoissant.

Alba Luz avait pris sa décision. Elle abattrait ses

cartes dès aujourd'hui. Elle savait que sa tactique d'avance spontanée et de repli immédiat marcherait. Si elle voulait David, et Dieu savait combien c'était le cas, il fallait se rendre désormais indispensable et l'assujettir. Les femmes de son pays avaient un charme sensuel, une spontanéité joyeuse, un sens du dévouement et un souci du confort de l'homme aimé, étrangers à la plupart des Américaines du Nord. David était vulnérable, plus fuyant que doux, aussi immature qu'intellectuel. Il haïssait les engagements, les responsabilités, elle les lui ferait accepter sans en avoir l'air. Depuis la petite enfance, lutter pour s'imposer et obtenir le minimum lui était familier. Rebuffades comme échecs momentanés ne la décourageaient pas. Petite fille, elle avait été durement réprimandée, parfois battue et elle avait appris à considérer les violences comme des banalités, en aucun cas susceptibles de freiner ses désirs. David, ses faux-fuyants et ses arguments tarabiscotés ne lui faisaient pas peur. Par cœur elle connaissait l'algèbre des sentiments. Avec David, elle distillerait les nombres un à un. Alors qu'il se dirigeait vers le parking, la jeune femme lança sa première estocade. Elle n'était pas libre ce soir. Aussitôt à son regard, elle vit qu'il était touché. Maintenant il fallait se dépêcher de décamper, le laisser dans l'incertitude. Ne pas téléphoner. Tenir bon jusqu'à ce qu'il la supplie.

Lorsque Brandon Napoleon tourna la clef dans sa serrure, le téléphone sonnait. « Ici la résidence de Brandon Napoleon, je suis absent pour le moment... » Le jeune homme se précipita, coupa le répondeur.

« Brandon Napoleon ? Ici l'assistant d'Alex Makarov. Je vous passe le patron... »

Brandon se servit un verre de vodka. Son cœur battait la chamade. C'était absurde, il rêvait... Lui choisi pour un deuxième rôle dans une superproduction de quarante millions de dollars ! L'alcool lui brûla le gosier.

Il hésita et alla verser le contenu de son verre dans l'évier. Maintenant il devait respecter sa voix, elle valait plus de billets verts que son père n'en avait gagné dans toute son existence. Il faut que je prévienne mes parents, pensa-t-il. Le triomphe de leur enfant serait une revanche contre la pauvreté, l'humiliation d'être cajun en pays anglo-saxon, et le regret d'avoir un fils homosexuel. Dans trois mois, juste après la dernière réunion du Salon de conversation, il serait à Hollywood. La désuète petite assemblée lui avait porté bonheur.

VIII

Valentine's Day

La Saint-Valentin

Ce qui avait été une simple perspective devenait pour Cleonice un pari à tenir. Allait-elle ou non décider d'adopter Kevin. La veille, l'assistante sociale l'avait appelée sur le coup de cinq heures. « Nous avons un enfant pour vous. Plus âgé que ce que vous souhaitiez. C'est un garçon. Il s'appelle Kevin. Vous devez nous donner une réponse définitive dans vingt-quatre heures. » Cleonice avait demandé si elle pouvait le voir avant de se déterminer. On lui avait refusé d'un ton sec : « Il s'agit d'un être humain, Mrs Schuller, pas d'un petit singe. » Décidément elle n'était pas sympathique à l'assistante sociale. C'est elle sans doute qui avait dû influencer la commission chargée de statuer sur son cas. On lui avait refusé la possibilité d'adopter un nouveau-né ou un petit enfant. Cleonice était trop âgée. Et puis célibataire et pas très conventionnelle. En conséquence, elle était habilitée à recevoir un de plus de dix ans. Point à la ligne. Pourtant malgré les risques, l'idée de prendre un préadolescent ne déplaisait pas complètement à Cleonice parce que c'était un défi. Par l'âge, il serait plus proche de l'enfant auquel elle avait renoncé. Mais elle s'était habituée à l'idée d'une petite fille. Se décider en vingt-quatre heures sur un changement aussi radical de son existence n'allait pas de soi. En dépit de ses angoisses, Cleonice avait résolu de participer au Salon de conversation. Cela lui éviterait de ruminer au moins pendant quelques heures.

Le bus était presque vide. Les jours de pluie, beaucoup de gens détestaient attendre une voiture toujours en retard. Cleonice observa par la fenêtre les rues bien droites bordées de leurs coquettes maisons. Des familles avec ou sans histoires, des destins simples ou compliqués. Le sien était en train de se jouer avec cette décision à prendre. Mais l'attente serait longue, angoissante. Et si elle parlait de Kevin au Salon de conversation ? En dehors de ses propres sentiments, l'enfant prendrait alors une réalité, il deviendrait en quelque sorte membre du groupe. C'était un moment unique pour présenter Kevin. Jusqu'alors elle avait participé aux conversations sans se livrer cependant. Elle se sentait différente, un peu isolée. Des groupes s'étaient formés, des amitiés étaient nées, des amours avaient éclos. Edward et Jacqueline allaient se marier en juin, tout de suite après le dernier Salon de conversation. Depuis leurs respectifs maladie et divorce, Karen et Daphne étaient devenues inséparables, David et Alba Luz roucoulaient, Brandon Napoleon vivait sur son nuage hollywoodien et Corinne écoutait chacun avec tendresse. Son tour était peut-être venu de partager avec le groupe les inquiétudes de cette difficile décision.

Son regard tomba sur l'*Austin Post*, son employeur, que lisait avec attention un Asiatique d'une quarantaine d'années. Parce qu'elle avait voulu réfléchir chez elle, elle ne s'était pas rendue au journal et n'avait pas découvert les nouvelles du jour avant les lecteurs, comme d'habitude. Comment avait-elle pu oublier ? C'était aujourd'hui le verdict définitif dans le procès civil de O.J. Simpson, vedette noire du football américain, accusé d'avoir tué sa femme Nicole et un ami de celle-ci, en juin 1994. Après avoir été une première fois acquitté dans le procès criminel, il venait d'être condamné par les jurés du procès civil à verser vingt-cinq millions de dollars aux parties civiles. Vingt-cinq millions de dollars, quand l'Américain moyen en gagnait de trente à quarante mille par an. Le tribunal qui venait de le juger responsable était entièrement blanc, la seule Africaine-Américaine ayant été disqualifiée par le juge Hiroshi Fujisaki. Cleonice sentit une énorme lame d'amertume la submerger. Les médias — y compris son propre journal — avaient donné à cette sinistre histoire une attention démesurée. On ne parlait en revanche jamais des Africains-Américains démunis et souvent innocents des crimes dont on les accusait, qui attendaient, dans les quartiers des condamnés à mort, des pourvois constamment refusés par la justice blanche.

Pour une fois qu'un inculpé noir était riche et puissant, on le condamnait à la ruine dans une parodie de justice où les Noirs étaient convaincus de son innocence et les Blancs de sa culpabilité. Décidément, il ne faisait pas bon être noir dans un pareil pays, à une pareille époque. Si elle ne l'adoptait pas, que deviendrait le jeune Kevin? Un délinquant comme la plupart des adolescents noirs, qui un jour ou l'autre serait rattrapé par la justice blanche? L'idée que le procès de l'Africain-Américain le plus célèbre d'Amérique risquait d'alimenter les conversations du Salon ce jour-là faillit décider Cleonice à faire demi-tour. Mais elle résolut de réagir positivement. Certains des étudiants étaient ouverts à ces problèmes, notamment Alba Luz, Jacqueline, Brandon et surtout Corinne. Et si elle n'essayait pas de leur expliquer clairement et raisonnablement sa position, qui d'autre le ferait à sa place? Cleonice rassembla son écharpe, son sac, un paquet. Le bus allait s'arrêter dans un instant devant le petit immeuble de l'Alliance française.

La veille du Salon de conversation, Pamela avait envisagé de passer une soirée assez terne. En rentrant de son cours de Finances publiques, vers cinq heures de l'après-midi, elle avait écouté les messages — pas très intéressants — laissés sur le répondeur et ouvert son courrier pour n'y trouver que les habituelles sollicitations pour des assurances destinées aux étudiants et des propositions de cartes de crédit à des tarifs alléchants. Elle avait décidé de ne pas sortir ce soir-là. Elle dînerait d'une soupe de poulet en sachet et d'une barre aux céréales, puis travaillerait jusqu'à deux ou trois heures du matin. Pas question de rater les tests et de voir descendre sa moyenne au dessous de A. *Straight As*, rien que des A. C'était ce qu'il fallait si on voulait par la suite intégrer une bonne université pour les études *graduate* de maîtrise et de doctorat. Le stage de six semaines qu'elle avait décroché pour l'été dans les bureaux de son sénateur démocrate à Washington commençait fin mai. En juillet et août, elle travaillerait dans une banque en Californie afin de gagner un peu d'argent. Prendre plus d'une semaine de vraies vacances serait problématique mais pas une de ses amies ne s'octroyait de longs moments de repos. Et Pamela considérait qu'elle avait de la chance : ses parents acceptaient de payer pour son université. Certains étudiants autour d'elle étaient endettés jusqu'au cou pour régler leurs études, même lorsqu'ils avaient des situations familiales qui leur permettaient d'obtenir des bourses, et consacreraient leurs premiers salaires pendant des années à rembourser leurs emprunts. La dette serait épongée à peu près au moment où ils fonderaient une famille et devraient commencer à mettre de l'argent de côté pour les études des chers petits, à commencer par l'école primaire, qui n'était pas donnée. Pamela acceptait de bon cœur ce système comme la plupart de ses camarades et était convaincue qu'il n'y en avait pas de meilleur. Le système d'éducation à la française était peut-être gratuit mais donnait des irresponsables comme Fabienne qui décampait à la première occasion et gaspillait ses chances.

Tout en avalant sa soupe, Pam consulta la liste des

postulants au logement dans les petites annonces de l'*Austin Post*. Trouver quelqu'un pour partager son appartement après janvier était problématique. En deux mois, elle n'avait déniché personne et le loyer pesait trop lourd sur son budget. Pour faire face, elle ne sortait plus, avait renoncé aux cours de peinture et s'achetait ses vêtements dans les *thrift shops*, boutiques d'occasion façon puces. Elle avait lancé un grand SOS à ses parents mais ils n'avaient pas marché. Pamela n'avait qu'à se débrouiller et à mieux choisir ses colocataires.

Pam referma le journal. Rien encore aujourd'hui. Malgré la dépense, elle devrait se résoudre à passer bientôt une petite annonce, entreprise délicate, la loi américaine interdisant toute forme de ségrégation, donc de sélection. On ne pouvait spécifier ni « jeune », ce qui aurait heurté les vieux, ni « fille » par peur de sexisme antimâle. Il fallait finasser, parler de compagne ou de personne décontractée aimant l'ambiance estudiantine. Qui lisait comprenait. Peu de temps auparavant, une agence de location avait été poursuivie pour publicité non conforme à la loi de l'*Equal Opportunity*. L'annonce spécifiait : « Maison à vendre, vue sur la mer, centre commercial accessible à pied ». Tout dans cette formulation était illégal : la vue sur la mer outrageait les non-voyants et le centre commercial accessible à pied insultait les handicapés. L'agence avait été contrainte de modifier le texte. Vue sur la mer était devenu bord de mer et la distance des supermarchés n'avait plus été évaluée selon un barème pédestre. C'était bien ainsi. Depuis son entrée à l'université, Pamela, essayait de lutter contre toutes les ségrégations. Surtout à l'égard des femmes. La discrimination se terrait partout, dans les mots, les attitudes, les mentalités, la publicité, les discours, les films, les romans, les conversations. Celles du Salon de français par exemple. Pamela depuis la rentrée de janvier et ses démêlés avec David Bernstein, tenait un journal spécial où elle notait tout ce qui la choquait. Elle n'avait pas vraiment l'intention de s'en servir mais on ne savait jamais.

La jeune fille n'osait s'avouer que le naturel et la spontanéité de Fabienne lui manquaient. Leurs différences même les rendaient complémentaires. Chacune des deux constituait pour l'autre un champ infini de réflexion et d'étonnement. Pamela en avait appris autant sur les Français et les diversités culturelles en trois mois avec Fabienne qu'au mensuel Salon de conversation. De plus une longue expérience des colocataires avait rendu Pamela méfiante. Il y en avait de tous les genres : ceux qui laissaient leurs affaires en l'air et ceux qui rangeaient toute la maison avec une frénésie maniaque, ceux qui laissaient d'exorbitantes notes de téléphone impayées et ne réagissaient pas à la coupure de la ligne commune et ceux qui chronométraient les communications *long distance* des autres. Ceux qui remontaient le chauffage quand tout le monde avait le dos tourné et ceux qui vous *empruntaient* une pincée de sel pour n'avoir pas à vous offrir une cuillerée de café. Fabienne n'avait aucun de ces défauts. Elle était réglo, comme elle le disait elle-même en parlant de Pamela. Et puis elle était amusante, imprévue. L'autre jour, quelqu'un au Salon de conversation avait déclaré que les Français avaient bien des défauts mais qu'on ne s'ennuyait jamais avec eux ou chez eux. Fabienne illustrait bien ce caractère national. Et Pamela ne s'ennuyait pas avec Fabienne même si elle l'aurait préférée moins directe et plus attentive à une politesse, que la jeune Française taxait d'hypocrisie.

Au moment où Pamela décidait mélancoliquement de remiser pour de bon le *mug*, la chope de café, qu'elle avait elle-même offert à Fabienne le matin de son premier petit déjeuner, elle crut entendre la clé tourner dans la serrure. Son sang ne fit qu'un tour. La peur du violeur n'était jamais loin et le quartier n'était plus sûr. Une étudiante s'était fait agresser la semaine précédente à deux rues de là. Pam bondit jusqu'au tiroir de la cuisine où elle rangeait le petit revolver que lui avait offert son père pour se protéger et elle braquait la petite arme d'une main assurée, lorsqu'elle perçut un grand éclat de rire et l'accent de la petite « grenouille » française à laquelle elle était en train de penser. « Ne tire pas, Pam, c'est moi. *It's me Fabi* », lançait la voix familière. Fabienne bronzée, avec une chevelure poussée jusqu'aux épaules et un look très californien, s'encadrait sur le pas de la porte.

« Je suis revenue... Tu veux bien encore de moi, Pam?. Tu avais raison. J'aurais dû t'écouter! Je me suis conduite comme une idiote. Ah, les hommes! Pamela, écoute... il faut que je te raconte... »

Ces quelques semaines avaient débarrassé Fabienne de beaucoup d'illusions. Son plagiste doré qui avait l'air d'un dieu sur les planches de surf n'avait pas grand-chose à dire à la maison. Sa grande distraction était de faire défiler dans son gosier des théories de canettes de bière et de s'affaler pendant des heures devant les programmes les plus ineptes de la télé. Fabienne, qui jusque-là n'avait jamais vraiment travaillé, rentrait à deux heures du matin du bar où elle était serveuse, exténuée et démoralisée. Elle n'avait pas parlé français depuis des semaines et n'osait pas communiquer avec sa mère, parce que son père lui avait raccroché le téléphone au nez quand elle avait essayé d'appeler d'une cabine le jour de son anniversaire.

Pamela hésitait à lui révéler à quel point elle lui en avait voulu de ce qu'elle considérait comme une trahison de leur cause. Ensemble elles avaient discuté des heures sur le rôle des femmes, leurs droits dans la société, la liberté qu'elles devaient revendiquer envers et contre tous. Et puis, quelques semaines plus tard, Pamela surprenait Fabienne dans les bras de ce type rencontré la veille sur la plage, le feu aux joues, le verbe balbutiant, les mains tremblotantes.

Mais cette Fabienne appartenait déjà au passé. Elle

était redevenue elle-même. Pamela l'aiderait à se rattraper. Aux États-Unis, on pouvait toujours se rattraper. Fabienne devrait faire amende honorable, aller voir le Doyen de l'Université, et Cosby, le patron de l'Alliance, pour qu'ils consentent à la reprendre à leur tour. Au fait, avait-elle téléphoné à Corinne?

« Oh! Corinne, elle, elle me comprendra », dit Fabienne avec conviction.

Pamela en était moins sûre. Corinne avait eu des mots assez durs en apprenant la nouvelle de la désertion de son assistante. Fabienne suggéra de lui faire la surprise en débarquant le lendemain au Salon de conversation sans la prévenir. Intimement elle espérait que la réaction de sa patronne serait adoucie par la présence du groupe mais Pamela n'était pas de cet avis. On ne prenait pas ainsi les gens par surprise. Fabienne devait assumer ses actes et ne pas mettre Corinne dans l'embarras sans lui laisser le temps de se préparer. La jeune Française s'inclina. Le lendemain elle appela Corinne Lesage chez elle pour s'excuser, lui apprendre qu'elle était rentrée et demander humblement à reprendre ses activités.

La première réaction de Corinne fut brutale. On n'avait pas idée d'avoir une pareille tête de linotte, de se comporter comme une girouette irresponsable. Corinne cependant épargna à Fabienne les détails. À la nouvelle de l'abandon de son assistante, Cosby avait piqué une de ses colères légendaires. Corinne avait été convoquée dans le fameux bureau directorial où Cosby lui avait imputé ce qu'il appelait un choix fait « à la légère ». L'Alliance avait payé le voyage de Fabienne, s'était même montrée assez généreuse pour lui octroyer un peu d'argent de poche à une époque où maints étudiants étaient heureux d'accepter des stages bénévoles. Le résultat de cette libéralité n'était guère probant. « Toute la jeunesse française est-elle aussi inconséquente? avait-il perfidement interrogé. Je comprends que votre pays ne se porte pas bien en ce moment. »

Dans le contexte actuel des difficiles relations franco-américaines, c'était plus qu'une pierre dans le jardin de Corinne. Cette dernière avait constaté que ses relations avec Cosby étaient conformes au baromètre des rapports politiques et diplomatiques entre les deux pays. Elles avaient été désastreuses quand la France avait repris ses essais nucléaires, et s'étaient rétablies pour se détériorer à nouveau sur la question de la désignation du secrétaire général de l'ONU, puis sur celle du commandement sud de l'OTAN et sur celle de l'Afrique. L'incident diplomatique au cours duquel le ministre français des Affaires étrangères avait quitté la pièce où l'on portait un toast à Warren Christopher, survenu à peu près au moment où Fabienne avait convolé avec son plagiste, n'avait donc pas arrangé la qualité de la communication entre Cosby et Corinne.

Corinne savait aussi qu'à l'étranger, on portait toujours un peu son pays en bandoulière. Et qu'il fallait de gré ou de force en assumer les choix. Que le gouvernement en France fût de gauche ou de droite ne changeait rien. Les deux septennats de François Mitterrand avaient été très mal perçus par la majorité des Américains, qui ne faisaient pas toujours la différence entre communisme et socialisme. Et il fallait essayer d'expliquer sinon de justifier des politiques avec lesquelles on n'était pas nécessairement d'accord.

Les Français de France n'étaient pas toujours conscients des problèmes des expatriés. Ils pensaient généralement que les absents avaient quitté le navire pour aller faire la fête ailleurs. L'expatriation vécue par les intéressés comme un exil était perçu par leurs compatriotes demeurés en France comme une désertion. Mais combien d'entre eux auraient accepté ou acceptaient effectivement les difficultés d'adaptation à l'étranger, le sentiment d'infériorité que créaient l'ignorance ou la méconnaissance de la langue ou des habitudes, la nostalgie parfois irrépressible du pays? Sans parler de l'obsession que produisait chez certains hexagonaux la privation des innombrables petits plaisirs de la bonne chère? Corinne sourit à l'évocation de ces soirées où ses compatriotes exilés s'entretenaient sans relâche de la meilleure manière de faire passer à la douane un saucisson de pays, un vrai calendos ou un foie gras frais. Chacun avait ses histoires héroïco-comiques, jusqu'à la tragédie d'Albert, originaire du Périgord, qui s'était fait pincer par la douane de Miami, alors qu'il rapportait un superbe confit cuisiné par sa propre mère, et qui avait assisté, impuissant, au passage de l'incomparable délice dans la machine qui s'appelait *exterminator*, sous le regard impavide d'analphabètes du palais.

Arrivée au Salon de conversation pour faire quelques photocopies avant l'arrivée des étudiants, Corinne essaya de décider quelle serait la meilleure attitude à adopter. Certes, Cosby n'avait pas tort. L'escapade de Fabienne était une inconséquence. Mais elle avait vingt ans. À son âge, Corinne avait quitté la maison de ses parents pour vivre avec un acteur famélique qui l'empêchait par jalousie d'aller suivre les cours à la fac. Comme Fabienne, elle avait vite compris, et était rentrée dans l'ordre et le giron familial, avant de s'amouracher de Jean-François et de l'épouser malgré certaines réserves paternelles qui s'étaient vite révélées fondées. Après tout : il fallait que jeunesse se passe, comme l'avait dit Mme Vouillé elle-même. Mais les enjeux avaient changé depuis les années soixante-dix. Fabienne aurait très bien pu tomber sous la coupe d'un drogué ou attraper le sida. Rien de grave, Dieu merci, ne s'était produit et il lui parut soudain évident que mieux valait passer l'éponge et se réjouir que Fabienne fût en bonne santé. Quant à Cosby, son puritanisme joint à son nationalisme le rendaient injuste. Mais il avait aussi ses faiblesses cachées. Corinne décida d'intercéder en faveur de sa jeune assistante.

Karen cherchait une place pour sa voiture. Le parking était plein. C'était toujours ainsi les jours de pluie, les gens se détournaient des transports en commun pour s'engluer dans la circulation. En dépit de travaux considérables, les autoroutes à peine ouvertes étaient saturées aux heures de pointe. Austin se développait à toute allure. La ville studieuse, écolo et un brin provinciale des années quatre-vingt faisait place à une métropole industrielle d'avant-garde.

Pour la première fois depuis des mois, Karen se sentait détendue. La nuit précédente, elle avait pu s'endormir sans l'aide de tranquillisants. Le cauchemar était derrière elle. Maintenant elle allait remercier les médecins et leur tourner le dos. Par l'intermédiaire d'amis, elle avait obtenu l'adresse d'un nutritionniste vivant au Nouveau-Mexique qui fournissait en protéines d'anciens cancéreux. Leur rétablissement semblait spectaculaire. Quoique considérable, le prix de ces protéines expédiées chaque semaine ne la décourageait nullement. Son salaire lui permettait de rejoindre le groupe des privilégiés ayant accès à une médecine différente. Innombrables étaient les déçus des hôpitaux et des cabinets de consultation. À peine avait-on franchi leur seuil qu'un engrenage inexorable se déclenchait : radios, analyses, spécialistes de plus en plus « pointus ». « Pour éviter les procès, lui expliquait-on, certains patients sont tellement vindicatifs ! » Vindicatifs ! Karen estimait qu'ils étaient plutôt réalistes. Elle-même n'hésiterait pas à engager un avocat si elle s'estimait trompée par son médecin. Leur statut ne leur accordait pas l'impunité. À un tel niveau de salaire, il fallait assumer ses responsabilités.

Enfin Karen dénicha une place. La pluie redoublait et

elle avait oublié son parapluie. Au loin, elle vit Daphne se hâter. Le divorce de son amie allait bon train et Richard commençait à regretter sérieusement de s'être laissé harponner par une ambitieuse sans autre intérêt que sa jeunesse. Il restait à voir si la demoiselle ne décamperait pas à l'annonce de la soudaine pauvreté de son amant vieillissant. Mark Swardson, son avocat, avait poussé ses pions comme un génie. Daphne aurait la maison, la voiture, les meubles à l'exception du bureau de Richard, une pension confortable et la garde des enfants. Elle pourrait se payer, tout comme son amie, un beau lifting programmé pour l'été, après la fin des cours du Salon de conversation. Et retourner sur les bancs de l'université — sans doute l'École d'infirmières — à peu près au moment où sa fille Libbie y entrerait. Karen prédisait à Daphne une vie professionnelle accomplie. Il y avait bien des exemples fameux de carrières entreprises par d'anciennes mères de famille ayant passé au foyer les vingt années nécessaires pour élever leurs enfants. Madeleine Allbright — bien que Daphne ne l'aimât pas beaucoup — en était un. Elle avait passé sa jeunesse à élever ses enfants. Et elle venait d'être nommée secrétaire d'État, le plus haut poste jamais occupé par une femme aux États-Unis.

Karen esquissa un sourire. Toute bataille remportée sur l'adversaire était un doux moment. À travers son amie, c'était un combat personnel qu'elle avait mené, une revanche à prendre sur les hommes qui l'avaient plaquée, un mari envolé, des collègues de bureau sans scrupules, le rejet de Brandon, sur la gent masculine tout entière et sans exception.

Daphne l'avait aperçue et se hâtait vers elle, un grand parapluie à la main. À tout moment on pouvait compter sur elle. Ce matin dans le journal, Karen avait lu un faire-part insolite dans les *Celebrities*. La chanteuse Melissa Etheridge et l'ex-femme de l'acteur Lou Diamond, Julie Cypher, y annonçaient qu'elles étaient les heureuses mamans, *proud mothers*, d'une petite fille née dans la région de Los Angeles et pesant huit livres et dix onces. Les deux femmes avaient indiqué l'année précédente que Cypher était enceinte mais elles avaient refusé de révéler la méthode de conception ou le donateur de sperme. Karen songea à la femme de ce collègue de bureau qui avait abandonné mari et enfants pour vivre avec une autre femme. Elles étaient de plus en plus nombreuses celles qui choisissaient la conjugalité officielle avec une compagne du même sexe. En Californie, il avait été sérieusement question de légaliser le mariage homosexuel. Soudain, Karen se demanda pourquoi cette idée lui était venue. Ni elle ni Daphne n'avaient la moindre inclination lesbienne. Mais la coexistence avec une autre femme était tellement plus simple! David Bernstein n'avait peut-être pas entièrement tort lorsqu'il parlait de guerre des sexes aux États-Unis. Pour sa part, depuis l'échec de sa tentative de séduction de Brandon, Karen fuyait tous les représentants de l'espèce masculine en général et le jeune Louisianais en particulier. Comment avait-elle pu se laisser aller à un tel comportement avec lui? Depuis qu'elle avait perdu un sein, c'était comme si Karen avait perdu tout désir. Sa toute nouvelle gynécologue avait beau lui affirmer que la libido lui reviendrait avec le temps, Karen était sceptique. Comment oserait-elle jamais se montrer nue à un homme, alors qu'un des bonnets de son soutien-gorge ne recouvrait que le vide?... Mais Daphne était près d'elle et agitait son parapluie trempé, tandis qu'elles pénétraient ensemble dans le sanctuaire du Salon de conversation.

Brandon était arrivé le premier. Son bonheur faisait plaisir à voir. Dans deux mois, il bouclerait ses valises et partirait pour Los Angeles. Avec son accent cajun qu'en vain Corinne tentait de corriger, il expliquait ses projets : louer une maison — pas un appartement, insistait-il, une maison — travailler encore et encore sa voix, suivre des

cours d'art dramatique, se mettre à l'italien. Et il n'oublie-
rait pas de perfectionner son français. Corinne connais-
sait-elle l'Alliance de Los Angeles? Y avait-il là-bas un
Salon de conversation? « Vous n'aurez guère de temps à
vous, remarqua la jeune femme. Tourner un opéra doit
exiger beaucoup d'énergie. » Brandon l'attendrissait.
Depuis qu'il avait obtenu le rôle, son côté gay un peu
agressif « ne voulant pas se faire marcher sur les pieds »
avait disparu. Il n'était plus qu'un très jeune homme
ébloui par la vie.

« Que pensez-vous du second procès de O.J. Simpson? demanda Corinne. L'Amérique tout entière ne parle
que de cela. »

Ce qui avait le plus interloqué Corinne était que, la
veille au soir, le président des États-Unis faisait le discours
tant attendu sur l'état de l'Union. Plusieurs chaînes de
télévision avaient préféré consacrer leur espace au verdict
Simpson qu'on attendait à peu près au même moment.
On avait même demandé à Clinton de déplacer son discours, ce qu'il n'avait heureusement pas accepté de faire.
Brandon passa la main dans ses cheveux blonds. Il portait
à l'oreille deux anneaux d'or entrelacés. Le cadeau d'un
ami? « Je suis satisfait de ce second verdict, dit-il. Simpson
était clairement coupable. Le premier procès n'était
qu'une parodie de justice.

— Comment osez-vous parler ainsi de la justice de
votre propre pays, Brandon? »

La voix de Cleonice était courroucée. Ni Corinne ni
Brandon ne l'avaient entendue entrer. Les autres
membres du Salon s'installaient un à un : Jacqueline et
Ed, les inséparables, puis Karen et Daphne et Alba Luz.
David était toujours en retard lorsqu'il venait seul.

Ça commence bien, pensa Corinne.

Mais cette fois Cleonice comptait se faire entendre.
« Lorsqu'un Africain-Américain est acquitté, c'est que la
justice ne vaut rien. Lorsqu'il est condamné, alors vive

notre merveilleuse justice américaine! Vous ne trouvez pas que c'est un peu léger... et mécanique.

— Si je peux me mêler de ce qui ne me regarde pas..., encore, intervint Alba Luz. Ce que je trouve moi léger et mécanique, c'est que lorsque O.J. est jugé par un jury noir, il est acquitté. Alors que, jugé par un jury blanc, il est condamné. Il n'y a pas une justice, il y en a deux. Certes mon pays, entre la mafia, les cartels de la drogue et les guérilleros, n'est pas un modèle. Mais on y juge les criminels une fois et une fois pour toutes. Ici on estime d'abord que le suspect n'est pas coupable du crime dont on l'accuse. Il est libre. On lui confie même la garde de ses enfants qui sont les propres enfants de la femme qu'il aurait tuée. Puis on le rejuge. Cette fois-ci on le déclare responsable du crime. Et on le condamne à payer une somme si énorme que c'en est ridicule, et dont il ne possède pas la première moitié.

— Qu'est-ce que cela prouve? fit remarquer Cleonice avec amertume. Que, pour les Noirs, il y a deux poids deux mesures. Pour une fois qu'un Africain-Américain a les moyens de se payer des avocats convenables, on le ruine. Et on s'acharne à le réduire par tous les moyens possibles en invalidant le jugement populaire prononcé par un jury noir. Parce que dans ce pays les Noirs ne sont pas crédibles. On les amuse en leur faisant croire qu'ils ont un poids quelconque et puis on les désavoue.

— Ce n'est pas parce qu'ils sont noirs qu'ils ont été désavoués. » David était entré lui aussi sans se faire remarquer tant les membres du Salon de conversation étaient absorbés par la discussion. « C'est parce qu'ils n'ont pas fait correctement leur travail, qu'ils avaient des préjugés, des *a priori*, des *bias*, biais, comme nous disons en Amérique. D'ailleurs, ils n'ont pas été désavoués puisque O.J. Simpson est libre.

— Libre mais ruiné, dit Cleonice et pas seulement dans ses biens. Dans sa réputation aussi. Quant aux *biais*, aux préjugés défavorables, le jury blanc lui aussi en avait et c'est pourquoi il a condamné Monsieur Simpson dans le procès civil.

— Franchement, ou je suis fou ou c'est mon propre pays qui l'est devenu. » Ed, d'ordinaire si affable, était aujourd'hui rouge de colère. « Enfin, quelle que soit la race de Mr O.J. Simpson, les preuves qui désignent sa culpabilité sont accablantes. Les photos montrent qu'il portait les chaussures du meurtrier. Il possédait aussi les gants du meurtrier. Il n'a pas d'alibi. Il a cherché au début à échapper à la police, ce qui est une réaction caractéristique d'homme coupable. Si cela ne suffit pas pour le condamner, alors je ne sais vraiment pas ce qu'il faudrait de plus.

— Toutes les preuves dont vous parlez ont pu être forgées par une police dont on a démontré qu'elle était raciste », persista Cleonice. Elle avait du mal à maîtriser sa révolte et son sentiment d'injustice. Tant de Noirs innocents avaient été condamnés parce qu'ils étaient pauvres et sans appui, tandis que des Blancs coupables d'avoir assassiné des Noirs n'avaient jamais payé leurs forfaits, à commencer par les membres du Ku Klux Klan. « De toute façon, les premiers jurés n'ont fait que répondre à une question qui portait sur leur intime conviction. Avaient-ils le moindre doute sur la culpabilité de Simpson. L'expression en anglais est : *beyond a reasonable doubt*. Au-delà du doute raisonnable. Y avait-il un doute raisonnable que le suspect soit innocent? Et effectivement, sa culpabilité n'a pas pu être établie. »

Ed n'osa pas rétorquer mais il bouillait intérieurement. Comment un être « raisonnable » pouvait-il affirmer que la culpabilité d'un homme n'avait pas été établie, alors que tous les indices, toutes les preuves l'accusaient? Ce premier jury du procès criminel était composé de femmes noires pratiquement illettrées. Décidément on ne pouvait pas faire confiance à ces « Africains-Américains », et Cleonice, personne éduquée, pour laquelle il avait eu jusque-là une certaine sympathie, ne faisait pas exception à la règle.

« Objectivement, nota David, si O.J. Simpson n'avait pas eu les moyens de se payer les Johnnie Cochran et les Lee Bailey qui sont les meilleurs avocats d'Amérique, je n'aurais pas donné cher de son innocence.

— Ce qui est vrai de Monsieur Simpson est vrai de tous les Blancs qui ont pendant des siècles pu acheter la justice de ce pays, rétorqua Cleonice.

— Moi, j'ai du mal à comprendre la popularité de O.J. Simpson, dans votre communauté africaine-américaine, remarqua Daphne. Voilà un homme qui a vécu avec les Blancs, joué au golf dans des golfs de Blancs, épousé une Blanche, un homme qui n'est jamais parti en croisade pour les causes africaines-américaines. Et le voilà soudain transformé par les Africains-Américains en héros noir et en symbole de la justice ou plutôt de l'injustice raciale.

— Il est surtout devenu le symbole de l'homme noir aux prises avec la justice. Autrement dit de la plupart des hommes noirs, dit Cleonice. Même le maire africain-américain de Washington a fait de la prison avant d'être réélu maire. En acquittant O.J. Simpson, c'est l'homme noir que le juré criminel a acquitté. En le condamnant aussi.

— Comme symbole, il y a mieux, jeta Jacqueline, avec cette gouaille, qui lui revenait en même temps que la pratique de sa langue maternelle parlée maintenant dans l'intimité avec Ed. Je préfère Martin Luther King. Lui était un homme généreux, courageux, idéaliste, un modèle pour les Noirs et même pour les Blancs. »

Cleonice regarda Jacqueline sans agressivité. Elle aimait la vieille dame et ne voulait pas la contredire brutalement. Elle respectait Luther King mais n'était pas dupe du « rattrapage » des Blancs. Cette figure pacifique, réduite à l'état d'ombre tutélaire les arrangeait. En l'honorant d'hommages parfois excessifs, ils indiquaient clairement la voie qu'ils souhaitaient voir emprunter à la société africaine-américaine. Mais le charme de l'homme l'emportait sur la propagande montée autour de son nom. Il avait été un homme de bonne volonté, confiant en l'avenir de son peuple. En cela, il était spécifiquement américain.

« Ce pays, enchaîna-t-elle, a toujours eu besoin d'hommes forts, certains s'imposant par la violence, d'autres par le verbe, d'autres enfin par l'efficacité de leurs actes. De Butch Cassidy à Lincoln en passant par le révérend Graham et Luther King, notre communauté s'est soudée dans la libre expression de l'individualisme. Chaque homme ou femme sur la terre d'Amérique, du plus démuni au plus nanti, a le sentiment d'appartenir à une communauté. Les Africains-Américains sont une entité originale, talentueuse, beaucoup plus homogène qu'ils ne le pensent parfois eux-mêmes. Qu'ils voyagent en Afrique, et ils verront que cette terre mythique n'est plus la leur. Ils sont devenus des Américains avec les traits dominants de ce peuple : le goût des biens matériels, l'agressivité mais aussi la tolérance et l'amour inconditionnel de leur liberté individuelle.

— Voulez-vous dire, interrompit Jacqueline, qu'un Africain-Américain serait plus proche d'un *Wasp*, anglo-saxon puritain et blanc, que d'un Malien ?

— Bien sûr, cela dépend aussi du milieu social, affirma Cleonice. Mais un enfant africain-américain sera plus à l'aise dans une belle demeure de Boston que dans une case bambara.

— Comme c'est dommage, martela Daphne. Ne pensez-vous pas que votre communauté perd là sa culture ?

— Aimeriez-vous revenir dans vos ghettos polonais ou vos misérables isbas russes ? »

La voix de Cleonice était moqueuse. En glorifiant les tribus africaines, les Blancs semblaient oublier de s'enorgueillir de leur propre passé. Pour un immigrant blanc nanti, combien de misérables, de repris de justice, de prostituées avaient débarqué sur la terre d'Amérique? Les célébrations africaines si prônées par les siens devaient rester pour elle des manifestations folkloriques comme le défilé des clans écossais ou la célébration de la Saint-Patrick par les Irlandais. Cleonice célébrait la *kwanza*, la fête que les Africains-Américains avaient établie comme un équivalent du Noël à l'européenne. Mais elle n'y attachait pas l'importance de beaucoup de ses *brothers and sisters* noirs. Les civilisations ancestrales si respectables aient-elles été ne détenaient pas le pouvoir magique de construire un avenir prometteur. La pensée de Cleonice revint à Kevin. S'il devenait son fils, la blessure laissée par Patricia commencerait alors à se cicatriser. Une logique d'amour se mettrait en place, chacun étant prêt en son temps à aimer et être aimé en retour.

David était d'accord avec Cleonice. Lorsque ses arrière-grands-parents vivaient dans leur ghetto juif en Russie ils n'avaient guère envie de le laisser derrière eux. Seule la menace d'un pogrom avait pu les décider à empaqueter leurs baluchons. Et toujours en Amérique ils évoquaient le « bon vieux temps », comme si on les avait chassés du paradis. Mais lequel d'entre eux serait retourné vivre dans les conditions d'autrefois après avoir goûté au rêve américain et même à ses désillusions?

Karen se préparait à répondre à Cleonice sur le procès Simpson. Elle était outrée que le nom de la victime n'ait pas même été mentionné. C'était tout de même une femme, Nicole Brown Simpson, qui avait été assassinée. Et, avant cela, notoirement brutalisée par son mari. Sous prétexte que Nicole Simpson était blanche, Cleonice n'en parlait même pas. Au moment même où Karen ouvrait la bouche, Pamela pénétra dans le Salon de conversation, avec un fracas de ferraille qui ne lui était pas habituel : son sac s'était renversé sur le parquet ciré avec le trousseau de clés et les pièces du porte-monnaie roulaient entre les pieds des uns et des autres. La jeune étudiante, cramoisie, bafouilla quelques excuses.

« Vous êtes seule, Pam ? » demanda Corinne, tandis que tous les assistants interloqués se demandaient à qui d'autre Corinne pouvait bien faire allusion. Avec l'arrivée de Pamela, le Salon était pourtant au complet.

« Pamela doit-elle nous présenter aujourd'hui l'heureux élu ayant réussi à lui inspirer autre chose que l'aversion unanimement méritée par nous autres, pauvres hommes ? » ne put s'empêcher de demander David.

Mais Pamela ne paraissait guère songer aujourd'hui à se scandaliser des facéties de David. « Il a fallu s'arrêter chez le directeur. J'espère que tout se passera bien », expliqua-t-elle mystérieusement à une Corinne complice. Le professeur fit à la retardataire un bref résumé de l'état de la discussion sur le verdict civil du procès O.J. Simpson. Pour une fois Pamela ne paraissait pas très au courant. Elle avait l'air dans les nuages.

« Pam ne me démentira pas, j'espère, reprit Karen, mais on ne parle jamais du fait que O.J. Simpson était un mari abusif et sa femme une épouse battue et brutalisée. Qu'elle ait été blanche et lui africain-américain, pour moi, n'a aucune importance. Nicole Brown Simpson est une victime des violences perpétrées par les hommes contre les femmes. Et je m'étonne que les femmes noires n'aient pas réagi à cette violence dont elles sont elles aussi victimes de la part de leurs hommes. À plusieurs reprises, Nicole Simpson s'était plainte des mauvais traitements de son mari et de la terreur qu'il lui inspirait. En soi ces plaintes constituaient un témoignage accablant contre lui. »

Cleonice se sentait profondément incomprise. Ces Blanches, qui n'avaient jamais souffert du racisme au quotidien, ne connaissaient pas la souffrance d'être constamment catalogué et évalué en fonction de sa race. Même les Juifs ou les autres peuples persécutés ignoraient l'étendue de cette disgrâce. Ils pouvaient toujours cacher provisoirement leurs origines. Elle même avait essayé de profiter de sa peau claire pour rompre au moins quelque temps avec la fatalité de son image raciale. Mais son frère Jonathan et les Noirs qui lui ressemblaient, eux, ne pouvaient s'offrir ce genre de répit.

En revanche, être une femme ne constituait pas en soi une douleur. Quoi qu'on dise, il y avait plus d'affinités entre les hommes et les femmes qu'entre les Blancs et les Noirs. Tout homme avait une mère, une sœur, une fille, une maîtresse pour laquelle il avait une affection le plus souvent profonde et sincère. Mais combien de Blancs avaient une quelconque tendresse particulière pour un Noir? Non. On ne pouvait pas comparer ces deux discriminations. Il était infiniment plus difficile d'être noir dans une société blanche que femme dans une société si machiste fût-elle, ce qui n'était littéralement le cas ni aux États-Unis, ni en France. Cleonice comprenait pourquoi les jurés du premier procès criminel, en majorité des femmes noires, avaient acquitté O.J. Simpson. Elles se sentaient plus solidaires de lui que de sa femme blanche.

« Les femmes noires sont tout aussi conscientes que les blanches de l'oppression masculine, répondit-elle à Karen. Anita Hill l'a abondamment prouvé il y a quelques années en attaquant courageusement Clarence Thomas, homme noir, son ex-patron et candidat à l'honneur d'être juge à la cour suprême, pour harcèlement sexuel. Mais dans le cas de Mr Simpson, ce n'est pas de discrimination sexiste qu'il s'agit mais de discrimination raciste. »

Cleonice pensa à Kevin. Les hommes noirs étaient décidément les grands perdants de cette société blanche. Les femmes, encore protégées par le *Welfare* qui les aidait à élever leurs enfants, s'en sortaient mieux qu'eux, dont l'espérance de vie était à peine celle des pays les plus sous-développés du monde. Il fallait adopter Kevin. Il fallait en sauver un. Il fallait qu'elle, Cleonice Schuller, adopte le petit Kevin.

« J'ai une communication importante à faire au salon de Conversation, déclara Cleonice presque malgré elle. J'ai pris la décision d'adopter un enfant. »

Tous les regards se tournaient vers elle, quand la porte s'ouvrit à nouveau.

« Décidément, pensa Corinne, c'est le jour des coups de théâtre. » Mortimer Douglas Cosby entrait avec majesté, précédé par son ventre et suivi par une petite Fabienne efflanquée comme un chat sous-alimenté, et la mine un peu contrite.

« Bonjour, les étudiants », dit Cosby, qui adorait les discours et les allocutions publiques et qui, en ces occasions particulières s'exprimait — avec un léger accent roumain — en un français parfait du XIXᵉ siècle. « Chère professeur Lesage, je ramène en votre sein cette brebis égarée. Le Salon de conversation lui manquait tellement, dans cette barbare Californie du Sud, où l'on préfère l'idiome de Cervantes à celui de Molière, qu'elle a préféré s'enfuir. Loin de moi néanmoins l'idée de minimiser, mademoiselle Márquez Solano, le respect que je porte à votre langue maternelle. Vous savez que le Salon de conversation a vocation universelle et polyglotte, même si le français y garde son hégémonie. Mais Mlle Vouillé vient de me confesser que ses inoubliables membres lui manquaient trop. Elle a donc décidé de leur consacrer le reste d'un semestre qui n'est encore que très légèrement entamé.

— Docteur Cosby, dit galamment le vieil Edward, vous ne pouviez pas nous faire un plus beau cadeau pour la Saint-Valentin, qui a lieu dans quelques jours, que de nous rendre notre *beloved* Fabienne, notre bien-aimée petite guide de la France éternelle.

Égayés par les deux interventions des vieux beaux et

ravis du retour de Fabienne, les membres du Salon de conversation applaudirent frénétiquement le retour de leur amoureuse désenchantée. Celle-ci, déjà fragilisée par la rapidité des événements qui avaient fait basculer sa vie récente, éclata en sanglots et se jeta dans les bras de Brandon, aussi ravi qu'embarrassé. Il y eut un moment de confusion au cours duquel Cosby s'éclipsa avec élégance. Les uns réconfortaient Fabienne en lui souhaitant un *welcome back*, la bienvenue au Salon de conversation, les autres félicitaient Cleonice de sa décision d'adoption. Progressivement Corinne ramena le calme dans le méconnaissable Salon de conversation où tout le monde parlait en même temps. «Vous voilà convertis en une assemblée très française, déclara le professeur avec amusement. Vous êtes en train d'intégrer nos habitudes en même temps que nos gros mots. Le Salon de conversation est très heureux d'avoir récupéré Fabienne mais Cleonice nous a fait également partager une nouvelle importante. Comment en êtes-vous arrivée à prendre cette résolution, Cleonice?

— Ici avec vous, avoua Cleonice, encore tout étourdie elle-même. Il s'appelle Kevin, il a onze ans. Il est né à la Jamaïque, à Kingston. Sa mère et lui sont arrivés à Miami où ils ont vécu chez une cousine puis ils sont partis pour le Texas. C'est là qu'elle l'a abandonné, il avait quatre ans... Voilà. Vous en savez autant que moi. »

Onze ans, pensa Daphne. C'était l'âge de Christopher, son fils et de Jessica. Cleonice se rendait-elle compte des difficultés qui l'attendaient? Mais ce courage, cette générosité qui la portaient ainsi à donner toute sa vie à un être qu'elle n'avait pas choisi et qui n'était pas de sa chair étaient dignes de respect. En se rappelant qu'elle-même avait songé au début de la procédure de divorce à laisser ses enfants à Richard pour qu'il ait la vie moins facile avec sa nouvelle femme, Daphne se sentait honteuse. Au fond, elle avait eu envie de se débarrasser de ses enfants. C'était si lourd parfois. Et voilà qu'une femme noire lui donnait une belle leçon. Pour la première fois de sa vie, elle se sentait aussi proche d'une Africaine-Américaine. Ce Salon de conversation avait des vertus un peu magiques.

« C'est merveilleux, Cleo, dit Brandon avec effusion. J'y ai souvent pensé moi-même. » De fait, avec Ron ils avaient longuement fantasmé l'adoption d'un petit garçon. À l'époque, il était pratiquement impossible pour un couple homosexuel d'entamer une procédure d'adoption. À présent, c'était encore très difficile quoique envisageable. Mais, à présent, Brandon avait sa carrière. Et il voyait mal où il pourrait caser un enfant dans son existence.

Corinne, qui avait chaleureusement félicité la mère adoptive, observa qu'en France une femme de trente-neuf ans et célibataire n'aurait pas joui des mêmes facilités et aurait probablement dû renoncer à un tel projet. À moins d'être pistonnée.

Alba Luz, elle, imaginait l'enfant qu'elle pourrait avoir avec David. Elle avait un très léger retard dans ses règles ce mois-ci. La venue d'un bébé permettrait peut-être de résoudre tous ses problèmes : mariage, emploi, carte verte. Elle était très maternelle et avait toujours rêvé d'une famille. Les enfants, vous savez, *niñitas*, disait la grand-mère de la véritable Alba Luz, c'est le sel de la vie, la vie même, la seule chose qui vaille qu'on se batte contre le monde. La *abuelita* en savait quelque chose : elle avait elle-même accouché de dix bébés à l'issue de grossesses difficiles, et les avait élevés avec amour, eux, la petite Mercedes et bien des enfants des alentours. La jeune Colombienne avait toujours rêvé d'être comme la *abuelita*, de vivre entourée d'enfants jusqu'à la tombe. Hélas ! elle n'en prenait guère le chemin.

Au même moment, le cours des pensées de son amant suivait en effet un tour opposé au sien. Mais qu'avaient donc toutes ces femmes à vouloir des enfants ?

Même les homosexuels s'y mettaient! David n'avait pas su résister aux ambitions de Deborah, son ex, dans ce domaine mais il avait appris la leçon et passé le reste de son existence à esquiver les grossesses potentielles de ses jeunes amies.

Ed et Jacqueline approuvaient qu'un jeune à risques fût élevé par des femmes de la classe de Cleonice Sehuller. Edward en revanche était contre l'adoption d'enfants noirs par des familles blanches, rejoignant paradoxalement les voix noires qui s'élevaient pour proscrire aux familles blanches l'adoption d'enfants noirs et cherchaient à renforcer l'*apartheid* en l'inversant. Chaque communauté, pensait-il, devait resserrer les rangs. Il était tout aussi inimaginable d'envisager un enfant blanc élevé par une famille noire. D'ailleurs, Edward n'y pensait même pas. Ce qu'il préférait était néanmoins l'enfant et le petit enfant biologique dont on connaissait les gènes — dans son temps on disait les atavismes. Comme il aurait souhaité avoir eu des enfants avec Jacqueline! C'était un bonheur qu'il regretterait toujours.

Jacqueline trouvait parfois Edward un peu conventionnel. Il l'était plus que Stanley, ce qui n'était pas peu dire. Elle-même était attachée aux valeurs du passé mais sa curiosité la poussait à s'ouvrir et elle acceptait des changements auxquels elle n'aurait pas cru pouvoir s'habituer. Par exemple Ed et elle n'étaient pas entièrement d'accord au sujet de Brandon. Jacqueline avait développé une grande tendresse pour le jeune homme qu'Edward s'obstinait à rejeter. S'il avait eu un petit-fils homosexuel, il aurait refusé de le revoir, disait-il. Jacqueline était moins sûre. Mais en même temps, elle avait toujours été entourée d'hommes conservateurs. Son père, son frère dans leur campagne française; puis Stanley, ses fils, ses gendres. Pour Jacqueline, la volonté de *statu quo* cadrait avec un certain autoritarisme qu'elle associait avec la virilité et qui lui plaisait au fond d'elle. Ed avait tellement lutté pour réussir! Et sa générosité était sans bornes. Elle savait qu'il attendait la Saint-Valentin pour accrocher à son cou un collier de perles qu'ils avaient été choisir ensemble. Il n'y avait pas de jour où il ne cherchât à lui faire plaisir. Jamais Stanley ne lui avait témoigné ces attentions. Il était honnête, sobre, travailleur, mari fidèle, bon père mais prodigalité ou fantaisie ne faisaient pas partie de son univers. Chaque *cent* comptait. La veille de Noël, le jour de son anniversaire, et pour la Saint-Valentin, il revenait du magasin avec un bouquet acheté au supermarché : de maigres œillets mêlés à des tiges de fougères. Pour leurs trente ans de mariage, il l'avait invitée au restaurant, un petit bistrot italien où ils avaient mangé dans de larges assiettes des cannellonis et des glaces aux fruits confits tout juste sorties de leur emballage. L'effet du chianti avait émoustillé son mari vieillissant. C'était la dernière fois qu'ils avaient fait l'amour. Deux ans plus tard, le lendemain de son cinquante-huitième anniversaire, il était terrassé par une crise cardiaque. Elle en avait cinquante-cinq.

Edward avait éveillé la belle au bois dormant. Dans ses bras, elle se sentait bien. Même si elle n'éprouvait pas encore d'excitation sexuelle, elle était heureuse. Il était doux, très tendre et patient. Ils avaient tout le temps, proclamait-il, pour monter ensemble au septième ciel.

Lorsqu'ils discutaient des idées agitées au Salon de conversation, elle prenait toujours la défense des jeunes, moitié par sentimentalisme, moitié par esprit de contradiction. Ainsi à propos de l'immigration mexicaine, un dada de Ed, qui partageait les théories de Patrick Buchanan sur la nécessité de construire des frontières étanches entre Texas et Mexique. Mais Ed n'avait pas osé devant Alba Luz développer entièrement ses convictions. Il était capable de comprendre l'idéalisme d'une Pamela. Aux yeux de Ed, la jeunesse de Pamela était sa force et son excuse. Elle avait peut-être raison d'avoir un idéal mais la vie lui apprendrait que les belles théories sont difficilement applicables. Ed espérait qu'elle garderait sa fougue. C'est la jeunesse américaine actuelle qui ferait passer le monde au XXIe siècle, mais eux, dans sa génération, ils s'étaient battus et étaient morts pour consolider et préserver les mêmes valeurs de liberté.

Jacqueline prit la main d'Edward qu'elle serra dans la sienne. Elle se souvenait de la joie des Français lorsqu'ils avaient vu avancer les premières troupes américaines. La cloche de l'église sonnait à toute volée, les gens s'étaient massés de chaque côté de la rue principale du village, les mères tendaient leurs enfants, les jeunes filles leur adressaient des baisers tandis que les G.I. envoyaient des barres de chocolat, des tablettes d'un produit étrange qu'ils appelaient chewing-gum. Après cela, elle avait été une immigrée, elle aussi, expatriée, projetée dans un monde nouveau qui l'étonnait. Si la plupart du temps elle se félicitait de son sort, il lui arrivait quelque fois d'admettre qu'elle avait laissé derrière elle un art de vivre et d'appréhender le monde, des valeurs et des références uniques. Aujourd'hui, d'après ce qu'elle lisait et entendait au Salon de conversation, ce système de valeurs ne reflétait plus la société française. Ses ex-compatriotes prétendaient que c'était la faute de la jeunesse, du gouvernement, de la droite, de la gauche, parfois de l'Amérique, jamais la responsabilité d'une collectivité qui vieillissait et cherchait à être protégée. Trop d'aide, trop de maternage tuaient l'élan créateur et le dynamisme vital.

Justement la discussion venait de passer aux valeurs de travail et aux problèmes que posait en France le chômage. Plus de douze pour cent contre moins de six pour cent aux États-Unis.

« C'est très simple, dit Pamela qui avait étudié la question dans son cours de *International Business*. Il y a d'abord la croissance de l'économie qui a été beaucoup plus dynamique aux États-Unis qu'en Europe. Et il y a le coût du travail. Dans les dernières années, les charges sociales en Europe ont augmenté de près d'un tiers par rapport aux États-Unis. Voilà ce que vous coûte, Fabi, ta chère Sécu et ton État-Providence : des emplois, et encore des emplois. »

Fabienne n'était pas en situation de répondre sur ce chapitre. Elle avait trouvé son job de serveuse à Laguna Beach particulièrement détestable et fatigant. Pour un salaire de « smigarde ». Mais son punch n'avait pas entièrement disparu. « Pour moi, le travail n'est pas une valeur en soi et ne le sera jamais, persista-t-elle. J'aime mieux me la couler douce avec un RMI ou des indemnités de chômage que de faire un travail qui m'esquinte physiquement et spirituellement.

— Je dois te dire, Fabi, poursuivit Pamela, qui se sentait en grande forme soudain, que tu es complètement représentative de l'attitude de tes compatriotes, lesquels en moyenne préfèrent nettement ne rien faire que d'accomplir une tâche rémunérée mais inintéressante.

— J'avoue que je ne vous comprends pas bien, Fabienne, dit Ed. Travailler, c'est avoir l'opportunité de croître, de s'enrichir, d'être indépendant, de donner sa mesure face aux autres.

— La compétition ne m'intéresse pas, répondit Fabienne. Je ne me compare pas aux autres; j'ai ma propre échelle de valeurs, mon propre baromètre. Et puis, je ne tolère pas l'inégalité. Faire fortune, c'est devenir riche contre les autres. Cela ne m'intéresse pas.

— Évidemment quand on est la fille de ses parents, on n'a rien à se prouver à soi-même, fit David avec agressivité. On n'a même pas besoin d'aller chercher fortune puisqu'elle est déjà là. »

Par une rumeur, David savait que les parents de Fabienne étaient des notables.

« Si vous croyez que ma famille est riche, vous vous trompez complètement, rétorqua sèchement Fabienne. Si vous voulez savoir, nous sommes plutôt fauchés et nous nous en moquons complètement. Nous sommes heureux comme nous sommes et nous ne voulons surtout pas changer. »

Pour la première fois de sa vie, Fabienne disait *nous* en parlant de sa famille et s'identifiait à elle. Elle en était elle-même étonnée mais la réponse à David avait fusé toute seule.

« Est-ce qu'il y a une grande différence entre les indemnités de chômage en France et aux États-Unis ? demanda Daphne pour détourner la conversation.

— Pas vraiment au départ, répondit précipitamment Corinne. C'est dans les deux pays entre 50 et 70 pour cent du salaire. Mais les chômeurs américains perdent plus vite ces bénéfices et sont donc plus rapidement acculés à retrouver un emploi.

— Vous savez, ma petite Fabienne, je ne voulais pas vous heurter, déclara David avec bonne humeur. Et j'ai une bonne explication pour la résistance de certains Français à faire un travail qu'ils n'aiment pas. C'est que les alternatives sont plus séduisantes que chez nous. Il y a tellement de choses intéressantes et aimables dans votre beau pays ! On n'a pas besoin de travailler pour occuper sa vie.

— Je me fiche de votre paternalisme, David ! éclata Fabienne. L'oncle de mon amie Chloé s'est tiré une balle de carabine dans la tête parce qu'il avait perdu son travail. Je ne supporte pas que vous évoquiez ce drame comme s'il s'agissait d'un caprice national. Vous me rappelez le grand-père de ma famille d'accueil me parlant des petites femmes de Paris.

— La conclusion à laquelle était arrivé mon prof, affirma imperturbablement Pamela, est que la plupart des experts expliquent un phénomène trop vaste à partir d'analyses trop limitées. C'est en additionnant tous ces facteurs — dont la résistance culturelle au travail — et d'autres encore qu'on comprend le phénomène global du chômage en Europe en général et en France en particulier.

— De toute façon, intervint Alba Luz, tous vos arguments sont des arguments de pays riches qui peuvent se payer le luxe de se demander si le travail est un objectif ou un simple moyen, ou si vous préférez un salaire ou des indemnités de chômage. Dans mon pays, il y a des millions d'êtres humains qui vendent leurs organes ou même leurs enfants parce qu'ils n'ont pas un sou. » Alba Luz était plus mordante qu'à l'ordinaire. Fabienne avait attaqué son homme. Et toutes les frustrations de son enfance humiliée remontaient avec le réflexe de femelle outragée.

Il y avait aussi du calcul dans son attitude. David, elle le devinait, apprécierait qu'elle prenne position. Parfois il la voulait bornée, parfois intelligente. Aussitôt elle s'adaptait. Pour le garder, elle devait manœuvrer habilement. Le dosage idéal était beaucoup de féminité, beaucoup d'attention, une bonne dose de joie de vivre et une disponibilité physique totale. Médiocre amant, il cherchait à capter cependant une excellente image de lui-même. Celle qu'elle lui renvoyait était glorieuse. Pour le moment, elle avait préféré rester discrète sur son statut légal. Mais le moment arriverait vite où elle glisserait une allusion sur l'aide qu'elle attendait de lui : il fallait officialiser leur attachement, ce qui prendrait un certain temps. À moins que cette présomption de grossesse ne se précisât. Si le statut social de David la flattait, l'homme n'était guère son genre, esprit tordu sous son humour bizarre, trop dépendant. Elle aimait les machos, les hommes forts qui ne se compliquaient pas la vie. Et pourtant, lorsque Pamela avait attaqué David, elle s'était sentie concernée.

« Il ne me reste plus qu'à vous souhaiter une excellente Saint-Valentin, maintenant que nous sommes tous réunis », dit Corinne en enfilant son manteau. Au fond, elle était ravie d'avoir récupéré sa petite assistante. Sans le naturel et la vivacité de Fabienne, le Salon de conversation n'était pas le même. Et même les affrontements mettaient de l'animation.

David et Alba Luz étaient partis bras dessus bras dessous en même temps que Jacqueline et Ed. Brandon s'était excusé avant la fin. Il avait un rendez-vous d'affaires. Karen s'approcha de Corinne. « Nous avons l'intention de passer la Saint-Valentin ensemble, le 14 février, Daphne et moi, dit-elle. Ces deux jeunes filles, Fabienne et Pam, ont accepté d'être des nôtres. Pourriez-vous vous joindre à notre petit groupe ? » Corinne réfléchit une minute. Elle n'avait rien prévu pour la Saint-Valentin. Nul soupirant ne la pressait d'accepter son invite. Pourquoi pas ? « C'est très gentil, répondit-elle. Je serais ravie de sortir avec vous. Mais il faudrait aussi demander à Cleonice. » « Nous l'avons invitée, précisa Daphne, mais elle était déjà prise. »

Corinne s'étonnait elle-même. Jusqu'alors, elle avait toujours résisté aux groupes de femmes, dont les Américaines raffolaient. Sortir avec une amie en tête à tête était une chose. On se faisait des confidences, on traitait l'autre en miroir. Mais les groupes du même sexe qui s'éclataient dans les restaurants lui avaient toujours inspiré de l'aversion. Je m'américanise, songea-t-elle. Heureusement, il y aurait Fabienne, un peu défrisée par sa petite aventure californienne et Pamela qui avait décidé de ne pas avoir de copain parce que cela prenait trop de temps. Quelle différence avec les bandes de garçons et filles de sa joyeuse jeunesse estudiantine, qui refaisaient le monde autour d'un café ! « Vous avez pensé au restaurant ? » demanda-t-elle à Karen. David et Alba Luz avaient parlé d'un nouveau Tex Mex, qui était semble-t-il délicieux. « Oh, il n'en est pas question, s'exclama Karen. Nous connaissons un restaurant entièrement végétarien. Pam et moi, nous avons décidé de boycoter les restaurants qui servent de la viande. » Le ton était sans réplique. Corinne s'inclina. Elle se souvenait d'une histoire que venait de lui raconter une collègue française. Cette dernière, envers et contre tout restée fumeuse invétérée, avait dû s'adonner à son vice dans une petite cour de son campus où l'on parquait les pestiférés du tabac. Un vigile était passé, à qui elle avait offert une cigarette. « *I don't smoke,* avait-il protesté avec indignation. *I am a Chistian.* Je ne fume pas. Je suis chrétien. » « *I do smoke* avait rétorqué la dame. *I am a Christian too.* Moi je fume. Et je suis chrétienne aussi. » Décidément, conclut Corinne pour elle-même, ils sont fous, ces Américains !

Dehors, il pleuvait à verse. David proposa à Alba Luz de la raccompagner. Il ne pouvait pas la voir ce soir mais lui proposa de passer avec elle la soirée de la Saint-Valentin. Alba Luz se sentait très fatiguée. En entrant dans la Ford de David, une nausée la tordit. Elle eut peur de vomir sur les coussins mais le malaise passa.

« Qu'est-ce que tu sens ? demanda David avec inquiétude ?

— David... je crois que je suis enceinte...

— Qu'est-ce que tu racontes ? Tu sais bien que j'ai pris toutes mes précautions. C'est impossible, Alba Luz, vraiment impossible. »

David se sentit traversé d'une onde d'angoisse. Il n'avait pas senti venir le danger. Il n'avait songé qu'aux risques de poursuites et de procès que la jeune Colombienne lui paraissait incapable d'entamer. Le vieux piège de l'enfant, non, il y avait d'autant moins pensé qu'il ne se séparait jamais de sa boîte de préservatifs. Soudain il voyait Alba Luz avec d'autres yeux. Il n'avait pas imaginé que, dans chaque culture, les femmes avaient leurs propres stratégies. Il lui fallait absolument téléphoner à son avocat dès ce soir.

Alba Luz le regarda avec un mélange de haine et de prière.

« Qu'est-ce que je vais devenir ? Mais qu'est-ce que je

vais devenir? J'ai absolument besoin de cette *green card*, de cette carte verte... » Alba Luz sanglotait à présent.

David Bernstein n'y comprenait plus rien. Quel rapport y avait-il entre leur relation, la grossesse présumée de sa jeune maîtresse et la *green card*? Soudain il entrevit le lien. Et une colère froide l'envahit.

IX

Saint Patrick's Day
La Saint-Patrick

Avant de se rendre au Salon de conversation, Cleonice jeta un dernier coup d'œil à la chambre. Tout était prêt pour l'arrivée de Kevin. Manquaient un ou deux posters peut-être mais elle voulait lui laisser l'initiative de mettre la dernière touche à ce qui allait désormais être son foyer. En acceptant de lier sa vie à celle d'un petit garçon inconnu, elle avait franchi le cap décisif.

La jeune femme écrasa son mégot. La nervosité la faisait fumer à nouveau après une interruption de plus de cinq années. Au journal, on la considérait en paria et, en dépit du froid cinglant, elle devait quitter son bureau pour aller allumer sa cigarette au coin de la rue. Mais, après l'arrivée de Kevin, elle s'était promis d'arrêter définitivement.

Aussitôt dans sa famille monoparentale, Kevin rejoindrait l'école publique du quartier, une école plutôt bourgeoise où il risquait de s'intégrer avec difficulté. Et que deviendrait-il si elle était envoyée en reportage à l'autre bout des États-Unis ? Cleonice écartait soigneusement de son esprit ce genre de problème. Pour l'instant elle travaillait au Courrier, à la *Formule de Cleonice*. Et elle n'était pas censée voyager.

Elle songea que, cette fois-ci, c'est à elle-même que Cleonice destinait sa fameuse réponse. Une réponse qui avait le visage d'un petit Africain-Américain très beau et très impénétrable. Mais Cleonice l'apprivoiserait. Il était

impensable qu'elle n'y parvînt pas. Ensemble ils s'adapte-
raient. Kevin jouirait d'une sécurité matérielle et affective.
Elle essayerait de poursuivre carrière et vie familiale avec
harmonie. Tant de femmes y parvenaient!

La chambre de Kevin était sympathique. Cleonice
avait même rangé dans l'armoire quelques tee-shirts, un
blouson, deux survêtements portant le logo de l'université
du Texas, une paire de chaussures de basket. Par avance,
elle se réjouissait du plaisir qu'il aurait à les découvrir.

Le souvenir du garçon au regard hostile rencontré
pour la première fois deux semaines plus tôt occupait tout
l'esprit de Cleonice. Il n'avait que onze ans et demi et en
faisait treize. Il vivait dans une famille d'accueil de la classe
moyenne blanche : Grace et Robert Thomson, elle infirmière et lui agent d'assurances, qui avaient déjà cinq
enfants. Grace Thomson était croyante et elle avait bon
cœur. Elle travaillait en ville chez un pédiatre et avait vu
défiler beaucoup de misères enfantines. Toujours elle avait
chez elle un enfant en cours d'adoption. « Quelquefois ils
ne restent que quelques semaines, quelquefois des mois
avait-elle confié. Il ne faut pas que cela dure trop longtemps parce qu'on s'attache. Mais je sais que ce que je fais
est utile. »

Après la dernière séance du Salon de conversation,
Cleonice avait communiqué à l'assistante sociale sa
réponse positive. Oui. Elle acceptait d'adopter ce petit garçon inconnu. Puis elle avait passé une nuit blanche avant
de rencontrer Kevin pour la première fois. Elle avait été
soulagée qu'il fût beau. Mais le visage de l'enfant restait
fermé. Il avait quatre ans quand sa mère l'avait abandonné.
À peine se remémorait-il les traits de son visage. C'était
surtout le son de sa voix qu'il entendait, l'accent doux du
patois de la Jamaïque, des bribes de chansons. On l'avait
casé dans une famille d'accueil, puis une autre et une autre
encore. Il n'aimait personne, il voulait revoir sa mère, il
était triste et violent, invivable. Un jour, il avait abouti chez

les Thomson. Là on le laissait tranquille. Il livrait les journaux dans le quartier et se faisait un peu d'argent.

Le lendemain, Kevin attendait Cleonice à l'arrêt du bus. Elle avait promis une montre dotée d'un chronomètre. Avec émerveillement il l'avait attachée à son poignet, puis, pour la première fois lui avait souri. Ensemble ils étaient allés manger une glace qu'il avait choisie énorme, recouverte de sauce au chocolat et de vermicelle en sucre multicolore. Et puis, quotidiennement, ils s'étaient revus. Cleonice s'attachait à lui. Il avait des zones d'ombres inquiétantes mais aussi de bouleversants espaces de lumière. Avec beaucoup d'énergie, de détermination et d'amour, Kevin pourrait s'en sortir. Et Cleonice avec lui. « Je crois que tu as besoin d'une maman », avait-elle remarqué deux semaines plus tôt. « Qui voudrait m'adopter? — Moi. Je crois aussi que j'ai besoin d'un petit garçon comme toi », avait-elle répondu. Les deux parties avaient un mois pour revenir sur leur décision.

Entre-temps, Cleonice avait suivi deux séminaires obligatoires de trois heures chacun. Là, des psychologues et des parents adoptants discutaient des motivations des uns et des autres, des diverses situations, des problèmes soulevés par les différents cas, des angoisses universelles. Un dilemme opposait les partisans de l'adoption *open*, ouverte, où les relations avec la mère naturelle étaient encouragées et ceux de l'adoption *closed*, fermée, qui ne voulaient pas entendre parler des parents naturels et ne tenaient surtout pas à ce qu'ils interviennent dans la vie de leur enfant adoptif. Cleonice, elle, n'avait pas le choix. Après avoir officiellement abandonné son fils, la mère de Kevin avait complètement disparu de la circulation. Mais en mémoire de ses difficiles années après l'abandon de sa petite fille, elle était plutôt favorable à l'adoption ouverte où les parents biologiques avaient voix au chapitre.

Mars amenait la pluie poussée par un vent doux. Bientôt allait se déployer dans les champs, le long des routes, sur les collines la débauche bleue des *blue bonnets*. Un enchantement. Finalement elle s'adaptait bien au Texas. L'immensité de l'État permettait à toutes les cultures de s'épanouir. De la frontière mexicaine au Tennessee, de la Louisiane au Nouveau-Mexique, le Texas avait toutes sortes de visages. Kevin y grandirait et peut-être s'y établirait-il, après le collège et même l'université, à Austin, à Amarillo ou à Corpus Christi.

Mais Cleonice était aussi prête à repartir si sa carrière ou quelque autre incident de son existence l'y poussait. Elle acceptait déjà l'idée qu'un jour Kevin s'en irait aussi et ne viendrait plus la voir qu'occasionnellement. Ce n'était pas pour le garder pour elle qu'elle l'adoptait mais pour l'aider à devenir plus fort et indépendant. En Afrique un enfant était considéré comme une richesse qui protégeait la vieillesse des parents, une sorte de garantie vivante de retraite. Et les ancêtres étaient vénérés. Mais Cleonice était loin de l'Afrique. Malgré ses ressentiments, malgré les rejets, malgré sa culture si différente de celle des Américains blancs, elle était américaine peut-être avant tout.

Edward et Jacqueline étaient déjà installés lorsque Corinne pénétra dans la salle. Ils vivaient ensemble depuis deux semaines et n'en revenaient pas de leur bonheur. En ce 17 mars, jour de la Saint-Patrick, Jacqueline portait une robe de lainage vert amande et Ed un pull à carreaux écossais bordeaux et vert pomme. La couleur de l'espérance et du trèfle irlandais était à l'honneur, et dans tout le pays, des défilés célébreraient ce jour-là le patron de l'Irlande. En apercevant le couple, Corinne eut un serrement de cœur. Depuis combien de temps un homme lui avait-il déclaré qu'il l'aimait ou même qu'il la désirait? Excepté quelques brèves aventures lorsqu'elle était arrivée aux États-Unis, elle n'avait eu aucune relation physique depuis son divorce, cinq ans plus tôt. Les choses étaient ainsi, elle ne les avait pas choisies. Aussi longtemps qu'elle penserait à son fils comme à un grand amour perdu, elle ne pourrait être disponible. Année après année, sa chasteté lui pesait moins. Lorsqu'elle considérait les hommes qui l'entouraient, ceux qu'elle pourrait peut-être aimer, peu, pour ne pas dire aucun, ne la tentaient. Là, un ventre rebondi, ici une banalité affligeante la décourageaient. Qui pourrait lui plaire au Salon? Ni David avec son ironie souvent amère, ni Edward. Restait Brandon avec sa séduction trouble et son joli visage. Mais Brandon avait vingt-cinq ans et avait bien manifesté à Karen qu'il ne s'intéressait pas aux femmes.

« Penser positif », décida Corinne. Là était la plus grande qualité des Américains. Perdaient-ils leur travail? Ils vivaient dans la certitude d'en retrouver un autre meilleur encore et n'hésitaient pas à accepter de petits jobs intermédiaires. Vivaient-ils quelque moment difficile? Ils ne cédaient pas à la tentation de se lamenter. Gémir n'était pas bien vu et on fuyait ceux qui s'avouaient vaincus. Karen leur avait donné à tous une leçon de courage. Cachant sa calvitie sous une perruque, elle n'avait jamais cherché à susciter la moindre pitié. Le cancer était un ennemi intime contre lequel elle bataillait, pas un sujet d'attendrissement sur soi-même. Une fois réduit, elle en parlerait comme d'une victoire mais jamais comme d'un drame personnel.

David pénétra dans la salle de cours en compagnie d'Alba Luz. Cette dernière avait les yeux rouges. Corinne eut l'impression très nette qu'ils venaient de se disputer. Contrairement à Jacqueline et Edward, ces deux-là avaient bien peu en commun et Corinne n'était guère optimiste sur l'avenir de leur relation : le désir de séduire avait poussé David vers la jolie Alba Luz et Alba Luz considérait David comme un homme prestigieux et utile. Ce n'était pas suffisant pour souder deux êtres ensemble pour longtemps. Très vite, David trouverait Alba Luz superficielle et Alba Luz bâillerait d'ennui en écoutant pour la énième fois les plaisanteries cyniques de David. Peut-être s'aiment-ils en ce moment, pensa-t-elle. À moins que ce ne soit déjà fini.

« Nous en reparlerons tout à l'heure lorsque nous serons tous présents mais pour Pâques et notre avant-dernier Salon de conversation, je projette la visite d'un chai à une trentaine de *miles* à l'ouest d'Austin. »

Karen fit son apparition en pantalon et veste pistache, puis surgit Daphne, la mine défaite, mais coiffée d'un petit béret vert pomme. Brandon la suivait arborant un gilet til-leul et précédant une Cleonice grave mais épanouie et Pamela dont le teint cireux et brouillé dénonçait l'immi-nence des tests de fin d'année tandis que son amie Fabienne, encore bronzée, rayonnait de bonne santé. Les deux filles s'étaient acheté des sacs de toile de teinte épi-nard.

« J'annonçais une excursion au chai des vins Saint-Michel-du-Texas, le samedi de Pâques, déclara Corinne. Nous partirons d'ici en minibus et serons de retour à Aus-tin à cinq heures de l'après-midi. Les détails vous parvien-dront prochainement par la poste. Le thème de nos conver-sations tournera autour de la gastronomie et de nos arts de vivre réciproques. Tous ensemble, nous célébrerons les fiançailles d'Edward et Jacqueline, et le succès de Brandon.

— J'espère avoir alors mon fils Kevin avec moi, déclara Cleonice. Vous pourrez aussi me féliciter.

— Mon divorce sera prononcé, enchaîna Daphne, j'aurai bien droit à un toast.

— Et nous boirons à la santé retrouvée de Karen, ajouta Jacqueline.

— Sans oublier les examens de Pamela et de Fabienne », précisa Corinne.

Seuls Alba Luz et David se turent. Tout portait à croire qu'ils n'avaient rien à célébrer. Mais les autres riaient dans la classe et Corinne se félicita de l'ambiance qu'elle avait su donner à son Salon de conversation. En dépit des coups de grogne du vieux Cosby, l'année avait été riche et réussie.

Fabienne paraissait très excitée ce matin et décidée à rattraper son absence.

« Avez-vous lu l'article du *New York Times* du 11 février sur la France ? demanda-t-elle. C'est un article vitriolique. J'aimerais bien qu'on en parle.

— Non, pas vitriolique mais critique. Vous n'êtes pas d'accord avec l'idée du journaliste, que vivre en France, c'est un peu comme vivre dans un musée ? intervint David, avec son ton ironique des mauvais jours. En tout cas, moi, je préfère vivre dans un musée que dans un goulag ou même un supermarché.

— Je ne suis pas d'accord avec l'idée que la révolution d'Internet vient d'être gagnée par l'Amérique et que la France est à la traîne technologique. » L'orgueil national de Fabienne s'exprimait avec force. « Pour tout dire, j'ai trouvé certains aspects de l'Amérique plutôt ringards et démodés quand je suis arrivée ici. Par exemple au supermarché, il y a encore des employés qui vous mettent vos achats dans des sacs.

— Peut-être est-ce la raison pour laquelle vous avez autant de chômage, remarqua Karen. Ici, on garde ces petits boulots pour les êtres humains.

— Vous parlez de boulots ! À ce compte, je préfère le chômage ou le RMI. Et puis ce n'est pas vrai que les Français ont un retard technologique. Nous avons eu le Minitel avant tout le monde. Et même les vieilles dames comme ma grand-mère s'en servent quotidiennement depuis 1982.

— Oui, mais vous n'avez jamais réussi à le vendre à l'extérieur. Et maintenant, c'est dépassé, dit Karen. Internet fait éclater toutes les frontières ; il permet de communiquer avec le monde. Minitel restait entièrement — comment dites-vous ? — hexagonal.

— Je ne suis pas d'accord avec toutes ces critiques de

la France, déclara Ed. La France reste un pays riche, la quatrième puissance économique au monde. C'est un pays qui a sa défense nucléaire propre, un siège permanent au Conseil de sécurité des Nations unies, un rôle central dans la sécurité européenne, une grande langue, des valeurs familiales, un patrimoine historique. C'est un pays qui fait toujours rêver, à travers ses parfums, ses vins, sa gastronomie... et surtout ses femmes. » Edward regarda Jacqueline avec une telle adoration que soudain cette dernière se sentit transformée en incarnation nationale. Je suis pourtant un peu vieille pour jouer les Marianne, se dit-elle. Même Catherine Deneuve a passé la main, ou plutôt... le buste.

« Et ses valeurs universelles, ajouta Cleonice. Sur les grands principes, il y a vraiment surenchère entre les cultures française et américaine, à qui sera la meilleure championne des droits de l'homme ou des libertés individuelles. Ce qui n'empêche que l'une a avalisé l'esclavage et l'autre le colonialisme.

— Sans oublier le maccartisme ou la guerre du Viêtnam ici, l'affaire Dreyfus et Vichy là-bas, dit David.

— Vous Américains, vous parlez toujours de liberté, s'exclama Fabienne. Mais nous, dans notre devise, nous avons aussi l'égalité et la fraternité. L'argent, l'enrichissement personnel dans la compétition avec les autres ne sont pas pour nous des valeurs positives. On préfère que les faibles soient mieux protégés et les forts moins puissants.

— Mais à quel prix? interrogea Daphne. Le taux de vos impôts indirects est exorbitant. Moi je veux savoir ce qu'on fait de mes sous et je ne consentirais jamais à ce qu'ils contribuent à engraisser des fainéants.

— Où va l'argent de mes impôts, je m'en fiche, répliqua Fabienne. Et en tout cas je suis d'accord pour que cet argent aide ceux qui en ont besoin!

— Vous en parlez d'autant plus à votre aise, Fabienne, que précisément vous ne payez pas d'impôts. »

Fabienne, vexée, lança un regard noir à David.

« Je suis sûre que mes parents, qui en paient et qui en paient même beaucoup, diraient la même chose que moi », affirma-t-elle. Elle ne précisa pas que les Vouillé n'étaient pas ravis de payer l'impôt sur la fortune, alors que leurs revenus, d'après eux, n'étaient pas considérables et qu'ils ne cessaient de ronchonner à l'idée que leurs impôts servaient à maintenir en France des étrangers en situation irrégulière.

« Ce sur quoi insistait l'article, si je me souviens bien, intervint Brandon, c'est la fossilisation des traditions. "Ni Ni", comme vous disiez au temps de Mitterrand. Ni privatisation ni nationalisations. Vous ne voulez ni trop d'État ni pas assez d'État. Ni travailler ni être au chômage. Ni la droite ni la gauche. Ni payer pour la Sécurité sociale, ni renoncer à la Sécurité sociale. Mais qu'est-ce que vous voulez au juste?

— Nous voulons être traités comme des êtres humains, dit Fabienne, dans une société où il fait bon vivre, travailler et même se reposer. Où tout le monde peut aller à l'école et être soigné dans de bons hôpitaux. Nous refusons d'être des robots ou des esclaves de la consommation ou de la technologie. Nos ancêtres se sont battus pour ces droits et nous n'allons pas y renoncer parce qu'ils n'intéressent pas le reste du monde.

— Mais vous n'êtes pas seuls au monde, observa Daphne. Il y a l'Europe où vous êtes partie prenante; il y a les pays du tiers-monde qui vous font concurrence; il y a l'Amérique qui propose un autre modèle.

— Justement, affirma fièrement Fabienne, qui se sentait paradoxalement en forme depuis qu'elle était rentrée de Californie, nous ne voulons pas suivre le modèle des autres mais en être un. Nous ne voulons pas nous fondre dans le grand tout mais rester nous-mêmes.

— Il faut préciser, intervint Corinne, que tous ces articles contre la France, dans le *New York Times* — mais

aussi dans le *New York Post*, le *Business Week*, le *Time* ou
l'*International Herald Tribune* — paraissent au moment où
les relations franco-américaines sont au plus bas. Il y a
même eu un article dans le journal étudiant de l'université
d'Austin que Pamela a peut-être lu.

— Je l'ai lu, répondit Pamela. Il s'agit de l'immense
désenchantement d'un étudiant francophile que ses expériences françaises ont rendu francophobe. Il raconte toutes
sortes d'anecdotes sur la xénophobie des Français à son
égard. Exemple : Un jour où il marchait près du Sacré-
Cœur en parlant anglais avec une copine californienne, un
vieux Français avec un béret s'est mis à les insulter gros-
sièrement en anglais en leur criant : *Americans, fuck you*
(Américains, allez-vous faire enc...). Une autre dame parisienne l'avait envoyé directement dans la Seine, alors qu'il
demandait poliment son chemin en français pour aller au
musée Carnavalet. Quant à sa "mère" française qui ressemblait comme une sœur à Mme Collinet, elle l'avait, à un
dîner, empêché de prendre la parole, alors qu'il était question justement des droits des étrangers. "Ne laissez pas parler Thomas, avait-elle dit à ses invités, il est américain et
parle si mal français qu'il est pratiquement impossible à
comprendre." Cet étudiant, parti avec enthousiasme dans
le culte de la France, de ses écrivains, de ses poètes, de ses
valeurs universelles en est revenu francophobe. Il termine
son article en opposant les valeurs américaines fondées sur
le libre choix, la tolérance et le respect mutuel aux valeurs
françaises fondées, d'après lui, sur une tradition mal équili-
brée, des règles rigides et des confrontations mesquines.

— Je suis en total désaccord avec ces idées, s'exclama
Brandon. Voilà un article xénophobe, qui prétend attaquer
la xénophobie par une autre xénophobie.

— Moi non plus, je n'aime pas cet article, enchaîna
David. On aurait pu écrire le même sur l'Amérique en sui-
vant les tribulations d'un Mexicain en Californie ou d'un
Nigérian dans le Mississippi.

— Et il extrapole à partir d'expériences isolées, appuya Fabienne. S'il était tombé sur des gens comme ma famille ou mes copains, il n'aurait pas été traité ainsi. Moi aussi, je pourrais dire que l'Amérique est le pays de la discrimination raciale, de la peine de mort, des procès absurdes, et de la guerre des sexes. Et je n'aurais pas défini l'Amérique pour autant!

— Et qu'est-ce qu'il y avait d'autre dans les articles des grands journaux? demanda Alba Luz.

— Oh! Un mélange de vérités et de méchancetés, répliqua Pamela. Les journalistes ont parlé de la France comme d'un pays dont l'affaissement est presque palpable, miné par le doute et l'introspection, paralysé par les embouteillages et les grèves, un *Titanic* des entrepreneurs, gouverné par une classe politique issue des grandes écoles qui produisent des crânes d'œufs identiques, un pays qui prétend rejeter la culture populaire américaine par son élitiste culture nationale dont elle entend faire une exception, la fameuse "exception culturelle".

— Pourquoi dites-vous, Corinne, que les relations franco-américaines sont en crise? demanda Alba Luz.

— Cette relation d'amour-haine entre la France et les États-Unis ne date pas d'hier, répondit Corinne. Mais en ce moment, entre les divergences sur le Moyen-Orient, sur l'Afrique, où la France est traitée de néocolonialiste, sur le secrétariat général aux Nations unies où les Français voulaient garder Boutros Boutros Ghali, ou sur le commandement sud de l'OTAN, on est plutôt au fond du fût qu'au sommet. Cela dit, depuis que je suis arrivée dans ce pays, il y a cinq ans, j'entends dire que la France n'est pas un allié fiable pour les États-Unis, que les Français sont des assistés anesthésiés par l'État ou qu'ils sont ridicules en faisant la chasse aux anglicismes et en cherchant à remplacer les termes anglais par des termes français compliqués et confus.

— Ce que je vois quand je vais en France, dit Brandon, ce sont des restaurants pleins à craquer, des femmes bien habillées, des gens qui sont toujours en vacances et qui en profitent. Leurs chômeurs sont mieux traités que les nôtres. Leurs exclus reçoivent le RMI. Ici aussi dans certains quartiers, il y a des SDF qui dorment dehors. Ils font peut-être un peu moins la manche parce que la police les refoule plus brusquement. L'économie française est une des premières du monde. Quant aux problèmes! L'immigration clandestine est un casse-tête pour tous les pays occidentaux. Les problèmes des Français ne sont pas différents de ceux de l'Allemagne et le taux de chômage est au-dessous du taux espagnol.

— Je suis d'accord avec vous, Brandon, appuya David. Un pays où on descend dans la rue pour demander la retraite à cinquante-cinq ans ne me paraît pas au bord du gouffre. »

Corinne contempla ses étudiants avec une espèce de gratitude. Du moins ne pouvait-on pas lui reprocher d'en avoir fait des Francophobes! De plus, elle était heureuse de constater qu'ils se rapprochaient les uns des autres. Jamais Brandon et David ne se seraient parlé ainsi au mois de septembre, pensa-t-elle.

« Les journaux ont beaucoup insisté sur les aspects linguistiques. Je savais que les Français étaient attachés à leur langue, qui est à mon avis la plus belle langue du monde, constata Ed en regardant Jacqueline. Maintenant il paraît que vos compatriotes insistent sur l'emploi du français sur Internet.

— Il faut dire, intervint Corinne, qu'une écrasante proportion des sites du *web*, du réseau, sont en anglais. On a fait l'expérience d'une recherche sur Internet du mot Napoléon. Sur les premières deux cents références, une seulement était en français. Il y a effectivement un procès en ce moment engagé par l'association Défense du Français contre une filiale de l'université d'Atlanta à Metz : *Georgia Tech Lorraine*. Dans le site Internet de ce campus américain pourtant établi en France, tous les renseigne-ments sur les inscriptions, la documentation et l'historique sont en anglais. Cette "hégémonie" de l'anglais a exaspéré un certain nombre de gens en France.

— Cela me paraît normal, puisqu'il s'agit d'une uni-versité américaine, avec des étudiants américains, dit Daphne.

— Oui. Mais le campus est en France. Il serait plus juste que le site soit bilingue. S'il y avait à Metz ou à Nantes ou à Paris un café ou un restaurant qui ne soit fré-quenté que par des Italiens ou par des Allemands, le menu devrait quand même être en français, assura Alba Luz.

— J'adore le français et le Salon de conversation, dit Daphne mais il faut avouer que la France est le seul pays au monde qui répugne autant à parler une autre langue que la sienne. Partout ailleurs, on parle volontiers l'anglais.

— Précisément, affirma David. C'est ce que les Fran-çais appellent l'exception française.

— J'ai lu que M. Séguin avait fait un dictionnaire tra-duisant la langue parlée par les jeunes des banlieues en français ordinaire, dit Cleonice. Cela me rappelle notre polémique récente sur *Ebonics* »

Fabienne avait été trop absorbée par son escapade californienne pour avoir entendu parler de la controverse.

« Qu'est-ce qu'*Ebonics*? demanda-t-elle.

— *Ebonics, ou Black English*, est la langue parlée par les Africains-Américains, expliqua Cleonice. Les écoles d'Oakland en Californie viennent de passer en décembre dernier une résolution affirmant que leurs 28 000 étudiants africains-américains devaient être considérés comme par-lant une langue maternelle distincte de l'anglais. Cette langue s'appelle donc *Ebonics*.

— Pardonnez-moi, chère Cleonice, dit Ed, mais vous ne devriez pas vous référer ici à une langue. Celle que parlent certains Noirs défavorisés n'est pas une langue mais tout simplement du mauvais anglais qui doit être corrigé par le système scolaire.

— Les enseignants de Oakland estiment qu'il s'agit bien d'une langue différente, ayant des liens génétiques avec les langues africaines.

— D'après ce que j'ai lu, les chercheurs africanistes n'ont pas réussi à le démontrer, constata Karen. Ce qui est certain, c'est qu'on trouve dans *Ebonics* un certain nombre de traits linguistiques comme la non-conjugaison du verbe être ou la non-prononciation de certaines lettres. Mais ça ne suffit pas pour parler de langue.

— À ce compte-là, lança David, le charmant anglais que parlent Fabienne, Jacqueline ou Corinne pourrait aussi bien s'appeler *Gallics* et être enseigné dans les écoles du Maine ou de Louisiane.

— Nous n'avons pas besoin du *gallics*, répondit vertement Brandon. Nous avons déjà le *cajun*, et en ce qui me concerne, je suis tout à fait favorable à son enseignement dans les écoles sudistes.

— Au moins les professeurs d'anglais doivent comprendre, intervint Alba Luz, qu'on n'enseigne pas l'anglais courant à des enfants noirs comme à des enfants blancs. Les enfants blancs parlent le même anglais à la maison et à l'école ou sur leur terrain de jeux. Les enfants noirs, non. Les enseignants doivent reconnaître cette évidence et identifier la langue que parlent leurs élèves avant de leur apprendre l'anglais courant, c'est-à-dire l'anglais des Blancs. Nier cela serait nier qu'on n'apprend pas l'anglais aux enfants hispaniques comme aux anglo-saxons.

— Je retiens l'idée de David sur le *Gallics*, dit Fabienne avec bonne humeur. Mais moi, personne ne fait semblant de me dire que je parle l'anglais de tout le monde, Dès que j'ouvre la bouche, on me parle de la tour Eiffel. Et je dois vous avouer, Cleonice, que j'ai eu beau faire des progrès en anglais, au moins je l'espère, je comprends très difficilement certains Noirs américains lorsqu'ils parlent ensemble. »

Cleonice resta silencieuse. Élevée dans une famille de la *middle class* noire, qui insistait sur la stricte orthodoxie linguistique, avec un père européen, elle-même n'avait jamais parlé *Ebonics* à la maison. Mais son enfance en Caroline l'avait familiarisée avec ce parler d'origine sudiste, qui était devenu celui des ghettos urbains. Cleonice était capable de communiquer avec des *brothers* et des *sisters* dans un idiome qui lui permettait de ne pas trop se différencier des autres. C'est pourquoi elle comprenait le jusqu'auboutisme de certains de ses frères de race qui voulaient l'ériger en langue. D'un autre côté, elle pensait que les Noirs ne s'en sortiraient que par une bonne éducation et la parfaite maîtrise de l'anglais. Elle en était un bon exemple. Dans son cas, l'exigence familiale en matière de langue avait payé : elle était devenue journaliste. Quant à Kevin, il faudrait lui apprendre à parler un anglais correct. Ce n'était pas la moindre des tâches qui l'attendaient.

Quand Cleonice sortit de ses pensées, Jacqueline était en train d'énumérer les mots français qui faisaient partie de la langue anglaise et auxquels aucun Anglo-Saxon ne songeait à faire la chasse :

« Il n'y a pas que *cool, super* et *fun* qui déparent le français, mais aussi *coup d'État, chic, chez, peau de soie* ou *vis a vis*, qui déparent l'anglais. Si on s'amusait à traquer les gallicismes de l'anglais et à les remplacer par des mots plus "conformes au génie de la langue", comme dit Corinne, il faudrait dire *cute steack* au lieu de *filet mignon*, ou *pancake* au lieu de crêpe.

— Mais ce n'est pas tout à fait la même chose, remarqua Fabienne. L'anglais s'est formé à partir du français et la plupart des mots d'origine française ont été assimilés linguistiquement depuis des siècles. L'invasion des anglicismes en français est beaucoup plus récente. En plus on utilise le mot anglais là où souvent il y a un mot français beaucoup plus approprié. Je peux comprendre que certains — comme mon père — s'en indignent même si je ne suis pas toujours d'accord avec eux.

— Tout de même, dit Daphne, je n'arrive pas à accepter cet attachement phobique des Français à leur langue. L'essentiel est de communiquer. La langue n'est qu'un outil.

— C'est parce que vous ne savez pas ce que cela signifie d'être privé de votre langue, jeta Alba Luz avec une agressivité inaccoutumée. Lorsque certains États se proclament bilingues et essaient de promouvoir l'espagnol qui est une langue parlée par une majorité, alors là vous réagissez exactement comme les Français. Vous voulez imposer l'anglais aux Hispaniques et vous voulez même empêcher la scolarisation des enfants d'immigrants dans certains États.

— Attention. Nous n'entendons pas nous laisser coloniser par les Mexicains, dit David avec une ironie mordante qui dénotait une certaine subjectivité dans le propos. Qu'est-ce qui restera pour unifier notre pays si nous perdons l'exclusivité de notre langue?

— Vous n'êtes que des impérialistes, que de sales impérialistes, hurla Alba Luz. Votre langue, votre modèle, votre drapeau. Vous avez exterminé les Indiens et chassé les Mexicains de leurs terres. Et les pays du tiers-monde, qu'ils crèvent! Du moins en France, on parle ouvertement de ces choses. Ici en apparence tout est parfait, démocratique, idéal. Et tous les jours on reconduit à la frontière de malheureux Mexicains, des Salvadoriens, des Guatemaltèques qui crèvent de faim. Vous vous moquez des Français qui protègent leur langue et qu'est-ce que vous faites d'autre en refusant de reconnaître l'espagnol aux États-Unis parce que vous avez trop peur que l'Amérique du XXIᵉ siècle devienne espagnole... ou asiatique? Je vous déteste. Sales *WASPS*! »

Alba Luz prononça ces dernières paroles en regardant

David avec tant d'insistance qu'il était difficile de déterminer si elles lui étaient personnellement destinés ou si elles s'adressaient à l'ensemble de l'Amérique anglo-saxonne. La jeune femme était si manifestement hors d'elle que tout le monde au Salon de conversation comprit qu'il s'agissait d'un règlement de compte entre David et elle, bien plus que d'un conflit idéologique ou nationaliste sur des dilemmes linguistiques. D'ailleurs, la jeune Colombienne s'était levée et, avant que Corinne eût pu l'en empêcher, avait quitté la salle en claquant violemment la porte.

« C'est bien la première fois de ma vie que je me fais traiter de sale Anglo-Saxon protestant ! » murmura David, sans pouvoir égayer l'atmosphère.

Cette sortie était la conséquence d'une très violente querelle qu'il avait eue avec sa maîtresse, juste avant le cours. Il avait tenté d'expliquer à Alba Luz qu'il n'était pas question pour lui de fonder une famille avec elle. Il avait déjà eu son compte avec Deborah et les deux garçons. Les trois quarts de ses revenus passaient en pensions alimentaires et frais divers pour les études de ses fils. À ce moment là, Alba Luz s'était effondrée et avait révélé qu'elle comptait sur David pour lui obtenir cette fameuse carte verte dont elle avait le besoin le plus urgent. « Ne t'inquiète pas, avait essayé de la rassurer David, j'ai un ami avocat, Eric Morse, qui te procurera la fameuse *green card*. Il sera facile de rassembler une documentation pour les services d'immigration. Tu es diplômée de l'université de Cali. Tu as ici de bonnes perspectives professionnelles. On pourra te trouver un travail digne de toi et de tes parents. Morse mettra cela en forme et nous demanderons à ton employeur de soutenir la demande en faisant la preuve qu'il ne pourrait trouver une citoyenne américaine capable de te remplacer. »

Quand il avait fait allusion à ses études et à sa famille, Alba Luz avait paru comme égarée. Son irrépressible crise de sanglots avait fait craindre à David pour sa santé mentale. Comment avouer qu'elle avait menti de bout en bout? Ici, on ne plaisantait pas avec le mensonge. S'il apprenait la vérité, David la quitterait. Alba Luz avait tenté de se reprendre et c'est l'œil sec qu'elle était entrée avec lui au Salon de conversation. Mais David était inquiet devant une attitude qu'il ne contrôlait plus. Tramait-elle quelque chose contre lui? Il remarqua que Corinne le regardait d'un drôle d'air. Il résolut d'aller se confier à elle. Il sentait que les conseils de son ami avocat ne suffisaient pas dans la circonstance. Il lui fallait un avis de femme et de femme non américaine, capable de déchiffrer le comportement d'Alba Luz.

Justement Corinne essayait de dominer la situation sans l'ignorer. Alba Luz avait exprimé son agressivité à sa manière, une manière qui tenait à son caractère mais aussi à sa culture. Elle Corinne, comme Fabienne ou même Jacqueline, comprenait de l'intérieur ce type de comportement, Cleonice ajouta que, bien qu'ayant été formée à se contrôler en toutes circonstances, elle ne jugeait pas malsaines les explosions verbales qui permettaient de se débarrasser de ses frustrations. Mais Daphne et Karen n'étaient pas du même avis. Il y avait d'autres moyens, civilisés, d'exprimer son désaccord dans une société démocratique. On commençait par formuler clairement sa position. Et si on n'y parvenait pas tout seul, on prenait un avocat ou bien l'on se joignait à un groupe qui défendait les mêmes intérêts.

« Vos conceptions sont parfaites pour le groupe social que vous représentez, remarqua Cleonice. Avec des moyens et des diplômes, ce que nous appelons une bonne *education*, on a la rhétorique pour se défendre et l'argent pour se payer un bon avocat. Autrement, si on ne peut pas hurler comme Alba Luz, eh bien, on achète une arme et on tue tout le monde. Je préfère la violence verbale à la violence physique. Ici les Hispaniques et les Noirs pauvres n'ont qu'un seul moyen de s'exprimer : le revolver.

— Vous analysez toujours la situation en termes culturels ou raciaux, s'indigna Pamela. Mais le cri, l'explosion verbale, c'est d'abord une arme de femme parce que les femmes n'ont pas recours à la stratégie du revolver comme les hommes et qu'elles sont constamment interdites de parole dans nos sociétés.

— Eh bien! Qu'en pensent les dames? demanda Ed. Du moins au Salon de conversation sont-elles majoritaires. Qu'elles s'expriment donc!

— Je dois dire que j'ai du mal à comprendre les femmes françaises, dit Karen. Bien entendu, je ne parle pas de celles qui sont présentes ici et qui connaissent autre chose. J'ai voyagé plusieurs fois en France et rencontré professionnellement des Françaises. Je les trouve, voyons... un peu perverses, cherchant à faire feu de tout bois : plaire aux hommes et se tailler une place dans leur profession. Elles sont capables de signer un contrat avec une grosse entreprise et, l'instant d'après, jouent à la coquette et à la femme soumise. Elles veulent le beurre et l'argent du beurre. Nous, les femmes américaines, nous savons bien que c'est impossible. Nous refusons ces simagrées d'un autre temps. Aujourd'hui il est avéré que le pouvoir de l'oreiller est un pouvoir indirect qui s'est souvent retourné contre celles qui l'ont pratiqué. Ce que nous voulons, c'est le vrai pouvoir, celui que les hommes ont usurpé pendant des millénaires.

— Et pourtant, s'exclama Daphne, nos magazines féminins regorgent de conseils pour séduire les hommes : comment être plus belle, plus femme, plus intéressante. Avec mes trois enfants qui bouffaient mes journées, ces lectures me donnaient le cafard.

— Les femmes américaines blanches rêvent de plaire mais se refusent à interpréter les messages de séduction, nota Cleonice. Peut-être n'aiment-elles pas suffisamment les hommes. Ce n'est pas le cas des Africaines-Américaines.

— Elles l'ont bien manifesté en acquittant O. J. Simpson, au cours du premier procès. On l'a déjà dit dans ce salon. C'est en majorité des femmes noires qui composaient le jury! intervint Brandon.

— Comme l'avait remarqué Karen, dit Cléonie, Anita Hill, africaine-américaine, par son courage, est devenue un modèle pour toutes les femmes.

— Je ne sais pas s'il s'agit de courage, dit Fabienne. J'étais un peu jeune à l'époque mais j'ai trouvé qu'elle était cruelle pour cet homme, qui finalement n'avait rien fait d'autre que de lui raconter des histoires lestes, dix ans auparavant. Franchement il y avait prescription. En plus leur affrontement a, paraît-il, été médiatisé sur toutes les chaînes de télé vingt-quatre heures sur vingt-quatre! C'est un véritable viol de la vie privée.

— Le viol se situe à un autre niveau, corrigea Pamela avec indignation. Nous avons déjà eu cette conversation avec Fabienne. Vous, les Françaises, vous n'avez pas du tout la même conception que nous de votre corps et du viol. Vous acceptez d'un homme des choses inacceptables. À la limite vous les provoquez.

— J'ai vu en France des filles ou des femmes habillées d'une façon vraiment provocante, dit Karen, qui esquiva le regard ironique de Brandon. Elles paraissaient presque fières des regards masculins qui les déshabillaient.

— Il n'y a rien que de très normal à vouloir provoquer le désir, ne put s'empêcher de dire Corinne. Cela fait partie depuis la nuit des temps des jeux de séduction entre hommes et femmes.

— Moi, quand je suis arrivée aux États-Unis, j'étais une très jeune femme, expliqua Jacqueline. Et une honnête femme, comme on disait à mon époque, amoureuse de son mari. Mais je dois dire que ça me manquait de n'être jamais plus regardée par un homme. Ni dans la rue, ni dans les fêtes. Nulle part. Un jour j'ai confié à Stanley que je ne savais pas si c'était parce que j'étais mariée ou si j'avais en traversant l'Atlantique perdu toute espèce de charme, mais j'avais l'impression d'être devenue carmélite.

— Et... il l'a bien pris? demanda Fabienne avec intérêt.

— Pas vraiment! Il a piqué une colère! Il fallait bien une première scène de ménage! Mais il y en a eu d'autres, rassurez-vous!

— Bien que nous ne soyons pas de la même génération, j'ai ressenti exactement la même chose, confia Fabienne. Les seuls garçons qui me regardent sont les Noirs... je veux dire les Africains-Américains. Et en général les non Américains. Et bien je dois dire que ça me manque un peu aussi. »

Daphne était éberluée par l'insolence de Fabienne. Un tel raisonnement lui paraissait relever de l'immoralité et du laxisme. Elle s'était toujours demandé comment le libertinage et l'adultère qui composaient la trame des romans et des films français pouvaient être compatibles avec la vieille tradition catholique. Fabienne était un produit typique de sa culture. Quant à Jacqueline, elle était si vieille qu'on ne pouvait même pas lui en vouloir. Mais ces réactions de la part de Françaises, que Karen trouvait plutôt sympathiques, surtout Corinne, la perturbaient.

« Pour moi, commença Pamela, c'est juste le contraire. Quand j'ai débarqué à Lyon, je n'en pouvais plus de ces mains baladeuses, de ces regards insistants, de ces attouchements dans le métro. J'en avais parlé à Mme Collinet qui m'avait assurée que je n'avais pas à me plaindre, et que si cela ne me plaisait pas, je n'avais qu'à envoyer une paire de claques au dragueur, ou une bonne plaisanterie bien humiliante pour lui. Comme si je pouvais faire cela en français! J'en suis incapable dans ma propre langue. Une fois, un ami des Collinet m'avait demandé si j'accepterais de poser nue pour lui. J'ai été si médusée que je suis devenue écarlate. Je n'ai rien pu répondre et quand j'ai protesté auprès de Mme Collinet, elle m'a répondu que c'était un compliment que m'avait fait ce grand artiste et que je réagissais comme une petite prude conventionnelle!

— Le résultat, c'est que les Français ne respectent pas
les femmes quand elles se mêlent de faire de la politique ou
même des affaires à haut niveau, dit Karen. J'étais en
France lorsqu'Édith Cresson était Premier ministre. Personne ne la prenait au sérieux, pas même elle-même.

— Elle a scandalisé tout le monde, lança David,
lorsqu'elle a répondu que la Bourse, elle en avait rien à
cirer. Mais votre grand de Gaulle n'avait pas dit autre
chose quand il a affirmé que la politique ne se faisait pas...
au panier.

— Vous voulez probablement dire à la corbeille, rectifia Corinne. Tout de même, David, vous ne pouvez pas
sérieusement affirmer que c'est la même chose.

— Tout de même, professeur Lesage, vous autres
femmes en France, vous n'avez pas beaucoup de solidarité
les unes envers les autres, reconnaissez-le.

— Nous n'avons pas de solidarité mécanique. Moi
j'admire les femmes qui le méritent. J'admire les grandes
résistantes, j'admire Simone Weil — la philosophe —,
j'admire Colette ou George Sand. Pour leurs talents
propres, pas parce qu'elles sont des femmes.

— Moi j'admire toutes les femmes qui essaient de
faire quelque chose, dit Pamela. Édith Cresson comme
Simone Veil, ou les ministres que vous appeliez indignement les Juppettes et qui se sont fait "larguer" — comme
dit Fabienne — par Juppé, comme Édith Cresson s'est fait
larguer par Mitterrand. J'admire Mme Thatcher. J'admire
Janet Reno, notre ministre de la Justice et aussi Madeleine
Albright, notre nouveau secrétaire d'État, qui a obtenu le
plus haut poste jamais occupé par une femme aux États-
Unis. Mais en cela les Françaises ont peut-être un peu de
retard par rapport aux Américaines qui ont eu un mouvement féministe très puissant dans les années soixante-dix.

— Je suis désolée de vous démentir, Pamela, dit

Corinne, mais le pourcentage des femmes dans la vie politique est à peu près le même aux États-Unis et en France.
Ni en France, ni aux États-Unis elles ne sont représentées
en nombre suffisant à la chambre des députés ou au Sénat.
Et ne parlons pas des ministres et secrétaires d'État. Ce
sont les pays du Nord de l'Europe qui obtiennent le meilleur score dans ce palmarès des conquêtes des femmes, loin
devant nos deux pays. Quant aux mouvements féministes,
ils sont très anciens en France. Déjà Olympe de Gouges, à
l'époque de la Révolution, rédigeait la Déclaration de la
femme et de la citoyenne.

— Oui, mais elle s'est fait couper la tête par ses
copains révolutionnaires. Elle avait eu beau dire que si les
femmes avaient le droit à monter à l'échafaud, elles avaient
aussi le droit de monter à la tribune, plaisanta Fabienne,
elle a eu droit à l'échafaud mais pas à la tribune.

— J'avais fait une enquête pour mon journal sur le
sujet du féminisme dans les deux pays, dit Cleonice. Derrière tous ces comportements, il y a deux modèles différents. Les Françaises sont universalistes. Au-delà des différences et d'une féminité qu'elles revendiquent, elles se
considèrent avant tout comme appartenant à l'espèce
humaine. Les Américaines, elles, considèrent que l'universel est une imposture dès lors qu'il y a inégalité de droits.
C'est pourquoi elles ne voient pas d'inconvénient à se ranger dans la catégorie de *minority*, comme les Noirs, les
Indiens ou les homosexuels. Le terme de minorité implique
qu'elles ne jouissent pas des droits de la majorité. Et la
"majorité", ce sont les hommes blancs.

— Les femmes ne s'intéressent pas à l'art de gouverner, jugea Jacqueline. Et elles ont raison. La politique, c'est
trop sale. Les femmes ne devraient pas se souiller dans ces
tripatouillages. Et puis elles refusent d'être sous les spots
d'une lumière parfois trop crue. Faire de la politique, c'est
se livrer soi, sa famille, son passé aux critiques possibles. Or

les femmes ont un amour des secrets qui indique leur faiblesse.

— Je proteste, intervint Brandon. Vouloir préserver sa
vie privée n'est pas une preuve de lâcheté mais de force.
Les hommes politiques seraient prêts à se damner pour
obtenir et garder le pouvoir. J'admire les femmes de refuser
ce marché-là.

— Mais vous avez eu aussi Simone de Beauvoir avant
notre Betty Friedan. Je me souviens que ma femme dans
les années soixante lisait Betty Friedan avec passion et refusait de repriser mes chaussettes, dit Ed avec son accent
irrésistible. J'ai toujours éprouvé une violente antipathie
pour cette Friedan.

— Le MLF en France dans les années soixante-dix a
été aussi important que le *Women's Lib* américain, précisa
Corinne. Mais il y avait une légère différence dans la philosophie. Les Françaises insistaient sur la nécessité de
reconnaître les diversités entre hommes et femmes. Égaux.
Oui. Mais dans la différence. Les Françaises pour la plupart entendaient et entendent toujours être valorisées justement pour leur différence. Les Américaines, elles, voulaient
avant tout devenir les égales des hommes avec les mêmes
droits et les mêmes devoirs. Il est resté quelque chose de
ces deux conceptions dans les cultures d'origine. En
France, on s'est battu au XIXe siècle pour que les femmes ne
descendent plus à la mine ou échappent au travail de nuit.
Aux États-Unis, on se bat pour que les femmes fassent tous
les travaux, de jour et de nuit.

— Je ne suis pas féministe, dit Daphne. Mais la
conception américaine me paraît plus juste. Qu'est-ce que
j'ai gagné à consacrer ma vie à Richard et à mes enfants ?
J'aurais mille fois préféré la carrière de Karen, qui s'est battue comme un homme. Aujourd'hui elle n'a besoin de personne et ne court pas après une pension alimentaire. »

Corinne songeait à sa propre existence. Les hommes,
son fils, sa vie privée en avaient formé la trame de sa vie.

Elle leur avait tout consacré jusqu'à quarante ans et n'avait travaillé que pour l'argent de poche. À présent, elle n'était qu'une *adjunct teacher*, chargé de cours à mi-temps à la Fac, contrainte à gagner trois sous avec ce Salon de conversation pour adultes, afin de boucler ses fins de mois. Elle n'avait aucune sécurité de l'emploi et ne pouvait rivaliser avec Jean-François, pour séduire le petit adolescent exigeant qu'était devenu leur fils.

Elle avait toujours considéré que la différence entre hommes et femmes était précieuse, qu'il fallait la maintenir. Elle avait adoré les jeux de la séduction avec les hommes. À présent, comme Simone de Beauvoir qu'elle avait lue avec passion dans sa jeunesse, elle se sentait flouée. Est-ce que ces Américaines comme Karen qui avaient tout mis dans l'indépendance et la carrière n'avaient pas raison de vouloir se conduire comme des hommes. D'un autre côté, pour rien au monde, elle n'aurait voulu la vie de Karen, même si Karen, son étudiante, gagnait au moins cinq fois plus qu'elle.

Et puis, Corinne aimait les hommes. Elle aimait Brandon, sa sensibilité à fleur de peau, ses flambées d'enthousiasme, son intérêt pour les autres. Elle aimait le vieil Ed, avec son conservatisme étroit mais aussi la fraîcheur de son amour pour Jacqueline qui s'apparentait presque à une adulation. Elle aimait David, son ironie amère, sa lucidité sur lui-même, ses doutes. Chacun d'entre eux, au cours de cette année qui allait s'achever, était venu se confier à elle. Elle les avait écoutés et conseillés de son mieux. Elle parvenait mal à comprendre l'antipathie viscérale à l'égard de l'espèce masculine qu'elle percevait chez Karen et même chez Pamela ou maintenant chez Daphne.

Fabienne, elle, ne se posait pas de question. Elle se sentait femme d'abord. Elle avait été capable de suivre Brian, sinon au bout du monde, du moins au bout de l'Amérique. Bien qu'échaudée, elle recommencerait peut-être avec un garçon qui en vaille la peine. Mais elle tenait à son indépendance, notamment financière. Elle croyait fermement qu'une femme pouvait tout faire. Sa génération à elle réussirait mieux que celle de Corinne qui s'était fait avoir d'une manière ou de l'autre. Avec les garçons de sa génération, tout était plus facile. À condition de ne pas leur déclarer la guerre comme Pamela.

Daphne se rappelait les premiers jours de son mariage avec Richard. Quel couple ils faisaient tous les deux! Ils étaient beaux, sportifs, partageaient tout. Ils jouaient au tennis, faisaient de l'escalade, rédigeaient des lettres collectives pour leurs amis de l'université lorsqu'ils voyageaient. À l'époque, Richard prenait une part active aux tâches domestiques et Daphne se mettait en quatre pour l'aider dans sa carrière à lui. Elle participait à tous les événements sociaux destinés aux *wives*, aux épouses, en organisait régulièrement, faisait du bénévolat à l'Église épiscopalienne, en compagnie de l'épouse du patron de Richard. Quand Libbie s'était annoncée, Richard l'avait accompagnée partout, dans ses visites chez le gynécologue et pour tous les examens médicaux. Il avait préparé les séances de gymnastique avec elle et assisté à la naissance de leur première petite fille. Libbie était si mignonne en arrivant au monde qu'ils en avaient eu tous les deux les larmes aux yeux.

Mais, après la naissance de Libbie, tout avait changé. Ils s'étaient éloignés. Peu à peu, ils n'avaient presque plus rien fait ensemble. Leurs emplois du temps et leurs préoccupations avaient divergé. Daphne en avait énormément souffert. Pour elle, les rapports de couple devaient être étroits, fusionnels, transparents. Cela ne laissait de place pour rien d'autre ou pour personne d'autre. C'est ainsi qu'elle avait même oublié qu'il existait d'autres hommes. Tous à présent lui paraissaient hostiles, inaccessibles. Comme une race à part. David surtout lui faisait peur avec son regard impudique, ses plaisanteries qu'elle ne comprenait pas toujours. Daphne avait horreur de l'humour. Elle en avait discuté avec Karen, et elles avaient conclu ensemble que l'humour s'exerçait toujours aux dépens de quelqu'un et qu'il fallait le combattre.

Ses conversations avec Fabienne avaient légèrement modifié le point de vue de Pamela. Et même, elle avait accepté de sortir avec Patrick, un étudiant québécois qui lui tournait autour. Son accent faisait rire Fabienne aux larmes quand il venait chercher Pamela le samedi soir, mais c'était une bonne occasion de pratiquer le français. Et puis Patrick était doux, plein d'égards, passionné de musique et de philosophie. Pamela avait pris goût à l'entendre parler des immenses étendues de neige de son pays et avait accepté enfin de lui consacrer du temps. Elle avait même laissé tomber ses cours de peinture. Fabienne affirmait que ce n'était pas un malheur que Pamela se réconcilie avec l'espèce masculine. Et tant mieux si en plus, c'était un Francophone.

Mais Pamela et Fabienne n'étaient pas d'accord sur l'adoption de Kevin par Cleonice. Pamela jugeait que Cleonice aurait dû choisir une petite fille. En général les gens préféraient les garçons; il aurait fallu compenser. Fabienne au contraire estimait que les parents potentiels avaient peur des garçons noirs et qu'il y avait moins de candidats. Surtout un préadolescent comme Kevin. Fabienne trouvait que Cleo avait beaucoup de courage d'adopter un garçon. Les êtres les plus mal traités et le plus mal dans leur peau dans ce pays étaient les hommes noirs. Cleo avait eu raison.

Brandon avait réglé une fois pour toutes la question des femmes et ne participait à la discussion que par politesse. Il avait autre chose à penser. Il avait achevé ses préparatifs de départ pour Los Angeles. Le contrat de *Madame Butterfly* était signé, on lui avait même loué une jolie villa meublée près de Sunset Boulevard. Il s'était juré qu'il ne marcherait plus avec des chaussures percées et ne se nourrirait jamais plus exclusivement de *macaroni and cheese*. Maintenant l'esprit libre, il observait ses condisciples du

Salon de conversation avec une distance amusée. Pour la première fois de sa vie, il ne leur en voulait pas d'être différents de lui.

Cleonice pensait qu'elle avait de la chance d'être une femme parce qu'il était pratiquement impossible pour un homme seul d'adopter un enfant. Demain Kevin viendrait s'installer. Elle avait prévu une petite fête : pizza et glace à la vanille. Ensuite ils iraient peut-être au cinéma. Sa tentative pour obtenir une semaine de congé ayant échoué, elle se consolait en pensant que plus vite Kevin et elle-même adopteraient une routine, mieux leurs rapports s'en porteraient. Elle irait au journal, lui à l'*elementary school*, à l'école primaire. C'était dans l'ordre des choses, un ordre qu'ils vivraient désormais l'un et l'autre au jour le jour. Le bouleversement d'avoir très bientôt la responsabilité d'un enfant donnait à sa vie une dimension différente. Mère d'un garçon africain-américain comme elle, elle consacrerait toutes ses forces à le rendre heureux, fier d'être lui-même, capable un jour, contrairement à tant d'autres, de fonder une famille et de l'assumer.

Karen songeait à ses efforts pour attirer un homme, à toute l'énergie, à tout l'argent qu'elle avait investi pour rencontrer un compagnon, afin de se remarier. L'expérience avait été éprouvante, plus pénible que la carrière professionnelle. La présence même de Brandon au Salon de conversation la mettait mal à l'aise, la renvoyait à cette affreuse soirée qu'elle avait refoulée, tenté d'oublier mais qui revenait parfois à sa conscience, bien que Brandon se fût conduit avec courtoisie et qu'ils n'eussent plus jamais évoqué le dîner manqué. Dans son travail, si conflictuel fût-il souvent, Karen ressentait au moins une sécurité : celle de connaître les règles du jeu. Avec les hommes, elle n'y comprenait rien. Ces Françaises, comment s'y prenaient-elles pour avoir des relations apparemment si faciles avec les hommes? Jusqu'à Jacqueline, qui aurait pu être sa mère, qui était toute ridée, et qui se décrochait un mari au

Salon de conversation! Jacqueline n'était pas antipathique à Karen mais cette dernière ne pouvait s'empêcher de trouver qu'il y avait quelque chose d'obscène dans la façon qu'avait la vieille dame de regarder Ed ou de l'écouter. Et pourtant Jacqueline n'était pas aux pieds de Ed. Tout au contraire. Il lui arrivait même de ne pas être d'accord avec lui et de le dire hautement face à tous les autres.

Les autres Françaises du groupe avaient des comportements tout aussi étranges aux yeux de Karen. Après son escapade californienne, la petite Fabienne ne s'était pas assagie. Pamela se plaignait qu'il y avait des coups de téléphone masculins à toutes les heures de la nuit qui l'empêchaient de travailler et de dormir. Quant à Corinne, elle avait une relation particulière avec chacun des trois hommes du Salon de conversation. Karen savait bien qu'il n'y avait rien là de sexuel. C'était d'un autre ordre. Corinne avait tenté de l'expliquer, le soir où elles étaient sorties entre femmes pour la Saint-Valentin, mais Karen n'avait pas réussi à la comprendre véritablement. D'une façon ou d'une autre — Karen en avait discuté avec Daphne — ces Françaises avaient un « truc » dans leurs relations avec les hommes, qui était inexplicable, mais fonctionnait. Et Karen trouvait ce « truc » douteux. Soudain Karen songea qu'elle était maintenant mutilée d'une partie de sa féminité et des larmes lui montèrent aux yeux avant qu'elle ait eu le temps de les retenir.

Les membres du Salon de conversation parlaient toujours des femmes et de leur représentation dans les médias et la publicité. Corinne avait fait remarquer que le 8 mars était le jour des femmes sur l'ensemble de la planète. En France, on parlait beaucoup de la parité en matière politique et des quotas. L'opinion publique était mûre mais pas la classe politique — femmes comprises — qui refusait ces quotas au nom des valeurs universelles dont Cleonice avait parlé plus tôt. Les hommes pris dans un système de concentration des pouvoirs et de cumul des mandats avaient du mal à partager leur monopole. Les femmes voulaient réussir par leurs seuls talents et non par une espèce d'assistance, qui continuerait à faire d'elle des citoyens de deuxième zone. Les Américaines en général utilisaient les moyens à leur disposition. Personne n'aimait les quotas mais c'était la seule manière de faire bouger les choses, de faire rentrer des femmes dans les zones de pouvoir afin qu'elles manifestent ce qu'elles savaient et pouvaient faire. Ce n'était pas les quotas qui étaient mauvais en soi mais la façon dont on les utilisait. L'idée était de donner aux femmes l'occasion de s'illustrer, pas de pousser des femmes incompétentes dans des postes importants qu'elles retiraient aux hommes. Quels que soient les chiffres de part et d'autre de l'Atlantique, les Américaines moyennes avaient le sentiment qu'elles s'en sortaient mieux depuis quelques années, qu'elles avaient le vent en poupe. Et même si Corinne avait dit que tout cela était fonction de l'interprétation plus que de la réalité, il y avait plus d'optimisme du côté du Nouveau Monde que dans l'ancien, malgré les publications régulières d'anciennes et de nouvelles féministes qui criaient au *backlash*, au retour de bâton.

« Moi, ce qui m'amuse le plus dans ces comparaisons, dit David, c'est de constater comment l'image de la femme est traitée dans les journaux féminins des deux pays. J'ai toujours adoré lire les journaux féminins. Quand j'étais petit, je dévorais en cachette ceux qu'achetait ma mère. Corinne nous avait demandé de regarder de près la presse et les publicités dans les deux pays. Je me suis concentré sur les éditions française et américaine de *Elle*, de *Marie Claire*, de *Vogue* et de *Madame Figaro*. Les pubs américaines représentent la femme idéale comme un être très indépendant. Elle est forte et sportive. Elle est à la fois sexy et masculine et même sexy parce que masculine. Par exemple, dans un vieux *Elle* américain que j'ai découvert, Ralph Lauren habille Claudia Schiffer en homme, avec des épaules très larges et un vêtement inspiré des uniformes militaires. Une photo d'un modèle de Ralph Lauren dans un *Vogue* est commenté par la phrase : "*It was his idea to take this suit from his men's line and cut it down to fit a woman*", ce qui signifie qu'il a recoupé un ensemble d'homme pour l'adapter à un corps de femme. Les photos françaises au contraire montrent une femme plus passive, à la fois énigmatique et provocante. Moi je préfère l'approche française. Les photos sont plus attirantes pour un homme comme moi.

— Évidemment, rétorqua Karen avec une fureur mal contenue. C'est toujours des publicités pour des lingeries d'un autre temps avec des femmes nues ou presque nues, dans des poses suggestives. On dirait que ce sont les hommes qui achètent la lingerie féminine. L'essentiel du message est pour eux.

— La publicité d'Évian par exemple montre l'anatomie d'une femme enceinte et une petite fille sans vêtements. Aux États-Unis, une telle photo serait considérée... comment dites-vous ?... comme... un attentat à la pudeur, et interdite », remarqua Daphne que la photo avait scandalisée.

Corinne savait que Daphne n'exagérait pas. Une de ses voisines, Polonaise, avait été dénoncée pour avoir pris des photos d'enfants nus s'ébrouant dans la piscine à la fête d'anniversaire de son fils de cinq ans. Elle avait été inculpée et avait manqué de peu la prison ferme.

« Je suis moi aussi en désaccord avec cet exhibitionnisme, assura Pamela. L'utilisation de la nudité de la femme ou de la petite fille est humiliante et avilissante pour toutes les femmes. Le corps est une chose privée. En l'exposant au public, on le dévalorise.

Curieux pays, se dit Corinne, qui n'osa pas avouer qu'elle avait été tout aussi choquée de se trouver parfois aux États-Unis dans des toilettes de femmes qui ne comportaient pas de porte. Mais, ici, entre femmes, tout était licite ! Ce qui était scandaleux n'était pas l'impudeur ou le sentiment qu'on pouvait avoir dans les différentes cultures de ce qui était indécent et de ce qui ne l'était pas mais le choc de l'autre, du nouveau, de l'imprévu. On se scandalisait d'abord de ce qui était étranger : la nudité pour les uns, certain type de promiscuité pour les autres. Là était la racine des malentendus interculturels et de la xénophobie.

« Moi, ce que j'ai vu de pire en fait de publicité sexiste, poursuivait Pamela, c'était dans *Marie-Claire*, une pub de *Triumph International*, qui disait : "Gagner un prix littéraire, c'est bien. Le plus dur, c'est de trouver une robe assortie." Comme si, pour les femmes, une robe était mille fois plus importante qu'un prix ou que n'importe quelle réussite artistique ou professionnelle ! Au contraire dans un ancien *Vogue* américain, j'ai lu un article sur Elizabeth Dole, femme de l'ex-candidat à la Maison Blanche. On commençait par louer son intelligence et son diplôme de l'école de Droit de Harvard, puis sa carrière professionnelle : elle a été entre autres ministre des Transports et présidente de la Croix-Rouge américaine. La beauté et le charme venaient bien après.

— Lorsque le président Chirac a fait l'éloge de Pamela Harriman, ambassadeur des États-Unis en France, qui vient de mourir, dit Jacqueline, il a effectivement employé ces trois adjectifs dans l'ordre : élégante, charmante, intelligente.

— Pour moi, le pire a été atteint par *Aubade*, dans *Elle*, reprit Karen. La pub montre une paire de fesses de femmes et la légende dit : "Leçon n° 16 : Oser lui faire face." Le message est misogyne et antiféministe à la fois. Il ridiculise toutes les femmes et en particulier celles qui se battent et qui s'affirment. Je ne comprends pas que les Françaises ne réagissent pas devant de telles horreurs.

— Peut-être attachez-vous une importance exagérée au message de ces pubs, répondit Fabienne. Moi, cela ne me choque pas particulièrement. Tout le monde sait qu'une pub doit être provocante pour accrocher. Dans l'ensemble, je trouve les femmes en France plutôt contentes de leur vie, même si elles font souvent la double journée. Elles n'ont pas, comme ici, à choisir entre avoir un travail et avoir des enfants, parce qu'elles ont plus de facilité avec les crèches, les écoles gratuites, les congés de maternité.

— Je ne vois pas comment on peut élever convenablement des enfants tout en travaillant, dit Daphne. Ici, une femme qui a le choix, préférera toujours élever ses enfants d'abord, et travailler ensuite. Élever des enfants est un engagement sérieux... De toute façon, Fabienne, vous ne me ferez pas croire qu'une femme peut être parfaitement épanouie en terminant sa journée de travail par des corvées domestiques. De même que vous ne me ferez pas croire qu'on peut se sentir bien dans des vêtements aussi serrés et aussi inconfortables.

— Vous dites cela, Daphne, parce que les Américaines sont incapables d'avoir le même chic que les Françaises, affirma David, ravi de jeter de l'huile sur le feu. Au moins leurs vêtements ne dissimulent pas leurs formes comme si c'était une honte d'avoir des seins ou des hanches. Et leurs savants maquillages les mettent discrètement en valeur. »

Ed n'était pas entièrement d'accord. On n'avait pas besoin d'être maquillée pour être belle. Et il préférait les vêtements un peu amples et naturels comme ceux que portait Jacqueline qui avait trouvé le juste milieu entre le style français et le style américain. Corinne souriait intérieurement. Ed ne s'était jamais aperçu que le prétendu naturel de Jacqueline était le fruit de longues heures passées dans la salle de bains, les salons de beauté et de coiffure. Corinne qui refusait avec indignation la notion d'éternel féminin finissait par se demander s'il n'y avait pas aussi un éternel masculin dont Ed était la vivante illustration. À moins que ce ne fût tout simplement qu'une question de génération !

« Quand Mme Collinet m'avait mise au régime à Lyon, dit Pamela, j'ai essayé de lui expliquer que chez moi, on préférait maigrir en faisant une heure d'aérobic ou de jogging qu'en se privant de manger. Elle m'a répondu de façon péremptoire : "Ma petite, il y a une façon de maigrir et une seule : manger moins." Plusieurs fois, elle m'a recommandé de cacher mes jambes parce qu'elles étaient trop musclées. Beaucoup des Françaises de mon âge que j'ai rencontrées par la suite étaient quasiment anorexiques et ne faisaient pas une minute d'exercice. Mais, après cela, elles avaient la satisfaction de porter des vêtements hyper collants qui ne leur permettaient pas de faire un mouvement, ni d'avoir le moindre bourrelet ! »

Fabienne regardait son amie Pamela avec une malice indulgente. Les deux jeunes filles étaient chacune la caricature de ce qu'on venait d'évoquer : Pamela, ronde, en jeans et tee-shirt super large ; Fabienne en pantalon collant bien coupé sous une tunique noire qui épousait ses formes minces à la limite de la maigreur.

Soudain Corinne constata que les étudiants du Salon de conversation avaient perdu leur concentration. L'heure était dépassée de quelques minutes. Mais ils étaient trop polis pour le lui faire comprendre trop directement. Il était temps de plier bagage. Tout à coup, Corinne se rappela la violente sortie d'Alba Luz, qui devait sangloter toute seule Dieu sait où. David aurait pu la suivre, la rattraper, essayer de la calmer au lieu de continuer à faire le joli cœur et à argumenter gravement sur les femmes en général comme si sa jeune maîtresse n'avait jamais existé. David n'avait pas beaucoup de cœur ! Corinne sentit monter en elle un certain ressentiment contre cet homme dont le comportement lui rappelait étrangement Jean-François. C'était la même insensibilité, la même indifférence affective...

Justement David Bernstein, contrairement à ses habitudes, s'était attardé dans la salle et s'approchait de Corinne. Disposait-elle d'une minute ? Il désirait lui parler brièvement. Une fois dans le bureau du professeur, David demanda la permission de fumer une cigarette. Depuis peu de temps, il avait hélas repris ses anciennes habitudes.

« Quelque chose ne va pas avec Alba Luz ? » interrogea doucement Corinne.

Précisément. Elle avait touché juste. David ne savait plus que faire avec la jeune Colombienne, qui se disait enceinte de lui et déterminée coûte que coûte à garder l'enfant. Or il n'était pas question pour David de s'engager à nouveau dans une situation conjugale. Il n'en avait ni l'envie, ni l'énergie, ni les moyens financiers.

« Franchement, Corinne, je m'en sens incapable, avoua David avec une sincérité un peu triste, qui toucha Corinne, en dépit de ses préjugés. En plus... Comment dire... J'ai beaucoup... d'affection pour Alba Luz mais je ne l'aime pas. Enfin. Je ne l'aime pas assez pour m'engager à passer ma vie avec elle.

— Eh bien, il faut le lui dire, David. Je sais bien que ce n'est pas facile. Mais elle doit savoir la vérité.

— Il y a autre chose, Corinne. Je ne sais pas si vous êtes au courant. Alba Luz n'a pas ses papiers d'immigration en règle. Elle a besoin d'une carte verte. Je suis entièrement prêt à l'aider à en obtenir une. Mais pas en l'épousant. Je dois même avouer que je n'ai pas beaucoup apprécié ce calcul qu'elle a fait : se marier avec moi pour avoir un statut légal. Mon ami Eric Morse qui était étudiant avec moi à Columbia m'affirme qu'on trouvera un moyen de lui avoir la carte pour raison professionnelle. Une fille bilingue et même trilingue qui a le *background*, la famille et les diplômes d'Alba Luz, ne devrait avoir aucune difficulté. Je ne comprends pas qu'elle n'ait rien trouvé de mieux que serveuse de restaurant.

— Être sans papiers, vous ne savez pas ce que cela représente, David... En tout cas, votre solution me paraît juste. Mais il reste tout de même le problème de l'enfant.

— Vous au moins, Corinne, vous réagissez en femme

raisonnable, soupira David. Lorsque j'ai évoqué cette possibilité à Alba Luz hier, elle a piqué une véritable crise de nerfs.

— Mettez-vous à sa place, David. Elle vous parle d'amour éternel et d'enfant. Vous lui répondez par des procédures et des avocats... Et puis vous devriez peut-être la sonder un peu sur son histoire, la mettre à l'aise. Le souci de respectabilité sociale diffère selon les cultures. On peut être amené de bonne foi à donner un coup de pouce à une réalité trop injuste. Vous me comprenez, David?

— Pas vraiment... Alba Luz parle de son passé avec beaucoup d'éloquence... quoiqu'avec des contradictions... »

David aurait souhaité poursuivre la conversation. Mais Corinne lui conseilla d'essayer de retrouver la jeune Colombienne et de lui parler. Elle-même avait un rendezvous urgent. David exprima le souhait d'inviter son ami Eric à la prochaine séance du Salon de conversation. L'avocat serait de passage à Houston. Il parlait couramment le français et avait beaucoup à raconter sur son métier. Corinne accepta avec enthousiasme.

Jacqueline fit chauffer de l'eau pour préparer deux tasses de thé. Edward et elle étaient rentrés gelés du Salon de conversation. Comme souvent de la mi-mars au début d'avril, une brève vague de froid frappait le Texas avec un vent glacial soufflant du nord. Puis en deux semaines, trois au plus, la chaleur s'installerait jusque tard dans l'automne, une chaleur dépassant souvent trente degrés.

« L'attitude de Alba Luz te paraît-elle normale? » interrogea Edward.

Jacqueline versa l'eau bouillante sur les sachets de mousseline et sortit du frigidaire une boîte de lait.

« *A priori*, non. Mais il y a beaucoup de choses que nous ignorons dans sa relation avec David. Ce qui est sûr, c'est que cela ne se passe pas très bien entre eux. Ils n'ont pas notre chance, murmura Jacqueline avec émotion. Et puis, il y a cette mythomanie, d'Alba Luz. Je ne sais pas ce qu'elle cherche à cacher mais ses histoires ne sont pas nettes. »

Edward resta silencieux. La notion de mensonge, plus encore de mythomanie, lui était étrangère. Pour lui, il n'y avait qu'une réalité, qu'une vérité et une seule. Il préféra donc changer de sujet. « Trouves-tu les Américains plus tolérants que les Français ? » demanda-t-il.

— Cela dépend. Comme on l'a dit au Salon je crois, les Français sont plus indulgents en ce qui concerne l'extériorisation des passions amoureuses. On s'embrasse dans la rue, on affiche un amant ou une maîtresse sans pour autant se voir fermer les portes de la société. Je suppose que maintenant on parle plus ouvertement en France d'avortement, d'union libre. Mais en ce qui concerne l'opinion d'autrui quand celle-ci vous choque ou vous heurte, les Français me semblent moins tolérants que les Américains.

— Et la religion ?

— Les Américains acceptent plus facilement l'extériorisation des différentes religions ; construire une mosquée, un temple bouddhiste ne pose aucun problème. Et regarde les juifs : ici, ils paraissent totalement assimilés, même si c'est récent.

— Tu as l'impression, comme le dit Corinne, que les rapports sociaux sont plus faciles ici !

— Moi, j'étais une jeune paysanne quand je suis arrivée, habituée en France au regard supérieur des gens de la ville et des riches. Je n'ai pas trouvé trace de mépris en arrivant aux États-Unis. C'était formidable. »

Edward réfléchissait. D'origine modeste lui-même, il avait bataillé dur pour réussir et s'imposer. Le statut social de ses parents, son père était employé à la Southern Pacific Railways, n'avait eu aucun effet négatif sur sa position dans la société. Il ne se souvenait pas qu'on l'eût interrogé une seule fois sur la profession de son père.

« Lorsque nous allions à Béthune, ma mère et moi, pour y faire nos courses, se souvint Jacqueline, entrer dans un magasin élégant nous embarrassait au point que nous y renoncions souvent. Quant aux librairies, on n'y songeait même pas dans la terreur que le propriétaire puisse juger nos goûts littéraires. Maman adorait les romans d'amour à l'eau de rose.

— Et toi?

— J'aimais les biographies de nos grands hommes, les histoires mystérieuses aussi, les aventures. J'adorais les récits sur le Masque de fer, le faux Louis XVII, les romans de Pierre Loti. Et puis, grâce aux Anglais et à tes compatriotes que nous hébergions pendant la guerre, j'ai découvert les romans anglo-saxons, comme je te l'ai raconté. Mon père n'était qu'un paysan, un *farmer*. Il avait tout juste le certificat d'études. Mais il en savait plus sur l'histoire ou même sur la littérature que beaucoup de diplômés américains d'aujourd'hui. Quant à mes cousins germains dont la mère était institutrice, ils ont fait de bonnes études. L'aîné est entré à l'École normale supérieure et il est devenu prof de philo et inspecteur général. C'était la gloire de la famille. Moi, j'étais considérée comme très fleur bleue. À l'époque, c'est ainsi qu'on voyait les jeunes filles. »

Edward entoura de son bras les épaules de Jacqueline. L'imaginer en jeune fille romanesque l'attendrissait. Stanley Smith avait-il su l'aimer? D'après les rares confidences reçues, il manquait de fantaisie sans même parler de passion. Ed changerait cela. Jacqueline et lui avaient devant eux dix années, guère davantage, mais il ferait en sorte que ce laps de temps vaille une éternité.

Il était quatre heures du matin en ce soir de Saint-Patrick, lorsque David regagna son appartement. Seul. Il avait en vain essayé de retrouver Alba Luz. Elle n'était nulle part. Ni chez elle, ni à son travail, ni dans les bars qu'elle fréquentait quelquefois. David se sentit inquiet. Et

il s'avisa qu'il ne savait pas grand-chose de sa jeune maîtresse. Il n'avait nulle famille, nuls frère ou sœur, ni amie à
qui il pût téléphoner. Pourvu qu'elle n'ait pas fait une
bêtise ! Il songea à l'enfant qu'elle portait, à ses larmes, à la
scène terrible qu'ils avaient eue lorsqu'il lui avait déclaré
tout net qu'il ne supporterait pas une autre paternité. Il se
sentait terriblement coupable. Il se servit une bonne rasade
de scotch, puis une autre. L'alcool le calmait. Une fois ivre
mort, il pourrait enfin dormir.

À cinq heures du matin, le téléphone sonna. C'était la
colocataire mexicaine d'Alba Luz qui téléphonait dans un
anglais hésitant. La jeune Colombienne était enfin rentrée
dans un très sale état —, et était incapable de lui parler.
Pouvait-il venir immédiatement ? Malgré ses questions,
David ne put rien tirer d'autre de María Sánchez. Il sortit
de chez lui en trombe, sauta dans sa voiture et fonça dans
les rues vides de la ville endormie.

X

Easter

Pâques

L'excursion au chai avait été précédée par un violent bouleversement parmi les membres du Salon de conversation. Peu avant Pâques, Karen dictait un fax à sa secrétaire lorsque le téléphone avait sonné sur sa ligne privée. Elle était pressée, devait répondre à de nombreux *e-mails*, avait une foule de problèmes professionnels à résoudre et un samedi malencontreusement coincé par le projet d'excursion au chai avec le Salon de conversation. Ce genre d'escapade n'était pas son type de distraction favori mais elle avait promis à Daphne de ne pas la laisser tomber et lui devait bien ce sacrifice. La veille encore, son amie l'avait accompagnée au labo pour chercher les résultats d'une dernière série d'analyses. Tout semblait rentré dans l'ordre mais le docteur n'avait rien caché. La guérison dans ce genre de maladie ne pouvait être considérée comme définitive qu'après cinq années de rémission. Une fois de plus, l'entrain de Daphne, son optimisme et son affection avaient aidé Karen. Comment aurait-elle pu traverser des moments aussi pénibles sans elle ? Au mot cancer, ses amies d'antan s'étaient imperceptiblement écartées. Dans leur petit cercle de femmes « professionnelles », personne n'aimait l'échec ou la maladie. On offrait des paroles de sympathie et on s'éloignait sur la pointe des pieds.

« Daphne O'Leary », annonça la secrétaire. Karen s'empara du récepteur. Elle n'avait de temps pour personne et, si elle laissait Daphne ouvrir la bouche sur Richard ou les enfants, elle était perdue.

« David Bernstein a eu un très grave accident. Il est dans le coma. Corinne vient de me téléphoner, elle va aller prendre de ses nouvelles à l'hôpital. »

Karen ne savait que répondre. Bien sûr elle était affectée par cette nouvelle mais David était loin d'être un ami. D'abord, il y avait eu la lettre qu'elle avait écrite contre lui à Cosby. Puis à la suite de son cancer et de son opération, ils s'étaient plus ou moins réconciliés et elle avait renoncé à sa plainte. Leurs rapports n'étaient pas vraiment étroits et il fallait être Daphne pour réagir avec autant d'émotion. Néanmoins elle avait quand même eu un petit pincement au cœur. Se serait-elle attachée plus qu'elle n'aurait cru elle-même aux membres du Salon de conversation ?

« Je suis désolée pour lui et pour sa famille. Cela veut-il dire que l'excursion au chai va être annulée ?

— Non, pas annulée mais remise. On n'a pas perdu tout espoir de sauver David. S'il s'en sort, on ira au chai le mois prochain. »

Karen réprima un mouvement de soulagement. L'accident de David avait au moins cette conséquence positive. Elle parviendrait à boucler son travail avant le petit voyage qu'elle devait faire à Chicago la semaine suivante.

« Que s'est-il passé exactement ? demanda-t-elle.

— On ne sait pas très bien. Il semble qu'il ait un peu trop bu et qu'il ait eu une discussion assez vive avec Alba Luz. »

Cela ne m'étonne pas, songea Karen. Mais elle ne transmit pas sa réaction à son amie, qui n'en pensait pas moins. Il aurait été *improper*, peu convenable, de médire de David dans des circonstances pareilles. Et les deux femmes savaient se contenir et garder leurs sentiments pour elles. Daphne murmura quelque chose sur les prières qu'elle se proposait de dire pour la santé de David et Karen mit fin à la conversation sans plus de commentaire. Elles auraient le temps d'en parler davantage quand elles se retrouveraient dans la semaine pour jouer au tennis. Karen avait horreur des discussions privées quand elle était au bureau.

« Je vais essayer de faire un saut à l'hôpital, promit Cleonice, mais j'ai un peu de mal avec Kevin. Peut-être me sera-t-il impossible de le laisser seul. »

La jeune femme raccrocha. Corinne était bouleversée, c'était normal, mais la vie de Cleonice était sens dessus dessous et elle ne pouvait consacrer beaucoup d'elle-même à quiconque, hormis Kevin. La première semaine s'était assez bien passée et elle jubilait. Même dans sa nouvelle école, il semblait s'adapter. Les professeurs lui trouvaient un charme fou, ce fameux charme qui l'avait immédiatement séduite elle-même. Les voisins avaient défilé pour lui souhaiter la bienvenue, les uns avec une cassette, un disque, un accessoire de sport, les autres porteurs de gâteaux et de friandises. Kevin semblait content. Le soir, ayant un article urgent à rédiger, elle l'avait invité à faire un tour du quartier sur son vélo neuf. Il était important à ses yeux de lui prouver que, tout en ayant une mère, il restait libre. Mais elle s'était trompée. Ce que Kevin cherchait, c'était de l'attention, de la fermeté, pas une relation amicale. Les abandons successifs, l'impossibilité de croire les adultes avaient replié l'adolescent sur lui-même. Physiquement il était fort et grand pour ses onze ans mais psychologiquement il restait un jeune enfant. Elle allait devoir s'adapter, aménager ses horaires de travail, donner peut-être sa démission de l'*Austin Post* et devenir journaliste *free lance* afin de pouvoir rester davantage chez elle. Sa vie était bouleversée de fond en comble.

Mais, avant cela, il lui fallait être sûre de la décision finale du juge qui ferait d'elle officiellement la mère de Kevin. Ils étaient convoqués tous les deux pour la semaine suivante et Cleonice accordait une énorme importance à cette consécration finale de ce qui était un peu comme un mariage avec Kevin. Pour la circonstance, le parrain et la marraine les accompagneraient. Cleonice poussa la porte de la chambre de son fils. Le désordre y était indescriptible, mais elle avait renoncé à intervenir. Point n'était besoin d'aller consulter un psychiatre pour deviner que Kevin cherchait à la provoquer, à repousser les limites jusqu'au point où elle serait forcée d'intervenir. Je réussirai, se dit-elle, il n'y a aucun doute. Elle était passée à travers assez d'épreuves dans la vie : être née métisse d'un couple mixte, avoir été enceinte à seize ans, rêver d'une Afrique mythique et la découvrir dans sa réalité, se battre pour étudier, se tailler une place de journaliste, et convaincre la terre entière que Kevin devait devenir son fils adoptif, pour espérer triompher de cette épreuve-là.

Sa pensée revint à David. Pauvre Alba Luz, pensa-t-elle, quel souci elle devait se faire! Si elle n'avait pas le temps d'aller à l'hôpital, du moins passerait-elle un coup de fil à la jeune Colombienne. David était un compagnon mal assorti, mais Alba Luz semblait y tenir beaucoup. Il représentait le rêve américain, un immigré de la deuxième génération bien intégré socialement et professionnellement, confiant en lui et en son pays, assez américain pour plaisanter sur l'Amérique. Cette façade devait séduire une Alba Luz dont les beaux récits d'enfance et d'adolescence n'avaient pas réussi à convaincre Cleonice. Tout sonnait faux comme un conte colonial écrit par un auteur de troisième zone. Cleonice referma la porte. Elle avait sa « Formule » à rédiger sur l'avenir des images virtuelles et si peu de temps devant elle. À quatre heures, Kevin serait de retour. Il viderait le frigidaire et chercherait à filer sur son vélo avant de faire ses devoirs. Elle resterait calme et souriante. De son équilibre à elle dépendait désormais celui de son fils.

Demain, pensa-t-elle, jour de liberté. Kevin partait à San Antonio avec son équipe de *lacrosse*, nom français pour un jeu de hockey sur gazon, d'origine indienne. Elle se détendrait en compagnie d'amis qui n'étaient pas assez proches pour lui poser des questions indiscrètes sur sa vie privée. Je vais tout de suite téléphoner à Alba Luz, pensa-t-elle.

Daphne s'arrêta en hâte chez un fleuriste. Elle ne ferait que déposer un bouquet à la réception de l'hôpital avant d'aller chercher les jumeaux. Mais elle ne pouvait pas faire moins. David ne semblait avoir aucune famille à Austin. Son frère, sa sœur et ses enfants vivaient à New York. Accourraient-ils au Texas? L'accident était arrivé la veille au soir et ils n'avaient probablement pas eu le temps matériel de s'organiser. La pensée du chagrin d'Alba Luz lui serra le cœur. D'un autre côté, il était apparu au cours de la dernière séance du Salon de conversation que les deux amants ne s'entendaient plus du tout.

Que pesaient les problèmes de Daphne face à une telle épreuve? Richard cependant parlait de vendre la maison et de partager tous leurs biens. C'était une contre-attaque sournoise dictée par un nouvel avocat plus vindicatif que le précédent. Ensemble, ils avaient adopté la stratégie de placer un capital important pour les études des enfants, ce qui réduirait sa pension au minimum. Et elle n'aurait pas un sou tant que le jugement de divorce ne serait pas prononcé. « C'est indigne! » avait vitupéré son avocat, mais elle ne se faisait plus guère d'illusions. Sa chère maison serait bientôt mise en vente et elle devrait louer un logement plus modeste dans un quartier moins coté. Ce serait terrible pour les enfants de quitter Westlake et leur école, surtout pour Libbie qui y comptait ses meilleures amies. Richard n'avait vraiment pas de cœur.

Brandon chassa la pensée de David de son esprit. La souffrance et la mort lui faisaient horreur. Il avait assisté à l'agonie de trop d'amis pour s'autoriser toute réflexion morbide. La vie devait continuer en dépit des compagnons laissés au bord du chemin. Et David lui était à peine sympathique. Corinne n'avait-elle pas dit « coma avancé » ? S'il parvenait à survivre avec un cerveau endommagé, mieux valait qu'il s'en aille. Ce ne serait pas Alba Luz qui le prendrait en charge. Une ambitieuse, pensa Brandon, qui dissimule bien mal son jeu. Elle s'accrochait à David pour tirer de lui le plus de profit et de bénéfices possibles. Les femmes étaient coutumières de ce genre de manigances. Il n'y avait qu'à voir les ruses minables de Karen pour l'attirer dans ses filets.

Malgré lui, son sentiment prédominant à l'égard de l'accident de David était l'étonnement et presque le soulagement qu'on meure à la quarantaine ou à la cinquantaine chez les hétérosexuels, comme on mourait et surtout comme on était mort dans son monde à lui. Comme si seuls les gays étaient mortels ! Il eut du mal à chasser de son esprit cette pensée ridicule et puis le souvenir d'un regard qu'il avait surpris entre David et Alba Luz au début de leur liaison le traversa, et il eut mal pour eux, pour Ron et lui-même, pour tous les êtres qui s'aimaient et que la vie et la mort séparaient.

« Pauvre garçon », se répéta Jacqueline. Avec l'âge, penser à la mort ne la chagrinait cependant plus autant. Le mot mourir peu à peu s'emboîtait dans celui de vivre comme celui de mariage et de maternité autrefois. Il devenait familier, ordinaire presque. L'essentiel demeurait l'existence quotidienne dans ses joies et son humilité. Edward lui avait offert la sérénité. Ils ne pouvaient rien faire pour David, pas même lui rendre visite, mais ils prieraient pour lui et demanderaient au prêtre de joindre leur prière à celle des autres fidèles. « Et Alba Luz ? avait-elle demandé à Edward. — Dans le chagrin, on est mieux seul », avait-il assuré.

Jacqueline éteignit le poste de télévision. Elle n'arrivait

pas à suivre un mot de cette émission consacrée au drame des obèses. Le Texas échappait en partie à ce fléau, mais il semblait qu'en Amérique la graisse fût un ennemi sournois et terrible, une sorte de virus frappant des malheureux au hasard et ruinant leur vie. La plupart des obèses, certains pesant plus de cent cinquante kilos, juraient devant les caméras qu'ils ne mangeaient rien. L'ennemi se terrait dans une feuille de salade, une pomme, un œuf dur, là où nul ne soupçonnait sa présence. Il se riait de la naïveté de ses victimes, se moquait de leurs espoirs, comptait pour rien leurs angoisses. Jacqueline les plaignait mais lorsqu'elle allait faire ses courses au supermarché et longeait les rayons de biscuits, pâtisseries, pizzas, charcuterie et glaces, certaines en pots de quatre litres vendus à un prix dérisoire, elle imaginait volontiers que les victimes aux feuilles de laitue étaient des clients assidus de ces rayons tentateurs, clients amnésiques qui se donnaient du courage dans leur lutte contre l'obésité en avalant en douce tranches de pizzas et coupes de crèmes glacées. Les *talk shows* la fascinaient. Tant de braves gens y étalaient leurs misères. Il n'y avait pas que les obèses, mais aussi les époux trompés, les handicapés, les parents brutalisés par leurs enfants.

« Je vais envoyer des fleurs à David, décida-t-elle, s'il reprend conscience, il constatera que ses amis ne l'ont pas oublié. »

Alba Luz ne quittait pas le chevet de David depuis son transfert à l'hôpital après l'accident. Elle avait le visage marqué par les veilles et un sentiment de culpabilité qui ne lui laissait pas de répit. Le soir de la Saint-Patrick, elle avait erré dans la ville, en proie à des crampes indiquant clairement que sa grossesse était aussi peu réelle que l'histoire de sa famille et de sa fausse grand-mère française. Elle était rentrée chez elle très tard et avait demandé à sa compagne d'appartement María Sánchez d'appeler David en l'alarmant le plus possible, sans rien lui révéler de précis. Elle était au désespoir, non seulement de devoir renoncer à l'idée d'être la mère de l'enfant de David, mais surtout d'avoir à lui confesser qu'elle n'était que Mercedes, une crève-la-faim qui servait de bonne chez ceux dont elle avait ultérieurement emprunté l'identité... Mais David n'était jamais arrivé jusqu'au modeste logement à l'ouest de Jordan Park. Il avait pris à l'envers un sens interdit et embouti une voiture en stationnement. À présent, il gisait inerte sur ce lit et elle n'aurait peut-être plus jamais l'occasion de lui avouer la vérité.

Trois semaines plus tard, après les fêtes de Pâques, Corinne Lesage recevait un *e-mail*, un message électronique d'Eric Morse, l'ami de David, qu'elle avait été voir régulièrement pendant cette période. David était sauvé. Il était toujours à l'hôpital, et ne pourrait pas participer à l'excursion mais Eric se proposait de le remplacer au chai et d'assister à cette séance exceptionnelle du Salon de conversation, comme cela avait été convenu avant l'accident. Eric Morse se ferait un plaisir d'animer — dans la langue de Molière qu'il espérait maîtriser convenablement — une discussion sur ce qu'il connaissait le mieux au monde : son métier d'avocat. Il était également un adepte de l'art de vivre, dont Corinne avait fait le thème central de cette dernière séance et serait ravi d'en discuter avec les membres du Salon de conversation dont David lui avait tant parlé qu'il avait l'impression de les connaître tous.

Le chai avait réservé au Salon de conversation quelques tables dressées à l'ombre d'un bouquet de chênes. Le temps d'avril était très doux, la campagne parsemée de fleurs sauvages. Pâté, fromages, pain français et fruits avaient accompagné à merveille les merlots et cabernets dont les ancêtres français n'auraient pas eu à rougir. En jean et tee-shirt, Karen semblait en meilleure santé qu'avant son opération. Daphne riait d'un rire clair de jeune fille. Brandon osait fumer une cigarette parfumée à la vanille. Un désastre pour ma voix, avait-il confié en l'allumant, tandis que Pamela, Fabienne et Cleo ne cessaient de papoter en reprenant du cabernet-sauvignon. Ed et Jacqueline se tenaient la main comme si les deux septuagénaires avaient toujours trente ans à eux deux. Au bout de la table, Corinne parlait avec tendresse à une Alba Luz, encore amaigrie, qui était arrivée avec l'ami de David.

Tous avaient accueilli avec chaleur Eric le « petit nouveau », comme avait soufflé Fabienne en pouffant de rire. Le « nouveau » était un homme rondouillard et trapu que rien ne semblait physiquement prédisposer aux arguties oratoires et aux machiavéliques combinaisons impliquées par sa fonction. Il s'était présenté avec bonne humeur comme un père de famille de quarante-six ans et quatre enfants, qui n'avait jamais divorcé : « Je fais partie du tiers chanceux de couples américains. J'aime toujours ma femme au bout de vingt ans de mariage! », affirmation qui avait écarquillé d'admiration les beaux yeux verts de Daphne, laquelle s'était enfin décidée, sous la pression de Karen, à abandonner ses lunettes pour des verres de contact.

Le cabernet aidant, les questions n'avaient pas manqué de fuser. Chacun voulait connaître et démonter les rouages énigmatiques de la profession la plus convoitée et la plus honnie des États-Unis, celle qui faisait et défaisait les grandes entreprises et mettait à genoux les hommes publics les plus en vue.

À la question de Fabienne, « Pourquoi êtes-vous devenu avocat, maître Morse? », le petit homme avait répondu avec une espèce de rire sardonique : « Parce que j'aime poursuivre les gens. [*I like to sue people*]. Quand je me réveille le matin, ma première pensée est : Qui est-ce que je pourrais bien poursuivre aujourd'hui? [*Who am I going to sue today?*] Et cette stimulante question me permet de m'arracher aux délices du sommeil auprès de ma chère Joanna et de me lever en pleine forme.

— Comment expliquez-vous l'importance des avocats et des procès aux États-Unis ? demanda Jacqueline. Les meilleurs éléments parmi les copains des mes petits-enfants n'avaient qu'une idée : être accepté dans une prestigieuse *Law School*. Le droit en France n'a jamais bénéficié d'un tel prestige.

— Il est vrai, répondit Eric Morse, que les États-Unis ont proportionnellement vingt fois plus d'avocats que le Japon par exemple. Non seulement des personnalités influentes, à commencer par le président Clinton et son épouse, mais aussi de nombreux membres du Congrès sont issus du Barreau.

— Pouvez-vous nous confirmer que la dame qui avait mis son chat dans un four à micro-ondes pour le sécher a obtenu des millions de dollars de dommages et intérêts, parce qu'il n'était pas indiqué dans la notice qu'il fallait éviter d'y mettre des animaux vivants ? »

Comme Fabienne avait changé depuis son arrivée au Salon de conversation ! songea Corinne en observant l'animation que mettait la jeune Française à poser des questions. Fabienne venait de recevoir d'excellentes notes, les encouragements de ses profs et l'assurance de l'université et de ses parents qu'elle pourrait rester à Austin l'année suivante. Elle exultait.

« Parfaitement exact », affirma gravement Me Morse dont les petits yeux bleus plissés pétillaient de malice. « La dame qui s'était brûlée avec un café trop chaud chez McDonald aussi. Dans le milieu professionnel, on appelle ces cas les "horribles", les *horror stories*. Par exemple, la femme de Philadelphie qui, après un scanner, attaque son médecin en prétendant qu'une substance utilisée dans le test a réveillé des forces psychiques qui l'ont contrainte à communiquer avec le poète anglais du xviie siècle, John Milton. Le jury lui a accordé 986 000 dollars. Une autre plaignante attaque une loterie publique, après que la boule portant son numéro a rebondi dans le trou et en est ressortie immédiatement. Si la boule n'avait pas rebondi, elle aurait gagné le grand prix de 3 millions de dollars. La dame a eu droit au gros lot. Et par-dessus le marché, le tribunal — c'est-à-dire le jury — lui a accordé 400 000 dollars supplémentaires pour le coup au cœur qualifié de grave traumatisme émotionnel.

— C'est vraiment incroyable, s'étonna Alba Luz. Y a-t-il beaucoup d'histoires comme celles-là?

— Les cas que nous venons d'évoquer sont les plus médiatisés. Il y a d'autres affaires, qui agitent surtout les milieux professionnels, et qui sont autrement juteuses!

— Je crois me faire le porte-parole de notre Salon de conversation, en vous demandant de nous les raconter, dit solennellement Ed. Quoiqu'Américain de souche, comme disent les Français, je ne sais rien de cette frénésie juridique qui s'est emparée de notre pays depuis les années soixante-dix. Dans ma jeunesse, la vie était beaucoup plus simple.

— Mais beaucoup moins excitante, affirma le "nouveau", avec cette forme particulière d'humour qui était plus acide que chez David et aussi plus tonique, moins désespérée.

— En France aussi cela existait, dit Jacqueline. J'avais une tante qui adorait faire des procès. Elle n'a jamais cessé de toute sa vie. On appelait cela : être chicanier. Ma tante Julie était la reine de la chicane.

— La littérature française est bourrée de personnages qui attendent la vie ou la mort sociale d'un procès, dit Corinne. En particulier sous l'Ancien Régime. Vous avez peut-être lu *Les Plaideurs*?

— La différence, dit l'avocat new-yorkais, est d'abord une différence d'échelle. Dans le type de procès qui s'est récemment développé aux États-Unis, il ne s'agit pas de l'abus, perpétré ou non, sur une seule victime mais de milliers de victimes supposées que les avocats regroupent dans des actions collectives appelées *class actions* et qui font trembler des géants de l'industrie ou les plus puissantes multinationales. La première action de ce genre a été l'affaire intitulée *Agent Orange*.

— Est-ce qu'il s'agit-il de l'herbicide utilisé comme défoliant pendant la guerre du Viêt-nam ?

— Exactement. Ce fut une première en 1985. Les anciens combattants du Viêt-nam se plaignaient de souffrir de troubles attribués à une substance, la dioxine qui se trouve en faible quantité dans cet herbicide. Le Consortium dominé par *Dow Chemical* a accepté un règlement à l'amiable de 180 millions de dollars avec les avocats des plaignants, bien qu'on n'ait jamais pu prouver le moindre lien entre la *dioxine* et les troubles allégués.

— Alors vous voulez dire qu'il n'y a jamais de procès et qu'on préfère régler les affaires à l'amiable parce que, malgré l'énormité des sommes, cela revient quand même moins cher aux sociétés ? » interrogea Corinne avec curiosité. Elle était assez ignorante sur le sujet, ayant par nature cherché à échapper aux litiges et aux avocats, penchant qui avait fini par lui coûter cher dans ses affaires de divorce.

« Cela dépend des cas. Quelquefois le règlement se fait avant le procès, pour éviter que les consommateurs n'aient connaissance d'une action qui pourrait les faire douter de la fiabilité d'un produit. D'autres fois après que les premiers procès ont commencé. Les sociétés ont intérêt à éviter ce genre de responsabilité collective, fondée sur un grief dont les enjeux économiques sont tels qu'ils peuvent leur faire rendre gorge. Elles préfèrent calmer leurs adversaires en se mettant d'accord sur une somme forfaitaire qui satisfasse les avocats et les victimes réelles ou supposées. À la suite de ce règlement dont je viens de vous parler, aucun vétéran du Viêt-nam ne pourra plus jamais attaquer *Agent Orange*.

— Et il y a eu beaucoup d'histoires de ce genre ?

— Dans les dernières années, oui. La plus impressionnante actuellement est celle des implants mammaires. Il s'agit de l'utilisation du silicone dans certains traitements de chirurgie esthétique du sein. Quatre firmes, dont Dow Corning était la principale, ont dû faire face à vingt mille procès, et ont fini, après de longues négociations, par accepter un règlement de 4,25 milliards de dollars avec les plaignants. On n'a toujours pas établi scientifiquement que les symptômes dont se plaignaient les femmes concernées étaient vraiment causés par ces implants.

— Mais comment se fait-il qu'il y ait eu de telles sommes déboursées si rien n'a été prouvé techniquement? demanda Brandon.

— D'abord l'affaire n'est pas terminée et surtout vous oubliez que notre système est démocratique, jeune homme. Les juges sont élus et toutes les affaires sont arbitrées par des jurys populaires qui n'entendent rien aux questions techniques et sont très sensibles à l'émotion. Si trois bonnes ménagères de l'Amérique profonde, qui ont été nommées jurées dans un cas de ce genre, voient arriver un certain nombre de dames comme elles, qui ont reçu des implants mammaires et se plaignent d'être constamment fatiguées et d'avoir des nausées, comment ces jurées vont-elles réagir? Elles vont fondre de compassion pour ces victimes et condamner les vilaines multinationales qui se "sucrent" sur le dos et les seins des femmes, à des dédommagements considérables assortis d'amendes punitives telles que les géants du silicone par exemple ne s'en remettront jamais. Ceci pour démontrer à la jeune... comment vous appelez-vous... Fabienne, que l'Amérique n'est pas seulement un grand méchant loup capitaliste et que, si elles parviennent à s'organiser sous la houlette de bons avocats, des citoyennes ordinaires et dénuées de moyens peuvent faire trembler le système.

— En France aussi, nous avons des jurys! protesta Fabienne.

— Oui mais seulement aux assises pour les procès criminels, rectifia Corinne.

— Moi, je suis favorable à l'élection de certains juges locaux, comme c'est le cas ici au Texas, affirma Karen.

— Moi aussi, poursuivit Cleonice. Mais il faut savoir qu'élection suppose campagne électorale, qu'une campagne coûte cher, qu'il faut faire appel à de généreux donateurs et que les cabinets d'avocats sont riches. Cela est vrai pour le président Clinton aussi bien que pour les juges, notamment au Texas.

— Vous faites probablement référence à certaines affaires locales, rétorqua l'avocat new-yorkais. Mais ce n'est pas la norme. Les juges sont généralement des gens respectables et respectés.

— Mais alors, s'étonna Jacqueline, cela signifie que les avocats dans ce pays sont des marchands de soupe prêts à vendre leur âme et celle de leurs clients.

— Disons qu'il y a plusieurs sortes d'avocats, précisa Eric Morse. Ceux qui sont à la recherche de groupes de victimes pour pouvoir intenter des actions de groupe appelées *class actions*. Ceux-là cherchent avant tout des compensations financières dans des délais rapides et sont prêts à transiger. Ils se focalisent avant tout sur le profit qu'ils peuvent retirer de la solution d'un litige. On les appelle parfois les "chasseurs d'ambulances". Ils cherchent par tous les moyens à trouver le plus grand nombre de victimes d'un même produit pour conduire ces *class actions* de masse qui débouchent sur des profits considérables. Mais il y a d'autres avocats, plus traditionnels, qui préfèrent s'occuper de procès individuels.

— Une de mes voisines avait littéralement glissé au supermarché sur une peau de banane et s'était étalée en se faisant un peu mal, dit Daphne. L'avocat est arrivé avant le médecin. Je comprends pourquoi, surtout s'il y avait eu beaucoup d'autres accidents de ce genre.

— Par exemple, insista l'avocat, l'année 1997 risque d'être une année difficile pour les fabricants de claviers d'ordinateur : un juge du district de l'État de New York a rendu la première décision condamnant un fabricant au paiement de la somme de 5,3 millions de dollars au profit d'une secrétaire qui aurait eu une maladie de mains du fait de l'utilisation d'un clavier.

— Enfin vous ne me ferez pas croire qu'un système qui acquitte des criminels riches ou qui fait gagner des millions de dollars à des cabinets d'avocats pour des causes dont on n'a même pas pu démontrer qu'elles étaient fondées, soit un bon système, persista Fabienne. Moi, je crois à l'avocat qui défend par conviction personnelle le bien-fondé de justes griefs.

— Vous êtes une jeune personne bien idéaliste, mademoiselle Fabienne. » L'avocat semblait rafraîchi par tant de candeur. « Je vous répète qu'il y en a ici aussi. À l'origine de la plupart de ces grands procès avec des enjeux de millions de dollars, il y a des avocats qui ont sincèrement cru que leurs clients étaient des victimes et qu'ils avaient le devoir de les défendre. En fait le tapage entraîné par ces histoires lorsqu'elles éclatent fait un peu oublier leur résolution finale. Par exemple dans le cas de la dame qui communiquait malgré elle à travers les siècles avec le poète John Milton, le jugement a fini par être renversé en appel. Par ailleurs, les études ont montré qu'un très petit pourcentage d'Américains — à peine 10 pour cent — s'embarquent dans ce type de poursuites exceptionnelles et que, bien sûr, tous ne gagnent pas ! La plupart des juridictions avaient refusé, il y a quelques années, de reconnaître que le *bendectin*, qui est un médicament antinausées, entraînerait des malformations chez les nouveau-nés. Mais, mademoiselle Fabienne, le rôle de l'avocat n'est pas seulement de défendre la veuve et l'orphelin comme on disait au XIXe siècle. Il est de s'assurer que chaque citoyen, y compris les criminels les plus endurcis, a droit à être défendu. Dans une démocratie, nous autres avocats sommes avant tout au service de la justice. Il m'est arrivé de défendre des hommes qui me paraissaient coupables ou des causes pour les-

quelles je n'avais aucune sympathie personnelle. »
Mᵉ Morse réfléchit un moment. « Peut-être les ai-je même
mieux servis que les autres.

— Je considère, dit Ed, que notre système juridique
est cher, complexe et pas toujours très fiable. Mais je ne le
changerais pour aucun autre. Ce qu'il faut, c'est l'améliorer. C'est un système qui profite plus aux avocats qu'à la
justice. D'ailleurs le président Bush et son vice-président
Dan Quayle avaient tenté de le réformer.

— Je suis d'accord avec l'idée que le système pourrait
être amélioré, appuya Daphne. Mais c'est le seul système
qui protège les consommateurs et finalement les citoyens.

— C'est un système complètement inégalitaire, s'écria
Fabienne. Pour avoir un bon avocat et être bien défendu, il
faut avoir de l'argent. Et une fois de plus, tant pis pour les
pauvres !

— Cela n'est pas tout à fait vrai, mademoiselle. »
L'avocat finit d'avaler une énorme bouchée de pâté. « Au
surplus, dans les affaires de responsabilité, les avocats ne
sont pas rémunérés par des honoraires mais ils reçoivent un
pourcentage, souvent élevé, je vous l'accorde, de 30 à 40
pour cent des dommages et intérêts alloués à la victime.
Cette dernière n'a donc pas à engager de frais mais à partager les sommes qui lui seront éventuellement versées par le
défendeur. Le système me paraît à moi plus démocratique
pour la raison opposée à celle de Mlle... Fabienne. Ici
n'importe qui peut gagner un procès de millions de dollars.
Certes il engraisse son avocat mais lui n'y perd rien, bien
au contraire. Dans le même esprit, nous n'appliquons pas
toujours aux États-Unis la règle *loser-pays rule*, qui est de
mise dans la plupart des pays du monde. Cette règle veut
que le client malchanceux paie toutes les dépenses, y
compris celles de la partie adverse.

— À moi aussi, cette coutume me paraît beaucoup
plus élitiste, fit Brandon, que le sujet passionnait. Seuls les
plus favorisés dans les autres pays peuvent assumer les frais

d'un procès perdu. Le résultat, c'est que, ailleurs, personne — pas même les riches — ne doit être très enthousiaste pour réclamer réparation ou reconnaissance de ses justes intérêts.

— C'est pourquoi les États-Unis sont le pays le plus litigieux du monde. D'ailleurs le *Consumer Union's Lipsen*, syndicat de consommateurs, a fait observer comme vous que l'introduction de cette règle en Amérique créerait un système judiciaire de type aristocratique, approuva l'avocat. Notre système protège les consommateurs. Et d'ailleurs, dans certains cas, même les travailleurs préfèrent cet arbitrage des juges à la protection du droit du Travail, auquel vous êtes si attachés en France.

— Je ne vois pas comment vous pouvez dire que les droits des travailleurs sont mieux protégés aux États-Unis, s'écria Fabienne. En France, la législation du travail défend les ouvriers en cas, par exemple, d'accident du travail.

— Demandez aux employés des chemins de fer américains s'ils préfèrent une protection étatique à la française ou la possibilité d'intenter un procès bien rentable! Un privilège qui date de 1908 leur permet d'engager des poursuites contre la compagnie en cas d'accident. La direction a eu beau essayer de convaincre les syndicats qu'il s'agissait d'un anachronisme à une époque où différents types d'assurances et de protection sociale couvre les accidents dans la plupart des secteurs industriels, les travailleurs n'ont jamais voulu entendre parler de la moindre atteinte à leur droit d'attaquer en justice et de réaliser des bénéfices infiniment plus lucratifs.

— Vous êtes très éloquent, maître Morse, conclut Jacqueline. Et, si j'avais des problèmes juridiques, j'irais certainement vous consulter. Mais vous ne m'ôterez pas de l'idée que la plupart de vos confrères sont des parasites qui vivent — et qui vivent même trop bien — de la misère du pauvre monde.

— Madame, commenta Eric Morse, avec cette solennité ironique qui le caractérisait, vous ne faites par ces paroles que corroborer les propos du juriste anglais William Blackstone. Ce dernier dans ses *Commentaries on the Laws of England,* avait, il y a déjà deux cents ans, qualifié les avocats de "fléaux de la société civile, cherchant constamment à troubler le repos de leurs voisins et à s'insinuer avec trop de zèle dans les querelles d'autrui", ce qui n'empêche que vous avez, que nous avons de plus en plus besoin d'eux.

— Et si je ne me trompe, coupa Corinne, Shakespeare avait popularisé, dès l'époque élisabéthaine la fameuse formule : *Kill all the lawyers,* "Tuez tous les avocats." Vous n'êtes pas menacé, maître Morse, mais le cadre du chai se prête à d'autres festivités. Il est temps de boire, et de manger. La séance un peu spéciale d'aujourd'hui sera, comme vous le savez, consacrée à l'art de vivre, valeur française s'il en est, qui concerne d'abord la qualité de la vie. »

Edward déboucha une bouteille de sauvignon 1987 dont il huma l'arôme avec un savoir-faire que lui avait récemment inculqué Jacqueline, avant de verser un peu du contenu dans chacun des verres. Dans un panier d'osier, Jacqueline avait amoncelé des fraises et les premières cerises, et Daphne avait arrangé des biscuits confectionnés par elle sur un plateau.

« L'art de vivre, voilà un beau sujet de conversation pour conclure un excellent repas, se réjouit Edward. Nous venons de goûter à cet art-là moitié à la française, moitié à l'américaine et le mélange des deux était parfait.

— Pour mes parents, dit Fabienne, l'art de vivre est très lié à la cuisine et aux restaurants. Quand ils vont en Angleterre, ils reviennent persuadés qu'il n'y a pas là-bas d'art de vivre. Cela veut dire qu'ils ont mangé du roastbeef bouilli avec de la sauce à la menthe.

— Cela doit faire pas mal de temps que vos parents n'ont pas traversé la Manche, Fabienne, fit remarquer Corinne en souriant. Le roastbeef bouilli appartient un peu à l'histoire ancienne. Mais vous avez raison : mes amis français de passage font la même remarque en Amérique lorsqu'on leur sert le sachet du thé dans un verre en plastique ou lorsqu'on leur arrache leur assiette à moitié pleine au restaurant en leur demandant : *Are you still working on it?* Est-ce que vous continuez à travailler dessus, comme si c'était un travail de bien manger.

— Ici le travail est un plaisir, jeta Ed, avec malice. C'est donc bien un peu l'équivalent!

— Et il y a d'autres avantages, dit Brandon. Par exemple, on peut partager un plat à deux au restaurant sans provoquer le moindre froncement de sourcils du serveur, et emporter chez soi les restes soigneusement emballés par le restaurateur.

— En Amérique, c'est l'usager qui est roi. En France le regard d'un serveur peut vous faire rentrer sous terre, précisa Karen. Ah! La peur du ridicule, de ce qui ne se fait pas! Et tout ce qu'il faut payer. Ici le café comme les sodas sont à discrétion. J'ai été tellement étonnée que, dans un élégant et cher restaurant parisien, on me facture chaque tasse de café et chaque verre de limonade.

— Chez Lipp, intervint l'avocat qui avait écouté avec attention le début de la discussion, on a refusé de m'apporter des haricots verts avec la choucroute que j'avais commandée. On m'a déclaré tout net que cela ne se faisait pas. J'ai cessé d'insister quand j'ai compris que le maître d'hôtel risquait une crise cardiaque provoquée par la contrariété.

— Enfin, maître Morse, s'écria Jacqueline, que cinquante ans d'Amérique n'avaient pas ébranlée dans ses convictions les plus inébranlables, des haricots verts avec de la choucroute, c'est barbare... c'est la négation même de l'art de vivre.

— Et nous y voilà, plaisanta Fabienne. Est-ce qu'on mettrait un chapeau à la Joconde pour plaire aux visiteurs du Louvre? Ou est-ce que vous accepteriez, Brandon, qu'on vous demande de chanter une tyrolienne ou un tango au milieu d'un opéra, parce que cela détend les spectateurs?

— Disons que nous avons deux manières différentes de concevoir l'art de vivre dans la consommation, dit Corinne, qui s'aperçut, tout en les prononçant, que les deux expressions ne faisaient pas bon ménage. Les Français acceptent une certaine domination du bon goût. Aux États-Unis c'est le confort du client qui prime. On peut échanger un vêtement ou un objet quelconque des semaines après l'avoir acheté ou en exiger le remboursement. Le commerçant ne peut rien dire sous peine de perdre sa clientèle.

« Mais il me semble que nous pouvons approfondir la notion d'art de vivre, ne pas la limiter à la cuisine ou aux prérogatives de l'usager. L'art de vivre est une notion éthique et personnelle plus qu'économique, même s'il peut parfois se mesurer. Je propose que chacun de nous dise, en guise de bilan du Salon de conversation, ce qu'est pour lui ou elle l'art de vivre, reprit Corinne, que la fin de l'année ramenait malgré elle à son rôle de maîtresse des cérémonies. Comme ce "chai de Conversation" est en même temps notre dernière classe, je vous avais apporté les formulaires d'évaluation du cours pour Fabienne et pour moi-même. Mais en dehors de cette bureaucratique appréciation chiffrée, pourquoi chacun d'entre vous n'indiquerait-il pas, dans le cadre de sa conception de l'art de vivre, ce qu'il ou elle a appris au Salon de conversation cette année. Ainsi on ferait d'une pierre deux coups. Qui veut commencer?

— L'art de vivre, se lança Cleonice, c'est sans doute l'art de transformer le négatif en positif, de s'accepter soi-même afin d'accepter les autres. Le Salon de conversation m'a apporté la possibilité d'exprimer directement mes difficultés, mes frustrations et même mon agressivité, dans une langue moins marquée pour moi parce qu'étrangère. La franchise un peu brutale des Français en ce sens m'a aidée.

Il est bon d'appeler un chat un chat. Grâce à vous, je me suis réconciliée avec la part blanche de moi-même. Peut-être sans le Salon de conversation, n'aurais-je pas eu la force de prendre en charge un enfant. »

La première leçon que Cleonice tirait de son expérience avec Kevin était une leçon de simplicité, presque d'humilité. Ses grands projets se révélaient difficiles à réaliser tout de suite et elle se rabattait sur les petites joies et les succès quotidiens. À partir de cette modeste accumulation, leur famille commençait à exister. Avant de monter se coucher, la veille, Kevin l'avait embrassée pour la première fois.

« L'art de vivre, enchaîna Brandon — toujours en désintoxication et qui était le seul à boire du coca —, comme les autres arts exige toute la force de l'artiste, ou du bon vivant. C'est une magie qui fait croire aux rêves assez fort pour les rendre possibles. C'est la possibilité de consacrer son enthousiasme, son énergie, tout ce que l'on possède de meilleur en soi à la réalisation de la beauté du monde. J'ai appris au Salon de conversation que j'étais un être humain avant d'être un homosexuel et non l'inverse. Que si la préférence sexuelle est un caractère de l'individu et doit être acceptée comme telle, elle ne suffit pas à le définir. De même la gloire et l'argent. J'espère que l'expérience du Salon de conversation et ses échanges m'empêcheront, comme dit Fabienne, d'avoir la grosse tête. Je sors grandi du Salon de conversation, non pas parce que je vais tourner à Hollywood, mais parce que j'ai senti que j'appartenais à une communauté humaine qui n'était pas restreinte à un groupe de gays. »

Brandon n'ajouta pas que, malgré ses déboires avec Karen, il s'était rapproché de cette espèce féminine, qui lui faisait si peur et qu'il connaissait si mal auparavant. Il était sûr que son amitié avec Corinne perdurerait.

« L'art de vivre, continua Karen, c'est de ne pas s'enfermer en soi, de comprendre que la réussite est tissée de multiples fils entrelacés les uns aux autres. C'est savoir apprécier ce qu'on possède et non regretter ce que l'on n'a pas. L'art de vivre, c'est la force d'aller jusqu'au bout de ses luttes et d'éliminer l'angoisse de la défaite. Ce que j'ai appris au Salon de conversation, c'est que la vie n'est pas seulement un combat et que la réussite est un moyen plus qu'une fin. Que si le travail est pour moi la première des valeurs, il y a aussi de la douceur à cesser de travailler. Et aussi... », pour la première fois Karen souriait avec une sorte d'abandon, « qu'on peut avoir de la sympathie pour les *losers*, les perdants. »

La maladie de Karen et son amitié avec Daphne avaient bouleversé la donne. Les échanges du Salon de conversation avaient eu leur effet décapant. Karen ne concevait plus sa prochaine promotion comme le plus grand bonheur de sa vie.

« L'art de vivre, poursuivit Daphne, c'est de laisser les mesquineries aux mesquins et garder ses yeux, ses oreilles et son cœur ouverts pour recevoir les dons, même les plus humbles, qu'ils viennent des autres ou de l'instant qui passe. Qui sait encore lever la tête pour regarder la course des nuages, qui sait écouter le récit d'un enfant, deviner le mal de vivre d'un proche? Qui est persuadé que demain est un jour nouveau et meilleur? L'art de vivre, c'est de faire confiance à Dieu et de l'aider en s'aidant soi-même et en aidant les autres. *Caring*, cette forme d'amour et d'intérêt pour les autres que je ne sais pas traduire en français, c'est cela qui me fait aujourd'hui reprendre des études d'infirmière afin de me passer un jour de la pension de Richard et de la présence de mes enfants. Ce que j'ai appris au Salon de conversation, c'est que chaque culture essaie avec les moyens qui lui sont propres de résoudre les mêmes problèmes humains. Les solutions des autres m'intéressent même si je suis incapable de les appliquer moi-même.

— L'art de vivre, plaisanta Jacqueline, c'est croire que la jeunesse est un état d'esprit et que cette jeunesse vous comble jusqu'au dernier jour des grâces de nos vingt ans. Pourquoi la vie favoriserait-elle un âge au détriment d'un autre? C'est l'être humain qui se claquemure en lui-même et non le vent qui cesse de souffler. L'art de vivre, c'est de se laisser emporter sans réfléchir et de prendre à pleins bras les cadeaux de la vie.

— L'art de vivre est français, enchaîna Edward, c'est de laisser le bonheur vous investir pour un sourire de femme, un vin, un plat exquis, une musique, c'est de jouir avec le même émerveillement des plaisirs les plus grisants aux plus modestes. C'est surtout de tout partager avec un être grâce auquel on comprend qu'on ne pourra plus se sentir vraiment seul. C'est à moi que le Salon de conversation a fait le plus beau cadeau : il m'a offert... une femme.

— L'art de vivre, c'est de ne jamais baisser les bras, intervint Pamela. De ne jamais se résigner. Et de ne pas ménager sa peine pour faire arriver ce à quoi on croit. Moi aussi, j'ai changé au Salon de conversation. Je croyais qu'il y avait un seul modèle de vie, qu'il y avait le bien et le mal et que j'étais nécessairement du côté du bien. Maintenant, je comprends que la réalité est plus complexe et que toutes les histoires ne se terminent pas par une *happy ending*, comme dans le conte de fées que nous avons vécu au Salon de conversation. S'il y a des méchants entièrement méchants, ils ne courent pas les rues et je n'ai pas réussi, malgré mes efforts, à en trouver un seul au Salon de conversation. De bons non plus d'ailleurs. Alors je cesse de voir le monde en *black and white*. C'est Corinne qui va être contente ! »

Effectivement Corinne sourit à Pamela. Cette dernière avait deviné ce qui secrètement l'exaspérait le plus au pays de Walt Disney.

« L'art de vivre repose sur la confiance, celle qu'on fait aux autres, celle qu'on se fait à soi-même, dit Alba Luz. Au Salon de conversation, j'ai appris en même temps l'Amérique et la France. Aujourd'hui, c'est comme si j'avais trois cultures. Je croyais que c'était une malédiction de venir d'ailleurs. J'ai compris que c'était une richesse. Surtout j'ai appris à apprécier la vérité. Le mensonge est l'arme des faibles. Dans une société qui se respecte, il n'est plus nécessaire. »

Alba Luz avait effectivement changé depuis quelques semaines. À l'hôpital, elle avait eu une discussion franche avec David. Elle lui avait avoué qu'elle n'était pas l'Alba Luz qu'il croyait, que la *abuelita* française n'était qu'une grand-mère d'emprunt et qu'elle n'avait rien à elle, ni diplôme, ni noblesse, ni papiers. David avait pris les choses avec une sympathie attendrie dont elle ne l'aurait pas cru capable. Il lui avait expliqué que lui-même ne sortait pas de la cuisse de Jupiter, que ses grands-parents avaient de justesse échappé à un pogrom, que ses parents étaient des gens simples. Ils avaient été tous deux d'accord sur le point essentiel : ils ne s'aimaient pas suffisamment pour s'engager dans une cohabitation vouée à l'échec. Mais David avait promis qu'avec l'aide d'Eric Morse, qui était un avocat redoutable spécialisé dans les affaires d'immigration, il mettrait tout en œuvre pour obtenir à Alba Luz la si convoitée carte verte.

« Moi aussi, j'ai beaucoup appris au Salon de conversation et en Amérique, dit Fabienne. D'abord que je n'étais pas "nulle", que je valais quelque chose et que je devais compter sur moi-même pour réaliser ce que je désirais. Je suis devenue une grande fille, comme dirait ma mère et même maintenant je me sens plus adulte et plus responsable qu'elle sur beaucoup de plans. Jamais je n'accepterai d'un homme ce que ma mère accepte de mon père. Maintenant je sais que ce n'est pas une fatalité. Quand on a compris les bienfaits de l'indépendance, on n'a plus jamais envie d'avoir la main tendue. Pour moi, l'art de vivre serait justement de tout embrasser à la fois, de ne pas renoncer, de profiter pleinement de ma vie amoureuse, de faire un travail utile, de voyager et surtout de ne jamais cesser d'apprendre, de savoir changer, s'adapter à de nouveaux amis, de nouvelles villes, de nouveaux jobs.

— Et bien, se réjouit Corinne, il ne me reste plus qu'à conclure sur l'art de vivre qui est pour moi le moment que nous venons de vivre tous ensemble : la nature, le repas, les vins, les amis. Et vous venez de le démonter individuellement : l'art de vivre quand on a deux cultures, c'est de prendre le meilleur de chacune. Un nouvel équilibre naît de ce mélange parfois explosif. C'est peut-être moi qui ai le plus appris au Salon de conversation. Dans ce beau métier d'enseignement que j'aime faire, le secret, c'est que chaque classe est différente. Il n'y a pas un seul Salon de conversation qui ressemble à l'autre. Grâce à vous celui-ci sera pour moi le plus inoubliable de tous.

— Je ne suis pas un étudiant régulier du Salon de conversation, dit Eric Morse. Et je le regrette. Mais puisque mon ami David ne peut pas s'exprimer aujourd'hui, je le ferai à sa place. Quoi que j'en aie dit tout à l'heure, je fais partie de cette vieille race d'avocats qui croient encore à l'équité. Mon art de vivre à moi, c'est peut-être d'essayer de contribuer à la faire régner. Et si les procédures varient selon les endroits, du moins sommes-nous tous d'accord sur l'idée de justice. »

Les bouteilles et les paniers étaient vides. Chacun rassembla assiettes en carton et couverts en plastique dans de grands sacs. Le minibus attendait. Il restait cependant une dernière bouteille pleine que l'avocat tint à déboucher.

« Vous avez suivi la cérémonie des Oscars, le 24 mars ? interrogea Fabienne. Notre actrice mascotte Juliette Binoche en a décroché un. Décidément c'est une année franco-américaine : on a eu l'Oscar et le Salon de conversation. »

Chacun trinqua, à Binoche et à la grande réconciliation franco-américaine.

« Je ne peux pas croire à la fin de l'année scolaire, conclut Corinne. Vous allez me manquer. Mais nous nous reverrons tous en mai pour le mariage de deux des meilleurs élèves du Salon de conversation.

— Je ne sais pas si ce sont les meilleurs, jeta Jacqueline avec bonne humeur, mais à coup sûr ce sont les plus vieux. Et n'oubliez pas : messe à la mission San Juan, et réception ensuite au bord du canal. Je m'en veux de vous faire faire cette route jusqu'à San Antonio mais depuis vingt ans que je vis au Texas, je rêvais de me marier dans cette église au son de la musique des Mariachis. »

Son bonheur avait été grand d'apprendre que, Nancy ayant été brièvement mariée avant d'épouser Edward, celui-ci n'avait pas contracté de mariage religieux.

« Me permettrez-vous de chanter ? interrogea Brandon. J'aimerais conclure la messe par une aria de Haendel.

— Je pourrais, quant à moi, réciter un poème sur l'amour de Maya Angelou », proposa Cleonice.

Depuis toujours elle avait rêvé que l'on récitât cette élégie le jour de son mariage. Mais se marierait-elle un jour ? Les hommes noirs étaient dans ce pays souvent imprévisibles, séduisants mais volages. Ils aimaient plaire, moins prendre en charge la responsabilité d'un adolescent difficile et d'une femme aux idées bien arrêtées. À moins qu'elle ne rencontre un Blanc ! Parmi les sujets agités au Salon de conversation, celui des couples mixtes huit fois plus nombreux en France était celui qui l'avait le plus secrètement touchée. Il l'avait ramenée à une vérité qu'elle tendait à refouler : son père était blanc et sa mère bien plus noire qu'elle.

« Si vous avez besoin d'un homme de loi pour préparer le contrat de mariage comme dans celui de Figaro, proposa Eric Morse gaiement, je serai votre avocat.

Karen cherchait ce qu'elle pourrait offrir. Elle ne s'imaginait pas lisant un passage de la Bible ou jouant à la demoiselle d'honneur fanée pour une mariée sur le retour. Mais elle ne pouvait passer pour indifférente. Le regard de Daphne pétillait. Karen lui en voulut un peu. Daphne avait certainement mijoté un plan précis comme de confectionner le gâteau de mariage. Karen ne voulait pas être la seule à court d'idées.

« Moi je prendrai les photos, décida Pamela. Je m'y connais. À la maison, j'étais le photographe officiel.

— En ce qui me concerne, précisa Daphne, je demande le secret du gâteau. »

Les fleurs, songea soudain Karen. Adolescente, elle adorait confectionner des bouquets. C'était toujours elle qui s'occupait de la décoration florale pour les bals de fin d'année de son école. Elle était très recherchée par les garçons alors. À trois reprises, on l'avait élue présidente du *Student Council*, association des étudiants. À cette époque de sa vie, elle croyait encore en l'amour romantique, en la famille, en une vie conforme aux conventions sociales de son époque.

« Je confectionnerai le bouquet de la mariée, si elle m'y autorise, jeta-t-elle bravement.

— Après la moralité, voilà peut-être le meilleur dénouement à donner à notre feuilleton "culturellement correct", dit Corinne, une fin heureuse comme on les aime dans ce pays avec douze amitiés multipliées par douze et un mariage. Je porte un dernier toast à la santé de David en souhaitant qu'il puisse assister à la dernière grande fête du Salon de conversation, cuvée 1997 : les noces d'Edward et de Jacqueline. »

Tous les membres du Salon de conversation trinquèrent, Brandon compris, qui allait devoir se confesser aux Alcooliques Anonymes et rouler une fois encore son rocher de Sisyphe.

XI

Jacqueline's Wedding

Les noces de Jacqueline

La trompette du Mariachi lançait une ultime note quand s'éleva la voix de Brandon Napoleon. Dans l'église baroque du xviie siècle, chacun retenait son souffle. Au premier rang étaient rassemblées les familles des deux époux : enfants, beaux-enfants, petits-enfants, puis s'étaient réunis les amis, les membres du Salon de conversation. Sur deux chaises jumelles : Jacqueline en tailleur crème, chapeau de paille cerné d'une voilette et Edward en costume de toile grise, camélia à la boutonnière, se tenaient la main.

La voix de Brandon, chaude, légère mais charnelle fit monter les larmes aux yeux de Jacqueline. C'était comme un appel de la jeunesse, une porte ouvrant sur l'avenir, elle qui croyait ne plus en avoir, aux côtés de l'homme qu'elle aimait. L'un comme l'autre étaient passés par de dures épreuves, labeur, désillusions, deuils, mais ils en avaient aussi recueilli les gerbes. Dans le crépuscule, tout s'estompait, ne restaient nets et forts que les sentiments, les émotions, une suite de gestes, de mots et de regards sur lesquels le temps n'avait nul effet. Avec Edward, elle savourerait le fugitif, l'incertain. Chaque jour devrait être unique, premier et dernier. Edward serra un peu plus fort dans la sienne la main de Jacqueline. Elle lui offrait aujourd'hui la fierté de se sentir aimé, protecteur et protégé. Tout ce qu'il avait voulu, entrepris, gagné, il l'avait fait pour Jacqueline sans même savoir qu'elle existait. Avec elle à ses côtés, le temps s'immobilisait, il n'avait plus peur de la vieillesse, de la maladie, de devenir un poids pour ceux qui l'aimaient. Il était libre.

Les doigts de Cleonice se crispèrent sur ceux de son fils : la voix de Brandon, c'était la voix du Sud, de son Sud violent et tendre, sensuel et rude, ce coin de terre où s'ancraient ses racines et auquel elle appartenait. C'était la terre des siens, de son peuple laborieux et gai, humilié et généreux, une terre de coton, d'indigo et de pâturages où poussaient par milliers les fleurs sauvages. Elle avait mis vingt ans de sa vie à accepter sa négritude, puis dix années encore à en tirer fierté. Aujourd'hui elle était prête à insuffler cet orgueil à son fils. Kevin avait tenu à venir et se serrait contre elle. Il s'adaptait à sa nouvelle vie. Deux mois après son installation, il commençait à engager avec elle de vraies conversations et pudiquement, par petites touches, à évoquer son passé difficile : les familles d'accueil, les fugues, les bandes où il se sentait à la fois protégé et vulnérable.

Karen était sous le choc. Jamais elle n'avait imaginé que Brandon pût avoir un tel talent ! Le souvenir de sa minable tentative de séduction la submergea de honte. Comment un chanteur de cette qualité avait-il pu assister au Salon de conversation comme un quelconque étudiant avec une telle modestie ! Pour Karen, Brandon n'avait été qu'un beau garçon dévoyé. Elle avait été persuadée que sa reconnaissance par Hollywood n'était due qu'à une homosexualité judicieusement utilisée, un physique, un réseau d'amis sûrs, que Brandon ne faisait que réunir les atouts qui font les gloires du *show biz*. Elle avait tout simplement oublié le talent.

La voix s'envolait, investissait la mission espagnole, semblait rejoindre les terres arides qui l'entouraient. Karen ferma un instant les yeux. S'était-elle trompée ainsi sur beaucoup de gens ? En avait-elle ignoré d'autres capables de l'enthousiasmer et de la faire rêver? Là était peut-être la réponse à sa solitude. Elle s'était enfermée dans une tour d'ivoire où nul ne pouvait la blesser ni l'enflammer. Elle s'était conformée aux règles du succès, dont elle s'était fait d'immuables lignes de conduite et de pensée. Puis Daphne avait fait irruption dans sa vie en la touchant par des qualités qui jusqu'alors l'avaient laissée indifférente sinon hostile. Sans Daphne, elle aurait été seule pour affronter sa maladie. Aurait-elle pu la vaincre? Daphne l'avait portée à bout de bras vers la guérison, une Daphne fragile, qui doutait d'elle et de ses possibilités, et que Karen avait tout d'abord méprisée comme Brandon Napoleon qu'elle avait traité en objet sexuel. Corinne avait peut-être eu raison quand elle avait parlé de l'amitié. C'était un sentiment que les Français réservaient à un très petit nombre, et qu'ils cultivaient et approfondissaient. Jusque-là tous ses liens avaient été superficiels et presque interchangeables. Il était peut-être temps de changer. Karen rouvrit les yeux. Il lui semblait que la voix de Brandon faisait crouler les murs qui la cernaient, lui ouvrant des horizons nouveaux où aimer, se donner, souffrir et se réjouir devenaient des moments essentiels.

Daphne était aux anges. Enfin elle pouvait pleurer sans se retenir, se laisser prendre par la force des émotions portées par la voix de Brandon Napoleon. Elle n'avait pas l'habitude de se retourner sur le passé. Elle avait habité un monde où seuls le présent et l'avenir comptaient. Mais le Salon de conversation avait rouvert pour elle cette dimension du temps. Elle se rappela avoir été jeune et disponible, prête à aimer avec passion. Dans son imagination défilaient les paysages qu'elle avait le plus aimés : un soir dans les Blue Ridge Mountains en Virginie alors que, nouvelle mariée, elle venait d'apprendre qu'elle attendait un enfant, un matin sur une plage de la Jamaïque avec un inconnu, un déjeuner dans le vieux San Juan avec son père, souvenirs fragiles et indispensables qui avaient nourri des heures et des heures de son existence. Et aujourd'hui, comme provoqué par le miracle de la voix, le passé perdait son caractère définitif fermé sur lui-même. Et elle comprenait mieux les êtres et les cultures pour lesquelles il n'y avait pas de rupture, où passé, présent et avenir communiquaient réconciliés dans une même continuité. Un jour, elle vivrait d'autres moments aussi beaux auprès d'un homme qu'elle aimerait. Il viendrait et l'opinion de Libbie ou des jumeaux n'aurait aucune importance. Elle avait donné à ses enfants le meilleur d'elle-même, ils ne pouvaient exiger davantage.

Du coin de son mouchoir, Daphne essuya ses larmes. Elle avait toujours pensé que Brandon était exceptionnel comme l'était chacun des membres du salon de Conversation. Sa rencontre avec eux avait marqué une époque où son existence avait basculé. C'était dur de changer de vie et de certitudes. Mais elle avait eu la chance d'en trouver de nouvelles. Elle avait été acceptée à la rentrée de septembre dans une bonne école d'infirmières. Confrontés à des réalités plus dures, ses enfants faisaient corps et devenaient plus responsables. Si elle ne voulait pas de la carrière de Karen, du moins avait-elle compris que son avenir passait par une certaine forme d'indépendance affective et financière.

La voix de Brandon arracha Pamela à ses réflexions sur le stage qu'elle allait entreprendre chez son sénateur en juin et juillet, stage difficile durant lequel elle était déterminée à s'affirmer. C'était capital pour sa future inscription en *Graduate School* où toutes les activités extrascolaires de l'étudiant, ses passions, ses *hobbies* étaient décortiqués. Elle devrait faire preuve d'une grande disponibilité, d'imagination, de fantaisie même pour sortir à tout prix de la masse anonyme des stagiaires. C'était le prix de la réussite, surpasser les autres, les écarter de son chemin. « S'il n'y a pas de place pour tout le monde dans un espace, avait affirmé l'un de ses professeurs, dégagez l'endroit. Vous respirerez mieux. » Pamela en était persuadée, même si son activisme au service de certaines causes semblait y trouver, plutôt mal que bien, une place. Elle était prête à en faire dégager certains afin de ménager dans sa vie un espace pour les autres.

L'aria éclipsa méditations et projets de l'esprit de la jeune fille. Elle pensa à un oiseau qui planait au-dessus d'une falaise et l'emportait sous son aile. La mission San Juan, le Texas, les États-Unis devenaient lointains et flous, des entités minuscules sans aucune importance. Cette indifférence soudaine la stupéfia. Elle se sentait si légère, immatérielle, invulnérable ! Le Salon de conversation, plus que ses séjours en France où elle n'y avait pas toujours vu très clair, lui avait donné un certain sens de la relativité de ses valeurs. Ni l'Amérique, ni elle-même, Pamela, n'étaient uniques au monde. Elle était toujours fière d'être elle-même tout en reconnaissant qu'il était respectable d'être différent.

David pénétra dans la vieille église appuyé sur l'épaule de son vieil ami Eric Morse. Contre l'avis des médecins, il avait voulu assister à la messe de mariage de Jacqueline et d'Edward. L'aria les immobilisa dans la nef. Le recueillement général était si grand qu'il était impossible de continuer à progresser. Tout au fond, derrière l'autel, le soleil tamisait à travers les vitraux une lumière mordorée. David respira. Il faisait frais dans l'église, il se sentait mieux. « Je vais approcher une chaise », chuchota Daphne. Il l'arrêta. L'instant était trop beau pour être troublé par un remue-ménage de sièges. Quelque chose l'émouvait profondément et il cherchait à en deviner la source. C'était un souvenir, une sensation lointaine presque douloureuse parce que belle, pure et forte. Soudain il la retrouva. La voix de Brandon Napoleon ressemblait à celle du soliste qui chantait le *kaddish*, la prière des morts, dans la synagogue de la Quatorzième Rue à Broo-

klyn. Il avait six ans, huit ans, douze ans. Il se tenait droit
près de son père, un pan de son *taled* sur ses épaules, heureux d'être son fils, fier d'être juif, héritier d'une tradition
et d'une sagesse venues du fond des âges. Rien à cette
époque ne lui semblait hypocrite ou ridicule. Le monde
était simple, ses certitudes inébranlables. Tous autour de
lui priaient des hommes et des femmes sans fortune ni
éducation brillante mais forts comme de l'airain. Ils
étaient juifs. Pour échapper à la violence, tous avaient
choisi d'émigrer sur cette terre encore si déroutante où il
leur fallait rester soudés les uns aux autres, qu'ils soient
d'origine russe, polonaise ou allemande.

Comment les sons d'une musique pouvaient-ils provoquer des échos qu'il croyait depuis longtemps étouffés ?
D'où lui venait ce regret soudain et absurde de s'être
écarté des siens ? Une sorte de bonheur l'envahit. Il était
Abraham-David Bernstein, indispensable maillon d'une
chaîne vieille comme l'humanité. Le christianisme
n'était-il pas la continuation de la même ancienne foi et
du même Livre que le judaïsme ?

Il aperçut soudain Alba Luz assise un peu en retrait
et attendit quelques instants avant de se diriger vers elle.
Au début Alba Luz ne s'était pas sentie très à l'aise. Cette
mission, la présence des Mariachis, leur immense chapeau autour du cou évoquaient trop puissamment son
continent d'origine. Et la voix de Brandon trop pure, trop
belle accentuait son pénible sentiment d'infériorité. De
tout le Salon de conversation, elle était la plus marginale.
L'explication avec David avait été pénible surtout parce
qu'il lui avait fallu renoncer à ses affabulations. Alba Luz
tenait à ses histoires, plus parce qu'elles embellissaient la
vie que parce qu'elles servaient ses intérêts. Elle savait
qu'Eric Morse finirait par l'aider à obtenir la carte verte
et qu'elle resterait amie avec David. Elle l'aimait mieux
depuis qu'ils avaient rompu. Et elle n'avait pas peur de se
mettre à l'ouvrage. Toute son enfance, Mercedes avait

travaillé dans la famille de la véritable Alba Luz. Au Texas, elle avait relevé ses manches avant de rencontrer David et de commencer à croire à ses chimères. Ce qu'elle avait accompli, elle pouvait l'accomplir encore. Et elle était fière d'avoir perfectionné son français, cadeau de la *abuelita* que nul ne pourrait lui retirer. Au Salon de conversation, elle avait compris qu'elle était assez intelligente et, grâce à *doña* Jeanne-Marie Delalande, munie d'un bagage culturel suffisant pour assimiler un métier dans un pays où tout s'apprenait et où l'on n'était pas trop regardant sur les diplômes de base. S'il fallait passer des examens, elle travaillerait et elle y arriverait. David avait promis qu'il l'aiderait. Elle sentit sur elle le regard de ce dernier, dans lequel elle lut une vraie affection. À son tour, Alba Luz sourit à David. Pour eux, il n'y aurait ni aria, ni bénédiction, ni vie commune et c'était peut-être mieux ainsi. Elle avait le temps. L'exemple de Jacqueline démontrait qu'on pouvait espérer découvrir l'élu à tout âge.

Le regard d'Alba Luz se promena sur les assistants, s'arrêta sur Jacqueline et Edward qui, main dans la main, écoutaient Brandon Napoleon. Jacqueline ressemblait à *doña* Jeanne-Marie Delalande. Elle avait son port de tête, la même élégance des gestes. Mercedes avait respecté et admiré la grand-mère française. Mais elle avait aimé de tout son cœur la vieille Indienne qui était sa véritable grand-mère. La maison en ruine n'avait rien de la résidence coloniale dont elle s'était vantée. C'était une masure traversée par les pluies et par les vents de tornade mais le soir sur la véranda où venaient se chauffer de petits lézards, Hermenilda racontait de beaux contes pendant que la lumière douce du soleil déclinant donnait à la maison en ruine des airs de grande demeure. Elle disait des histoires terribles d'Indiens qui mangeaient le cœur des enfants pour rester immortels et d'hommes qui se changeaient en jaguars, de villes mortes et oubliées quelque part dans les hautes vallées. Sa grand-mère était belle lorsqu'elle évoquait les ancêtres. C'était une princesse. Mercedes alias Alba Luz avait le droit de le croire et de transmettre ce rêve à ses propres enfants. Elle avait le droit d'inventer sa propre légende.

Corinne se retourna et aperçut David à côté d'Alba Luz et d'Eric Morse. Le Salon de conversation lui parut une réussite complète qu'elle ne pouvait que s'attribuer. Cette communauté d'étudiants qui l'entourait aujourd'hui prenait une importance personnelle. Ainsi elle avait été capable de réunir une sorte de famille, bien différente de celle qu'elle avait perdue, mais chaleureuse et solidaire. Lors de son divorce, personne ne l'avait comprise : comment avait-elle pu abandonner son fils sans se défendre? Mais contre l'argent de Jean-François, elle n'avait rien pu tenter. C'est Julien qui avait choisi et elle s'était refusée à le juger. Même lorsqu'elle venait le chercher le vendredi soir pour le week-end, il semblait de mauvaise humeur. Pour ne plus gêner, gâcher les week-ends de son propre fils, pour se préserver aussi, car chaque dimanche soir la voyait en larmes, elle avait accepté ce poste aux États-Unis. Tout cela appartenait au passé. Elle avait eu raison de partir, sa faiblesse apparente s'était révélée une grande force. Julien lui revenait, il ne la jugeait plus, échappait même à l'emprise de son père et parlait de la rejoindre pour une année au moins. L'Amérique ferait du bien à son fils. Elle aurait raison de ce snobisme social qui faisait écran à sa personnalité et qui l'étouffait. Ici dans ce pays de pionniers et de puritains, le père, la famille et paradoxalement l'argent qu'on ne gagnait pas soi-même n'était pas un sujet de vantardise. Certes, on était jugé pour ce qu'on faisait plus que pour ce qu'on était. Longtemps, elle avait critiqué cette philosophie qui mettait en avant l'action matérielle au détriment de l'âme. Mais il y avait aussi une autre lecture.

L'individu y était évalué à l'aune de ses actes, c'est-à-dire de ses choix et non pour le statut qu'avaient occupé avant lui ses ancêtres. Comme toujours, lorsqu'elle pensait à la France et à l'Amérique, Corinne retombait sur ses pieds exactement entre les deux. C'est pourquoi un séjour dans le Nouveau-Monde ne pourrait que faire du bien à son petit Français de fils. Corinne fit un signe d'amitié à Kevin qui tenait serrée la main de sa nouvelle maman, comme s'il avait peur d'être une nouvelle fois abandonné. Oui, cela ne pourrait que faire du bien à Julien de rencontrer des gens comme Kevin et Cleonice.

Décidément Eric Morse avait eu le coup de foudre pour Fabienne. Il avait proposé à la jeune Française un stage dans son cabinet pendant l'été. Son assistante prenait des vacances en août et il avait besoin d'une bilingue pour ses clients francophones, en particulier haïtiens, dans les affaires d'immigration. Me Morse était le contraire de l'avocat requin dont il avait dressé le portrait au salon de Conversation. À côté des affaires « juteuses », comme il disait, il passait une partie de son temps à aider bénévolement des immigrés misérables à obtenir leur carte verte. Fabienne avait fini par découvrir cette face cachée de certains avocats ou de certains médecins aux honoraires prohibitifs. Le chirurgien esthétique, que Karen et Daphne avaient contacté pour leur lifting, consacrait deux mois de son année, entre deux vieilles belles milliardaires qui aspiraient à la fontaine de jouvence, à réparer gracieusement les grands accidentés sans le sou. Corinne avait raison. Ce pays complexe n'était pas exempt de contradictions. Dans une semaine, Fabienne serait de retour à Nantes et elle s'en réjouissait. Mais elle se réjouissait aussi de retraverser l'Atlantique sous peu. Maintenant, elle avait deux patries.

Brandon avait achevé l'aria. Autant que pour Jacqueline et Edward, il avait chanté pour Ron et se sentait en paix. C'était la fin de l'année scolaire, la fin du Salon de conversation, mais, la semaine suivante, il serait à L.A. avec son avenir devant lui. Il n'y avait pas de place dans sa vie pour la nostalgie.

Table des matières

www.ingramcontent.com/pod-product-compliance
Lightning Source LLC
Chambersburg PA
CBHW051134030726
47504CB00004B/858